竹子开花

（练习册）

目 录
Contents

中国地图

阅读理解

1. 下列对小说相关内容和艺术特色的分析鉴赏，不正确的一项是（　　）

A. 小兵"皱着眉头"，可见他对新地图没有标出毛乌素沙漠感到疑惑。

B. 爷爷对"禹迹图"命名的解释，表明他对传统测绘精神的重视。

C. 爷爷重回榆林的情节与上文他在榆林的工作经历形成了呼应。

D. 小说以爷孙二人对话的形式推动故事发展，使叙事更加紧凑。

2. 爷爷"对地图有着特殊的感情"，在文中有哪些具体表现？请简要回答。

3. 小说第2自然段中，画线词语"故事"与"事故"能否互换？为什么？

4. 请从修辞方法的角度赏析下面的句子。

我也想再活五百年，在福窝里还没扑腾够呢。

5. 小说标题"中国地图"意蕴丰富，请结合全文谈谈你的理解。

参考答案

1. A

2. 退休后还经常查看地图；喜欢讲述地图上地名背后的故事；对新地图兴趣浓厚；敏锐发现新地图中的细微变化。

3. 示例一：不能。"故事"侧重传奇色彩，而"事故"侧重意外，原句突出了爷爷当年测绘工作的艰辛和危险。

示例二：能。"事故"侧重意外，而"故事"侧重传奇色彩，互换后突出了爷爷对事业的热爱，对付出的无悔。

4. 运用夸张、比喻的修辞方法，形象生动，充满感情色彩，表现了爷爷对时代、对事业、对生活的热爱。

5.“中国地图”既指文中的中国地图实物，又指装在爷爷心中的中国地图；新旧地图的变化折射出祖国建设取得了伟大成就；“中国地图”承载着地图测绘人对中国地图测绘事业的热爱与追求；“中国地图”蕴含了对祖国发展的骄傲与自豪之情。

黄土地的歌谣

1.请根据文章内容感受爷爷的情感变化，概括引起爷爷情感变化的具体事件。

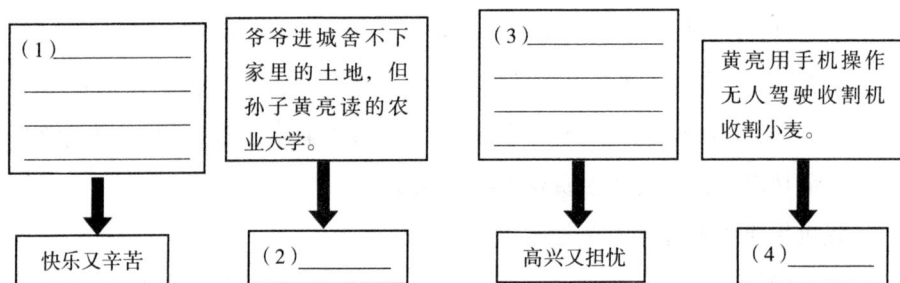

| （1）_____ | 爷爷进城舍不下家里的土地，但孙子黄亮读的农业大学。 | （3）_____ | 黄亮用手机操作无人驾驶收割机收割小麦。 |

| 快乐又辛苦 | （2）_____ | 高兴又担忧 | （4）_____ |

2.新考法·做批注：批注式阅读是深含中国文化意蕴的文学作品赏析手法，心有所感，笔墨追录。请为下面两句话作以批注，分析其语言的妙处。

抄录语句	批注赏析
手上**磨**水泡，脚踝**满**是伤。口渴嗓**冒**烟，腰酸脸**发烫**。饥肠辘辘叫，身疲劳铺躺…… （请从加黑字角度赏析）	
荒草成片，有的疯长一人多高，如果哪群迷失方向的大象走进去，一时都难以发现。 （请从修辞手法角度赏析）	

3.本文语言风格鲜明，请简要概括并说明其语言特点。

4.结合文章，请简析“黄土地的歌谣”中“歌谣”的含义。

1.（1）爷爷有了自己的地，做到了颗粒归仓。（2）埋怨又欣慰。（3）黄亮大学毕业后回村里，一个人承包了一千亩土地。（4）放心又开心。

2.（1）这句话运用了一系列动词"磨""满""冒""发烫""叫"生动形象地展现了农忙时期辛勤丰收的劳动画面，突出爷爷吃苦耐劳的品质，表达了农忙时人们的辛苦与疲惫。（2）这句话运用了夸张的修辞手法，夸大了荒草的野蛮生长，连大象进去都会迷路，强烈突出了荒草成片的荒凉，引起读者的想象，与读者产生共鸣。

3.本文使用了大量的俗语，"口嚼黄连唱山歌，苦中作乐""咱骑驴看唱本，往后瞧好了"等句子通俗易懂，给人轻松、愉快之感，口语化的语言使文章朗朗上口富有趣味，带给读者朴实、有趣的阅读体验，更能进一步感受农民生活的巨大转变。

4.（1）指爷爷黄土地口头创作的各种歌谣；（2）指爷爷和黄亮所代表的不同时代的人在农村土地上劳作谱写的感人歌谣。体现了科技发展实现了从挥汗如雨的"体力活"到科技赋能的"技术活"的转变，抒写对回村创业的大学生的赞美之情。

家

阅读理解

1.文章第3自然段到第14自然段插叙了老党父子的夜间对话，有什么作用？请简要分析。

2.结合语境，按照要求赏析。

（1）金黄色的叶片在阳光下闪闪发光；果子有的橘红，有的橙黄，虽然

比鹌鹑蛋还要小，不到成熟的季节，已经散发出淡淡的香味。（赏析句子）

（2）忽然，老党的眼睛变直了——昨天他种植沙棘的地方有个晃动的身影！（赏析"直"字）

3."龟孙"到"儿子"到"傻孩子""龟儿子"的称呼变化，体现老党怎样的感情变化？请简要分析。

4.同学们对"谁是小说主人公"议论纷纷，对此你怎么看？阐述你的观点和理由。

5.请按文中所写的两个不同时段，概括故事的主要情节。

①昨天，_____

②今天，_____

6.党氏父子俩的身上，都有"君子自重"品质，请你结合文中内容具体分析。

7.请关注倒数第2自然段中画横线的句子，老党的拥抱和流泪真是此时无声胜有声，假如他们要用语言来表达此时此刻的内心想法，会怎么说呢？请根据上下文写出父子之间的称谓与想法。

①老党：_____

②小党：_____

参考答案

1.（1）补充交代老党种沙棘的缘由及意义——治沙守护家园，丰富人物形象，凸显文章中心；（2）为下文儿子的留下埋下伏笔，使情节有起伏（为下文情节发展作铺垫）。

2.（1）通过对沙棘叶子和果子颜色、形状、香味的描写，形象地描绘出沙棘树良好的长势及沙棘林美好的景象，烘托了老党看到治沙成果的愉悦心情。（2）"直"，描写老党的眼神，生动地表现老党内心惊喜与意外。评分说明：赏析符合语境，言之有理即可。

3.（1）因误解对儿子生气失望（"龟孙"）；（2）发现儿子没走十分惊喜（"儿子"）；（3）看见儿子光着膀子种树而心疼（"傻孩子"）；（4）听到儿

子对家乡建设的设想而欣喜（"龟儿子"）。

4.示例一：老党是主人公。小说主要篇幅都在写老党这个形象且贯穿始终。老党如同沙棘一样，扎根沙漠边境，长年种植、维护沙棘，治沙守边。通过这个形象，深情赞美了像老党这样的劳动者默默坚守、不畏艰辛、无怨无悔、保家护边的精神。

示例二：儿子是主人公。小说情节主要围绕着儿子去留展开，通过儿子智慧治沙、发展家乡的设想，表现儿子的远见卓识，以此歌颂年轻一代开拓进取、守护家园、建设家乡的精神，具有鲜明的时代气息。

示例三：老党父子都是主人公。小说主要写老党父子两代种沙棘守家护边的故事。老党父子如同沙棘一样，扎根沙漠边境，致力家乡脱贫攻坚，深情赞美了老党父子这样的劳动者，讴歌了他们默默坚守、不畏艰辛、无私奉献、代代传承、爱乡爱国的精神。

5.（1）父子俩就儿子的去留谈了大半夜；（2）父子俩谈论沙棘在多个领域的价值。

6."君子自重"是指一个人需要不断检视自己的言行是否让人轻视、轻慢，是否有不妥之处。文中一开始老党和儿子生气，但当看到儿子留下来种植沙棘、守护边境、挖掘沙棘的经济和社会价值的时候，老党意识到自己的言行不当，对儿子的态度变得温和；老党的儿子一开始认为种植沙棘无意义，可是听了父亲的言论，他检视自己的言行，查阅资料，发现了沙棘可以防风固沙，有助于乡里脱贫，建设家园，他最终决定留下来。这都说明他们都有"君子自重"的品质。

7.（1）你不愧爹的儿子，爹以你做出这样的决定为荣；（2）爹，您放心，我一定会像您一样种植养护好沙棘。

回　报

1.巧合是文学创作中较为普遍的艺术手法，但往往会对作品产生特殊的作用。这篇小说中也有多处巧合，请指出其中一处并结合文章内容分析其作用。

2.下面两句话从不同角度对《回报》这篇小说作了点评。请你任选其中一句作为开头，写一段赏析性文字，和同学们分享交流。（不少于150字）

（1）朴素的小人物也能闪闪发光。（2）回报，动人心弦，这个故事既是河洛乡的，更是中国的。

3.有人把小说的标题"回报"改为"黄河故事"，你认为哪个标题更好？请谈谈你的观点和理由。

4.王书记这一人物形象有哪些特点？请结合文本简要分析。

参考答案

1.示例一：上任书记坐船沿河检查，而船意外地翻了与铁蛋把他给救起是巧合。

示例二：王书记要去会铁蛋，和铁蛋自己来了并且说要拆除挖沙设备是巧合。

示例三：铁蛋在雨夜偷偷挖沙，出来撒尿被浪头打入河中，和王书记暗访时救下铁蛋是巧合。

示例四：王书记来这里的几个月练习游泳和雨夜救下落水的铁蛋是巧合。

示例五：铁蛋愿意改邪归正不再挖沙想靠儿女生活，和儿女早就劝铁蛋进城是巧合。

示例六：铁蛋靠父辈祖辈挖沙（依靠黄河沙）长大，和铁蛋愿意付出保护黄河是巧合。

示例七：铁蛋"挪用"1500元的补助帮助孤寡老人，和王书记"挪用"自己工资给铁蛋是巧合。

作用：（1）运用巧合可以展开故事情节，引出人物。如示例一。（2）运用巧合可以暗示主题，传达作者的思想。如示例二、示例六。（3）运用巧合可以为后文埋下伏笔。如示例四。（4）运用巧合可以使情节紧张，吊起读者胃口。如示例三。（5）运用巧合可以使人们的期望得到满足。如示例七。

2. 示例一：朴素的小人物也能闪闪发光。铁蛋是生在黄河边，长在黄河边，靠挖黄河沙为生的乡民，因为一次很偶然的救命之恩，他决心痛改前非，不再挖沙，反而要守护黄河，以及用1500元补助帮助孤寡老人。小人物的转变正体现出人心向善的美好品德，他们一旦醒悟，那种人性中最淳朴的品质便能激发出来，并且折射出人性的光辉，亦能闪闪发光。

示例二：回报，动人心弦，这个故事既是河洛乡的，更是中国的。回报是文章的线索，也是文章的主题情感，本文所体现的"回报"是多方面的，铁蛋回报养育他的黄河母亲，王书记帮助铁蛋，铁蛋帮助孤寡老人，更能展示出人和人之间的善良都会有所回报。善良是人们最质朴本真的品质，这种品质不是河洛乡一地的风尚，人与人之间的互相帮助，人们的淳朴善良，多行善事，是整个中华民族的美德，所以说更是中国的。

3. 示例一："回报"更好。（1）设置悬念，激发读者的阅读兴趣。（2）内涵丰富。既包含铁蛋守护黄河，把补助挪作他用，来回报王书记的救命之恩；也包含王书记执政为民受到铁蛋和百姓的回报；还包含王书记和百姓整治黄河，回报"黄河母亲"。（3）丰富了小说主题。既凸显了干部执政为民，回报黄河的担当作为，又表现了保护黄河生态的价值导向。

示例二："黄河故事"更好。（1）交代故事发生的典型环境。（2）串联情节，统领全文。小说中书记上任、智退铁蛋、守护黄河、生态治理等故事都是围绕黄河展开。（3）凸显小说主题，保护黄河，保护生态。

4.（1）担当作为。敢于面对霸道的铁蛋，彻底解决乱采乱挖河沙问题。（2）果敢机智。因势利导开展工作，及时预判铁蛋的破坏行为，统筹规划黄河治理。（3）关心民生。对停止挖沙后百姓的生计问题考虑周全。（4）无私奉献。拿出自己的工资给铁蛋发补助。（5）重视生态。整体规划黄河生态治理。

守　灯

阅读理解

1. 结合文本，简要分析小说以"守灯"为题的作用。

2. 小说中"妈妈"这一形象具有哪些特点？请结合全文简要分析。

3. 请联系上下文，谈谈你对下边画横线词语的理解。

"你不回来，妈妈就一个人守！"妈妈的声音哽咽了。

4. 小说结尾写道"船舶是在向灯塔致敬，是在向妈致敬，也是在向他致敬"，结合全文，谈谈你对这句话的理解。

参考答案

1.（1）"守灯"，既是故事中守灯妈妈儿子的名字，也表达了母亲的希望：儿子能像他的祖辈、父辈以及自己一样继续守护灯塔，让船只安全通过。（2）"守灯"是故事的线索，一家三代守护灯塔的历史以及对守灯岗位的价值认识，皆用"守灯"发起和串联，使小说故事情节紧凑、清楚。（3）"守灯"具有象征意义，暗示了主题。守灯含有守护心中明灯的含义，表达人生旅途中要坚守心中明灯，为他人亮起指明方向的明灯的主题。

2.（1）细心严谨，灯塔里的设备都被擦拭得锃亮光洁，一尘不染，擦拭灯器极有耐心；（2）乐于奉献，虽然海岛环境恶劣，但为了过往船只的安全，留在海岛守灯；（3）忠贞不渝，丈夫在海岛守灯被台风卷走，不幸早逝，妈妈对其一直念念不忘；（4）心存感恩，难产时渔民相助，为报答渔民救命之恩，坚持守灯；（5）乐于进取，她虽只有小学文化，但自学英语和航标专业教材，每天写工作日记，积累了丰富的工作经验。

3.“哽咽”表现了妈妈坚守孤岛、守护灯塔的决心和对守灯话语中暗示不想接班后的悲伤之情。

4.（1）采用拟人手法，把船舶当作人来写，赋予船舶以人的情感，把船舶通过灯塔鸣笛致谢的礼仪变成了人向值得敬佩或仰慕的对方致敬的行为，突出了灯塔和守塔人在船员心中地位的崇高。（2）通过侧面描写突出了海岛周围环境险恶，写出了行船人对守塔人妈妈，接过丈夫的守塔重任，几十年如一日，牢记职责无私奉献的致敬。（3）主人公守灯适应时代发展，利用科学知识，通过遥测遥控技术，立志让灯塔实现自动化管理，既保证了航行安全，又免除了守灯之苦，忠孝两全，值得人们致敬。

稻　香

阅读理解

1.题目是文章的眼睛，不仅要明眸善睐，还要灵动有神。这篇小说题目是《稻香》，通读全文后，有同学说题目换成《沟长》也可以，你认为用哪个更好？请谈谈你的看法和理由。（不少于50字）

2.“文学作品大家赏”栏目邀请你作为特约撰稿人，给这篇小说写一段赏析性文字，请完成这个任务。

写作提示：①首先说明你赏析的文本是由哪个题目构成的；②从人物形象、主题思想、语言表达方面任选一个角度来赏析；③结合文章内容；④不少于 100 字。

　　3.简要分析小说标题"稻香"的含义。

参考答案

　　1.示例一：我认为原题目好。小说题目"稻香"，一语双关，既指弥漫在寨子里的稻子的芳香，也指索姆和乡亲们品德的馨香，突出了小说的主题——品德的馨香滋养灵魂。

　　示例二：我认为用"沟长"好。小说题目"沟长"，一方面直接交代了主人公索姆的身份，另一方面通过"沟长"身份引出前任旺达，两任沟长的对比使现任沟长索姆的形象更加突出。

　　2.示例一：我赏析的文本由题目《稻香》构成。

　　文章的语言简洁传神、朴实真挚。"像小孩子四仰八叉尿尿随便流"，生活化的比喻，却将寨子自然灌溉的不足表现得淋漓尽致，进而突出了"沟长"工作的重要性；乡亲们感谢索姆一年来的辛勤付出，背着稻谷来感谢，只"把稻谷倒下便嘿嘿呵呵地走了"，语言简洁直白，却透露出寨中人纯朴、善良、真诚的特点。简洁传神的语言、质朴真挚的表达，如古朴的哈尼山歌，令人回味。

　　示例二：我赏析的文本由题目《稻香》构成。

　　文中索姆的形象立体饱满、非常突出。索姆不辞辛劳、责任心强，他扛起"沟长"的重任，"天天上山"观察调整全寨农田的灌溉状况；索姆大公无私，在"雨水不多"的情况下，先紧着别人家的稻田灌溉，致使自家的稻谷因"水分滋养的不够"而产量低。这样一个不辞辛劳、责任心强、大公无私的"沟长"形象，给读者留下了深刻的印象。

　　示例三：我赏析的文本由题目《稻香》构成。

　　本文主题思想含蓄深邃、发人深思。"沟长"索姆不辞辛劳地观察调整全寨农田的灌溉状况，他对工作的认真负责让我们嗅到了勤劳、认真的品德馨香；乡亲们为感谢索姆一年的付出，纷纷"背着稻谷"来答谢，他们纯朴的表达让我们嗅到了感恩、回馈的品德馨香；旺达的悔改、福来的转变，让我们领悟到品德馨香最是动人。小说字里行间散发着如稻香般醉人的品德馨香，这样的主旨含蓄隽永、引人深思。

3.（1）稻谷本身的香："稻香"指稻谷在索姆的精心照料下散发出浓浓的香味，也代表了乡寨人为索姆送去的稻谷散发着稻香。（2）品格香："稻香"体现了索姆尽职尽责和舍己为民的品格。（3）亲情香："稻香"也蕴含着乡寨人为索姆送稻谷的浓浓亲情，体现了乡寨中人与人之间相互理解、相互关心的和谐温暖的氛围。

暖心面

阅读理解

1.根据文章内容，以"张大叔与摊主"为主线，概括本文的主要故事情节，填写下面的内容。

初见摊主——（　　　）——（　　　）——（　　　）——（　　　）——敬佩摊主

2.文章第1、2自然段写雨后灾情的情景有何作用？

3.第9自然段"张大叔小心翼翼地问道"中"小心翼翼"有何表现作用？

4.小交警这个人物在全文中有什么作用？

5.文章结尾，张大叔要给小面馆换一个名字，你认为什么名字最合适，说出你的理由。

6.小说为什么把赵师傅夫妇做烩面的过程写得如此仔细？请结合作品简要分析。

7.老张吃烩面的整个过程中，心理发生了哪些变化？请结合作品内容进行简要说明。

1. 误会摊主　了解摊主　点赞摊主　质疑摊主

2. 写雨灾后的情景，一是突出表现了环境条件的恶劣情况，二是渲染悲凉的气氛，三是为摊主的出场做铺垫，推动故事情节的发展。

3. "小心翼翼"写出了张大叔的心理，形象写出了张大叔对"河南人"的提防之心，照应了上文的"防火防盗防河南"，也为下文夫妻的义举做了铺垫。

4. 一是作为事件见证者，展示摊主夫妻的义举；二是作为故事串联者，串起了文章两个主要人物；三是作为情节推动者，推动了故事的发展。

5. 示例一：晋豫情。晋有难，豫有援，晋豫一家亲，相互扶持渡难关，因此"晋豫情"这个名字最为合适。示例二：同舟。风雨来袭，晋豫同舟。"同舟"二字能够反映晋豫相濡以沫、同舟共济的纯真友情，也照应了"携手共'晋'，风'豫'同舟"这一横幅的内容。（回答合理即可）

6. 首先是为了突出和赞扬河南人赵师傅做烩面技术的高超和认真的态度，以及二人夫唱妇随的浓浓爱意；同时意在彰显河南人赵师傅夫妇义务抗洪救灾的无私奉献、不计个人得失的帮扶精神；更是为了讴歌灾情无情、人间有爱和一方有难、八方支援的中华民族抗洪救灾的伟大精神。

7. 看到一男一女做面，便问道："你们也做刀削面？"一个"也"字把套近乎的心理暴露无遗；一听说是河南人做烩面，立即以小人之心度君子之腹，认为河南人来发"国难财"，面价一定很高；一听说烩面不要钱，便产生怀疑的心理：在他看来，"中年男人的微笑里布下了陷阱"。直到小交警解释才释然；"嘴唇嚅动着"，突出了老张既想表达歉意，又无法解释的矛盾心理；老张吃烩面，并不住地赞叹："中，真中！比刀削面好吃。"尽管是真心话，也折射了他溜须逢迎的心理活动。

袁家楼

阅读理解

1. 选文用了很多笔墨写到"袁家楼"的创建历史，有什么作用？

2. 赏析下面句子。

（1）"当年咱的祖先是为了名声吗？"大哥说罢，长出一口气，似乎有点失望。

（2）"大哥，您的意思——"老二疑惑地问道。老三的眼睛里也是藏满了问号。

3. 如何理解文中"兄弟同心，其利断金"的含义。

4. 结合小说简析文中的大哥袁占国的形象。

5. 传统村落是乡村乡土建筑与乡土文化的综合载体，在振兴乡村的今天，请结合小说内容，联系生活实际，为"振兴乡村"提两条合理化建议。

参考答案

1. 交代袁家楼的创建背景；点明它有历史文化，有红色基因；为建"幸福楼"埋下伏笔；烘托了袁家家国情怀的高大形象。

2. 示例：语言和神态描写，真实生动地刻画了大哥的胸有成竹和两个弟弟的迷惑不解。

3. "兄弟同心，其利断金"比喻只要兄弟一条心，就能发挥很大的力量。泛指团结合作。文中一是指大哥有两个兄弟的大力辅佐，他们的事业才犹如滚雪球般越做越大。二是指他们兄弟三个共建"幸福楼"造福乡邻。

4. 示例：（1）有情有义：他们不但对已经过世的父母心存孝心，对乡亲热心，还给村里老人发放补助，表现其有情有义。（2）家庭中有责任担当精

/ 013 /

神，带领兄弟团结一心，共同发展。（3）事业有成：拥有自己的企业。④有胸怀有远见：咱袁家的祖先给我们做出了表率，他们能有家国情怀，造福一方，咱们三兄弟也不能袖手旁观，我打算建一栋楼。

5. 示例：（1）从不同角度进行保护。（2）合理利用，发展旅游产业。（3）充分利用现代手段，提高知名度。

忠孝图

阅读理解

1. 根据故事情节的发展，完成下列表格。

	故事情节
开端	永安县遭遇水灾，各方人员前来救援。
发展	（1） 接到大王庄患病村民的任务，小兵自告奋勇。
高潮	（2）
结局	小兵背起妈妈上了冲锋舟，照片被传到网上，受到大家赞扬。

2. 下列句子用了哪种描写手法？表现了小兵母亲怎样的心理？

每一次，妈妈都说："你别担心，干公家的事就不能想家里的事。我的身体好着呢，能吃能睡……"

3. 下列句子表现了小兵母亲怎样的心理？

妈妈忍着疼痛，诧异地说："小兵，你咋来了？眼下不正忙吗？"

4. 如何理解下列句子的深刻含义？

他是战士，做到了尽忠；他是儿子，也做到了尽孝。

5. 结合全文，探究小说表达了怎样的思想。

6. 第14段为什么要补叙小兵母亲来到大王庄的目的以及犯心脏病的原因？

7. 这幅《忠孝图》在网上广泛流传，你在上网时也看到了这张照片，请你跟帖留言，写下你想对小兵说的话。

参考答案

1. ①消防队员小兵联系不到妈妈，十分担心却不能回家。②小兵奋力来到大王庄，发现患病村民竟是自己的妈妈。

2. 运用语言描写，母亲朴实的语言里，饱含着对儿子作为消防战士的支持和鼓励，善意的谎言彰显着人间大爱。表现出母亲质朴、无私、深明大义的形象特点。

3. 妈妈因给消防战士送吃的而过度劳累，她忍着疼痛，不愿给别人添麻烦；她知道儿子正在抗洪抢险，对儿子的到来感到很诧异，也有些欣喜；但她还是认为儿子应该把工作放在第一位，投入到抗洪一线中去，尽自己的职责和本分。

4. ①小兵在危难时刻不怕牺牲，舍生忘死，越是艰难越向前，忠于国家，忠于人民，作为一名消防战士，这是"尽孝"。②小兵心里十分挂念母亲的安危，但因为使命在肩，只能忍受着心理的煎熬，因机缘巧合，前来大王庄救助的恰是自己的母亲，作为儿子，他尽了孝道。

5. 文章通过记叙消防战士坚守抗洪一线，没有时间顾及家中的母亲，后因抢险需要小兵恰好挽救了自己母亲的故事，表达了作者对小兵"不怕牺牲，不畏艰险，舍小家顾大家"的军人形象的歌颂以及对英雄母亲深明大义的赞美。

6. 有助于更好地表达文章主题，小兵的忠孝两全离不开母亲的以身作则；使文章结构完整，行文跌宕起伏；突出母亲无私、深明大义的人物形象。

7. 舍小家，顾大家，用生命坚守人民安全！不怕牺牲，舍身忘我，彰显军人本色！人民有难，你奋勇向前，用实际行动诠释了什么是"忠孝"两全。为你点赞！

玉 米

1.阅读全文，在下面的表格中填写表现老贵在不同时段的神情或动作的相关词句。

时段	老贵的神情或动作
看着一棵棵玉米苗被浇水后的样子	（1）
（2）	甩了烟，指着地里玉米说
村主任二宝说明征用地是为了建村小学时	（3）
（4）	脸像雨后的彩虹，亮丽而有色彩

2.结合小说全文，第2自然段有什么作用？请简要概括。

3.根据提示，为下列做出赏析性批注。

（1）老贵差不多挑了三四十担水，等到7584棵玉米全部浇完，日头刚好爬到东山嘴那儿了……这块地有九分六厘，老贵用脚步丈量了无数次。（运用了一系列数字的角度）

（2）那些玉米苗随风摆动，不知道是拒绝还是同意。（从描写角度）

4.有同学说："写到老贵同意建小学，小说就传达出了正能量，情节已经很完整了，最后一段没有必要。"你同意他的说法吗？请说明理由。

5.读小说要关注"虚构中的真实"。小说中的细节须符合生活的真实，本文哪些细节体现了这一特点？请任找一例简要分析。

6.选文第2自然段与下面的链接材料同属于哪一种叙述方式？在文章中

各有何作用?

【链接材料】听人家背地里谈论,孔乙己原来也读过书,但终于没有进学,又不会营生;于是愈过愈穷,弄到将要讨饭了。幸而写得一笔好字,便替人家抄抄书,换一碗饭吃。可惜他又有一样坏脾气,便是好喝懒做。坐不到几天,便连人和书籍纸张笔砚一齐失踪。如是几次,叫他抄书的人也没有了。孔乙己没有法,便免不了偶然做些偷窃的事。但他在我们店里,品行却比别人都好,就是从不拖欠;虽然间或没有现钱,暂时记在粉板上,但不出一月,定然还清,从粉板上拭去了孔乙己的名字。

(选自鲁迅《孔乙己》)

参考答案

1.(1)溢满笑容(抽鼻子,似乎闻到玉米成熟的馨香);(2)村主任二宝带着大老板大全提出征用玉米地时;(3)蒙了,似乎不相信,一脸难色;(4)大老板大全解释说等玉米收割后再征用地时。

2.第2自然段使用插叙的方式,补充交代了当年要这块没人愿意要的地并换种玉米的经过,令人产生悬念(为后文做铺垫),避免叙述上的平铺直叙(使文章波澜起伏),增强了小说的阅读性。

3.(1)小说中使用的"7584""九分六厘"等一系列数字,体现了老贵深藏在内心对儿子玉米无法言说的思念(反复不停地劳作和对土地的无比熟悉,是对已逝儿子思念的寄托方式)。(2)从侧面描写用玉米苗随风摆动,形象地衬托出老贵的犹豫不决,不知道该拒绝还是同意,表达出老贵既不想占用寄托相思的土地,又不想拒绝给村里孩子建学校的机会的矛盾心理(左右为难)。

4.不同意。(1)最后一段补充交代了老贵儿子的情况,与上文中的多处伏笔形成了照应,揭示了老贵种玉米,爱玉米,舍不得这块土地的原因,使小说内容更符合逻辑;(2)使老贵的形象更加生动立体;(3)深化了小说主旨,讴歌了老贵对儿子深沉的父爱;(4)小说结尾处陡生波澜,言有尽而意无穷,能引起读者共情与深思。

5.（1）小说的环境背景设置在中越边境上，因排雷而牺牲的军人具有现实原型，小说既能反映现实，又高于现实，让人感到真实可信。（2）对老贵的语言动作描写，符合人物身份性格特点，体现人物形象的艺术真实性。（3）小说多处情节的相互照应，符合内在逻辑，因为儿子牺牲，老贵在这一块土地种上了玉米，精心照顾玉米，把他们当作自己的孩子。

6.文章第2自然段和链接材料的叙述都属于插叙叙述方式。在选文中的作用：交代了这块地的来历，通过别人种果树、种药材与老贵种玉米进行对比，突出了老贵对种庄稼情有独钟。介绍这块地靠近中越边境，原先是雷场，为下文写老贵的儿子在排雷中牺牲埋下伏笔。在链接材料中的作用：揭示了孔乙己的性格和悲惨命运的根源——好喝懒做，深受科举制度的毒害。交代了孔乙己的经历和身世；介绍了孔乙己的品行，虽偷窃，但在酒店从不拖欠。为下文埋下伏笔。

我真不想脱贫

阅读理解

1. 参照下面的表述，请从老福的角度，将小说情节补充完整。

老福父母去世后	（1）
"我"做驻村第一书记帮扶期间	老福接连辜负了"我"的物质和产业帮扶
张蕾做驻村第一书记帮扶时	（2）
脱贫之后，张蕾要返城时	（3）

2. 请结合文本，简要分析老福的人物形象。

3. 悬念是小说的技巧之一，是指在叙述中先设置一个谜面，而藏起谜底，后在适当的时候予以点破，使读者的期待心理得到满足。请参照示例，再找出两个悬念。

示例：小说开头对"我"的身份没有交代，读者不知道"我"是谁，即是一处悬念；第3自然段才揭开谜底，"我"是一个扶贫失败的"逃兵"。

4.结合最后一段的含义，谈谈你对小说主题的理解。

5.请以"我"的视角梳理故事脉络，补全故事情节，并说说以第一人称写作的好处。

听说月亮湾村脱贫，"我"计划前往考察核实→A_____→老福不想脱贫，与"我"算西瓜账→B_____→揭示老福不想脱贫的原因。

好处：_____

6.请按要求赏析下列句子。

（1）"不信你问老贵，我今年真的没得钱，谁得钱谁是河里爬的。"老福两手比画着"王八"游泳的姿势，信誓旦旦地说。（从人物描写角度）

（2）是啊，她的青春之花在这里绽放，"她"也在月亮湾村人的口里变成了"我们"。（揣摩加点词的含义）

7.请结合小说内容，说说张蕾是一个怎样的驻村第一书记。

参考答案

1.（1）老福因病致贫，五十多了还没成家，破罐子破摔，成了村里的懒汉；（2）老福承包土地搞西瓜种植，渐渐脱贫；（3）老福为留下张蕾，故意捐出西瓜以证明自己没有脱贫。

2.（1）先前好吃懒做，自甘堕落——他家徒四壁，五十多岁还没成家，便破罐子破摔，即使乡干部怎么帮扶也不愿改变现状；（2）现在勤劳致富，知恩图报——他在扶贫干部的帮扶下搞起了产业，脱贫后还向社会捐助西瓜，懂得感恩，视张蕾为亲闺女。

3.（1）小说标题"我真不想脱贫"不合常理，使人不解，即是一处悬念；直至小说的结尾通过老福的话才亮出原因，原来是他舍不得张蕾；（2）老福在风调雨顺的年头种西瓜竟然没卖上钱，又是一处悬念；随后才交代是他把西瓜都捐了出去。

4.这句话是说张蕾把自己的青春都献给了月亮湾村的扶贫事业，且取得了成绩，与村民亲如家人；小说通过写驻村干部的帮扶、村民的感激，赞美了脱贫攻坚过程中良好的干群关系。

5.A回忆"我"帮助老福脱贫失败的经过；B老福捐了西瓜，得到表扬，"我"很震惊。好处：小说以第一人称来讲述，"我"是故事的参与者和见证者，增加了小说的真实性；通过"我"的叙述，拉近与读者的距离，唤醒读者内心的感受和思考；同时也有利于安排情节的曲折多变，避免多余的解释说明。（答到两点即可）

6.（1）运用动作和语言描写，生动形象地写出了老福表达自己没挣到钱的诚恳，表现出他佯装不想脱贫，实则不想让张蕾走的急切心情。（2）"绽放"是指张蕾的青春奉献给了月亮村，"我们"指张蕾的帮扶工作获得了月亮村村民的肯定，和村民们亲如家人，表达了村民对她的感激之情。

7.（1）张蕾是一个年轻有为、敢啃硬骨头的驻村第一书记，因为"我"帮扶老福脱贫失败，但是她却成功帮助老福脱贫；（2）张蕾是一个工作负责、扶贫有方的驻村第一书记，从老福脱贫前后在物质和精神面貌上的变化也可以看出；（3）张蕾是一个对老百姓贴心、耐心、暖心的"小棉袄"的第一书记形象，从老福在讲述"我真不想脱贫"的理由的时候，可以看出老福把张蕾当成他的女儿，从侧面反映出张蕾的贴心和暖心。

传家宝

阅读理解

1.文中画线句子中，春子说到乡亲们有"亏欠感"，他认为乡亲们亏欠的是什么？而父亲认为是自己一家"欠乡亲们"的，那么他们一家欠乡亲们的又是什么？请简要回答。

　　2. 请结合全文，简析第1自然段中画线部分描写的作用。

　　3. 请结合小说内容，试分析文中春子的形象。

　　4. 你怎么理解这篇小说的标题"传家宝"？

　　5. 作品在叙述上有哪些特色？这样写有什么好处？请简要分析。

　　6. 小说结尾交代出"春子出资建桥"的事实，这样安排有怎样的艺术效果？请结合作品进行分析。

参考答案

　　1. 春子认为乡亲们亏欠他们的是几十年几代人"义渡"的情义，他们一家欠乡亲们的是祖上得到的被收留救助的恩情。

　　2. （1）烘托一种热烈温暖的年的气氛。（2）暗示了父亲此时复杂而又激动的心理活动。（3）喻示后文中春子的表现强于父辈的作为。

　　3.（1）形象特点：①春子具有孝敬父母、知恩图报、不计名利的传统美德。他听从父亲的安排回村里摆渡，收钱修桥，造福乡亲。②春子思想开放、有创新精神、坚持自我。春子不认同父辈报恩的方式，又用创新的方式传承了父辈感恩的传统美德。（2）现实意义：当今社会，人们对物质利益的追求不可避免地会与传统思想发生冲突，面对这种冲突，我们需要像春子一样，既传承中华民族的传统美德，又要有开放的思想和创新的精神。

　　4. "传家宝"有两方面的含义，一是指会木工的老爷爷为了给乡亲们义渡而自造的小木船（包括竹篙和蓑衣）。二是指春子祖祖辈辈传下来的知恩、感恩、报恩的美好品德。

　　5.（1）运用对话串联故事情节，使叙事更加集中。（2）顺叙插叙相结合，使叙事条理清晰，情节更完整。（3）多用短句，节奏明快。（4）多用口语，风格朴实，富有生活气息。

　　6.（1）这样安排结尾，既在意料之外，又在情理之中。小说前半部分写春子"无端的怨恨""隐隐的不满"以及与父亲的"争吵"，使得小说的结尾出人意料；但另一方面，这样的结尾又照应了上文"春子摆渡收费"，面对村民的假意关心春子淡淡一笑、毫无失落等情节，给这些情节一个合理的解释，使这个结尾又在情理之中。（2）丰富了人物形象。春子出资建桥，既不负父亲的期待，报了乡亲们的恩情，又可一劳永逸，方便了乡亲们渡河。小说塑造了一个孝顺感恩、智慧多能的新时代青年形象。（3）深化了小说主旨。小说结尾通过交代出"春子出资建桥"的事实，不仅赞颂了代代相传的感恩精神，也褒扬了在新的时代、用新的方式解决问题的智慧。（4）照应开头与题目，使小说结构更加完整。春子出资建桥，使父亲自豪、满意，正呼应了开头父亲眼光中的期待，春子达成了这期待；同时也照应了题目"传家宝"，使得"传家宝"的内涵更加丰富。

瓜子道

阅读理解

1. 文中的"道"具体包含哪些内容？

2. 梳理小说内容，在下面的空缺处补充相应的情节。

（1）_____→关键时刻，工人要回家收麦，喜春为此发愁→（2）_____→得知麦子潮湿会造成经济损失，喜春作出停止生产瓜子、用烘干车间烘湿麦的决定→（3）_____

3. 请结合语境，回答括号内的问题。

（1）美丽瞅着喜春的脸，犹豫了一下，说："我倒是有个想法……"（句中为什么使用省略号？）

（2）"啊？""这？"福安和发财面面相觑。（画线部分如改成"这怎么可以？"好不好？为什么？）

（3）小说中喜春夫妻的对话很有特色，请简析其效果。

（4）小说中主人公的行为引发了同学们的热烈讨论。请你围绕小说内容，提出两个讨论话题。

参考答案

1. （1）瓜子独特的生产之道；（2）喜春的诚实经营之道；（3）喜春和杨老板为他人着想的为人之道。

2. （1）喜春收到商超杨老板的订货单，生产线全负荷生产（2）喜春与妻子美丽商量后，决定租收割机为工人们割麦（3）杨老板没有责怪喜春失信，付足货款并决定以后商超只进"瓜子道"。

3. （1）这里的省略号表示说话迟疑，表明美丽了解丈夫喜春，担心自己说出想法后会被喜春责骂。（2）不好。原句体现出福安和发财对于喜春作出的决定感到意外、惊讶与不解的心理，改后的句子不能体现出这些心理。

4. （1）二人对话中方言俚语的运用，充满地域色彩，符合人物身份，极具生活情趣。（2）二人的对话内容，折射出他们面对生活波折的整体态度和处置之"道"，凸显人物形象。

5. （1）是选择经济利益还是选择社会效益？（2）帮助别人是否应该以失信于他人为代价？（3）如何处理个人与社会利益的关系？

又是一年春天

阅读理解

1. 品味语言，回答下面的问题。

（1）结合语境，赏析下句。

妗子也不说话，使劲抢起镢头，发狠地刨着。

（2）从修辞方法的角度，赏析下边这句话。

路是柏油路，像飘带似的，时而挂上山脊，时而落入谷底，时而钻进树林，时而缠在山腰。

2.结合文章内容，谈谈你对"眼前，核桃树枝头挂满了一串串、绿莹莹的核桃花，像梳着美丽发辫的小姑娘，在微风中笑着、舞着，煞是好看……"这句话的理解。

3.本文多处运用对比手法，请结合文章内容分析其作用。（写出两处即可）

参考答案

1.（1）妗子很舍不得自家的核桃树，但想到修路为大家，她主动刨掉了自家珍爱的核桃树，可见妗子顾全大局，目光长远。（2）多用短句，句式错落有致，表达我此时的急切心情；运用比喻和排比的修辞手法，形象地写出了山路狭长又起伏的特点；行文有节奏感，读起来朗朗上口。

2.运用比喻、拟人修辞，生动形象地写出核桃花花色繁多美丽的状态，呼应了前文。

3."舅家在小关南边的大山里，虎脑村，路也不好走，还要走好远。有时走上半天也瞅不见个人影，瘆得慌"与"如今那里大变样了，城里人都争抢着去旅游呢""我骑上摩托直奔南岭新村。路是柏油路，像飘带似的，时而挂上山脊，时而落入谷底，时而钻进树林，时而缠在山腰。不时有各种高档轿车从我身边经过。我循着宽阔、平整的柏油路骑到了一栋两层小楼前，楼房像是刚竣工的。没错，就是舅家，因为楼房旁边还保留着原来的石窑"进行对比，展现了虎脑村村民在政府的扶持下通过自己的双手勤劳致富奔小康的精神面貌，具有浓厚的时代气息。

父亲的花园

阅读理解

1. 小说以"花园"为线索组织情节，请填写下面内容。

（1）_____花园 —— 炫耀花园 —— 花园小憩（解读花语）——

（2）_____花园——命名花园。

2. 小说结尾写道"父亲执拗地说"，除了这一处，小说还有哪些地方体现了父亲的"执拗"？

3. 句子赏析。

（1）海棠花红中泛白，花朵的形状有点像小雨伞，微风吹来，像一个个伞舞者。（从修辞角度）

（2）我突然觉得花园是那么的漂亮，好看得都让我想哭，连疙疙瘩瘩的心情都荡平了。（从词语运用角度）

4. 探究小说标题《父亲的花园》的含义。

5. "留白"是小说创作常用的手法，可以给读者留下思考和想象空间，让读者进行艺术再创造。本文第五自然段画线处就运用了留白艺术，请联系上下文想象"父亲"会说些什么，并以"父亲"的口吻写下来。（不超过100字）

6. 阅读下面的材料，根据要求写作。

《父亲的花园》结尾处给花园起名的情节，让我们印象深刻。名字，不仅是一种指代符号，更蕴含了志趣、精神、文化。好的名字，能带给人温暖、力量和启迪。你一定也有过给身边事物起名的经历，如个人空间、小组社团、手抄小报、手工制作、文件资料、网络昵称……

上面材料带给你怎样的联想和启示？请结合自己的生活，自拟题目，写一篇文章。要求：①不低于600字。②除诗歌、戏剧外文体不限。③不要套作，不得抄袭，不得泄露考生个人信息。

参考答案

1.（1）开辟　　　　（2）共享

2.坚持房子换成一楼且带有后院；开辟小花园，不种菜而种花（或：对"母亲"感情的执着）；除了吃饭睡觉，剩下的时间都泡在花园里；允许任何人出入他的花园。

3.（1）运用比喻，将海棠花的花朵比作小雨伞和伞舞者，从形状和动作方面写出了花朵的可爱，表达了我看到这些花儿时的欣喜之情。（2）"突然"这一副词，形象写出父亲的花给"我"带来的顿悟和触动，"荡平"这一动词，生动夸张地写出父亲的花帮"我"解开了疙疙瘩瘩的心结。

4.《父亲的花园》既是父亲开辟的自然的花园，也是他怀念母亲的心灵花园，更是社会精神文明的花园。

5.感谢大家对我的信任。我在院子里种花，既是对老伴的怀念，又能妆点一下生活。这个花园会向所有人开放，欢迎来观赏。只要我们团结友爱，无私奉献，小区一定会越来越好。谢谢！

6.（略）

山伯进城

阅读理解

1.学校《文苑》杂志推出了"文学作品大家赏"栏目，本期赏读的是小说《山伯进城》。

（1）"照应"是文章的结构技巧，常见的种类有伏笔照应、首尾照应、文题照应等。这篇小说有两个不同的结尾，通读全文后，你认为哪个结尾更能体现照应这一结构技巧？谈你的看法和理由。（不少于50字）

（2）"文学作品大家赏"栏目邀请你作为特约撰稿人，给这篇小说写一段赏析性文字，请完成这个任务。

写作提示：①首先说明你赏析的文本是由哪个结尾构成的；②从人物形象、主题思想、语言表达方面任选一个角度来赏析；③结合文章内容；④不少于100字。

2. "山伯进城"的故事可谓悬念迭出。请根据提示，将相关情节填在下面横线上。

（1）设置悬念：_____

（2）再设悬念：山子为什么不想让山伯进城？

（3）加深悬念：山子并没有遇到山伯。

_____：_____

3. 请从文中找出一处山子和山伯的对比，并分析其作用。

4. 按要求品析语言。

（1）山子黑着脸说："我一大早就从厂里回来了。真是的，不嫌丢人！"（从人物描写的角度赏析句子）

（2）看到山子，他不自然一笑，低眉顺眼地说，我摸到你们厂，他们说你回家来了。（品味加点词语）

5. 结合文章内容，探究作者写这篇小说的用意是什么？

参考答案

1.（1）示例一：我认为结尾一更能体现照应这一结构技巧，"我进城，就是你爸也进城了"照应了题目"进城"，同时也照应了开头"山伯这辈子，去过一次县城，唯一的一次"，可谓独具匠心。示例二：我认为结尾二更能体现照应这一结构技巧，"似乎依然害怕"与前文多处照应，如山伯面对儿子"低眉顺眼""嗫嚅"，山娘面对儿子"不敢多说""把话咽回去"等，细微处巧妙照应，使结构严谨。

（2）示例一：主题思想：通过山伯与山娘对山子的态度与山子对山伯的态度，揭示出子女父母爱的不理解，提醒人们要孝敬父母，不要到时留下遗憾。示例二：语言方面：山伯与山娘的对话匆匆忙忙，渲染了紧张的氛围。对山子父母在山子面前的神态描写，生动细腻，很好地展示了人物心理以及对山子的爱。语言描写生动是本文的一大特点，作者利用语言描写设悬念、打伏笔、交代事件、塑造人物形象，取得了良好效果。

2.（1）山伯为什么要进城。（4）解开悬念，山伯听说客车出车祸，担心儿子进城。

3. 当山伯听说公路上发生了车祸时，他焦急、紧张、不安分；他第二天辞别山娘，匆匆忙忙地往城里赶。父亲对孩子深沉的爱令人感动。而当山子回家后知道父亲去了城里时，并没有担心父亲的安危，却说"不嫌丢人"；当父亲疲惫地回到家时，山子并不开心，而是怒气冲冲。这些突出了山子的冷漠和对父爱的不理解。

4.（1）运用了神态描写和语言描写，写出了山子对父亲去厂里的不满，表现了山子对父爱的不理解。（2）"摸到"写出了山伯到山子工厂的艰难，表现了山伯对孩子的爱。

5.（1）对父爱的赞美。（2）含蓄地批评了不懂父母心的孩子。（3）引发读者探究怎样做，才是真正的孝敬。

一双皮鞋

阅读理解

1. 本文标题为《一双皮鞋》，文中为什么还写到了一双布鞋？

2. 第2自然段开头一句有什么作用？

3. 品味下面句中画横线词语的妙处。

（1）马老伯弓着腰，低着头，上身与下身几乎成了一个直角，每走一步都要趔趄一下。

（2）儿子漫不经心地接过钱，随手塞进了自己的口袋。

4.结合全文内容，说说文中的儿子是一个怎样的人？

参考答案

1.通过对比手法，突出马老伯的布鞋之旧和儿子丢弃的皮鞋之新，既表现出马老伯爱子心切，也表现了他的艰辛与节俭并没有得到已经成年的儿子的感恩和回报。

2.这里的环境描写，突出了天气炎热的程度，为后文马老伯劳动的艰辛作铺垫。

3.（1）通过动作描写，形象地刻画出马老伯在天气越来越热的情况下努力寻找破烂的艰辛与劳累。（2）"漫不经心"与"随手"形象地写出了儿子并不懂得珍惜父亲的辛苦劳动所得。

4.(1)找不到工作整天待在家里玩游戏，可看出儿子的懒惰和不思进取；（2）儿子向父亲要钱买皮鞋，只考虑自己的享受，丝毫没有想到父亲劳动的艰辛，可看出儿子的自私、不懂得感恩与回报；（3）一双皮鞋旧了一点还没有坏就扔掉，可看出儿子的奢侈浪费。

朋友圈

阅读理解

1.请用简洁的语言概括小说的主要内容。

2.小说开篇为什么极力铺陈朋友圈的热闹景象？

3.请任选一个角度赏析下面句子。

（1）往常，我的手机会不断发出微信的提示音，嘟嘟嘟，嘟嘟嘟，像蛐蛐叫，好听极了。今天倒好，哑巴了似的，一点声音也没有。

（2）一秒钟过去了，一分钟过去了，一个小时过去了，一个上午过去了……我眼巴巴地等了一天，等到晚上12点，还是没有一个人点赞，没有人跟帖。

4. 请从"我"的角度谈谈朋友圈里的"朋友关系"。

5. 文末写道"我半天没有回复一个字，眼泪哗哗的，抱着手机呜呜哭起来"，请问"我"为什么哭？

参考答案

1. 我在朋友圈发了一条"借钱信息"，朋友没有任何反应，妈妈转过来2000元钱。

2.（1）欲抑先扬，一二两段竭尽渲染了朋友圈里朋友们的热情、友好，情深义厚。（2）为下文朋友圈朋友们的虚情假意、对"我"的冷漠埋伏笔。（或与下文朋友们的冷漠、母亲的关爱作对比。讽刺了朋友圈友情的虚假。）

3.（1）运用对比手法，朋友圈平时的热闹与借钱信息后的冷清形成鲜明对比，表现了"朋友们"的虚伪和冷酷无情。（2）运用了排比的修辞，将"一秒钟""一分钟""一个小时""一个上午"等时间单列，突出表现了"我"发出消息之后等待朋友回复和转款的迫切心情。

4.（1）从"我每发一条微信或是转发一条微信，点赞的不计其数。""每天早上，我睁开眼睛打开手机，问好的微信是一条接一条。"可以看出朋友圈里的友情表面上是深厚的。（2）从"我的目的很明确，就是害怕他们张口借钱""微信红包是一个也没有，转账汇款的信息也是一条也没有"可以看出朋友圈的朋友面对现实问题都不愿付出，这种朋友关系是表面美好诚实，实则虚伪丑陋。（3）从"我"经历的先浓情蜜意后冷漠如霜中可以看出朋友圈的朋友是带有强烈虚拟性质的，在虚拟的世界里他们毫不吝啬，但是这种关系经不起现实的检验，是虚拟的友情，是不能替代生活中的真实交往的友情的。

5. 我信心满满地以为所有的朋友都会毫不犹豫地借钱给我，但是出乎意料的是朋友们都在躲我，无一个朋友伸出援助之手，在我失望至极的时候母亲给我转了款。哭是因为对虚假友情的失望，也是为真挚的亲情所感动。

灯

阅读理解

1. 请用简洁的语言，将小说的主要情节补充完整。

小伟回乡看望父亲→_____→_____→_____→小伟感到很踏实。

2. 小说第 4 自然段在全文中起什么作用？请简要分析。

3. 联系上下文，简要赏析下边句子。

来到海边，天已经完全暗下来，海和天似乎连接到一块儿了，只能听到海水不安分的波涛声。

4. 结合文章内容，写出你对"要做灯塔发出的光，不要做蛤蟆鱼身上的光！"这句话的理解，并联系自己的生活体验，谈谈你对此的感悟。

参考答案

1. 父亲带小伟去钓鱼　父亲以蛤蟆鱼为例讲道理　小伟向父亲解释自己的本意

2.（1）设置悬念，提出疑问：父亲为什么晚上去钓鱼？引发读者兴趣。（2）引出下文，为父亲抓蛤蟆鱼做铺垫。

3.（1）运用了拟人手法，"安分"一词赋予海水人的情感，写出了海水波浪起伏的状态。（2）交代了"父亲"捉鱼时的地点、时间及昏暗的环境。

4.（1）"灯塔发出的光"指引人走向光明，是无私奉献精神的象征；"蛤蟆鱼身上的光"是为了诱捕食物，象征着自私和张扬。（2）这句话是指人应该有为民服务、无私奉献的精神，不能太张扬和自私。（3）这句话既表明了父亲对小伟的谆谆教导，丰富了人物形象，也深化了文章主题，同时也照应了小说的标题《灯》。（4）在生活中，我们应该做无私奉献的人，不能做自私张扬的人。（能联系自身生活实际谈，言之成理即可）

迷　路

阅读理解

1. 赏析最后一段："看到保民，顶着一头雪的老太太咧开嘴巴，佛一样温暖地笑了。"

2. 小说标题为"迷路"，意蕴丰富，请结合全文分析标题的作用。

3. 仿照示例，梳理这篇小说的主要情节。

情节一：保民急找患病母亲；

情节二：＿＿＿＿＿＿＿＿＿＿＿＿＿＿＿＿＿＿＿；

情节三：保民为母亲买饺子；

情节四：＿＿＿＿＿＿＿＿＿＿＿＿＿＿＿＿＿＿＿；

情节五：保民找到男孩父亲；

情节六：＿＿＿＿＿＿＿＿＿＿＿＿＿＿＿＿＿＿＿。

4. "雪花"在文中出现了多次，细读全文，说说作者这样写的好处。

5. 请简要说说保民是一个怎样的人。

参考答案

1.（1）冷与暖形成对比，天气寒冷，人心不冷。（2）保民寻回迷路的母亲，也有赖于110微信群提供的线索和母亲遇到的好心人如看门师傅，赞美人与人之间的关爱相助、温暖善意。（3）呼应开头大雪漫天飞舞的环境描写，以母亲的笑结尾，留有余味，发人深思。

2.（1）文中迷路者有两个，一是小男孩，二是保民母亲。（2）关爱迷路的男孩、找回迷路的母亲，突出保民"保小家、保人民"的好儿子、好警察的形象。（3）情节上形成双线推进，相互照应，使内容更丰富。（4）设置悬念，吸引读者阅读兴趣。

3.情节二：保民帮忙推车上坡；情节四：保民照护迷路男孩；情节六：保民辗转找到母亲。

4.一是为塑造人物创设了特定的环境；二是突出了人物雪中助人的形象，更好地突显了人物的精神品格；三是寒冷的雪花，反衬出保民与母亲母子亲情的温暖；四是雪花具有线索作用，把文中的几件事串联在一起。

5.保民是一个孝顺、热心、尽职尽责、有情有义的人。

快　递

阅读理解

1.围绕"快递"概括相关情节，把横线上的内容补全。

（1）＿＿＿＿＿＿，我感到狐疑→（2）＿＿＿＿＿＿，我感到遗憾→（3）＿＿＿＿＿，我感到无能为力→（4）＿＿＿＿＿我了解到快递的真相→我和快递"幸福"一起来看大娘，鼓励"幸福"。

2.品味语言。

（1）赏析文中"俺，俺想让你把儿子给俺快递回来"的表达效果。

（2）体会文中画横线处王大娘为什么会"淌出了泪水"。

3.分析张大爷这一人物形象在小说中的作用。

4. 文中多处用问句写"我"的怀疑、嘀咕，请分析这样写的好处。

5. 有人评价侯发山小说的结尾"旁逸斜出"，故事结局显得"别具匠心"。请结合这篇小说，谈谈你对这个评价的认识。

6. 这篇小说虽然语言质朴却极有温度，精读下面句子，谈谈你感受到了字里行间流露出的怎样的情感。

（1）王大娘炫耀似的说："俺穿的用的，都是儿子寄回来的，有好多都没打开呢。"

（2）"……"电话那端半晌没有说话，但我捕捉到了细微的啜泣声。

7. 小说以塑造人物为中心，每篇小说的人物都经过作者的精心设计。无论是人物的命名还是次要人物的设置，都与情节和主旨紧密相连。请从下列问题中任选一个，感受作者对小说中人物的设计之妙。

A. "平安""幸福"的命名之妙　　B. 看门的张大爷这个人物的设置之妙

8. 本文以"快递"为题，有什么妙处？

参考答案

1. 王大娘眼睛看不见却用快递买来血压计；儿子给王大娘快递的衣服不合身；王大娘想把儿子快递回来；打电话劝儿子回家看王大娘。

2.（1）语言描写，既写出王大娘对儿子思念之深，也表达她对我能帮助她的期盼，对社会大爱的向往。（2）对儿子的深切思念，对儿子再也不能回来的悲痛，对周围人们对她热心帮助的感动。

3. 通过张大爷的叙述，交代平安小区名字的由来和王大娘眼盲的原因，为下文王大娘想把儿子快递回家做铺垫，写张大爷拉我喝水，用张大爷的孤单衬托王大娘的孤独，丰富了文章内容，深化主旨，引起人们对这一群体的关注和关爱。

4. 心理描写；写出我的细心和对王大娘的关爱；设置了悬念，推动情节发展。

5.（1）小说结尾没有接着原来的故事写人物结局，而是宕开一笔，写小区改了名字，显得"旁逸斜出"。（2）这样的结局，体现了作者的别具匠心：

"平安小区"的名字体现的是人们的善良，改成了"幸福小区"，是对助人为乐的社会风尚的倡导和赞美；照应了上文交代小区名字的内容，又深化了小说主旨。

6.（1）王大娘炫耀似的神态、"有好多都没打开呢"的语言，使"我"感受到王大娘对儿子给自己寄快递的开心与幸福，以及对有这样一个孝顺的儿子而感到自豪的情感。（2）"半晌没有说话""细微的啜泣声"让"我"感受到幸福对思念儿子而哭瞎眼的王大娘的心疼与同情，同时"我"也感受到幸福的善良、富有同情心。

7. A：平安是一名矿工，王大娘日夜苦盼儿子平安归来，结果平安却死于矿难，这名字蕴含着作者对人人平安的期盼和祝福；在平安遭遇矿难后是幸福冒名平安，通过寄快递的方式给王大娘报平安，为王大娘的晚年"快递"来幸福，这名字蕴含作者对幸福善良、有爱心的赞美，寄托了民众对幸福生活的向往之情。

B：看门的张大爷是小说中的关键人物。通过张大爷的叙述"我"了解到平安小区名字的由来以及王大娘的眼盲是过度思念儿子造成的；这也为下文王大娘委托"我"把儿子快递回来，以及幸福在得知王大娘因思念平安哭瞎双眼，冒名平安回来探望的情节做铺垫。

8.（1）"快递"是贯穿全文的线索，全文围绕"我"为王大娘送快递展开；（2）"快递"是矛盾冲突的焦点，"我"对给王大娘寄快递的人孝心的猜测使情节波澜起伏；（3）以"快递"为题，可以引发读者对"谁寄快递""寄什么快递"等问题的思考，激发读者的阅读兴趣。

我是狗蛋

阅读理解

1. 请结合文章第 5 自然段到 32 自然段的内容，根据提示梳理故事情节，完成下列表格。

老人找儿子"狗蛋"的次数	情节	"幸福"的心情
老人第一次找"狗蛋"	（1）_____，自称"狗蛋"的赵警官接走了老人。	热心
老人第二次找"狗蛋"	（2）_____。	有点懊悔
老人第三次找"狗蛋"	保安"幸福"自称是"狗蛋"，老人紧紧握住"幸福"的手。	（3）_____、_____、自豪

2. 文章第 3 自然段叙述顺序是什么？有什么作用？

3. 联系上下文，分析下列句子的表达作用。

（1）赵警官说："我得赶紧把老人送回敬老院……我父亲今天住院了，正在抢救呢。"（从描写方法的角度赏析）

（2）当幸福报出"狗蛋"的名字后，老人的神色由**焦急**变为**惊喜**，一把**攥住**了幸福的手，满脸的**柔情蜜意**。（从加黑字词的角度赏析）

4. "轻轻敲开你的心门——揣摩人物心理"的探究课堂上，老师分享了这篇文章。请同学们根据文章内容，补习文章中空格部分。

5. 雨果说过："善良的心就是太阳。"选文和杨绛先生的《老王》，都是通过记叙生活中的凡人小事体现人间的"善"，请结合选文简要分析。

1.（1）保安"幸福"悄悄拨打了110。（2）保安"幸福"给赵警官打电话，赵警官接走了老人。（3）吃惊不后悔。

2. 文章运用了插叙的叙事顺序，讲述了之前犯罪分子蓄意作案的故事，将老人的身份设置悬念，丰富文章内容，吸引读者的阅读兴趣。

3.（1）这句话运用了语言描写，通过第一视角讲述了赵警官在送老人回养老院的时候自己的父亲也正处于危险之中，表达了赵警官对老人的负责和作为战友的担当。

（2）"焦急"和"惊喜"神态的前后对比中，可以感受到老人对儿子的担忧与思念，"攥住"这一动词则表达了老人对儿子的不舍，"柔情蜜意"更是表达了老人看到儿子内心的幸福与喜悦。

4. 赵警官怎么回事？连自己的爸爸都忘记了？他到底有几个爸爸？怎么一个爸爸在医院，一个爸爸在我这呢？这个人真是奇怪。

5. 幸福、赵警官和老王都体现着人间的善。杨绛先生在《老王》中老王的善良表现在：带送冰块，车费减半；送钱先生看病不要钱，还担心钱不够；受了人家的好处，总是不忘。去世的头一天硬撑着拿了香油、鸡蛋上门感谢。选文中善良表现在：赵警官替殉职的战友照顾精神失常的父亲，保安"幸福"知道真相后被感动，充当"狗蛋"让老人感受到亲情与温暖。

瓜　香

阅读理解

1. 下列对文章相关内容及艺术特色的分析鉴赏，不正确的一项是（　　）

A. 文章11、12自然段两次提到"庄稼人"，表明郝大叔夫妇具有农民勤劳朴实的品质。

    B. 郝大叔和老伴摘西瓜送给当地驻军，是想让参军的女儿能吃到自己家种的西瓜。

    C. 小说多处写郝大叔夫妇的对话，既充满了生活气息，又推动了故事情节的发展。

    D. 文章写超市老板与郝大叔通电话的情节，有衬托作用，能更加突出人物的品质。

    2. 文中哪些情节可以体现郝大叔夫妇对军队的特殊感情？

    3. 文章第12段采用了怎样的记叙顺序？有什么作用？

    4. 一个优秀的小说结尾，常常令读者感到余味无穷。请你赏析文章最后一段，体会这样结尾的妙处。

    5. 标题是文章的眼睛。本文题目是"瓜香"，除了西瓜本身的香，你从文中还能读到哪些方面的"香"？请简要概述。

参考答案

    1. B

    2.（1）挑选又大又熟的西瓜慰问驻军。（2）为将西瓜送给军队，拒绝高价购买的超市老板。（3）将三轮车的西瓜装得满满当当，送给军队。（4）鼓励女儿报名参军。

    3. 插叙。写驻军救了看瓜的郝大叔夫妇及郝大叔在座谈会上的发言；交代了郝大叔给驻军送西瓜的原因；表现了郝大叔的知恩图报；突出了文章的主题；使情节有波澜、更完整。

    4. 虚实结合，以景物描写衬托人物愉悦的心情；篇末点题，暗含赞美之意。

    5.（1）郝大叔所种西瓜开的花、结的瓜香；（2）郝大叔夫妇勤劳淳朴、知恩图报的品质；（3）郝大叔夫妇之间互相关爱；（4）军爱民、民爱军，军民之间的鱼水深情。

渔　娘

1. 文章开头渔娘称黄河为"母亲",表明自己要终生陪伴母亲,有何深意?

2. 第6自然段运用了什么记叙顺序?有何作用?

3. 阅读下面的语句,回答括号中的问题。

（1）刘秘书不自然一笑,咽了下口水,说:"娘,不,渔、渔娘,今天是招待投资商的……"（从人物描写角度赏析句子的表达效果。）

（2）他一边吃,一边想起渔娘的话,又好气又好笑。（请说说"他"为什么"又好气又好笑"？）

4. 渔娘是一个怎样的人?请结合全文简要分析。

5. 小说中渔娘拒绝刘秘书和苟书记要用黄河大鲤鱼招待投资商的行为引发了你怎样的思考?请结合人与自然之间的关系进行分析。

6. 如果根据小说内容编写一个小品,由你做导演,你会对渔娘的衣着、表情、语气、动作进行怎样的设计?

7. 文章第20自然段介绍渔娘、老爹、苟书记三人身份有什么作用?

参考答案

1. 运用比喻的修辞手法,将"黄河"比作"母亲",意在突出渔娘与黄河解不开的缘分和母女般的深厚情谊;为下文写渔娘保护母亲河,拒绝他人不正当要求埋下伏笔。

2. 插叙。内容上补充交代黄河鲤鱼的盛名、特征以及用它招待客人的意义,丰富了小说的内容,有利于衬托出渔娘坚持原则的形象;结构上承上启下，解释了上文镇政府为什么要用黄河大鲤鱼招待客人的原因，以及为下文写渔娘拒绝这一不合理的要求埋下伏笔，增强小说结构的严谨性。

3.（1）运用神态、语言、动作描写，形象生动地表现了刘秘书面对渔娘义正严词时的尴尬和紧张的情态。

（2）"好气"是因为渔娘临走时丢下的"王八不是吃肉的，是喝汤的"这句话有骂人的不雅意味；"好笑"是因为渔娘亲自送来味道鲜美的正宗黄河甲鱼，而且热情友好地提醒喝汤是最好的品尝，同时也幽默含蓄地表达了对不顾禁渔期原则要黄河鲤鱼来招待外来投资商行为的不满情绪。

4.（1）渔娘拒绝苟书记的工作安排，接替老爹遗志保护黄河母亲，表明渔娘是一个知恩图报、大公无私的人；（2）渔娘拒绝刘秘书和苟书记要用黄河鲤鱼招待投资商的要求，表明渔娘是一个做事讲原则、忠于职守的人；（3）渔娘送正宗黄河甲鱼并热情叮嘱喝甲鱼汤，表明渔娘是一个热爱家乡、聪明睿智、知书识礼的人；（4）认识渔娘的人评价渔娘与老爹的相识经过，表明渔娘是一个受过感情伤害、嘴巴厉害的人；（5）渔娘学老爹跟捕鱼人讲道理，表明渔娘是一个善于学习、讲究工作方法的人。

5.自然界孕育并哺育了人类，人与自然密切相连、密不可分。所以，我们应该尊重自然、保护生命，约束自身行为，不强行掠夺、过度开发大自然，要遵循自然界发展的规律，维护生态平衡与稳定，与自然和平相处。

6.衣着：头系蓝碎花三角帕，身穿蓝碎花布斜襟衫、灯笼裤，脚穿青布方口鞋；表情：撇嘴扭脸；语气：泼辣冷漠；动作：舞乍着两手等。

7.揭示渔娘接替老爹保护黄河的原因；明确三人间的关系，衬托出渔娘形象的高大，有利于突出文章主题。

龙抬头

阅读理解

1. 小说结尾康小龙没有直接回答父亲的问话，而是将"凝重的目光投向了屋内那满架书籍"，这样写有何用意？请简要分析。

2. 小说以"龙抬头"为题目，意蕴丰富，请结合文本内容分析其作用。

3. 有人认为文章中私塾先生这个人物无关紧要，可以删去，你是否赞同？请说明理由。

4. 康百万联合慈云大师送杯子激励小龙，这在前文已有伏笔，请你找出两处并简要分析。

参考答案

1.（1）启人深思，给读者留下了思考的余地和想象的空间；（2）照应了前文父亲及私塾先生的教诲，也是对父亲等人良苦用心的回应；（3）揭示出了读书可以获得真知的道理，小龙之所以知道谜底，就是从书本中获得的。

2.（1）"二月二龙抬头"是小说主体情节发生的背景，推动了故事情节的发展；（2）一语双关，"龙抬头"既是人们对传统节日习俗寄寓的美好祝愿，也展现了主人公康小龙思想与行动的转变过程；（3）"龙抬头"是教育的愿景，同时也体现了暗示与激励教育的重要性，深化了小说主题。

3. 不赞同。小说对私塾先生的刻画虽着墨不多，但其恰到好处的一句"大富大贵必得有真才实学做基础"对主人公颇有影响，他是激励小龙成才的重要合伙人，所以不能删。

4.（1）小龙嚷着要跟去石窟寺时，康百万"灵机一动"，心说到时让慈云大师开导开导他，为后文康百万联合慈云大师送杯子激励小龙埋下伏笔。（2）小龙看神像时，康百万与慈云大师一番寒暄。寒暄的内容可能包括了与慈云大师商量激励小龙的计策，为后文大师送杯子激励小龙埋下伏笔。

心　锁

阅读理解

1. 请用简洁的语言概括这篇小说的主要情节。

开端：_____

发展：_____

结局：_____

2. 分析"屁颠屁颠"在句子中的表达效果。

这是多少人梦寐以求的好事啊！因此两个年轻人乐得屁颠屁颠的，每天围着刘师傅嘘寒问暖，跟敬佛似的。

3. 从人物描写的角度赏析下面的句子。

小李的鼻尖上渗出了汗珠，笨嘴拙舌地说："师傅，我没看保险柜里都有什么，您只让我打开锁。"

参考答案

1. 开端：刘师傅物色徒弟传授绝活，对大张和小李进行了一次测试。发展：虽然大张开锁速度比小李快，但是小李心无杂念、老实厚道，更符合刘师傅的要求。结局：刘师傅选择小李作为单传弟子。

2. "屁颠屁颠"形容一个人非常高兴，乐意全力做某事。写出了大张和小李成为刘师傅徒弟后欣欣鼓舞、高兴到极点的心情，以及对学习刘师傅开锁技艺的渴求。

3.（1）神态描写，"鼻尖上渗出了汗珠"表现了小李的紧张。（2）语言描写，"没看保险柜里都有什么"表现了小李的专心开锁，老实厚道。

风　景

阅读理解

1.本文围绕"修鞋"主要写了哪几件事？请从老人的角度简要概括。

2.从环境描写的角度说说第20自然段的作用。

又一个春天款款到来了。梧桐镇中学也被一道米黄色的砌花围墙圈起来，院内有鲜花盛开的花圃、绿草如茵的小足球场、喷珠吐玉般的喷水池、修整得很好看的花木……琅琅的读书声从各个教室里飞出来，像动人的大合唱，音符满天。

3.做批注是阅读的好方法，请从文中【A】【B】【C】三个画线句子中任选两个从赏析角度做批注。我选【　】，我的批注 _____ 我选【　】，我的批注 _____

4.本文的主人公，有人认为是老人，有人认为是儿子，有人认为是老人和儿子，你同意哪一种观点，请结合文章内容加以探究。

参考答案

1.（1）老人在镇中学的老槐树下补鞋，校园的师生和附近的街坊邻居都常去他那儿修鞋。（2）老人知道了儿子讨厌他在学校门口补鞋，但源于生计，他只能继续。（3）儿子毕业后，老人就收摊不干补鞋的活儿了。（4）老人知道儿子要去补鞋后，震惊不已，又担心儿子吃不了苦，偷偷去观察，发现儿子坦然接受后，自己也释然了。

2. 描绘出环境的清新、美丽；营造出温馨、安详的氛围；向我们呈现了镇中学随着时代的发展发生的极大的变化；又照应开头"孩子们整齐的读书声。这书声，被秋风吹得一时高一时低，显得这小镇更加宁静、安详和可爱了"这一内容；并为下文老人儿子的修鞋店的红火做铺垫。

3.【A】运用比喻的修辞手法，把"粗壮的大手"比作"蟹钳"，体现出老人虽矮小瘦弱却很有力量的特点。

【B】运用动作描写。运用"搬""递""接""拿"等一系列动词，写出了老人补鞋动作的行云流水，一气呵成，突出了老人手艺的娴熟和高超。

【C】运用动作描写和神态描写。通过"放""挥""荡漾着光辉"等词语或短语，体现出老人因儿子考上大学的喜悦之情。

4. 示例一："老人"是主人公。选文以"老人"的视角，讲述他修鞋以及儿子修鞋的故事。

示例二："儿子"是主人公。作者用笔墨写出儿子对待补鞋前后的态度，运用对比，突出其思想的转变，也揭示了文章的主旨。

示例三："老人"和"儿子"都是主人公。"老人"修鞋抚养儿子长大，儿子回乡后修鞋，理解父亲。体现了父子之间的情感。

两把宝刀

阅读理解

1. 下列对小说相关内容和艺术特色的分析鉴赏，不正确的一项是（　　）

A. 小说标题"两把宝刀"，既是贯穿全文的线索，也暗含了对比：两把宝刀，得到了两兄弟的不同对待，于是有了不同命运，不同价值。

B."父亲没有正面回答大宝的问话"，只是说"有了这两把刀，管保你们衣食无忧"，推动了情节发展，也为后文兄弟俩的行为及命运埋下伏笔。

C. 小说第 1 自然段写大宝家祖上做刀的历史与大宝二宝不学祖上手艺，为后文的相关情节提供依据，同时也表达了对传统文化失落的忧思。

D. 大宝去省城请人鉴定宝刀，并拒绝高价收购，表明他严格遵守了父亲遗言中的一些话，但也说明他没有真正领悟父亲遗言中的一些内容。

2. 小说中详细描述了大宝如何费尽心机保存自己的宝刀，请从内容、形象两个方面，结合作品简要分析这样写的作用。

3. 有人认为小说最后一段纯属多余，完全可以删掉，你认为呢？请结合作品简要分析。

参考答案

1. C。

2.（1）在内容上，和二宝对宝刀的"不以为意"形成对比，反映出他们两人对宝刀的不同态度。（2）在人物形象上，通过对大宝的详细描绘，表现了他精明算计、耽于宝刀等形象特征，也衬托出二宝的磊落洒脱、自食其力。

3. 示例一：多余，可以删。（1）文中倒数第 2 自然段大宝自言自语，怀疑自己的刀不一样，在情节上属于小说故事的结局，和前文内容形成照应关系，小说情节已经完整。（2）删掉后，文章结尾形成开放式结构，这样的留白，更加能够激发读者的思考，使主题更加丰富和深刻。

示例二：不多余，不可以删。（1）文章最后一段以古董专家对宝刀的评论结尾，前后照应，回答了文章开头大宝"这两把刀是宝刀"的疑问。（2）揭示了小说的主旨：对于遗产，要积极主动地去发掘，增加它的价值，而不能只是被动接受。

五福临门

1. 本文篇幅不长，情节却一波三折，请概括出本文情节的两处转折。

2. 结合文章内容，简要分析文章第1自然段的作用。

3. 小李这一形象在文中起什么作用？请结合全文简要分析。

4. 请从人物描写的角度，赏析最后一段。

参考答案

1.（1）自荐环节大家都跃跃欲试，认真对比一下条件，又都觉得只有王坤才是"五福临门"的最佳人选。（2）大家都觉得王坤获得"五福临门"是板上钉钉，可村支书老贵却说，王坤的条件还差那么一点点。（3）王坤也认为自己不够格，可大年初一，老贵却带领大家给他送来了"五福临门"的匾额。

2.（1）交代了故事发生的背景，表现了靠山屯民风的淳朴，正是在这样的背景下，小说塑造的每一个人物都充满了正能量。（2）靠山屯每到年终都要进行表彰奖励，表现了以村支书老贵为首的村领导班子非常重视对村民的精神引领。（3）点题，解释了题目内涵，表现了村支书老贵的与时俱进，可以看出这是一个不断学习、思想进步的乡村干部。（4）细致地写出了村民们对这项评比的重视，为后面王坤和老贵的激烈冲突做铺垫。

3.（1）小李虽是次要人物，但他在文中起到穿针引线的作用，推动了故事情节的发展。（2）他的语言侧面表现了王坤这一人物形象，同时也为王坤和老贵的矛盾冲突做铺垫。（3）他和老贵在这一问题的认识上构成对比，突出了老贵的与时俱进、思想进步。（4）他的形象丰富了小说的主题。这篇小说塑造了乡村干部的群像，他们敢于直言、作风正派、为民服务。

4.（1）"狡黠一笑"是神态描写，可以看出老贵对自己的"小聪明"非常满意，既让文章的结尾充满幽默感，同时也表现了老贵的智慧。（2）"你还差那么一点点"是语言描写，非常公允地批评了王坤的成绩和不足，同时表明给王坤送匾额也是一种激励、鞭策，可以看出老贵对自己的"接班人"寄予了厚望。（3）"要不，我这不是自己打自己嘴巴吗？"是语言描写，既表明了他的坚持原则，又表明了他的智慧。

水　莲

阅读理解

1. 下列对本文艺术特色的分析鉴赏，不正确的一项是（　　）

A. 文中画线部分运用比喻等手法，从形状和色彩的角度写荷花之茂盛，既突出了水莲父母的勤劳能干，又从某种程度上交代了他们不肯离开基地的原因。

B. 文章使用反衬的手法，先写水莲之前几个男友都因爸妈意见不合而黄了，而到了治河这里，她爸妈的意见空前一致，并直接答应订婚，以此衬托出治河的优秀。

C. 文章后半部分主要采用对话形式展开，在体现人物性格的同时，加快了行文的节奏，推进情节发展，让读者的喜怒哀乐跟随人物的情感变化而变化。

D. 文章正文结尾对水莲的描写，照应文章的标题和前文对荷塘的描写，在直接写出水莲美丽的外表的同时，衬托其心灵之美，升华了文章主旨。

2. 小说的结尾加的一段补记有何作用？请结合全文简要分析。

3. 侯发山的小说透露着质朴的乡土气息，请结合本文加以简析。

4. 结合文中画线部分的修辞方法，分析其作用。

1. B

2.（1）补记部分补充交代时代背景，增强文章的真实感，更能打动读者；（2）通过补记让人物形象更加鲜明，更能凸显以治河为代表的人物的优秀品质；（3）补记的内容更能凸显文章同舟共济、共渡难关的主旨。

3.（1）语言质朴。文章用个性化、富有乡土气息的语言塑造了典型的人物形象，如"穷没根，富没苗，只要孩子勤奋本分就中"等语言具有乡土气息。（2）人物形象质朴。文中的人物名字富有乡土气息，比如"治河""水莲"这两个名字富有乡土特色。（3）题材质朴。从环境看，"鱼塘""莲鱼共养""种养共存""农家民宿""观赏、游玩、吃住一条龙服务"等带有当下新农村的典型特征。（4）人情质朴。文章通过一次洪灾再现汛情期间各地农民相互帮助、人们相互支持的情景，透露着质朴的人性美，蕴含着浓浓的乡土气息。

4. 运用比喻的修辞方法，从形状和色彩的角度写荷花之茂盛，既突出了水莲父母的勤劳能干，又从某种程度上交代了他们不肯离开基地的原因。

护林员老杨

阅读理解

1. 根据选文的行文思路，用简洁的语言概括文章的主要情节。

天刚亮，老杨带着干粮巡山→老杨在途中遇险、脱险→（　　　　　）→（　　　　　）

2. 下面这个段落对于小说情节的安排和人物形象的塑造有何作用？

他也想下山，可是，两个多月没下一滴雨了，正是高火险天气，林区枯枝落叶见火就着，而且在此防火期里，要一天三次向县林业局防火值班室报告林区的情况，实在是离不开啊。老杨装上两个红薯，背一壶开水，拿一把斧头，出发了。

3.品味相关语句，回答括号中的问题。

（1）他浑身打战，又气又急，这火就像是在烧他的骨头，烧他的心啊！

（请你说说句中"烧"这个词连用两次有何妙处）

（2）老杨愣怔了一下，愧疚地看了杨林一眼，什么也没说。

（请你说说老杨为什么会"愣怔""愧疚"）

4.老杨是一个怎样的人？请结合具体内容说一说。

5.你如何看待老杨的所作所为？请联系现实生活中与老杨有共同品质的人的事例谈谈你的认识。

参考答案

1.老杨发现火光，报告险情；儿子为见他，点燃干草。

2.对情节安排的作用：引出下文杨林点燃干草、老杨抢险的情节，推动情节的发展。对塑造人物的作用：写出老杨的真实心理，突出老杨忘我工作、无私奉献的精神，使人物形象真实丰满。

3.（1）这个词语连用，写出了老杨看到火险之后焦急的心情，突出他对国家财产极端的热爱之情。（2）"愣怔"是因为老杨一直认为儿子还在上学，听说儿子"早就毕业了"，一下子没有明白过来。"愧疚"是因为老杨感到自己为了工作，对家庭没有尽到应有的责任，对儿子缺乏应有的关爱。

4.比如，第1自然段写到他坚守岗位近两个月未下山，以红薯果腹；比如，第4自然段写到他看到山林火起的焦虑，第5自然段奋不顾身、伤痕累累地跑下山的情节。这些情节都表现出老杨是一个爱岗敬业、爱护国家财产、忘我工作、无私奉献的人。

5.在小说中，老杨所体现的爱岗敬业、忘我工作的精神是人类社会最为普遍的奉献精神，它看似平凡，实则伟大，是社会存在和发展的需要。焦裕禄、孔繁森、郑培民等一大批党和人民的好干部都是在本职工作岗位上呕心沥血、勤政为民、无私奉献的典范，为社会的进步和发展作出了贡献，他们永远都是民族的脊梁。

竹子开花

1.本文以"竹子开花"为题，有何妙处？请简要分析。

2.文中的爸爸为什么要编造"竹子开花"的谎言欺骗自己的女儿呢？请具体分析。

3.下列句子属于哪种描写手法？有什么作用？

他心一酸，轻轻抚摸着媛媛的头发，触到媛媛头发上别的牡丹头花，瞅着院子前面的竹林，说："媛媛，等、等到竹子开花的时候我就回来了。"

4.结合具体内容，说说本文末段在文中的作用。

参考答案

1.（1）揭示文章主要内容与主旨，等待竹子开花，渴望爸爸归来。（2）题目新颖，容易吸引读者的阅读兴趣。

2.（1）因为女儿还小，爸爸不忍心说出真话令女儿伤心，只能编造一个"竹子开花"的谎言来搪塞女儿。（2）给女儿一个慢慢等待自己回来的期待。

3.语言、动作描写；通过描写爸爸的语言和动作，揭示了即将分离时爸爸的痛苦与无奈的心理，同时也为下文写爸爸寄头花给女儿、竹子开花等情节埋下伏笔。

4.末段描写了"竹子开花"带给爸爸的心理震撼，间接表达了一个小女儿对爸爸的无比思念之情，点明了全文的主题，读来令人动容。

捡破烂的老人

阅读理解

1. 小区门口捡破烂的老人跟别的捡破烂的有哪些不一样的地方？

2. 捡破烂的老人为什么每次都是周一上下班的时间在小区门口徘徊？

3. 选文第 3 自然段中插入介绍"我"的父母的情况有什么作用？

4. 说说倒数第 2 自然段的表达效果。

参考答案

1. 这个捡破烂的老人头上戴着一顶草帽，帽檐压得很低，似乎故意让人看不清他的黑白丑俊；他不进小区，总在小区外转悠；老是盯着进出小区的业主看。老人的目的不在于捡破烂，在于找人。

2. 老人有五个子女，分别住在五个不同的小区。他的大儿子住在这个小区，周一是他"看望"大儿子的时间。其他时间他不愿去打扰儿子，只有趁着儿子上下班的时候远远地看上一眼。

3. 一方面，把"我"的父母与这位捡破烂的老人进行对比，引出自己心中的疑问；另一方面，为后文写"决定请假回老家看看爹娘"作铺垫。

4. 本段起到点题的作用，有多种表达效果。（1）"半年没有回家"折射出子女对父母的冷漠；（2）老人对子女的爱涵盖多方面，想看他们又怕打扰他们；（3）老人对子女的爱是一样，不存在偏向哪个；（4）老人对老伴的爱以及老伴对子女的牵挂等等。

耳 光

1. 图图发现小说的情节有因果联系，于是制作如下图示，你帮他完善。

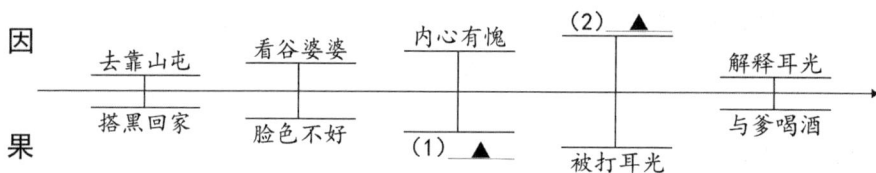

2. 就文中"爹"的形象，你和图图展开了讨论。

图图：我觉得文中的"爹"脾气暴躁，不如"娘"温柔。他听到张明的话"二话不说""旋风般""结结实实"打了张明一巴掌，可见动作快、准、狠。张明"歪"到地上，说明他力气大，怒气冲冲。而后一通"气呼呼"的话，也说明他不分青红皂白，行事武断。

你：这段话虽然语气不好，但也展现出他的另一面：（1）　▲　。

图图：你说的有道理，我要向你学习，关注细节，注意前后关联。你还有其他发现吗？

你：我觉得他还是一个（2）▲的人，你看：____▲

3. 图图发现选文多处出现"耳光"，不知有何用意，你分析给他听。

1. 从"张明"的角度概述，符合情节，格式整齐即可。

（1）打己耳光　　　　（2）引发误会

2.（1）耿直方正或懂得为官之道。他误以为儿子打别人而暴怒，斥责中句句不离爱护老百姓，有问题要从自身找原因。

（2）示例一：心思细腻。儿子晚归父亲担心（盯着儿子的白发既心疼又埋怨；进门就关注到儿子脸色不好；询问缘故轻言细语怕老伴听见，等等）。示例二：关心儿子。听到敲门声从盆中"拔"出脚，着急惊喜（看出儿子有心事关切询问倾听；关心着急没听儿子解释就教训儿子"当官不为民做主"等）。示例三：淳朴善良。文中有几处父亲脚的特写，能感受到他饱经风霜，勤劳一生（他知道自己误解儿子后局促不安，愧疚的手半途"缩"回来；在儿子心中，他虽识字不多，但乡下的事比自己有门道，值得尊敬学习）。

3.写出两点，并结合文章内容合理分析得满分。

（1）除了标题"耳光"外，文中还有四处写到"耳光"，一是"爹"以为谷婆婆的儿子是不孝子，觉得"扇他两巴掌"不为过，二是张明说他当时气得"打了一巴掌"，三是"爹"误会后震怒给了张明"一巴掌"，四是张明解释"打了自己一巴掌"，串联小说人物，引发矛盾冲突，使情节跌宕起伏。（2）文中引起误会的"耳光"经不明真相的"耳光"突发后才交代原因，形成全文高潮，设置悬念，震撼收尾，引人入胜。（3）文中的两处"耳光"都打在张明脸上，"爹"打张明，是他作为儿子承载着父亲的期望；自己打自己，是他作为扶贫干部承载着身份的职责、百姓的信任、国家的嘱托，两记耳光让一位孝顺敬长、勤政爱民的青年干部形象深入人心。（4）面对"耳光"，张明虽惊但不怒，"爹"暴怒后羞愧，"娘"关心嗔怪，人物性格迥异，但生动形象，一场"闹剧"表现了一家人彼此关怀的温情，与结尾处的"笑"相映成趣。（5）呼应文题，点明冲突，形成线索，吸引读者阅读兴趣。

到周庄看妈妈

1.根据提示，补写相关情节。

周庄旅游，妈妈未归→_____→_____→揭开谜底，幸福相拥。

2.结合语境，说说你对下列句中画线词语的理解。

（1）她忽然发现爸爸望着河水，一脸凝重，像是有满腹的<u>心思</u>。

（2）古桥，小船，河水，灯笼，垂柳，三人拥抱的剪影，组成了一幅<u>绝妙</u>的图画。

3.小说在构思上，多次设置伏笔，推动情节发展。请找出两处伏笔，并加以分析。

4."夜色徐徐降临"一段文字，主要描绘了夜色下双桥自然景色和人文景观的宁静、安谧和朦胧。这有什么作用？

5.结合全文分析菁菁的形象。

参考答案

1.三年互动，鼓励关心；考上大学，周庄相见。

2.（1）"心思"指大卫心里装有许多事情，纠结、煎熬着，既有对已故妻子的怀念，又不知道到了周庄，怎么给燕子说清事实真相，燕子能否接受这一现实？

（2）"绝妙"二字不仅仅指周围环境和三人拥抱的剪影，还升华了小说的主旨，赞美了善良纯洁的人性。

3.示例一：（1）"忽然间，大卫哽咽着说不下去了"，暗示妈妈已经在周庄离世，也设置了悬念，引起读者关注。（2）"我的工作不累，在周庄的水里撑船，让那些游客欣赏周庄的美景"，暗示了发短信之人的身份。

示例二：6 段"妈妈没有接电话，随后发了一条短信过来：燕子，我正在工作，一是不方便接电话，二是长途电话很贵的，以后有事发短信好吗？"暗示了发短信的并非妈妈，而是另有其人。

4.渲染了燕子见妈妈之前的神秘气氛，也暗示菁菁神秘的身份。

5.（1）心地善良，默默助人。在大卫痛失爱妻，对生活丧失信心时，她耐心开导，并保存燕子妈妈的手机，与燕子保持联系，使燕子能安心学习，顺利考上大学；（2）细心周到，富有爱心。三年来以发短信、邮寄包裹等方式关心燕子，鼓励燕子，教育燕子；（3）诚信守约，持之以恒。三年来，一直以燕子妈妈的身份，做着许多事情，没有中断也没有露馅。

路　神

阅读理解

1. 根据时间顺序，梳理小杨的心理变化。

　　　（1）　　　→　　　（2）　　　→　　　（3）　　　→彻底懂得

2. 文章第 2 自然段的环境描写有什么作用？

3. 请按照要求赏析句子。

（1）爷爷吃惊地看着小杨，只见她黑黑的眸子闪着光，说话也有了底气。（赏析加点词的表达效果）

（2）"张老师，真的是谢谢你……学校那么多学生，真的是难为你了。"说着话，爷爷去鸡窝掏鸡蛋。（从描写方法的角度赏析）

4. 请结合上下文，说说画线句子的作用。

5. 本文和《孤独之旅》同是写少年成长的小说，塑造的少年形象各有侧重。请概括《孤独之旅》中杜小康的精神品质（答出一点即可），并分析本文体现出小杨什么精神品质？

参考答案

1.（1）释怀不解；（2）不容置疑；（3）惊讶嗔怪

2.（1）交代人物活动背景：小杨每天独自一人走山路上下学，走路时间长，距离远。（2）交代环境特征：山路难走。（3）渲染气氛，烘托人物害怕、恐惧的心理。（4）为下文爷爷为了让小杨消除恐惧，说一路上有路神保护做铺垫，推动情节发展。

3.（1）底气：本义比喻信心、劲头，本文指小杨因为自己有"路神"的保护，走夜路时不再惧怕，表现出"路神"给小杨带来了勇气和力量。

（2）语言描写，表达了爷爷对张老师家访的理解和感谢。动作描写，"去""掏"写出了爷爷善良、实诚、热情的品质。

4.内容：（1）写出了张老师年纪大，家访的辛苦。（2）塑造出张老师关爱学生、敬业负责的形象。（3）表现出作者对张老师敬业奉献的赞美。结构：（1）引出下文张老师家访的具体内容。（2）为下文得知真相，揭秘"路神"等情节做铺垫。

5.杜小康：直面孤独，战胜自我，成熟、懂事、勇敢、坚强。（答出任意一点即可）小杨：（1）好学坚持：从上学环境艰苦，还坚持读书，不早退不迟到可以看出。（2）懂事孝顺：从不把走夜路的恐惧告诉爷爷，怕爷爷担心可以看出。（3）听话：体现在接受张老师"真正的路神是你自己"的教导。（4）懂得感恩：从大学毕业回母校当老师可以看出。

稻草人

阅读理解

1. 文中前后两次写到香草情不自禁地流泪，有何作用？请简要分析。

2. 这篇小说如同一部以弘扬爱为主旋律的微电影；不同角色身上体现的爱的内涵有别，予人启发不同，对比请结合小说内容简要谈谈你的理解。

3. 在"读小说"活动中，老师推荐了小说《稻草人》。

（1）小胖提出了一个疑问：小说的核心要素是人物，这篇小说为什么耗费大量笔墨在稻草人身上呢？请说说你的理解。

（2）同学们计划将这篇文章推荐到学校广播站。广播站有"人物微光""写法指津""行文妙笔""情感天地"等栏目，请你任选一个栏目投稿，并写一篇推荐语。

写作提示：①围绕栏目特点；②结合文章内容赏析；③不少于100字。

参考答案

1. （1）第一次是儿子提起了为公牺牲的丈夫而伤心流泪；第二次是看到乡亲们帮忙收割稻子和儿子说长大后替她分担感到暖心而流泪。（2）两次流泪相互照应，推动了小说情节发展，让香草走出情感低谷显得真实可信；同时也表现了儿子的可爱懂事和乡亲们的体恤关爱，营造了温馨氛围，进一步深化了小说关于爱的主题。

2. （1）香草启发我们要热爱生活。丈夫在世时，她默默支持丈夫，守护家庭；丈夫牺牲后，她走出情感低谷，带领儿子开启新生活。（2）大军启发我们要热爱工作。作为警察的他忘我工作，舍小家为大家，守护人民甚至英勇牺牲。（3）老贵及乡亲们启发我们要关爱弱小。他们温和善良，自发帮助失去丈夫的香草收割稻子。（4）儿子启发我们要懂得感恩。他年龄虽小，但感受到妈妈的辛劳，感谢她的养育之恩，立志为妈妈分担农活。

3.（1）文章标题就是"稻草人"，这也是本文的线索。文中三次提到稻草人，第一次是儿子说"稻草人是不是就是保护稻子的警察？"此处实际上是歌颂未出场的"大军"——一个保护百姓、舍己为人的好警察；第二次是儿子把为自己家割稻子的老贵和乡亲们当成稻草人，暗指普通百姓对警察家属的守护；第三次是结尾处儿子说长大了也要当稻草人，暗示保护人民的担当精神的传承。所以稻草人实际上是守护人民勇于担当精神的载体，形象地凸显了小说的主题。

（2）我推荐到"写法指津"栏目。本文写法巧妙，善于运用内心独白来交代情节，塑造人物，揭示主题。文中描写了香草带儿子去自家的稻田，一路上母子讨论稻草人，看到村里人帮忙割稻子的事。去稻地做什么？乡亲们为什么帮忙？读者对此一无所知。正是通过香草的内心独白我们才了解到：丈夫大军是警察，已因公殉职，香草虽然悲痛，但还是准备开始新生活，把儿子抚养大。香草的坚强大气、大军的为国为民都跃然纸上。乡亲们帮忙割稻子的事使文章从普通的友善关爱变成人们对人民警察及其家属的敬意，也是对担当精神的守护，深化了文章主题。

记忆中的年味儿

阅读理解

1. 作者在第 2 自然段中回忆小时候贴春联的往事，你从中了解到了哪些贴春联的知识？

2. 从人物描写的角度赏析第 3 自然段画线句子。

3. 阅读第 4 自然段，简析小伙伴们挨家挨户给长辈拜年的目的。

4. 这篇文章在选用时删减了一部分，你知道删减了哪一部分内容吗？你的依据是什么？

5. 作者在文章结尾说现在的年味淡了许多，"总觉得缺了点什么"，你觉得缺的是什么？

参考答案

1. 春联内容大多是表达喜庆平安之意；要根据张贴的地点和位置写春联贴春联；上联贴在门的左边（右手边），下联贴门的右边（左手边）。

2. 运用动作和神态描写，细致入微地展现"我"在点燃炮捻过程中一系列的动作和表现，生动地写出了"我"爱放鞭炮又怕被炮伤到的心理。

3. 一是送上一年最美好的祝福；二是获取糖果、核桃、红枣等赏赐。

4. 删减了"串亲戚"这部分内容。依据是第 1 自然段中最后一句：仔细回想一下，过年期间，记忆最深的当属贴春联、放鞭炮、拜年以及串亲戚。这一句统领全文，是全文的总括。

5. 缺少的是对过年的期盼、热闹，以及对年俗的重视和珍爱。

爸爸去哪儿了

阅读理解

1. "我"为什么反复强调家长会"必须是爸爸来参加"？

2. 结合语境，分析倒数第 3 自然段"我"不争气流泪的原因。

3. 文章用"那一刻，我的心里像透进了一缕阳光，一下子亮堂堂的"结尾有何表达效果？

4. 有人认为题目中的"爸爸"指的是"小杨"，也有的人认为应该是"大强"。结合文章内容，谈谈你的看法，并说明理由。

5. 结合全文，说说第 2 自然段画线句子在全文的作用。

参考答案

1.（1）以前大多数都是爷爷奶奶来参加家长会，他们精力不集中，交头接耳，且年龄偏大，理解能力差，没有足够的能力辅导孩子的功课；（2）教育辅导孩子父母双方都要参与。

2.“我”得知媛媛爸爸的情况后对自己的失职感到自责和愧疚；对媛媛以后的学习生活感到担忧；被媛媛爸爸的大义凛然所感动；对小杨的善意谎言充满感激。

3. 文末用一个比喻句结尾，既表达了“我”得知媛媛重新拥有爸爸后的欣喜之情，也从侧面表现了大家共同的善意的谎言在媛媛身上发挥了作用，深化了人间大爱的主题。

4. 示例一：我认为是“小杨”。他是媛媛爸爸的同事，在媛媛爸爸去世后，他用善意的谎言帮助媛媛健康快乐地成长。文末也讲到媛媛找到了爸爸，他就是小杨叔叔。虽然着墨不多，但是小杨这个形象表现出了对弱者的同情和帮助，很好地揭示了文章的主题。示例二：我认为是“大强”。文章的标题就暗指主人公是媛媛爸爸“大强”。从文章的内容来看，虽然直接描写不多，但文章是以寻找“大强”作为叙事主体。

5. 运用插叙，交代了“我”要求媛媛爸爸来开家长会的原因，为后文的情节发展做铺垫。

花瓦坛

阅读理解

1. 本文的主要人物除了周二爷还有谁？故事的起因是什么？

2. 下列哪两句对故事的进展起着关键性的作用，其他句是否可以删除？请简要分析。

甲：周二爷再说拒绝就显得有点赖皮了，只好让伙计去查账。谁知道，查来查去，根本没"李大牛"这个名字。

乙：看到围观的人也都一脸失望无可奈何的样子，周二爷心里有了底，装作很为难的样子对村姑说："我也很同情你，但规矩就是规矩，自认倒霉吧。"

丙：康百万抱起瓦坛对村妇说："老乡，可能你记错了，说不定大牛是把钱存到康家的，走，康家钱庄给你支取。"

丁：康百万把"花瓦坛"放在康家钱庄的显眼位置，凡是进店的顾客都会从伙计嘴里听到这个故事。

戊：村姑愣怔半天才明白过来，使劲摇着头，说："俺家男人说得清清楚楚，是周家钱庄的，不是康家钱庄。"

3. 简要叙述小说的故事发展脉络。村姑到周家钱庄兑钱时，周二爷尚未开口，其钱庄伙计说的一番话改为陈述语气好不好？

4. 结合文本试析小说中次要人物的作用。

参考答案

1.（1）康百万（2）张花妞（3）存钱的契券被当作普通纸糊在瓦坛上无法辨认字迹如何兑付。

2. 乙句：突出正是周二爷的为人和性情才导致了钱庄的倒闭，这样写既有讽刺效果，也突出了中心思想。戊句：这一句是康百万得知原委的原因，正因为有这一原因，才使康百万抓住了机遇、赢得了人心，才扭转了生意。

3.（1）村姑本身是一个淳朴的人，她家在周家钱庄确实存了钱，而且也有契券，虽然被撕了而且难以辨认字迹。又恰巧遇到周家钱庄竞争对手康百万，得知原委的康百万抓住了这次赢得客户信任的难得的机会，好运气就降临到村姑的身上了。

（2）不好。周家钱庄的伙计没等掌柜的说话就抢过话头，而且连用了3

个问句，语气咄咄逼人，这些问句突出表现了伙计对待客户的恶劣态度，而且就是从掌柜周二爷对待客户的态度中学来并养成的。如改为陈述语气来说就没有这样的表达效果了。

4. 如本文中"围观的人也都一脸失望无可奈何的样子"和"那些围观看热闹的人也都随声附和"都推动了周二爷下一步行动，同时也正是因为有这么多围观的人才使花瓦坛的故事及两家钱庄对待客户不同的态度被更多人知晓，从而使两家钱庄往后的发展截然不同。如《孔乙己》中那些柜外取笑取乐孔乙己的酒客也推进了孔乙己的悲惨命运，同时也反映出当时民众的精神状态，从而更深刻地展现出当时的社会现实。这样看来，小说中的次要人物"围观者"在小说中既能起推动情节发展的作用，还能起进一步深化中心的作用。

最后一个猎人

阅读理解

1. 小滨同学读了这篇小说，绘制了一幅思维导图，梳理了文章内容，请在空缺处填写相应内容。

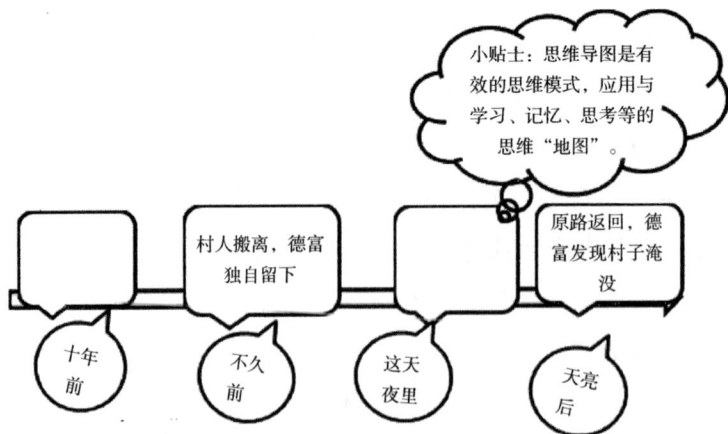

小贴士：思维导图是有效的思维模式，应用与学习、记忆、思考等的思维"地图"。

村人搬离，德富独自留下

原路返回，德富发现村子淹没

十年前　　不久前　　这天夜里　　天亮后

2. 按要求回答问题。

（1）仔细揣摩下面的句子说说体现了人物怎样的心理。

这个久违的声音让德富一下子兴奋不已，五十多岁的人了，还是一个激灵从床上爬起来，习惯地去抽枕头下的猎枪，什么也没有。

（2）小滨、小语在读到下面这句话时，在朗读的重音上出现了分歧。小滨认为重音要落在"许久"上，小语认为重音要落在"才"上。你更支持谁的观点？请说明理由。

德富犹豫了许久，直到他发现母狼眼里淌出的泪，才一狠心，放走了它。

我认为重音落在 ＿＿＿＿＿ 上，因为 ＿＿＿＿＿＿

3. 文中写母狼与德富的对抗非常精彩，这样写有什么作用？说说你的理解。

4. 文章开头和结尾都提到德富没有进城，而是选择留下。你认为这样写有什么用意？请联系全文说说你的理解。

5. 读了这篇小说，小滨、小语对小说主旨产生了分歧。你赞成谁的看法呢？请做出选择，并结合小说内容，联系阅读积累和生活经验，阐述理由。

小滨：我觉得这篇小说反应的其实是人和动物的关系，颂扬知恩图报的美德。

小语：我觉得这篇小说折射出的是中国社会化进程中人与自然之间的关系。

参考答案

1. 母狼哀求，德富感动放走母狼　听到狼叫，德富追赶母狼

2.（1）听到狼的叫声，作为一个猎人有了猎物而兴奋；没有拿到猎枪，猎人失去自己的武器而失落、伤感和无奈。（2）许久：表示时间很长，体现了德富被母狼的行为感动，思考是否放走母狼的矛盾心理。才：副词，表现了德富被母狼的眼泪感动，决定放走母狼的果决。

3. 母狼为了报恩，用挑衅的方式，引自己的恩人德富离开家和村子，表

现了动物的善良、机智和知恩图报；德富却后悔自己十年前的举动，现在面对母狼也露出了猎人的凶狠一面，表现了人性中的恶。两者形成对比，突出文章主旨。

4. 开头结尾都写德富的留，首位呼应。开头写德富没有进城，选择留下是因为不舍这一片山，不舍"猎人"的生活和习惯，留下后的德富还是想尽办法在山中狩猎，也为狩猎无果而气恼；结尾写德富的留，是为了青龙山，他是目睹了青龙山被人们破坏而坍塌，村庄和房子被淹没，自己得到了母狼的救助而幸免于难，从而清醒，觉得留下来种树。德富留的原因和行为发生了质的变化，突出文章主旨。

5. 小滨：知恩必报是一种美德。文中的猎人面对掉入陷阱的怀孕母狼，出于怜悯而放走了它，却避免了一种重大的泥石流灾难。母狼的报恩与猎人的猜忌、后悔形成对比，凸显了人与动物的善恶；猎人德富明白真相后，选择留下植树，又是对母狼救助的报恩。

小语：青龙山曾经养育了山下的百姓，可是人们无止境地攫取，让山失去了资源和生机，也迫使人类要背井离乡重谋生路；德富对"猎人"生活的不舍，表现了对自然的依赖，对传统狩猎文化的坚守。青龙山下的村庄为什么会被泥石流淹没，小说中没有明说，但读者可在文本的字里行间感受到，由此懂得环境保护的重要性。

鲤鱼溪

阅读理解

1. 下列对本文相关内容和艺术特色的分析鉴赏，不正确的一项是（　）

A. 文章开篇介绍村子和小河的名字都是鲤鱼溪，为后文埋下了伏笔，又听说"鲤鱼溪的人从来不吃鲤鱼"，不仅引起了"我"的好奇，更引起了读者的好奇。

B. 文章在介绍鲤鱼溪村子、河流以及"我们"与鲤鱼"互动"时，运用了侧面描写、对比、拟人等多种艺术表达手法。人与鱼"和谐"相处的场景令人神往。

C. 文章在描写鲤鱼溪村里老人给死去的鲤鱼举行"葬礼"时，"一个个脸色肃穆"，体现了人们对鱼的敬畏、对大自然的敬畏，但也折射出人们某种愚昧。

D. 文章结尾运用了丰富的联想，着力描写了一个非常温馨的画面，意在说明"我"通过在鲤鱼溪村的所见所闻而对"老祖宗传下来的规矩"的理解并被强烈感染。

2. 小说以"鲤鱼"为中心谋篇布局，这有什么作用？请简要说明。

3. 文中"出现了奇观——一群鲤鱼托举着小豆豆！"在现实生活中显然不存在，但作者为什么要这样写？结合文本内容进行简要分析你的理解。

参考答案

1. C。

2. （1）运用了相当的篇幅才为"鲤鱼溪的人从来不吃鲤鱼"揭秘，由此因故事叙述的"摇摆"而"延迟"了情节的发展，实现了小说的结构张力；（2）小说以"鲤鱼"为中心，从"生活的横断面"入手，去反映深沉的社会题材，有着提醒、警示的良苦用心，具有时代意义。

3. （1）艺术手法：作者用浪漫主义的手法，刻画了鲤鱼救人的精彩场面，艺术性的画面感强烈冲击着读者的视觉，使人印象深刻；（2）主旨倾向：通过对鲤鱼救人举动的描绘，深刻揭示了人与自然和谐相处的主旨，暗含作者对这一美好愿望的期待；（3）情感依托：作者写鲤鱼救人的奇观，意在折射、突出，甚至讴歌鲤鱼溪村的民风淳朴、人性善良；（4）阅读期待：以脱离现实的笔法叙述鲤鱼救人的故事，意在引起读者的好奇，增加读者的阅读兴趣。

锁 王

1.简要概括文章中第 2 至 14 自然段关于亮子的三件事。

2.比较下面句子中笑的含义。

（1）张大妈讪笑着告辞了。

（2）亮子没再吭声，脸上浮出一丝轻蔑的笑意。

3.试析文中第 4 自然段的作用。

4.本文在塑造亮子这个人物时，善于用衬托手法，请举两例进行分析。

5.有评论家点评，《锁王》成功地把亮子塑造成仰望的人物。请结合全文，分析亮子的让人仰望之处。

参考答案

1.（1）随手配置自家钥匙，轻松打开门。（2）只看了原钥匙，不到一分钟就配好了张大妈的钥匙。（3）坚决不给蒙面人开保险柜，以致被毁了双眼。（意对即可）

2.（1）句中的笑是窘笑、尴尬的笑，表现了张大妈在对亮子开锁技术表示怀疑后的不好意思。（2）表示了亮子对歹徒的蔑视、嘲讽，对自己坚守道德底线的欣慰和自豪。

3.第 4 自然段在文中起承上启下的作用。承接上文以"锁王"的称号总结了亮子制钥技术的高超，引出下文写蒙面人劫持亮子开保险柜的情节。

4.（1）写跟亮子一块进厂的人大部换了工作的情况，衬托亮子坚守制造钥匙工艺的坚守、执着。（2）写蒙面人劫持亮子，威逼利诱亮子并对其残忍伤害，突出了亮子不畏强暴、不为钱财诱惑的高尚品德。（3）写在亮子快速顺畅地配置自家钥匙后亮子媳妇的惊讶以及张大妈的开眼界（或：写前后不到一分钟的时间配好钥匙张大妈半信半疑；或写单位领导后悔给亮子办了病退，打算高薪返聘他回去），衬托了亮子制钥匙技艺的高超。

5.（1）亮子的执着精神让人仰望。他坚持不起眼的制造钥匙工艺，像热爱生命那样热爱钥匙制造，有着一种咬定青山不放松的态度。（2）亮子的优秀品德让人仰望。他不畏强暴、不为钱财诱惑，纵然付出双眼的代价，也坚守做人不贪的道德底线。（3）亮子的杰出工艺让人仰望。他制造钥匙的出彩技艺令人惊叹，最终成为业界翘楚，缔造了人生高度。

神　鞭

阅读理解

1.首段交代德福老汉外号的由来，请简要概括他被称为"神鞭"的原因。

2.同样是"笑"，情味不同。请结合语境，根据提示作批注。

（1）野太郎的嘴角扯出一丝笑意。（关注加点词）	批注：
（2）德福老汉淡淡一笑，然后肃着脸说："这里就是咱的家，往哪里走？该走的是小日本。"（关注前后文）	批注：

3.文章特写了对战双方的陀螺，别有用意。请简要分析。

4.文章结尾强调"每届的冠军都是中国人，无一例外，都是河洛地区的选手"，寓意丰富，请探究其中的含义。

1. 痴迷陀螺；陀螺花样百出，玩法多变，无人能敌；鞭子特别，别人甩不动。

2. （1）"扯"这里写野太郎的笑容虚假，暗藏杀机，写出野太郎的自负、狡诈。（2）"淡淡一笑"写德福老汉对赢得比赛的自信，有战胜并赶走敌人、保家卫国的从容与无畏。

3. 烘托双方形象。德福的陀螺不同寻常之"大"，烘托其"神鞭"技艺；野太郎陀螺斧头形状，突显其居心险恶。渲染不同寻常的紧张气氛，暗示德福的陀螺暗藏玄机，为下文德福引爆陀螺与敌人同归于尽埋下伏笔。

4. 突出家乡人民传承了德福的陀螺技艺，弘扬了他的爱国精神，表达了国人牢记历史、捍卫家国与民族尊严的信心与决心。

马战友

阅读理解

1. 理情节："马战友"都为连队做了哪些事？请结合第3和第8自然段概括。

2. 品情节：文章第3自然段写连长骑着"老猫"去医院的情节有何作用？

3. 赏词句：结合语境，按要求赏析词句。

句子	要求
（1）连长愣怔了一下，上前抱着"老猫"的脖子，亲了个够，好像是他老家的未婚妻来了。	人物描写方法角度：
（2）他忙蹲到"老猫"跟前，用手去抚摸它身上的毛，摸到肚子那里的时候，依然湿漉漉的，不是汗水，是血水！	加横线词语的妙处：

4. 析手法：本文写法有扬有抑，富于变化。试找出相关的段落，体会这种写法的表达效果。

5. 识人物：仿照示例，以"他是一个＿＿＿＿＿的人"的句式说说你对文中连长的认识。

示例：他是一个热情友好的人。"老猫"完成任务回来后，他抱着它的脖子，亲了个够。

参考答案

1.（1）"老猫"带着两名受伤的战士去总部医院；（2）连长骑着"老猫"到医院做阑尾炎手术，连长走后它独自回驻地；（3）小刘骑着"老猫"给团部送信回来遭到敌人伏击，它中弹后像飞一样往连部赶。

2. 插叙连长骑着"老猫"到医院做阑尾炎手术，连长走后它独自回驻地，照应前文"连长说：'可以'"，对前文"也只有三四分的把握"，让这情节起补充、衬托作用；为下文写"大家就把两名受伤的战士绑缚在'老猫'身上"做铺垫；推动情节发展，使结构富有变化，避免平铺直叙。

3.（1）运用了神态、动作、心理描写，生动形象地写出了连长对"老猫"完成任务的激动、震惊和喜爱之情。（2）连用动词写出了连长对"老猫"的关爱，侧面烘托出"老猫"与连长的情谊深厚，抒发了作者对"老猫"的赞扬与怜悯之情。

4. 文章开头写这马不是什么名贵的品种，是一匹普通的马，没有发过脾气，还取了个"老猫"的名字，这是"抑"；后文写"老猫"护送两名受伤的战士、连长、小刘，最终牺牲事件是扬。本文运用先抑后扬的手法，使文章波澜起伏，富于变化，同时更加突出了"老猫"的英勇顽强，赞美之情溢于言表。

5.（1）他是一个把"老猫"当战友看待的人。他很少骑"老猫"，省口粮给它吃，帮它洗澡，风雪天把自己的被褥披到它身上，在"老猫"牺牲后厚葬它。（2）他是一个不忘记群众的人。连长因"老猫"的特别来历而厚待它，不忘群众对抗战的支持。

绝 唱

阅读理解

1. 解析本文的叙述人称及其作用。

2. 语言描写单独成段简洁明快，试从文本中举例分析。

3. 常香玉两次受邀对比有什么作用？

4. 简述结尾段落的作用。

5. 通读全文，用简洁的语言概括文章的主要内容。

6. 阅读下面的句子，完成括号内的问题。

（1）随着她的演唱，大伙儿跟着一起唱。现场除了持续不断的掌声，还夹杂着呜咽声，他们知道，这是一个病魔缠身的人，一个刚刚换下病号服的人。（请从表达方式角度赏析句子。）

（2）演唱结束后，她擦了擦额头的虚汗，强忍着钻心般的疼痛，在小玉的搀扶下，缓缓走下台子。（体会画线词语的表达效果。）

7. 文章最后一段有何作用？请简要分析。

8. 假如你是《2021中国年度佳作》一书的责任编辑，拟按主题分设专辑，你准备把本文收录进下面哪个专辑？请结合文章内容简述理由。

A. 似水流年　　　B. 精彩艺术　　　C. 大师风范

参考答案

1. 采用第三人称"她"，以"她"的口吻把人物经历、事件直接告诉读者，可以更直接、客观地展现人物生活；不受时空限制，反映现实更自由。

2. 对于是否参加慰问演出，医生、小玉、常香玉的语言描写单独成段，表现出医生、小玉和常香玉之间的冲突，突出常香玉对这次表演的坚持，表现出她为人民服务、坚毅、热爱演戏的形象。

3.第一次病情得到暂时的缓解，有出场费，在演唱会表演，但常香玉坚决拒绝；第二次病情复发，癌细胞扩散，无出场费，为奥运场馆的河南农民工做慰问演出，常香玉参加并带病不断练习。表现出了常香玉为人民服务、坚毅的形象。叙述用对比的手法，自然贴切，恰到好处。

4.交代结局，告诉读者"她"是谁；引起读者对常香玉的悼念和敬佩；对应文章标题"绝唱"。

5.她重病住院，有个张姓导演出天价让其参加一场大型演唱会，被拒绝；最后退让到只要她参加，也照样付出报酬，仍被拒绝。可是，当建设奥运场馆的农民工需要欣赏她的戏曲时，便不顾医生和家人阻拦，拖着病躯坚持义务演出，且把最好的文化艺术献给观众。

6.（1）运用侧面描写的方法，通过写观众的反应，表现出了观众听戏的投入和对"她"的尊重和爱戴，从侧面反映了"她"演出的用心和投入，突出了其高大的形象。（2）"缓缓走下"，此处运用细节描写，形象地写出了"她"在抱病竭尽全力义务为农民工演出后的疲惫，刻画出了"她"一心为民奉献艺术的形象，令人感动。

7.结构上：文章结尾解开了前文设置的"她"是谁的悬念，前后照应，结构严谨。内容上：交代了"她"的身份：共产党员、现代豫剧一代宗师、人民艺术家，表达了对"她"的高度敬佩和赞美之情，深化了文章的主题。

8.示例：C.大师风范。理由：《绝唱》一文塑造了人民艺术家常香玉在病情严重，身体已每况愈下的情况下，强忍疼痛，不忘初心，无私地为普通的民工们演出的高大形象，彰显了人民艺术家的风范。

唢呐王

阅读理解

1.文章围绕"唢呐王"主要叙述了哪些事情？请根据全文，完成下表。

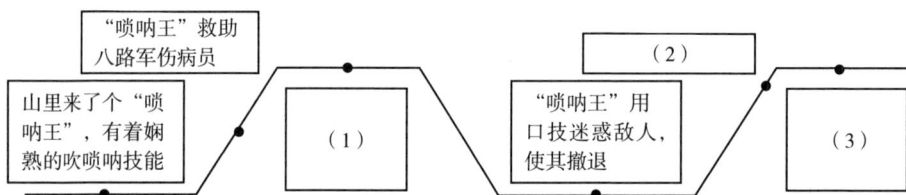

"唢呐王"救助八路军伤病员		（2）
山里来了个"唢呐王"，有着娴熟的吹唢呐技能	（1）	"唢呐王"用口技迷惑敌人，使其撤退	（3）

2.小说构思巧妙，前有伏笔后有照应。请结合小说内容找出两处，并简要分析。

3."唢呐王"是个怎样的人？请结合内容简要分析。

4.本文的故事读来让人肃然起敬，请为本文选择一个标题，并简要说明理由。

A.唢呐王　　　　　　B.唢呐传奇

我选：＿＿＿＿＿＿＿＿＿＿＿＿＿＿＿＿＿＿＿＿＿＿＿＿＿

理由：＿＿＿＿＿＿＿＿＿＿＿＿＿＿＿＿＿＿＿＿＿＿＿＿＿

参考答案

1.（1）敌人扫荡村庄，"唢呐王"学狼嗥给村民报信；（2）鬼子中了"唢呐王"和八路军的调虎离山之计，被全部歼灭；（3）消灭鬼子后，"唢呐王"离开了村子。

2.（1）别的唢呐班要好几个人才能把场子撑起来，"唢呐王"一个人就行。（2）有时候大老远就听见锣鼓喧天，却不知这所有声音是他一个人鼓捣出来的。（3）他的口技一绝，有一次学画眉叫，还引来两只画眉。分析：这些为下文"唢呐王"将敌人引入山林，模仿八路军叽叽喳喳说话等情节埋下伏笔，使文章前后照应，情节更加完整。

3.（1）技艺精湛：有着娴熟的吹唢呐技能，一个人相当于一个唢呐班，还会口技；（2）有爱国热情：救助八路军伤病员，吹唢呐给村民报信；（3）敢作敢当：自己做事不会连累村民，把敌人引到山里；（4）机智勇敢：用口技迷惑敌人，联合八路军打败鬼子。

4. A，（1）本文的主人公是"唢呐王"，小说主要写的是"唢呐王"凭借吹唢呐的娴熟技能保护村民安全、打鬼子的故事。以小说主人公为题，使得文章主题鲜明。（2）"唢呐王"又是小说主人公高超技能的体现，以此为题能够凸显人物的传奇色彩。（3）以"唢呐王"为题，能引发读者思考"文章写了关于'唢呐王'的什么故事"，进而吸引读者的阅读兴趣。

B，（1）小说的主人公是利用吹唢呐这一娴熟技能从事革命工作的，以"唢呐传奇"为题，能够突出唢呐这一传统民俗乐器在革命中的作用，有利于传承传统民俗文化。（2）以"唢呐传奇"为题，从侧面表现了主人公技艺的高超，充满了对主人公的赞美之情。（3）以"唢呐传奇"为题，新颖独特，能吸引读者的阅读兴趣。

红枣飘香

阅读理解

1. 选文中，杨静做了哪些事情感动了祖孙俩，使得小豆豆和王大娘"合谋"摇下最熟的枣子给杨静吃？请梳理相关内容，简要概括。

2. 阅读下面句子，根据括号中的要求回答问题。

（1）忽然，枣树上落下几颗枣子，刚好掉到杨静身边的泥地上。（"忽然""刚好"这两词在文中有什么表达效果）

（2）一阵微风吹来，院子里飘荡着枣香，那样的沁人肺腑、润人心田，使人差不多要醉了。（是什么让人"醉"了）

3.关于这篇小说的主人公，同学们之间产生了不同的看法：有人认为是杨静，有人认为是王大娘和小豆豆，还有人认为三人都是小说的主人公。你同意哪种看法？请结合小说的内容主旨简述你的理由。

4.读完这篇小说；小南同学决定把它编辑到班刊的阅读版块中，班刊阅读版块的主题有"爱的篇章"和"往事钩沉"（注："钩沉"是指探索深奥的道理或散失的内容）。你觉得这篇小说放在哪个版块更合适？请简述理由。

参考答案

1.（1）杨静安慰、激励王大娘，让王大娘走出悲伤的阴霾；（2）杨静教小豆豆认字，帮王大娘补衣纳鞋底，告诉小豆豆自己是打鬼子的；（3）杨静把王大娘送的枣子按市价折钱给王大娘；（4）杨静答应送木头枪给小豆豆。

2.（1）"忽然"是没有预兆，"刚好"是巧合、恰巧。这两个词写出了枣子掉下来的不合常理，为后文杨静明白这是祖孙俩故意而为埋下伏笔。（2）是枣香让人沉醉，更是军民之间深浓、美好的情意让人心醉。

3.示例：我同意三人都是小说的主人公这种看法。因为这篇小说要歌颂的是深浓的军民情谊，文章中既表现了杨静作为八路军对百姓的无私关爱，又表现了小豆豆和王大娘对杨静的真挚的爱，这两种爱都是作者想要表达与歌颂的，所以他们都是主人公。

4.示例一：我觉得要把它放在"爱的篇章"版块。因为小说主要写了八路军战士爱护百姓、百姓爱戴八路军战士的点点滴滴，这是无私而动人的大爱，因而可以放到"爱的篇章"中。示例二：我觉得要把它放在"往事钩沉"版块。因为小说表现的人和事都是处于抗日战争时期的，是湮没在时光里的往事，而且它反映了军民之间的鱼水深情，我们须得"钩沉"。

残　碑

阅读理解

1. 残碑蕴含着老百姓对李诏亭老先生怎样的情感？

2. 文章第6到第13自然段插叙了李诏亭的哪些事情？请简要概括。

3. 请结合语境，回答括号内的问题。

（1）告别当天，送别人群长达数里，人们个个泪流满面，伤心不已。（人们"泪流满面，伤心不已"间接说明了什么？）

（2）王成春要带他去附近药铺诊治，他说："皮外伤，不碍事。给孩子看病要紧。"（画线句子改为更简洁的"给孩子看病要紧"好不好？为什么？）

4. 小说是如何突出李诏亭医术的高超的？请结合文章内容分析。

5. 读完这篇小说后，同学们围绕"是否应该砸碑"展开了辩论。小语的观点是不应该砸碑，但他却说不出理由。请你为他写出两点理由。

参考答案

1.（1）感恩；（2）敬仰；（3）怀念。

2.（1）李诏亭看到李仓气色不佳，断定他身体有疾，及时为他医治。（2）李诏亭急着为王指南看病而摔成终身残疾。（3）李诏亭尽心为杨清益的儿子治疾病，自己却因疾劳交加而病逝。

3.（1）间接说明了李诏亭先生医术高超、医德高尚，深受群众的尊敬与爱戴。

（2）不好。原句中李诏亭说"皮外伤，不碍事"，强调自己没有大碍，这体现出他不顾及自己的伤痛，一心只想着病人的大爱精神，而改句没有这样的效果。

4.小说通过正面描写与侧面描写相结合的方法突出李诏亭医术的高超。如李诏亭看到李仓脸色便判断出他身患护心疗，并刀随手至地除掉恶疗，这是从正面突出其医术高超；人们称他为"湛水先生"，送给他很多诸如"悉诸传方""岐黄再世"的匾额，并在他活着的时候给他立碑，这从侧面衬托了其医术高超。

5.（1）碑阴上刻满了受惠百姓的名单，承载着李诏亭先生的功德，立碑可以让后世铭记他的事迹。（2）立碑可以让后人更好地去学习李诏亭先生的济世精神，使其高洁的品行得以传承。

站　哨

阅读理解

1.结合文本，简要分析皮司令"望着热气腾腾的鸡肉和油馍"时的复杂心理。

2.第5自然段的环境描写有何作用，请结合文本简要分析。

3.文章围绕皮司令主要写了哪些事？

4.品析句子，回答括号里的问题。

（1）曹忠母子一看皮司令"搜"出了窝窝头，赶忙上前去夺。（把"搜"换成"找"可不可以？为什么？）

（2）有这样的人民做靠山，收拾敌人还不是小菜一碟？！（句尾为什么连用两个标点符号？）

5."小战士"是小说中着墨不多的人物，但又不可缺少，为什么？

6.结合全文内容，分析主人公皮司令的人物形象。

7.读完文章后，有同学认为本文的标题应改为"皮司令"，你认为哪个更好？请结合文章谈谈你的想法？

8.语文老师想将这篇文章作为课本的补充材料，你觉得放在教材中的哪个单元合适？请说明理由。

参考答案

1.（1）犯嘀咕。皮司令望着热气腾腾的鸡肉和油馍，心想，眼下正值青黄不接的季节，豫西又荒旱多年，哪来这样的饭菜。（2）自责。皮司令看到锅里全是榆钱菜窝窝时，说曹忠不孝顺，其实这是皮司令在自责。（3）遮掩内心，强装笑脸。曹忠母子一看皮司令"搜"出了窝窝头，赶忙上前去夺，皮司令一边躲避，一边笑嘻嘻地说："大娘，我最爱吃榆钱窝窝头了。"（4）深有感触。皮司令对进曹忠家吃饭这件事感慨不已：有这样的人民做靠山，收拾小鬼子还不是小菜一碟。

2.（1）深秋时分，天气寒冷，与后文"皮司令脱下外罩，轻轻盖在小战士的双腿上""皮司令接过外罩，转身披在那个换岗的战士身上"相呼应，不仅使得结构谨严，还能更好地表达出皮司令对战士的关心。（2）战士们在恶劣的环境下站岗放哨，表达出战士们不辞辛劳与敬岗守职的思想品格。（3）此起彼伏，加剧了夜的宁静，越是这样的时刻，越得加强警戒，不能掉以轻心。表达出皮司令的警觉性之高。

3.（1）皮司令拒绝吃村民的鸡肉和油馍，只吃榆钱菜窝窝；（2）没有处分睡着的小战士，给他披上衣服，还替他站岗。

4.（1）不可以。"搜"意为寻找、搜查。该字写出百姓为了让皮司令接受特意准备的饭菜而将自己吃的饭藏起来，也写出了皮司令对老百姓生活的主动了解和关心，表现了老百姓与八路军的深厚情感，"找"表达不出这种效果。（2）叠用问号和感叹号，既有疑问语气，又有肯定的感叹语气；突出了皮司令对取得抗战胜利的决心和自信；表达了皮司令对人民的感激之情。

5.（1）文中描写了小战士的外貌，睡觉时的神态以及衣服上的斑斑血迹，刻画出勇敢坚强、不畏战斗的八路军战士形象，也从侧面表现了战时环境的恶劣与氛围的紧张。（2）小战士站岗睡着的情节也刻画出主要人物皮司令爱护小战士的人物形象。

6.（1）皮司令工作认真，一丝不苟；（2）皮司令关心、体恤百姓，深受百姓爱戴；（3）皮司令关心下属，爱护士兵；（4）皮司令平易近人，不摆架子。

7.示例一：我认为"站哨"更好。"站哨"概括了文章的主要事件，皮司令代替小战士站岗这一事件能直接体现皮司令的人物形象，表达文章主旨；也设置了悬念，引发读者阅读兴趣。示例二：我认为"皮司令"更好。"皮司令"既点明了文章主要人物，"司令"也点名了人物的身份和主要线索，设置了悬念，激发了读者的阅读兴趣。

8.我觉得放在七年级下册第二单元合适。这篇文章写了八路军司令员体贴百姓、关爱战士的故事，赞美了军民情深，属于家国情怀类的文章，与七年级下册第二单元主题相符。

在希望的田野上

阅读理解

1.下列对小说相关内容和艺术特色的分析鉴赏，不正确的一项是（　　）

A."荡漾"指桂兰听了女儿的话语后情绪产生波动，写出女儿的心思让她感到满足和幸福。

B.母女俩对花珠选择怎样的实习工作产生分歧，两人借助网络及时交流避免了冲突的发生。

C.文章第8自然段插叙了希望承包村里土地的情节，为后文写花珠为观光农业园谋划作铺垫。

D.农业观光园中竖着的站牌大有深意：现代农村既有希望的起点，也必会有幸福的终点。

2.花珠是个懂得感恩和孝顺的孩子，在文中有哪些具体的表现？请简要回答。

3.关于花珠回乡的结局，文章早就埋下伏笔。请找出两处并分析。

4.请为下边句子写一段赏析性批注。

桂兰抻了抻衣服，拍打了两下裤腿——其实上面也没有尘土。

5.请结合文章内容，说说文章标题的妙处。

参考答案

1.C（文章写希望承包村里土地的情节属于插叙）

2.（1）担心母亲一人在家孤单，准备大学毕业后回乡发展。（2）和母亲观点不同时，用顺耳的语言做母亲的思想工作。（3）大学时勤工俭学，不要母亲给生活费。（4）劝母亲多出去旅游。（5）编织在火车上实习的善意谎言。

3.（1）伏笔：花珠和母亲说现在的农业生产与过去不一样了。分析：花珠和母亲这样说，暗示她为希望的现代农业园的发展出谋划策。（2）伏笔：花珠每次都是晚上在火车车厢与母亲视频。分析：花珠每次在火车车厢上与母亲联系，结合希望购买回来的火车车厢，暗示花珠早已回到了家乡。

4.运用动作描写（或"细节描写"），生动传神地写出桂兰接到女儿视频邀请时的反应，表现出她怕女儿知道自己干保洁的紧张心理，体现出她对女儿的疼爱。

5.（1）"希望的田野"是贯穿全文的线索，文章据此安排故事情节。（2）"希望的田野"既实指"希望"的农业园，又表明农村已进入现代化农业的发展进程，青年学生毕业回乡会大有作为，点明了文章主旨。（3）揭示情感，表达出对青年学生回归乡村，助力美丽乡村建设的欣喜与赞赏。

守　山

1. 下列对小说相关内容和艺术特色的分析鉴赏，不正确的一项是（　　）

A. 面对儿子让他进城的劝说，守山掷地有声、铿锵有力地说"有山，我不孤单"，表达了守山已经把守山行为融入自我生命之中。

B. 守山先冷笑，表明不愿打野味；后低眉顺眼、讪讪，是因为感觉亏欠刘二太多。矛盾和底气不足的心理刻画赋予了人物强烈的立体感。

C. 文章为表现守山的个性，安排了饭店经营者刘二走进其生活，正是二人的多次"冲突"，体现了人与人之间的人情味、人性美。

D. 守山与《喜看稻菽千重浪》中的袁隆平有相似之处，守山坚守"一座山"，袁隆平扎根"一亩田"，他们都有忠于职责的美好品德。

2. 结合文本，谈谈你对"守山张了张嘴，说不出话来"这句话的理解。

3. 第12自然段中的插叙部分有何作用？请结合文本简要回答。

4. 文中画线部分都提到了"一根筋"，使人物形象个性鲜明、栩栩如生。这种艺术效果是如何营造出来的？请简要赏析。

5. 刘二饭店的名字多次变换，请结合文本内容，简要分析"饭店"名称的变换和"守山"行为之间的关系、表现的意旨。

1. B

2.（1）刘二要守山给他弄只野兔，而守山如今是义务看山人，自己不打猎，也阻止其他人打猎、砍伐山林，面对刘二的要求，守山感到为难，表达出守山当时想弄但又不能弄的复杂心理。（2）这句话，其实已经表达出推辞之意，守山在弄与不弄之间做出了为难的选择，表达出守山的生态环保意识。（3）虽然刘二有恩于守山，但在大是大非问题上，守山做出了正确的选择，表达出守山的是非观念。（注意"盖房子那个马总，一直照顾咱的生意，他想吃野味，别的不敢想，弄只野兔咋样""他如今是义务看山人，自己不打猎，也阻止其他人打猎，砍伐山林"等信息。答案区域在第2—12自然段。）

3.（1）在结构方面，有承上启下的作用。这部分插叙了守山与刘二的交往，承上交代彼此间深厚友谊的缘由，因此，刘二才来找守山弄野兔；启下，守山因拒绝给刘二弄野兔而心里很不是个味儿，从而引出下文守山为刘二出主意（用野蜂蜜当佐料改良菜品）的情节。（2）在人物方面，交代守山想报恩的原因，表达出守山重感情、厚友谊的思想品格。（3）在情节方面，有反转作用。插叙守山与刘二有交情，是故交，在交情与拒绝弄野兔的选择上，按理应选择交情（接受给刘二弄野兔），但守山选择了拒绝，这就使故事情节形成一个反转，产生了一个"波澜"。（4）在内容方面，插叙守山与刘二的交情，"两家人因此熟络起来"，这交情越深越难处世，但"今天人家有求自己，自己生生给拒绝了"，守山的取舍，揭示出他有是非观念，有正义感。

4.（1）第一次提到"一根筋"是小说的叙述，使读者对"守山"这个人有一个总体认知；第二次提到"一根筋"是借助别人语言进行侧面描写，是一种具体描绘。（2）小说开篇提到守山的绰号"一根筋"，看似是对他"倔""拧"等性格的刻画，其实是暗示和赞扬他守山的执着。文章结尾，他被好友刘二骂为"一根筋"，印证了他的性格，前后遥相呼应，彼此映衬。（3）文本采用显性和隐性有机结合的写法，凸显了守山的责任意识、勇于担当、底线坚守和敬畏自然的光辉形象。显性只有画线的两处，隐性则以多个事例多次体现。如委婉却坚决拒绝给刘二逮野兔，又如他取野蜂蜜只取二分之一，并且不愿意用白糖坑人，等等。

5.（1）刘二饭店的名字叫"野味饭店"。物资匮乏，守山只是为了贴补守山家庭的生活日常花费，即保障山里人的基本生存需求。（2）改名为"时尚酒店"，说明人们物质满足了，追求精神生活，以吃野味为"时尚"，此时守住山林就是保护山林及其资源不被人类破坏，直至枯竭，因为取之有度，方能用之不竭。（3）易名为"蜂蜜美食"，说明人们知道如何更好地利用山林造福人类，意味着人们懂得了尊重、利用和把握自然规律。（4）最后更名为"留余餐馆"，说明"守山"不单纯是一个行为，而是可持续发展的一种理念或生活方式，更是对一个民族生态环保意识的具体践行。

总之，守好山，才能守住"饭店"，才能守住"饭"；"饭"要"适时"吃，才能保住"山"，才能保护好人类的资源。

唐三彩

阅读理解

1. 小说中的康乡长有哪些性格特点？请简要分析。

2. 文章以"唐三彩"为题，有什么好处？请结合全文简要分析。

3. 微型小说靠"反常材料"的艺术呈现来吸引读者的阅读兴趣。请找出文中三处情节反常的地方，并说明这样处理有怎样的艺术效果。请结合作品进行分析。

4. 请结合文本分析"老贵"这个人物在小说中的作用。

5. 请探究小说结尾"一张笑脸如同盛开的梅花"中"梅花"的意蕴。

参考答案

1.（1）急公好义，扶危济困。年关时，为贫困户送粮送钱；为了资助梅花上学，用3万元买一个普通的瓷罐。（2）善解人意，尊重他人。用购买唐三彩的方式，既帮助栓保一家解决困难，又维护了他们的自尊心。（3）助人有方，富有智慧。把一个普通瓷罐说成是价值连城的宝物，让人信以为真。（4）善于激励，富有远见。为了催生梅花的上进心，鼓励她学业有成，故意加码，让梅花 10 万赎回瓷罐。（5）尽职尽责，关心群众。为危难群众送钱送粮。

2.（1）把普通瓷罐说成是昂贵的唐三彩，对比鲜明（形成强烈反差），吸引读者，出人意料。（2）作为线索贯穿全文，推动了情节发展。以"唐三彩"为中心，康乡长购买—梅花要赎回—康乡长加码—梅花来赎回，情节一波三折，波澜起伏，曲折生动。（3）有利于塑造人物形象。明明是个普通的瓷罐，康乡长用 3 万元买下，可见其爱民有心、助人有方。梅花愿意用 10 万元赎回，可见其奋发有为、知恩图报。（4）主旨上，价值很高的唐三彩寄寓了扶危济困、知恩图报、励志自强等优秀的传统美德，有利于表现文章主旨。

3.第一处反常：康乡长突然发现栓保家里一个腌咸菜的瓷罐是古物唐三彩，他愿意用 3 万元买下这个宝物。第二处反常：梅花红着脸向康乡长提出 5 年后用 4 万元将唐三彩瓷罐赎回。第三处反常：康乡长说赎回可以，但不是 4 万，而是 10 万。艺术效果：就文章的内容或人物的反常情况设置疑团，吸引读者寻根问底，步步深入，最后峰回路转、柳暗花明，从而完成人物形象的塑造，点明文章的中心思想，给读者强烈的艺术震撼和情感满足。

4.老贵是小说中的次要人物，他在小说中的作用主要有：推动情节的发展。例如，经由老贵的叙说，康乡长得知梅花考上大学同时也为学费而发愁。小说结尾也是老贵带着梅花去找康乡长要回瓷罐的。（答其他情节亦可）丰富康乡长人物形象。老贵对瓷罐的疑惑以及他不明白康乡长对赎回瓷罐的加价行为，都可以反映出康乡长在资助的时候富有智慧，讲究策略。（也可以答丰富梅花的形象）有利于主题的表达。老贵见证了"唐三彩"所传递的人情温暖，让故事显得合理可信。

5.把梅花的笑脸喻为"盛开的梅花"，表现了梅花快乐的心情。梅花凌寒傲霜依然绽放，象征着梅花不屈不挠、奋发向上的精神品质。写出了梅花对康乡长心系群众、扶危济困的行为的认同和赞许。梅花寄寓了知恩图报、励志自强等中华民族的传统美德，深化了文章的主旨。

家 训

1. 下列对小说相关内容和艺术特色的分析鉴赏，不正确的一项是（ ）

A. 小说开头"才知道宝座上不止有光环，也还有蒺藜，官不是那么好当的，有些事情不是你想象的那么容易"，看似不经意的一笔，实则暗示了故事情节的发展。

B. 小说对钟鸣他爹一系列的语言、神态描写，刻画了这位老人朴实、正直的形象，与钟鸣母亲形成了鲜明的对比。

C. 钟鸣对曾国藩、郑板桥、纪晓岚等的家训崇敬，对自家家训却羞于启齿，这是因为他对自家家训不了解。

D. 文章语言质朴简明，通俗易懂，极富生活气息。如"我的娘哎，都啥年代了……"一句几近于口语，读来亲切自然。

2. 下面两句话对钟鸣的心理作了细致的刻画，试就此对人物产生这种心理的原因做简要分析。

（1）他心里边乱得像一团麻，理不出个头绪。

（2）钟鸣心里一下子亮堂起来，知道自己下一步该怎么做了。

3. 小说以"家训"为题有主题思想、情节结构方面的考虑，请结合全文加以分析。

1. B。

2.（1）钟鸣心里边乱得像一团麻，理不出个头绪。一方面是收红包让他内心不安，另一方面是"官大一级压死人"的社会现实与做人的基本准则发生了严重的冲突，引起了他内心的激烈斗争。（2）钟鸣心里一下子亮堂起来，是因为父亲的教育、家训的含义使得他对化工厂和红包问题有了正确的决定。

3.（1）以"家训"为题，使小说的主题思想鲜明突出，家训是中华传统文化，如果人人都能传承优秀传统文化，恪守做人的根本，社会上的不良风气就会消失，社会才会健康有序地发展。（2）以"家训"为题，起到了线索的作用，使故事情节集中、有序，家训是故事情节的发展主体，文章以钟鸣羡慕别人家的家训，不理解自己家的家训到最终理解自家家训构成叙事主线。

晒　秋

阅读理解

1.赏析下边句子。

他凝神静气，凭着刚才的瞬时记忆，瞄准，射击，中了，春来的心落到了半空；再瞄准，射击，又中了，春来的心放了下来。

2.简要分析结尾两段的艺术特色。

3.请结合全文，解说"晒秋"中"晒"的多重意蕴。

4.有读者认为小说第2自然段为闲笔，请结合小说谈谈你的看法。

5.结尾画线句子写春来和队长他们流泪、呜咽，请结合小说内容分析"泪"的丰富意蕴。

参考答案

1.（1）作者运用动作描写、心理描写，写出了春来在"盲射"环节的过硬技术和心理变化，起到流畅之中有波澜、自信之中有悬念的效果。②运用了反复的修辞，两次写到"瞄准、射击"；运用短句，形成整句；如此语言节奏虽稳定，但是气氛略紧张，给读者身临其境之感。

2.（1）欧·亨利式结尾"意料之外，情理之中"，揭示主题，前文中的"首长"，此时有了答案，重阳节，爱国忠于职守的同时，也要敬老爱老。（2）最后一段，是留白的艺术手法，独句成段，引人联想：第二年的沙场秋点中，春来的表现应该更加出色。（3）照应手法，首长照应了"父母"；队长的哭照应了前文"不料想，队长临时加大了难度"，形成反差；大家的掌声照应了第1自然段的"晒秋"，说明此次军演十分成功；最后春来参加"沙场秋点兵"照应了前文他一直成为特种兵的梦想，暗示了他梦想的实现。

3.（1）"晒秋"，本意是农民晾晒、炫耀秋季的收获，本文是部队（春来）晒自己当兵以来的收获，具有象征意味。（2）从春来的回忆来看，作者在晒春来的成长经历、所经历的痛苦磨炼、他的梦想和坚持。（3）从检阅结果来看，作者在晒人民子弟兵的过硬技术和素养。（4）从主题而言，作者在晒人民军人的形象——服从命令，坚守岗位，既爱国又念亲情，有血有肉。

4.（1）小说侧重反映部队生活，而第二自然段却详细介绍农村晒秋习俗，看似与部队生活并无联系，实则匠心独运，不可视为闲笔。（2）第二自然段承接上一段队长提到的"晒秋"及春来的疑惑，解释农村"晒秋"的内容和意义，丰富小说的内容和意蕴。（3）与下文的特种兵训练及检阅形成呼应，把农民培育庄稼和部队锻炼战士、农村晒秋和部队检阅结合在一起，展开故事情节。

5.（1）这是愧疚的泪，父母忍痛把孩子们送到部队，苦练本领，报效国家，春来他们数年也见不上父母一面，谈何尽孝。（2）这是自豪的泪，春来和战友们在队长的带领和严格要求下，克服困难，刻苦训练，练就了过硬本领和坚强的意志。（3）这是感激的泪，感激部队领导将他和战友们的父母请来部队，登上指挥台，共同检阅、观赏特种兵儿子的风采。

灾情发生后

阅读理解

1. "箱子"在小说中的主要作用是什么？请结合全文简要分析。

2. 小说在结尾点明了李正和老人的父子关系，这样处理有怎样的妙处？请结合作品进行分析。

3. 分析第 1 自然段第一句在文中的作用？

4. 倒数第 3 自然段中为什么指导员得知消息后，心里有一种说不出的滋味？

5. 赏析文中这句话：老人喘着粗气："别管我，先搬这个箱子！"声音苍老，果敢，不容商量。

参考答案

1.（1）设置悬念，吸引读者。老人在大火中舍身救木箱，让读者想一探箱子里的"秘密"。（2）推动情节发展。李正遵从老人的要求，先抢救箱子，才有了后来指导员批评李正的情节；李正把箱子交给警察，才有了后来的真相大白。（3）突显人物形象。小说通过老人舍身护箱的情节，塑造了老人恪尽职守、舍身为公的形象。（4）深化小说主题。这只箱子装着老人举报腐败干部违法乱纪的证据，并且正是这只箱子导致了真相大白、腐败分子服法，深化了小说维护正义、坚决与违法乱纪斗争到底的主题。

2.（1）意料之外，情理之中（或"欧·亨利式"结尾）。结尾处交代两人的父子关系，出人意料；结尾点明父子关系，与前文李正不断催促、拨打 110、撞开车门以及径直到二楼那间办公室救人等细节描写相照应，又在情理之中。（2）使情节发展更趋合理。有了结尾处父子关系的交代，才使得李正在救火之前、救火的过程中以及救火后受批评时的言行举止更加真实、合理。（3）丰富人物形象。结尾处点明两人的父子关系，突出了李正当时面临救箱子还是救人这种抉择的艰难性，突显了他维护正义的个人品质。（4）揭示小说的主题。李正父子一起战胜违法乱纪者，彰显了正义的精神和力量。

3. 运用比喻、拟人的修辞手法，生动形象地描绘了消防车奔赴火灾现场的情形，渲染了灾情发生后的紧张气氛。

4. 指导员在得知真相后为自己之前错误批评李正而感到内疚而"说不出的滋味"。

5. 运用语言描写，生动形象地写出了老人舍身护箱的情形，体现了老人恪尽职守、舍身为公的精神品质。

美人鱼

阅读理解

1. 下列对小说相关内容和艺术特色的分析鉴赏，不正确的一项是（　　）

A. 小说开头便点出"我还不止听一个人说过，乌苏江里有美人鱼"的传说，为故事进一步展开设置了悬念，使情节跌宕起伏，并与结尾照应，构思巧妙。

B. 小说介绍"刹生鱼"时，运用细节描写，详细介绍其制作过程，既呈现了乌苏里的地方特色，也表现了赫哲族人热情好客的美德。

C. "美人鱼"美在形象，美在行为，美在品德；作者运用多种手法，形象地刻画了一位纯真、善良、乐于助人的民族女干部的形象。

D. 作者在不动声色的讲述中将故事缓缓展开，但也不乏精当生动的细节描写，"我的脸倏地红了"，表现了"我"羞赧的心理。

2. 请简要分析第 2 自然段在文中的作用。

3. 作者是怎样刻画"美人鱼"这一形象的？请简要分析。

1.A

2.（1）介绍了世界各地美人鱼的传说，丰富了小说的内容。（2）增加了故事的浪漫色彩和艺术张力。（3）进一步设置了悬念，推动了情节发展，引出了对乌苏里美人鱼的进一步叙述。

3."美人鱼"是少数民族中一个女干部的形象，作者调用多种手段刻画这一形象。（1）以古老的美人鱼的传说，衬托"美人鱼"的神秘性和形象美。（2）侧面描写。通过老人的介绍，未见其人，先闻其事，侧面表现"美人鱼"关心老人的美好品德。（3）直接描写。通过"我"亲眼见到"美人鱼"河中捉鱼的场景，表现了"美人鱼"不凡的捕鱼技能。

传　奇

阅读理解

1. 小说前两段的环境描写有什么作用？请简要分析。
2. 小说以"传奇"为题，有哪些丰富的内涵？请简要分析。
3. 有人说：世上没有残缺的人生，只有残缺的心灵。你同意这种观点吗？请结合小说谈谈你的具体理由。

参考答案

1.（1）交代故事发生的时间，提示了作品的时代背景。是地震使丫蛋一家的生活发生变故，生活处境艰难；（2）揭示出人物的处境。将同学们的"兴高采烈"与丫蛋"形单影只、孤零零"形成对比，突出了妈妈为养家糊口而奔波和丫蛋孤单寂寞的境遇；（3）渲染气氛，烘托人物心情。描写寒冷的北风渲染一种凄凉冷清的氛围，烘托出丫蛋的孤独无奈的悲凉心情；（4）为下文写丫蛋孤单无聊时去看魔术，结识中年汉子作铺垫，推动小说情节的发展。四点答任意三点即给满分。

2. 中年汉子的魔术"解决"了丫蛋一个又一个的生活难题，"给她变一条红围巾送给妈妈""给她变出一个爸爸"，这是属于天真儿童的传奇；中年汉子和丫蛋妈妈因孩子的天真而相识，"中年汉子经常给丫蛋变出书包、变形金刚、作业本等学习用具和玩具来。丫蛋呢，也常给中年汉子带一些好吃的，如葱花油馍、豆腐包子、三鲜饺子，更多的则是烤红薯"，从这些描写中可以看出中年汉子和丫蛋妈妈之间互相关心，相互帮助，逐渐演变为爱情。一条红围巾创造了爱情的传奇；三个苦难人因为爱心和善良走到一起，共渡生活的难关，唱响了人与人之间相互关爱的传奇。

3. 观点一：同意。丫蛋妈妈和中年汉子虽身有残疾，但都拥有一颗美丽的心灵，所以他们的人生是完美的。（1）从人物形象看，作者塑造的两个人物虽身有残疾，但都有可贵的怜悯同情关爱之心，他们关爱家人，也关爱陌生人。正是这份善良纯真让他们重新拥有了完整的家和幸福的生活。（2）从情节上看，作者采用明暗双线结构，精心塑造了中年汉子和丫蛋妈妈互相关爱的故事，正是这种爱与怜悯使他们由陌生到相知、相助，最终走到一起，成为相亲相爱的一家人。（3）从主题上看，这篇小说告诉我们即使人生有着种种缺憾，但只要拥有善良、淳朴的心灵，也可以得到生活的精彩"传奇"，拥有完美的人生。

观点二：不同意。那些无聊的围观者虽然有着健康的身体，但他们缺少美丽心灵，所以他们的人生是不完美的，是残缺的。（1）从人物形象和情节上看，作者塑造这些冷漠的看客，与文中主人公作对比，他们虽身体健康，生活稳定，却精神残缺，多了几分冷漠，少了许多关爱，这样的人生无疑是残缺的，不完美的。（2）从主题上看，作者借此呼吁人们要怀有善良之心，伸出友爱之手，帮助那些需要帮助的人，让自己的人生更加完美，社会更加和谐。（观点明确得2分，能够结合文本对观点进行有条理地、合理地论述，对每个观点的论述要点有两个方面即可）

大玩家

阅读理解

1. 小说中徐达有哪些性格特点？请结合全文简要分析。

2. 小说为何以"大玩家"为标题？请结合作品进行分析。

3. 这篇小说的段落相对短小，采用这种写法有什么好处？请简要分析。

4. 小说写到"牛犇被滚落的石头惊醒了！他这才明白，真正看走眼的是自己"，就可以结束了，为什么还要写回城后的事？请结合作品进行分析。

参考答案

1.（1）善良。老栓要给两人炖鸡蛋茶，徐达忙拦住了，他知道，两个鸡蛋说不定就是这一家人两天的开销；（2）热心助人。他总是去偏远的农村收藏一些假货，而且乐此不疲，其实他是借收藏的名义去行善；（3）淡泊名利。当地媒体要推选他为年度十大慈善家之一时，他谢绝了，他做善事不是为了名利；（4）豁达。收藏界同行误解，甚至笑话他，但他从不计较。

2.（1）从情节上分析：小说的开头结尾都提到"大玩家"，在结构上形成呼应，收藏的是有历史价值的宝贝；但深层次看，"大玩家"有象征意义，徐达收藏的不是玉石等宝贝，而是以收藏的名义行善，是难能可贵的精神财富，他是人生的"大玩家"，"大玩家"突出人物的可贵品质；（2）从主题上分析：同行前后对徐达这个"大玩家"态度的变化，深化了小说的主题。

3.（1）便于加快叙事节奏，推进情节发展；（2）适合转换对象，是描写不同人物对话、动作的需要。

4.（1）照应开头，结构严谨；（2）增加内容，丰富情节；（3）凸显主题，揭示影响。

新年礼物

1. 下列对这篇小说思想内容与艺术特色的分析和鉴赏，最恰当的两项是（　　）

A. 母亲接到李娟的电话，始而激动，继而沉默，再后怯怯地问话，表现了她对女儿由思念、期盼到理解、关心的变化，这是小说的细腻之处。

B. 李娟在商场转悠了很久不知道给母亲买什么礼物，就打电话问母亲缺少什么，这样写推动了情节的发展，引出了下面母亲为李娟寄礼物的事。

C. 李娟陪雇主老太太睡觉，而放弃陪母亲睡觉，令人感慨，其中蕴含着作者对现在家庭和社会伦理关系的忧虑和反思，这是小说的深刻之处。

D. 弟弟回到家里过年，而且还帮母亲劝姐姐回家过年，说明弟弟对孝道的理解和实践都超过了姐姐，他是小说着力树立的一个鲜明的孝子形象。

E. 李娟听弟弟在电话里讲述母亲对她的思念和期盼，于是也开始思念母亲，急不可待地想回家和母亲团聚，感受母女亲情，所以流下了泪水。

2. 请结合文本简要概括"新年礼物"的内涵和作用。

3. 小说第 11 自然段中写"母亲在电话那端怯怯地说道"，请分析"怯怯"这个词语的内涵。

4. 一边已经答应了雇主帮助照顾老太太，一边是母亲寄来了回家的火车票。你认为李娟该怎么办呢？为什么？

1. B 和 C。

2. 内涵：女儿的新年礼物代表儿女对母亲的孝心；母亲的新年礼物传达

父母需要女儿的陪伴。作用：（1）作为线索，贯穿全文，使小说情节集中紧凑。（2）凸显主题：凸显小说陪伴比物质对老人更重要的主题。或"引发读者对儿女如何孝顺父母的思考"。（3）丰富人物形象：使主人公李娟有孝心、但忽视了母亲心灵需要的人物形象更丰满。

3.（1）母亲从来没出过远门，她担心李娟没有收到火车票；（2）没有跟女儿商量就擅自做主给女儿订了回家的火车票，母亲心里不安；（3）女儿工作忙，几年都没有回家过年了，母亲担心这次自己的要求会被拒绝。

4.这是一道开放性的题目，学生的回答只要文从字顺且理由充分即可。

示例：我认为李娟应该回家陪母亲过年。因为文中说了，李娟过年是陪一个老人，她的儿子在国外，老人一个人很寂寞。这个老人的境况和母亲很相似，能陪别的老人却不陪自己的母亲，这怎么说得过去呢？再则，她如果将回家过年的原因和这个老人的儿子说，他也会同意的，并能触发老人儿子对母亲的孝心，从而回家过年，让老人也可以感受到儿子的关爱，这反而是一举两得的事。

转换角色

阅读理解

1.下列对小说相关内容和艺术特色的分析鉴赏，不恰当的一项是（　　）

A."说钱不见钱""承诺年底一块儿给"，巧妙再现、揭示了社会上的某些不良现象，为后文老板赖账不露面的情节作铺垫。

B.二娃在老板约定发给他们工资日子的前夕都失眠了，他一夜都沉浸在美梦之中，因而第二天也都起晚了。

C.山桃"扑闪着眼睛""两只眼睛越来越亮"，两次细节描写表现出了山桃心理的变化过程，也烘托了二娃的自信性格。

D.事先空口承诺，事后当面赖账，严重违背了社会伦理、诚信经营等道德要求，小说借此揭示了违背道德要求必遭失败的主题。

2.小说以"转换角色"为标题，该如何理解其内容、寓意？请简要概括。

3.小说结尾，老板回来应聘伙计，二娃收留了老板，作者为什么这样写呢？请结合全文，谈谈你的观点。

参考答案

1.D

2.（1）二娃、山桃与他们的老板角色转换，伙计转换成老板，老板转换成伙计；（2）二娃与山桃，由伙计、同事的角色关系转换成夫妻角色关系；（3）不讲诚信者终究会转换成失败者，诚实讲信用者终究会成为成功者。

3.（1）这样写能使情节更加曲折动人，增添小说的波折性；（2）这样写能回扣标题，完成二娃与老板之间的角色转换；（3）这样写能更好地表现人物，烘托二娃不计前嫌的博大胸怀；（4）这样写能启发读者思考，能更好地深化主题，宣传正能量，为读者树立学习的榜样。

手 机

阅读理解

1.下列对小说有关内容的分析和概括，最恰当的两项是（   ）

A.小说以车上不少乘客"玩弄"手机的描写，来表现时尚生活的普及以及时代科技的巨大进步。

B.乡下汉子手里的手机比不上别人手里的漂亮、精致，于是他心里满是不平和羡慕，不时地咽口水。

C.两个流里流气的小青年当着众人猥亵一个小姑娘，这种现象折射出我们当今社会极不文明的一面。

D. 乡下汉子敢于制止小青年的流氓行径，并与流氓展开搏斗。这是一个平凡人的英雄壮举，值得讴歌。

E. 乘客不仅出手救助血流如注的汉子，而且还联系120，陪他一起进了医院，说明这些人敢于担当。

2. 小说描写了车上不同人打手机的情形，这样写有什么作用？

3. "乡下汉子"有哪些性格特点？请简要分析。

4. 有人把小说的结尾改成："警察便从他的血衣里掏出手机，手机上的血滴下来，滴成一个惊叹号！"你喜欢哪个结尾？请谈谈你的观点和具体理由。

参考答案

1. C 和 D（答 D 得 3 分，答 C 得 2 分，答 B 得 1 分，答 BE 不给分）。

2.（1）体现人物各自的身份，为下文写乡下汉子勇斗歹徒做铺垫。（2）几类人和乡下汉子形成鲜明对比，突出了人物形象。（3）用《真心英雄》的歌词暗示小说主题。

3.（1）淳朴朴实，从文中对他的外貌描写和他的身份特点可以看出来；（2）有点虚荣，看到大家都打手机，自己也装出打手机的样子；（3）爱家爱子，给自己的孩子买玩具手机；（4）见义勇为，在小姑娘危险无助时，他勇敢地站出来。

4. 观点一，我喜欢原文的结尾。理由：（1）结尾出人意料，增加了小说情节的曲折性，符合情节要有波澜的要求；（2）与前文照应，更能突出乡下汉子爱家的性格特点。（3）强调了他身份的普通，与前文对他的朴实描写照应。（4）突出他平凡人的英雄壮举的伟大，升华了主题。

观点二，我喜欢改动的结尾。理由：（1）与前面情节衔接连贯，使小说情节更贴近生活实际；（2）更加突出人物的英雄形象，与乡下汉子的普通身份形成巨大反差；（3）带血的手机深化了小说的主旨，引人深思。

认　亲

1.参照下面的表述，将小说情节补充完整。

电视寻亲，感动落泪→_____→凭记相认，接其回家→精心照顾，其乐融融→_____→网络留言，真相大白。

2.请结合语境，按要求品析语言。

他的讲述很平静，平静的脸庞像无风的池塘，眼里没半点波纹。（联系前后文，说说这个比喻句表达了陈大叔怎样的心理感受？）

3.联系全文，说说第 1 自然段对阳光的描写，其作用是什么？

4.小说对伏笔的处理十分精妙，请找出两例并加以简析。

5.阅读选文最后一段和链接材料，说说它们作用上面的异同点。

第二天又有一批敞口船来到这里停泊。镇上便表演着同样的故事。这种故事也正在各处市镇上表演着，真是平常而又平常的。

——叶圣陶《多收了三五斗》

参考答案

1.夫妇商量，决定认亲　弥留之际，互道真相。

2.表达了陈大叔多年寻子未果，在一遍又一遍的讲述中，内心的痛苦已经转化为表面的平静，对立刻寻找到儿子已不抱太大希望的心理。（意合即可）

3.为认亲渲染出美好的气氛，奠定文章感情基调；衬托主人公善良纯洁的品质；象征温馨和谐的关爱主题。（答到两点作用即可）

4.（5分）示例一：第 8 自然段写龙飞问妻子"是不是该去认亲"，为第 16 自然段龙飞承认不是陈大叔的儿子埋下伏笔。龙飞被电视中陈大叔的讲述感动，但当听到陈大叔儿子的特征时，他摸了摸脸，问妻子"是不是该去认亲"，不经意间的"摸"和一个"该"字，说明他意识到自己的胎记可能是认亲的一个凭证，自己也不确定。这一细节为后文龙飞承认不是陈大叔儿子的情节埋下伏笔，使文章逻辑更加合理。示例二：第 10 自然段描写陈大叔认亲时一见龙飞就"突然跌坐在地，扶起后半天也坐不稳"，为第 14 自然段他在弥留之际讲出错认龙飞为儿子的真相埋下伏笔。陈大叔跌坐在地的细微动作透露出他当时已发现龙飞并非自己儿子，内心陷入极度绝望之中，但听到龙飞的事又很有同感，索性将错就错认亲。因此他在弥留之际坦言错认儿子，情节并不突兀，虽然在意料之外，但属于情理之中。

5. 相同点：由点到面，从广度和深度上强调了故事的意义，深化了文章的主题。不同点：选文最后一段，通过写老家人得知故事后的留言，交代了老人寻亲的背景，表现了村民的善良，由个人到群体，深化了文章大爱的主题（表现了"只要人人都付出一点爱，世界将变成美好人间"的主题）。

链接材料：强调"丰收成灾""谷贱伤农"的故事不只是一时一地发生，而是各地天天都会发生，指出了故事的普遍意义，揭示了农民的悲惨命运，表达了作者对农民的无限同情。

茶　道

阅读理解

1. 下列对文本相关内容和艺术特色的分析鉴赏，正确的一项是（　　）

A. 满头花白而身体硬朗的老贵不仅有孝心、做事讲良心，他还有一套先进的茶叶销售经验。

B.“我”藏起记者身份，扮作茶叶采购者采访茶农老贵，老贵让“我”品茶，没有看出“我”的身份。

C.其他茶农忙碌不已，老贵则洒脱；老贵的洒脱得力于猴魁茶业公司的技术支撑，其他茶农则不然。

D.“我”心中的“茶道”内涵与老贵心中的“茶道”内涵不同，老贵的“茶道”让“我”汗颜无地。

2.“我喜好喝茶，而且懂茶”，“懂茶”是怎样表现出来的？请结合文本简要分析。

3.老贵的“茶道”是什么？请结合文本简要分析。

参考答案

1.B

2.（1）从领导派任务表现出。领导派“我”下乡采访茶农老贵的原因之一就是“我”懂茶。（2）从品茶中表现出。“我”轻轻啜泣一口老贵端来的“太平猴魁”，便知道这是二级“太平猴魁”茶。（3）从老贵的反应和夸赞中表现出。老贵瞪大眼睛，惊喜地说“您真是行家”。（4）从作者对茶道的一番见解中表现出。“我”认为“茶道是构筑在特定的客观事物上的茶人的观念……道家有道家的茶道，不一而足”。

3.（1）老贵的茶道就是把最好的明前茶献给生他养他的父母。（2）老贵认为，让自己住过“最温暖房子”的人是娘，让自己坐过“最好车子”的人是爹，所以老贵要把最好的明前茶全部献给父母，别人出天价也买不到。（3）老贵的茶道，既表达出爹娘的无私，也表达出老贵孝顺感恩之品格。

配　角

1.请以老汉的口吻，按照时间顺序，讲述他与女主角之间发生的故事。

2.请自选角度给下面的语句做批注，形式不拘，能结合相关内容写出自己的感受、理解、思考、赏析等，符合情理即可。

（1）河水缓缓地流着，水面上三三两两漂浮着尚未解冻的冰碴子，一起一伏，优哉游哉。批注：＿＿＿＿＿＿＿＿＿＿＿＿＿＿＿＿

（2）女主角终于停止哭泣，上前托起老汉捆绑着纱布的手："爸，我对不起您……"她想给老人个笑脸，不料，细碎的泪珠如朝露般挂在了她长长的睫毛上。批注：＿＿＿＿＿＿＿＿＿＿＿＿＿＿＿＿

3.本文题目意蕴丰富，"谁才是配角"引发了同学们的争论，下面几种观点，你赞成哪一种？请说明理由。（4分）

（1）"配角"是剧组安排的原配角。（2）"配角"是女主角。（3）"配角"是老汉。（4）"配角"是围观的群众。

4.结合文章内容说说《配角》与《我的叔叔于勒》两文在写作手法上有何相同点，并简要分析。

参考答案

1.我捡到一个弃婴，见她可怜，无妻无子的我决定留下她并将她抚养长大；后来，女儿（她）考上艺校，我悄悄跟随她，来到艺校所在的城市，但怕给女儿（她）丢脸，一直没有去找过她；今天外出捡破烂，看到女儿（她落水，我急忙去救她，最后发现原来是在拍戏）。

2.（1）示例一："三三两两漂浮着尚未解冻的冰碴子"，使我感受到河水的冰冷，我不禁为电影的拍摄捏了把汗。

示例二：运用环境描写，点明了故事发生的背景，表现了河水的冰冷，为下文配角不愿下水，在水中刻意回避冰碴子的表现做了铺垫。

示例三："优哉游哉"形容从容不迫，悠闲自得，这里写出了冰碴子在河水中随意飘荡的状态，读来生动、形象，使人不禁想象到具体的画面。

（2）示例一：运用动作描写（细节描写）、语言描写，表现了女主角对为救自己而受伤的父亲的愧疚与心疼。

示例二：发现冰冷的河水中的救人者是自己的父亲，复杂的情绪使女主角哭泣不止，稳定自己情绪后，女主角"终于停止哭泣"，当看到老汉受伤的手，内心心疼不已，于是泪珠又挂上睫毛。

3.示例一：我认为"配角"是剧组安排的原配角。因为他在电影中本身扮演的是配角，同时他在电影拍摄过程中的三次失误让女主角不得不再次下水表演，进而引出了老汉，他在冰冷的河水中的表现与老汉的表现形成了鲜明的对比，突出了老汉勇敢的形象，以及对女儿无私的爱。因此剧组安排的原配角是"配角"。

示例二：我认为"配角"是女主角。文章虽然用大量笔墨写了女主角，但文章对女主角这一角色设置的目的在于通过"女主角落水"来引出拾荒老汉，从而表现拾荒老汉身上善良无私的小人物光辉。因此女主角是"配角"。

示例三：我认为"配角"是老汉。老汉在文章中着墨不多，他因误以为女儿落水而救助女儿成为电影中的配角；他收养女儿，跟随女儿来到她上学的城市，靠拾荒让女儿上学，说明他是女儿人生中善良无私、默默奉献的配角。因此老汉是"配角"。

示例四：我认为"配角"是围观群众。围观群众虽然在文中几次出现，但作者对其着墨不多，从开始围观看戏到评论演技，再到给拾荒者点赞，烘托了拍戏的氛围，围观群众不同的反应推动着故事情节的发展。因此围观的群众是"配角"。

4.示例一：两文均采用了设置悬念的写作手法。《配角》中多次设置悬念，增加了小说的可读性，如简单的一幕排练了三次，再次开拍却完美过关；拍摄过关后发现演员不是剧组的人；女主角在拍摄成功后一直哭泣；等等。《我的叔叔于勒》中也多次设置悬念，增加了文章情节的曲折性，如在开头便写菲利普一家人对于勒归来的盼望，在船上遇到与于勒形似的人等。

示例二：两文结尾均运用了既在意料之外又在情理之中的呈现方式。《配角》结尾点出女主角为拾荒老汉捡到的弃婴，前文拾荒老汉对女主角的一切行为便得到升华，女主角与拾荒老汉之间的情感显得珍贵而真切，拾荒老汉善良无私的小人物光辉得以凸显。《我的叔叔于勒》结尾写一家人对于勒避而不见及于勒的落魄，在金钱至上的资本主义社会中，也显得既在意料之外又在情理之中。（言之有理即可）

我不看月亮

阅读理解

1. 下列对小说相关内容的理解，正确的一项是（　　）

A. 小刘在王队向自己打听朱明的事时才发现朱明有一段时间没唱那首每晚必唱的主打歌，可见小刘有点冷漠。

B. 因救火受伤的朱明又因祸得福，他和陪护护士月亮谈起了恋爱。这让同宿舍的小刘内心酸溜溜的，甚是嫉妒。

C. 王队讲述自己的三次恋爱故事，既显示出当前消防员找对象的尴尬困境，又阐明找对象必须找一个爱自己的人。

D. 小说写大家误认为来到朱明生日庆祝会上的那位手捧鲜花的漂亮女孩是月亮，增添了故事的曲折性和感染力。

2. 小说中的"王队"是个不可或缺的人物，请结合小说简要分析这一人物的作用。

3. 小说以一首歌词结束全篇，有什么作用？请结合文章谈谈你的理解。

1.B

2.（1）从情节发展的角度看，王队对朱明的表现"起疑""问疑""解疑"构成了整个故事，起到了推动情节发展的作用。（2）从人物关系的角度看，王队是一个穿针引线式的人物，使小说中的人物联系在一起。（3）从人物形象塑造的角度看，王队的言行侧面衬托了朱明的形象。

3.（1）含蓄地表现主题。小说结尾的歌声，用"我不看月亮，也没说想你"等含蓄地表达了朱明心中对月亮的想念，深化了主旨。（2）引发读者想象。歌声艺术化地彰显了人物的复杂情感，言有尽而意无穷，韵味深远，引发读者想象，增强了文章感染力。（3）情节上前后对照（照应）。小说开篇写到主人公"再没哼唱过《想你的时候问月亮》"，结尾写到主人公和阳阳一起唱《不动声色》，前后呼应，形成对照，体现了主人公从"情绪低落"到"慢慢回归"的心路历程。（4）呼应标题（点题）。文章以"我不看月亮"的歌曲名为标题，末尾呼应标题，结构更加严谨。

来金湖看荷花

阅读理解

1.下列对本文相关内容和艺术特色的分析鉴赏，不正确的一项是（　　）

A.小说题目意蕴丰富，它既是对小说主要情节的概括，也能让人产生美丽的联想。"看荷花"更是一语双关，既是看池中的荷花，也是看荷花姑娘。

B.本来就想打造美丽乡村，再加上荷花那句得体而又暧昧的回答，晓文把买房的钱也添进去改造排水系统……从中也可以看出晓文对荷花用情至深。

C.荷花对晓文明明有好感，可一涉及谈婚论嫁的问题，"荷花就沉默了"。作者在这里有意设置悬念，吸引读者继续读下去，直到结尾才解开谜底。

D.荷花邀请晓文来金湖，看荷花后给他讲"荷花定律"，不只是鼓励他努力种植下去，也因为察觉到晓文要放弃这一段感情，所以暗示他坚持下去。

2.小说中有一处景物描写，请分析其作用。

3.请简要分析小说中荷花的人物形象。

参考答案

1.D

2.（1）渲染气氛。池塘里荷花盛放，清香四溢，晓文的心情也受到了感染，由沮丧变为开朗；（2）烘托人物形象。小说对女主人公的相貌避而不谈，只给她取名"荷花"，其实是借美丽的景物来衬托、暗示她美丽的形象；（3）推动情节发展。荷花热闹地开放，引出了下文两人对话、荷花讲述自己身世的情节。

3.（1）心地善良，为人孝顺。荷花是爷爷奶奶养大的，奶奶去世后，荷花说"将来我要嫁人，爷爷便是我的'嫁妆'"，意思是她将来不会抛弃爷爷不管，一定要为爷爷养老送终。（2）羞涩聪明，憧憬爱情。交往两年后，荷花有心与晓文结为连理，但她不知晓文会不会接受爷爷，于是在鼓励晓文坚持种荷后，含蓄巧妙地表达了内心的想法。（3）热爱家乡，不忘桑梓。荷花大学毕业后，因为热爱家乡，想要照顾爷爷奶奶，放弃了到城市工作和生活的机会，选择回到故乡做一名村官，带领乡亲们发家致富。

救 人

阅读理解

1.下面句子运用了什么描写手法？有什么表达效果？

他忙退了出来，本想打道回府，又想不对，若是两个老人煤气中毒了怎么办？见死不救，可是一场大罪啊。

2.阅读下面句子，说说"他"流泪（几乎流泪）的原因分别是什么。

（1）他大声辩解道："我不是小偷，我不是小偷。"说罢，眼泪几乎要流出来。

（2）待两个警察走后，他"扑通"给老人跪下了，眼泪也哗哗流出来。

3.下面句子运用了哪些记叙顺序？有什么作用？

原来，他在打120的时候，说话不免语无伦次，这让医生起了疑心，挂断电话后，医生又拨打了110。

4.你认为高个警察知道"他"是小偷吗？请从文中找出依据。

参考答案

1.心理描写。生动地反映出他生性善良，为下文写他拨打120急救电话，勇救两位煤气中毒的老人做了铺垫。

2.（1）面对矮个警察的询问，他大声辩解，担心（害怕）矮个警察不相信他，着急地几乎流泪。（2）老大爷明明不认识他，却说他是他的一个远房亲戚，挽救了他，这令他很感动，所以落泪。

3.插叙。补充交代了110来的原因；为下文他被两个警察带走，询问他是否是小偷一事做铺垫；丰富文章内容，使情节更加完整；使文章结构富于变化，避免平铺直叙。

4.高个儿警察知道"他"是小偷。依据：高个儿警察明白，他不是惯偷，先前也没有不良记录。高个警察的脸上溢出不易察觉的笑容。

游子吟

阅读理解

1.下列对小说相关内容和艺术特色的分析鉴赏，不恰当的两项是（　　　）

A.小说开头写韦大摇头晃脑地朗读孟郊的《游子吟》，表明他对唐诗有极大的兴趣，也自然引出他向妈妈提出疑问让妈妈卡壳的情节。

B.小说中常不经意地流露出作者对传统的风俗民情和文化内涵的怀念和传承之心，如"起脚饺子落脚面"这一习俗中，饱含着人们对家人和客人的祝福与不舍。

C.作者注意通过细节来刻画人物，凌华"微微皱了一下眉头"，不仅流露出她内心的不悦，同时也反映了她不了解传统习俗，不理解老人的用心。

D.小说注意运用对比手法来刻画人物形象，如韦伟被故事感动而儿子却睡着了，表现出两代人之间的"代沟"极深，用说教的方式是难以填平的。

E.小说充满浓郁的生活气息，情节一波三折，人物性格鲜明，矛盾冲突激烈，语言平实但意蕴颇深，含蓄而又深刻地表现作品主题。

2.请简要概括小说中"奶奶"的形象。

3.小说中出现的《游子吟》一诗有何作用？请简要分析。

参考答案

1.B、C

2.（1）奶奶是一位典型的中国农村传统母亲形象；（2）她勤劳能干，任劳任怨；（3）体贴晚辈，善良无私。

3.（1）展开情节，以背诵和理解《游子吟》为线索来叙述故事；（2）刻画人物，借《游子吟》的内容来凸显老母亲对儿孙的深深关爱和殷殷盼望；（3）揭示主题，虽然孙儿读不懂《游子吟》古诗，但人间的大爱——母爱，却还在传承，而且应该继续传承下去。

南京、北京

阅读理解

1. 小说中的老歪有哪些性格特点？请简要分析。

2. 这篇小说的结尾很有特色。小说这样处理有什么作用？请结合全文进行分析。

3. 小说在布局谋篇上有什么特点？请简要分析。

4. 小说结尾处"老歪那沟壑纵横的脸上淌满了泪水"，你如何理解老歪的泪水？

参考答案

1.（1）忠厚善良，敢于担当。一个人含辛茹苦抚养一双儿女成人，无怨无悔；（2）疼爱儿女，寡言隐忍。一心放在儿女身上，面对儿女的不孝独自垂泪；（3）忠于爱情，始终不渝。妻子早亡，终身未娶，进城也想着带上妻子的照片。

2.（1）情节安排上，这一结尾既照应前文，又是对故事情节的逆转，增强了故事的戏剧性，耐人寻味；（2）人物塑造上，儿女性格的两面性和老歪的善良隐忍都在情节逆转中得到集中表现；（3）主题表现上，对虚情假意的孝顺进行鞭挞，表现对留守老人这一社会现象的关注和思考，深化了主题。

3.（1）明暗线索交织，使小说情节更为集中紧凑。明线是老歪收到儿女邀请后内心的期盼和纠结，暗线是儿女在外地的工作生活情况以及对待父亲日益疏离的态度。（2）先扬后抑，卒章显志（或欧·亨利式的结尾）。小说前面极力铺陈老歪收到儿女邀请后的喜悦和村民的羡慕，最后才揭出真相，极具震撼力，很好地表现了主题。（3）伏笔照应巧妙。小说多处设伏，前后照应，巧妙暗示了小说的结局。如说到儿女的家庭组成的特殊性等。

4. 理解"老歪的泪水"要分为浅层和深层，"老歪的泪水"浅层是因为老歪的失望、孤独，深层的含义体现了社会上存在的儿女的不孝行为。从而突出了文章的主旨。

落　叶

阅读理解

1. 文中的老孟是一个怎样的人物形象？请简要概括。

2. 阅读下面两句话，完成后面题目。

（1）呵呵，老孟还真能谝。（解释这句话的含意）

（2）在阳光的照射下，在微风的吹拂下，叶子像是一个个小精灵，闪闪烁烁，耀人的眼。一些叶子恋恋不舍地离开枝头，舞动着飘了下来，铺了一地的金黄，像是给大地铺了一张黄地毯。（分析此处的表现手法与表达效果）

3. 请简要分析小说结尾的作用。

4. 请探究小说所表达的理趣。

参考答案

1. 老孟是一个任劳任怨的有敬业精神的普通劳动者，也是一个有牢骚有思想的普通劳动者。

2.（1）"谝"字，有"显摆、夸耀"的意思。作者以旁观者的身份明贬实褒地表达了对老孟思想境界之高的赞扬。（2）运用比喻与拟人的修辞手法，写出了阳光下落叶飘落营造的美好意境，衬托出老孟思想转变之后的惬意。

3.（1）老孟整天一刻不停地扫落叶也没有得先进，不扫反而得了先进，这一结尾增强了故事的戏剧性，丰富了故事内容；（2）这一结尾出人意料，但又在情理之中，给读者留下了想象、思考的空间。

4.（1）从不同的角度看问题，会有不同的收获，勤扫与不扫，都具有不同的美；（2）生活不应该总处于忙碌中，应该适时停下来，用心领会生活之美；（3）生活是由必然和偶然组成的，有些成功往往发生在偶然间。

寻　亲

阅读理解

1. 阅读文章后，请你在①②③处各填一个字，组成一个小标题。

2. 小说结尾处，桂婶早已知道儿子带回来的不是丈夫。说说文中哪些内容为这个情节埋下了伏笔。（至少说两处）

3. 小说以塑造人物形象为中心，请结合下面这则《论语》语录和文中的具体内容，分析小桂和桂婶的形象特点。

子曰："弟子入则孝，出则弟，谨而信，泛爱众，而亲仁，行有余力，则以学文。"

——《论语·学而》

参考答案

1. ①寻②认③结

2. 要点：桂婶初次见到老人，并没有向老人问出什么，"她重重地叹了口气"；亲朋好友闻讯都来看，听到有人说"就是金刚"时，"桂婶眼里的泪不由自主地流下来"；文章中反复说"太像了"却没有说是；桂婶和老人聊天，不管老人的反应。

3.《论语》中说，弟子们在父母跟前，就孝顺父母，文中的小桂看到母亲因一直寻找父亲未果而伤心，为了缓解母亲的悲痛，找来一个和父亲十分相像的老人，体现了小桂的孝心。《论语》中还提到要广泛地去爱众人。桂婶明知老人不是丈夫，还几年如一日悉心照料，并希望她失踪的丈夫也能得到别人的收留，体现了她的心善与大爱的思想。

乞 丐

阅读理解

1. 下列对小说相关内容和艺术特色的分析鉴赏，不准确的一项是（ ）

A. 小说第 2 自然段通过描写三个人点菜的情况，表达了"我"对他们既爱又恨的态度，为后文中年人吃剩菜埋下伏笔。

B. 老板好心提醒三个年轻人打包，但是被年轻人直接拒绝，他们觉得打包是一件丢人的事，不能体现他们的豪爽。

C. 文中运用了大量的对比，文中中年人在工地上辛辛苦苦养家，但是他的儿子却拿着父母的血汗钱大手大脚地请客，让人深思。

D. "我"在文中是一个线索人物，通过"我"的所见所闻，表达了对年轻人的不满，对中年人的赞美之情。

2. 结合文章内容简要概括分析文中中年人的人物形象。

3. 这篇小说以《乞丐》为标题，有什么好处？请结合全文简要分析。

参考答案

1.C。

2. 中年人是个普通的农民工形象。（1）节俭质朴。如穿的衣服分辨不出颜色；去饭店吃人家的剩饭剩菜。（2）勤劳知足。白天在工地上干活，晚上还要加班，卸了一车水泥，但"他的神色如中了五百万的大奖"可以看出。（3）疼爱孩子。见到自己的孩子询问吃饭没，叮嘱少喝酒。（4）有同情心。自己不富有遇到乞丐还掏钱资助。

3. 以"乞丐"为题，有多重的艺术效果，给人以无限的遐想：（1）那个要钱的乞丐看似乞讨者，为什么只要钱？是真乞丐还是假乞丐？（2）中年人看似乞丐，去饭店吃人家的剩饭，其实他很富有，富有爱心，掏钱资助那个乞丐。（3）那三个年轻人花钱大手大脚，看似很有钱，其实"贫穷"得很，因为他们缺乏爱心，缺乏对父辈的关爱，缺乏节约意识。

警察老谭

阅读理解

1. 下列对文本相关内容和艺术特色，鉴赏正确的一项是（　　）

A. 车上的乘客除了两个年轻的到乡间旅游的恋人外，其余都是老人和孩子，只有老谭是身穿警服的警察，这一交代为后面老谭的拼死一搏做了铺垫。

B. 老谭成了英雄以后本来可以享受英雄给他带来的各种福利待遇的，但他却选择辞职和离开小城，表现了他对自己的职业和生活方式的理性选择。

C. 小说结尾没有交代五个歹徒被抓捕归案，绳之以法，未能表现出恶有恶报的社会期待，不能不说是一个重大失误。

D. 媒体在报道老谭时，之所以隐去了老谭有关自己不配当警察不该站出来的那段话，是因为不能玷污英雄的形象。

2. 那个八九岁的孩子在小说中有什么作用？请简要分析。

3. 结尾处老谭为什么说"我不配当英雄，更不配当警察"？并从全文探究小说的写作意图。

参考答案

1. A。

2. （1）从情节上说，这是一个重大转折点，这个孩子是促成老谭毅然出手、拼死保护群众生命的直接原因，直接导致了后面的情节发展；（2）从人物形象来说，孩子期待的眼神表达了对老谭的信任，促使老谭拼死一搏，体现了老谭作为警察强烈的社会责任感；（3）从主题上说，正是因为我们的宣传，让孩子都知道有困难找警察，这种公众的期望，赋予了警察太多的责任，是酿成悲剧的主要原因。

3. 老谭的话主要是自责：作为一名警察，没能保护好人民群众的生命财产安全；也觉得自己不能承担社会对警察的要求。这篇小说以老谭的内疚自责而毅然辞职作结，提出了值得深思的问题：社会期望警察在面对人民生命财产受到侵害时不顾牺牲，是否对警察要求过高；在势单力薄的情况下，警察如何才能更好地保护人民生命财产不受侵害。

警匪游戏

阅读理解

1. 下列对小说相关内容和艺术特色的分析鉴赏，不正确的一项是（　　）

A. 小说先用大段篇幅介绍"警匪游戏"，是因为读者对此并不熟悉，为下文情节的展开做好了铺垫。

B. 小说运用语言描写刻画人物，如"他们都是我的亲人，怎么可能杀我呢"就表现了小童的天真。

C.心地不纯的"表哥"虽是小说中的次要人物，但他的出现推动了情节发展，凸显了小说的主题。

D.小童的妹妹在文中着墨不多，但人物形象非常鲜明，她同小童的成长历程一样，内心世界相同。

2.小说中两次游戏中小童的不同选择表现了怎样的心理？请结合作品简要分析。

3.文章以"过罢年，小童的爸爸和妈妈没有外出打工"结尾，这样处理有怎样的艺术效果？请结合作品进行分析。

参考答案

1.C。从上下文看，"表哥"并非心地不纯。

2.在第一次游戏当中，表现了小童的天真和善良，如在指认"凶手"时，他不相信自己的亲人会"杀"自己；让他当"杀手"时，他又不愿意"杀"自己的亲人。在玩第二次游戏时，小童已经懂事了，有分辨是非的能力了，怨恨自己的父母在外打工不回家，所以当"杀手"时，"杀"了爸爸，还"诬陷"妈妈是"凶手"。

3.文章以"过罢年，小童的爸爸和妈妈没有外出打工"结尾，这样的处理说明小童的父母已经意识到自己的错误，不能一味为了赚钱而忽略了家庭和亲情，特别是对子女的教育。这样的结尾点明了主旨，对其他家长也起到了警示的作用。

火眼金晴

阅读理解

1.下列对小说相关内容和艺术特色的分析鉴赏，不正确的一项是（　　）

A. 阿三一直想学习"火眼金睛"，师傅大高没有答应，这并不是怕"教会徒弟，饿死师傅"，而是替阿三着想。

B."离了王屠夫，不吃带毛猪"，这是阿三的心理活动，表现了阿三对师傅大高的不服气，想和师傅一较高低。

C. 老树问阿三："你还没学会'火眼金睛'？"阿三"哀怨地说"，老树"叹口气"，"恨恨地说"，这些都在暗示后面将要发生什么事情。

D. 阿三出事后，师傅大高的所有表现都说明他是一个善良正直的人，正因为如此，老树才告诫儿子以后要好好对待师傅。

2. 小说开头描写杂技"火眼金睛"对小说的艺术表现有什么作用？请简要分析。

3. 自从阿三的眼睛失明后，大高为什么再没表演过"火眼金睛"？请结合全文，谈谈你的理解。

参考答案

1.B

2.（1）通过奇特形象的塑造，表现了杂技的精彩刺激，激发读者阅读兴趣；（2）通过对杂技逼真神妙的描绘，表现师父大高杂技艺术的高超；（3）通过制造故事悬念，为后文阿三偷学杂技埋下伏笔。

3.（1）大高对阿三眼睛失明心存愧疚，不愿再因这个绝技而联想到阿三的意外，所以他不再表演这门绝技；（2）阿三因这个绝技而失明，他怕一旦表演会引起阿三伤心，为了不再刺激阿三，他不再表演这门绝技；（3）阿三眼睛失明使他意识到这门绝技的危险，为了杜绝让类似事件发生，他宁可让绝技失传也不再表演；（4）火眼金睛在文中暗指大高心明眼亮，看透人性的黑暗，这些让他失望，使他放弃了绝技，回归内心的平静。

形　象

1. 小说除了使用正面描写手法外，还借助了哪些手法来塑造父亲的形象？

2. 结合文本，简要分析丽娟的心理发展变化过程。

3. 丽娟两次流泪各是因为什么？请结合作品内容简要分析。

4. 小说中的父亲是个怎样的形象？请简要赏析。

参考答案

1. （1）环境描写，如通过对丽娟几个同事吃粽子的热闹场面的描写，表现父亲热情、大方、淳朴等性格特点。（2）对比衬托，父亲拿着女儿给的500元钱舍不得花，却舍得拿出1000元钱去帮助贫困学生。前后对比，写出了父亲勤俭节约、乐于助人的高尚品质。（3）通过描写丽娟的心理变化来塑造父亲形象。丽娟开始对父亲又急又窘，还带着气，后来对父亲的态度逐渐变好，甚至说父亲给自己长脸了，父亲的形象也随之高大丰满起来。

2. （1）父亲不打扮就来到女儿办公室，丽娟又急又窘，还带着气，心里还责怪父亲。（2）父亲解开挎包，拿出粽子，场面热闹，丽娟看到同事的表现后，心里的火气慢慢消解，觉得这样对待父亲有点苛刻，并掏钱给父亲花。（3）晚上看电视，看到了父亲扶助老人的报道后，泪流不止，给父亲打电话，决定回家看望父亲。

3. （1）第一次泪流满面是看了电视新闻。听到父亲说"若是见了老人有困难，都不伸手，轮到自己老了咋办"后，想到自己的父母无人陪伴的孤独，反思自己对父亲的态度不好，不理解父亲的苦心，而愧疚、后悔；同时，也为父亲的行为感动。为下文提出回家作铺垫。（2）第二次忍不住啜泣。

是为自己有心地善良的父亲而骄傲，而激动。

4.（1）憨厚慈祥。父亲出场时是一个地地道道的农民形象。看到红红吃得那么香也"嘿嘿呵呵地笑了"，可见父亲的憨厚；见到女儿吃方便面就心疼地说"光吃这个会中？没钱了给家里说"，表现父亲的慈爱。（2）勤俭朴实。父亲搭便车去城里送粽子给女儿吃，舍不得坐班车或打的；丽娟给他500元钱去洗澡、理发，他到外面转了两个小时还是舍不得花，这些都表明父亲的勤俭。记者问他为什么搀扶摔倒的老人，他只说"我也没想啥"，毫不夸耀，显得十分的朴实无华。（3）心地善良。一是见老人摔倒，"赶过去，没有丝毫犹豫就把老人扶了起来"；二是见学生娃家庭困难到街头讨钱，便把老人给的1000块钱连同女儿给的500块钱一起送给人家。这些行为都表明父亲是个心地善良的人。

名　医

阅读理解

1. 下列对本文相关内容及艺术特色的分析鉴赏，不正确的一项是（　　）

A. 小说中"眉头紧锁""吸了一口气然后徐徐吐出"等神态描写和动作描写，为张寒玉渲染病情和后期治疗做铺垫。

B. 小说语言极具生活气息，人物对话贴近日常生活，恰当的引用又契合人物性格，在表达上既通俗易懂，又生动可感。

C. 小说以"名医"为题，在两代医生治病态度的对比中塑造人物形象，引发读者深刻的思考：究竟谁才是真正的名医。

D. 小说选材构思精妙，详略得当：详写张寒玉成为"一代名医"，略写张小玉为人看病，深化了医术传承断档的主旨。

2. 请结合文本，简要分析小说中"妻子"这个人物形象的作用。

3. 人们常说"医者仁心"，请结合小说中两代名医的经历，谈谈你对"仁心"的理解？

参考答案

1. D

2. （1）夫妻吵架推动了情节发展；（2）妻子对丈夫前后态度的不同，衬托了张小玉正直的人物形象；（3）两人对话及文末妻子"捡旗"的动作深化了小说赞美张小玉的主旨。

3. （1）救死扶伤的爱人之心，不论小疾还是大病，都给予医治，从这一点上说，父子二人都具有仁心。（2）甘于清贫的高尚医德，张小玉行医，"连全家人的衣食住行都解决不了"，但他甘于清贫，这才是真正的仁心。（3）坚守道义的仁德之心，张寒玉为了钱财和名气，小病当作大病治不算仁心；张小玉能治"未病"，"防患于未然"，有道义之心。

求求你当肇事者

阅读理解

1. 根据文意，用简洁的语言补充故事情节。

（1）家杰上班途中遇到被撞老人，主动把受伤的老人送去医院；

（2）_____；

（3）_____；

（4）肇事司机看到关于家杰的报道后，主动去交警部门投案自首了。

2. 小说开篇写车祸现场围观者袖手旁观、无动于衷，有什么作用？

3. 阅读文中画线句，说说小伙子"痛苦和无奈"的原因是什么。

4. 小说以"求求你当肇事者"为题，有何妙处？

1.（2）受伤老人的儿子找到家杰，求他暂时充当肇事者，并告知原委。（3）家杰去医院交纳了3万元后，受伤的老人同意手术。

2.将车祸现场围观者袖手旁观、无动于衷的态度与家杰主动把受伤的老人送去医院医治的行为形成鲜明的对比，突出表现了家杰正直、善良、助人为乐的优秀品质。

3.小伙子的父亲大腿骨折了，需要动手术，可是父亲怕花钱，不愿意做手术，而小伙子求了好几个人装扮肇事者，他们都不愿帮忙。

4.既概括了小说的主要情节，也设置了悬念，吸引读者的阅读兴趣。

康乡长的忙

阅读理解

1. 小说在情节设置上使用了哪种手法？请结合文本简要分析。
2. 小说中南湾村村主任老贵的情感有哪些变化？请结合文本简要分析。
3. 请结合文本，简要探究小说的题目"康乡长的忙"的意蕴和具体作用。
4. 小说第1自然段有什么作用？请结合作品简要分析。

参考答案

1. 先抑后扬的手法。（1）小说主要通过康乡长为让南湾村村民脱贫而要求他们养鸭子的故事来赞美康乡长勤政爱民的品格，但小说没有平铺直叙，而是通过抑扬的手法进行描写。（2）小说开篇，写康乡长到南湾村，看到村民养的鸭子眼睛发亮，要求老贵帮忙搞一些鸭蛋，后来又要求把这些鸭蛋孵成鸭子，最后要求把这些鸭子喂养大。文章通过对老贵一系列心理活动的描写，让读者以为康乡长十分贪婪。（3）文章最后，写康乡长带人到南湾村，谜底揭开：康乡长让村民养鸭子是为了村民的脱贫致富。（4）小说先抑后扬，从南湾村村民的误解开始到南湾村村民的感谢结束，塑造了一位勤政为民的乡长形象。

2.（1）欣喜。康乡长来南湾村时老贵喜出望外，认为康乡长是来送扶贫款、救济物资的。（2）失望。看到康乡长没有捎来一分钱、一壶油，十分失望。（3）激动。康乡长许诺会让南湾村致富，老贵十分激动。（4）吃惊。开始老贵认为康乡长只是要不多的鸭蛋，但听说要六千个鸭蛋时十分吃惊。（5）心中窝火、愤怒。听见康乡长要求把鸭蛋孵成鸭子、要把鸭子养大时十分愤怒。（6）感谢。知道康乡长要村民养鸭子的最终目的后，老贵十分高兴和激动，非常感谢康乡长。

3.意蕴：题目使用了双关的修辞手法。"忙"的意思有两层：一是写康乡长的繁忙，即康乡长为了百姓十分忙碌；二是南湾村帮康乡长的忙，即小说开篇写的南湾村人"替"康乡长孵鸭子、养鸭子的事情。

作用：（1）设置悬念。题目中的"忙"的多层解释为小说设置了悬念，引发读者的阅读兴趣。（2）明确了小说的行文思路，是小说的行文线索。小说紧紧围绕"康乡长的忙"行文，写乡长为了南湾村脱贫致富而忙以及南湾村帮康乡长养鸭子的忙等。（3）表现了康乡长的品格。康乡长的"忙"不是为了自己，而是为了南湾村村民的脱贫致富，并且备受误解等，以此表现康乡长的大公无私和勤政为民的思想品格。

4.（1）交代故事发生的背景。开篇写南湾村的偏僻和没有变化，突出其贫穷；（2）为下文情节发展做铺垫。南湾村的贫穷是因为没有找到好的致富路，从而为下文康乡长让村民养鸭致富做铺垫；（3）引出小说的主人公康乡长。

乡里故事

阅读理解

1. 第1自然段在文中有怎样的作用？

2. 结合作品，简要分析"香草"这一人物形象。

3. 本文的主旨是什么？请结合作品简要分析。

4. 这篇文章可以给我们怎样的生活启示？请你联系现实生活来谈一谈。

参考答案

1.（1）勾画出一幅恬静、温馨、和谐的农村生活图景，为故事的发展奠定感情基调；（2）交代故事发生的环境，为人物的活动提供场景；（3）交代人物及人物之间的关系，为故事的发展（情节的展开）作铺垫。

2. 香草是一位勤劳、美丽、善良的农村妇女形象，眼瞎心不瞎。（1）勤劳（一边剥着玉米，一边伸着耳朵听着。煮饭洗衣样样都来）；（2）贤惠温柔（待娘孝顺，对丈夫温柔，儿子教导得好）；（3）善良、有主见，珍惜清贫、平凡、普通、宁静的幸福生活。

3.（1）本文颂扬了普通农村家庭成员之间的浓厚亲情。夫妻之间相濡以沫、互相体贴照顾；母亲爱儿子，甚至为了儿子的幸福不惜自私、专制，阻挠儿媳的眼睛复明；儿媳善良贤惠、有主见，安贫乐道、知恩图报，珍惜宁静平凡而又幸福的家庭生活；根旺和儿子都很孝顺自己的母亲。（2）平凡宁静的家庭生活最重要，要珍惜眼前普通而美好的生活。人间真情最美好，最珍贵。真心方可换真情。要孝顺父母，但不应当无原则顺从。人生活在社会中，生活在具体的家庭中，我们从来都不是一个人独自生存在这个世界上。因此，我们的幸福不仅仅是个人生存生活状态的改变，有时，牺牲自己个人的一点幸福，能够换来家庭、集体的和谐完美也是值得的。

4.（1）平凡宁静的家庭生活最重要，要珍惜眼前普通而美好的生活；（2）人间真情最美好，真心方可换真情；（3）要孝顺父母，但不应当无原则顺从；联系现实：人生活在社会中，生活在具体的家庭中，我们从来都不是一个人独自生存在这个世界上，因此，我们的幸福不仅仅是个人生存生活状态的改变，有时，牺牲自己个人的一点幸福，能够换来家庭、集体的和谐完美也是值得的。

规　矩

阅读理解

1. 小说写兄弟二人小时候抢帽子，有什么作用？

2. 小说中的哥哥这一形象有哪些特点？请简要分析。

3. 小说以"规矩"为题，有哪些妙处？请结合文本谈谈你的看法。

参考答案

1.（1）呼应题目，介绍"规矩"的由来，突出兄弟二人对"规矩"的严格遵守；（2）交代兄弟二人家境贫寒，引出下文兄弟二人争妻的情节；（3）为后文兄弟二人以赛跑分胜负的方式给母亲捐肾做铺垫。

2.（1）做事讲规矩、原则。长期以来，遇到兄弟争端，以赛跑输赢定夺，哥哥心中始终有为家庭亲情付出的原则。（2）注重兄弟情，多为弟弟着想。为了让弟弟娶上媳妇，故意跑输。（3）孝顺父母，关爱弟弟。为了跑赢弟弟，给母亲换肾，每天半夜起来跑步锻炼。

3.（1）"规矩"是行文线索，贯穿全篇，使小说情节紧凑；（2）内涵丰富，"规矩"既是指小说中兄弟二人比赛定输赢的做法，又是指千百年来存在于人们心中的家庭和睦、子女孝顺感恩、兄弟谦让友爱等传统美德；（3）揭示小说主旨，对"规矩"的遵守，也就是对中华民族传统美德的坚守和传承，赞扬像哥哥一样坚守传统美德的人。

山里人

阅读理解

1. 小说中二狗这一人物是一个什么样形象？请简要概括。

2. 结尾句"那个农家乐还真有点味道"是理解小说主题的一个重要内容。请结合文本进行分析。

3. 关于本篇小说的主人公，有人说是二狗，有人认为是老孟。请结合全文，谈谈你的看法。

4. 结合全文，请简要说明小说的标题"山里人"的含义和作用。

参考答案

1. （1）执着较真（坚持原则）；（2）善良实诚；（3）重情明理；（4）生活在乡下的小生意人。

2. （1）二狗开的农家乐的饭菜味道还算不错，吃饭的老孟他们还能够认可；（2）十分"抠门"的二狗对因救人牺牲的村长的儿子的关爱很让人感动；（3）小说以此表达了人与人之间应该相互关爱、帮助和理解的主题。

3. 观点一：主人公是二狗。（1）从标题上看，小说标题是"山里人"，小说的写作主体对象是二狗顺理成章；（2）从情节设置上看，点菜先算账、卖面不要钱等故事的叙述都围绕二狗展开，二狗是核心人物；（3）从思想内涵上看，小说的主题是在表现二狗等山里人身上的人性之美。

观点二：主人公是老孟。（1）从结构安排上看，老孟贯穿故事始终，故事展现的是老孟的心理状态及其精神的成长；（2）从艺术表现上看，小说的艺术感染力来自于老孟形象的丰富性；（3）从思想内涵上看，小说蕴含的人需要内省和完善的题旨，寄寓在老孟这一人物形象上。

4.（1）既指执着较真（坚持原则），善良实诚，重情明理，生活在山里的小生意人二狗，也指为保护村民生命财产而牺牲的村长，又指以二狗为代表的"村里凡是开店"的重情重义的村民们。（2）反衬和山里人相对的城里人老孟，斤斤计较，以世俗的逻辑去推测人心，并通过老孟的情感态度变化，表达了原始淳朴的美好人性对世俗人的净化的主题。

麦子的馨香

阅读理解

1. 下列对文本相关内容和艺术特色的分析鉴赏，不正确的一项是（　　）

A. 本文的语言生动形象，富有乡村气息，"麦熟一晌，蚕老一时""紧种庄稼，消停买卖"等俗语，说明收麦的紧迫性。

B. 槐花打心眼里不愿意大顺回来割麦，是因为她觉得得不偿失，三亩多麦子也值不了多少钱，来回的路费却要一千多块。

C. "槐花的话里带着笑含着恼"，"笑"是因为大顺回家割麦，解决了她的大难题；"恼"是因为大顺回家没有提前告诉她。

D. 幸福是本文的一个次要人物，作者通过对幸福的描写，推动了故事情节的发展，同时使槐花的形象更加丰满。

2. 本文以"麦子的馨香"为题，意蕴丰富，请简要分析。

3. 文中两次提到布谷鸟的叫声，这样写有怎样的艺术效果？

1.B.

2."麦子的馨香"指麦子成熟时发出的香馥馥的香味,说明又是一个风调雨顺的好年景,也指大顺对槐花的体贴和爱,就如麦香一样沁人心脾,还指槐花的心情,丈夫回乡帮助自己收麦,让她感到非常的温馨、幸福。

3.（1）文中开头布谷鸟的叫声清脆,响亮,展示人们要珍惜农时,反衬出槐花因担心麦收问题内心的焦躁不安;（2）文中结尾提到布谷鸟的叫声,烘托出槐花夫妇喜悦的心情,深化了文章的主题;（3）两次布谷鸟叫声的描写交代了故事发生的环境,首尾照应,使文章结构完整。

猴　精

阅读理解

1.侯乡长修路是假,让大家致富是真。作者在文章中已经作了必要的铺垫,请指出。

2.文章结尾写老周说自己"老糊涂",并拍打自己的脑袋,有什么作用?

3.请简要概括文中侯乡长这一人物的形象特点。

4.小说为什么以"猴精"为标题?请结合作品进行分析。

参考答案

1.（1）侯乡长曾说:咱龙湾村一马平川,不能说没有优势。不能老是种传统农作物,可以搞点其他的嘛。由此可知侯乡长已经有了让大家致富的方向。（2）老周想让侯乡长弄点资金，小吴把乡里没有资金的情况讲了出来。（3）当大家对侯乡长要修路表示怀疑时，侯乡长却说他有办法。（4）侯乡长关于搞什么项目的回答及不让老周告诉村民的表现等都是有意为之。（5）当村民都种果树时他却对老周说没事村民只是做样子，坚持不下去其实是欲擒故纵。（6）等大车小车来拉水果时，侯乡长看到后脸上掠过一丝不易被察觉的微笑。

2.（1）突出人物形象。用老周的"糊涂"与侯乡长的"精明"形成对比，从而突出侯乡长这个人物形象。（2）揭示主题。通过老周的表现揭示了谜底，赞扬了侯乡长这样真心为人民办实事的好干部。（3）故事戛然而止，引人思考，耐人寻味。通过老周的表现，会引发读者思考，为什么老周会这样。

3.（1）心系百姓。看到龙湾村村民们还没脱贫，心里很不是滋味。（2）能干实事。一到任就推掉一切迎来送往，到各村调研；（3）大胆创新，灵活变通，不拘泥于传统方法。

4.（1）一语双关，既指村民的精明，也指侯乡长的精明；（2）揭示了小说的主旨，赞扬了像侯乡长这样带领村民致富的好干部；（3）设置悬念，激发了读者的阅读兴趣。

桃源人家

1.小说第2自然段为什么对老庙进行如此细致的描写？请结合全文简要分析。

2.赏析下面的句子。

（1）日头爬到了半空中，毫不吝啬地发出火辣辣的光芒。

（2）晓晓点点头忙又摇摇头。

3. "桃源人家"有多重意蕴，试简要分析。

4. 小说的结尾设置巧妙，这样写有什么好处？

5. 小说中塑造的两位老人的形象有何作用？请结合全文简要分析。

参考答案

1. 这是一段典型的环境描写，既有自然环境又有社会环境，描述了老庙秀美、明丽、纯朴的田园风光，渲染了幽静的气氛，烘托了人物闲适、愉悦、轻松的心理世界，为后文发生的一系列事件做铺垫，推动着情节的发展，暗示作者追求纯美、善良、洁净的主题。

2. （1）运用拟人的修辞手法。把"日头"人格化。一个"爬"字，生动地写出了日头移动的缓慢，烘托出主人公沉溺于桃源情境中愉悦和惬意；"毫不吝啬"又形象地描述出日头尽情释放热量的情态，为下文晓晓到河中戏水埋下伏笔。（2）运用细节描写。"点点头"，说明她认可老汉的问话，见到了疯子；又"摇摇头"，又否认了自己的行为，是怕别人知道自己被偷窥的情形，生动传神地刻画了晓晓的矛盾心理。从结构上来说，也为后文情节的发展张本。

3. "桃源人家"具有象征意义。（1）这里环境幽静，生活安逸，与陶渊明笔下的桃源相似，第2自然段关于老庙山水田园的描写便是这一象征意义的具象化。（2）这里与现实社会有空间的隔绝，极少受到物欲社会潮流的影响，生活安乐，人际关系和谐，是充满真善美的理想世界。关于"疯子"看到女性洗澡的言行的描述，便是这一象征意义的体现。作者以桃源人家这一意象为描述核心，表达了作者对田园人家善良淳朴的精神世界的追求。

4. 小说的结尾出人意料，又在情理之中。表面上看似人们没想到"疯子"原来就是老汉的儿子，并且是装疯；实际上前面都有铺垫之处，"二三户人家，民风淳朴"，与后文大家口风一致，保护女性隐私相呼应；"那个男人也像是被惊醒似的，摇头晃脑，又唱又跳走远了"，与后文"这个疯子不打人，不骂人，整天就会疯疯癫癫地瞎唱"相照应，晓晓问大爷村里是否有个疯子时，老汉没加思索，顺嘴说道"有"，等等，使情节的发展十分合理。既丰富了人物形象的塑造，又回味无穷，给人以十分开阔的想象空间，发人深省，深化了主题。

5.（1）两位老人是老庙人家的典型代表，他们质朴纯美的人性，展现了老庙民风淳朴的特点，为故事的发展提供了环境背景。（2）两位老人心地善良，待人真诚，为了维护晓晓的名誉，共同编造了一个善意的谎言，既为结尾出人意料的情节安排提供了合理依据，又彰显了小说歌颂美好人性的主题。

观大伾山有感

阅读理解

1.下列对本文相关内容和艺术特色的分析鉴赏，不正确的一项是（　）

A.山门上那副对联的上联通过写邯郸道典故和黄鹤楼传说，描写吕洞宾的仙人形象，下联揭示人生哲理：修身养性须人世。

B.作者一边登山一边听挚友讲解，一边联想一边谈论游览感想，登山则情满于山，文章感染力很强，给人以启迪。

C.作者写大伾山的"小"，目的是突出大伾山在文化内涵上的"大"，这种自然与人文的统一、明暗结合的写法，独具匠心。

D.本文有一个明显的艺术特点，即在写游览之余常使用一句话来写自己游览时的一些感想，给人耳目一新的感觉。

2.作者在文中描写了大石佛的哪些方面？请结合文本简要概括。

3.有人认为本文为游记，重在写作者登游之感；有人认为本文的主旨是借物写人，突出对平凡人物的讴歌。请结合文本特征简要分析。

1.C

2.(1)由来、概貌。(2)外貌、神情、穿着。(3)地位、影响、功能。(大意对即可)

3.示例一:本文重在写登游之感。(1)从篇幅来看:作者花大量篇幅写登大伾山的经历,详细写了大伾山的自然和人文之美,符合游记类散文的文本特征。(2)从抒情角度来看:作者将自己的感受穿插于游览的过程中,突出了自己游大伾山的心情。(3)从写作背景来看:作者在第1自然段交代了个人登临大伾山的背景,由此看出本文乃是作者实地旅游后的随记,目的就是突出表现自己当时的心情或是感受。

示例二:本文重在写平凡人的不平凡,充满讴歌之意。(1)从文章结构来看:本文虽然花了大量篇幅写登临大伾山的经历,但是行文最后由物及人,升华主题,使文本的内涵更丰富。(2)从写作技巧来看:作者通过巧妙的联想,即物言理,展现了美好的人性、美好的品格,字里行间充满了对平凡人不甘平凡精神的赞美。(3)从结尾艺术来看:结尾由记述转为议论,将大伾山和人联系起来,意在强调做人也当如大伾山一样,要不断丰富自己的内涵,成就自己的人生。

捡来的家

阅读理解

1. 下列对小说相关内容和艺术特色的分析鉴赏,不正确的一项是( )

A.“捡”是老高与高兴和张大嫂的连接点,小说由此切入,展示主人公老高的一段特殊生活经历,在普普通通的生活画面中,塑造了老高的形象。

B. 张大嫂看到老高这个样子，"转过身，抿着嘴乐了"，是因为看到老高不会反驳自己、只会嘿嘿呵呵傻笑的憨态、想到自己选定可以托身的人。

C. "这天傍晚，天气阴阴的，往日的星星也不知道躲到哪里去了"这段环境描写既交代了事件发生的时间，又为发现高兴走失营造了低沉的气氛。

D. 小说运用朴实的语言叙述故事，塑造人物，情节虽然简单，人物关系也不复杂，却彰显着人生的美好，读后，给人以悠远的思考和深刻的启迪。

2. 小说以"捡来的家"为题，有什么好处？请结合作品简要分析。

3. 小说从主人公身上传达出哪些人生启示？请结合作品简要分析。

参考答案

1.B（张大嫂"转过身，抿着嘴乐了"的原因，主要是老高喜悦地接受了她的爱心，而不是想到自己选定可以托身的人。）

2.（1）概括了故事情节。老高的票子、车子、房子、儿子、妻子都是捡来的。（2）暗示了主人公的职业与特点。老高以"捡"为职业，靠"捡"有了自己的家。（3）家一般是捡不来的，"捡来的家"显然有违于常理，不同于凡俗，这样就能引起读者的阅读兴趣。

3.（1）勤劳可以摆脱贫困。老高的媳妇远走高飞后，他背起蛇皮袋，捡起了破烂，靠勤劳有了积蓄，买上了收购废品的人力车。（2）公平忠厚可以赢得社会的信任。老高实在，收废品不会缺斤少两，价格也公平，老头老太太都会把家里的破烂留给他。（3）善良可以收获幸福。老高靠善良收养了高兴，赢得了张大嫂的信任，收获了新的亲情和爱情。

老贵和他的孙女

阅读理解

1.下列对文本相关内容的理解，正确的一项是（　　）

A.蕾蕾从大连转到乡村工作，与党的"退耕还林"政策及"乡村帮扶脱贫"政策有关。

B.文章开头描写蕾蕾父母在一场车祸上双双遇难的细节，有推动故事情节发展的作用。

C."绕弯子"表达出蕾蕾调皮可爱，"揽肩膀"表达出蕾蕾的活泼及与爷爷的亲密关系。

D.文中描写老贵的文字比描写蕾蕾的文字多，主要是从言行、心理、神情方面描写的。

2.结合文本，简要分析老贵"有点动心了"之前的心理活动。

3.读书小组要为此文写一则文学短评。经讨论，甲组提出一组关键词：读书·工作·回家；乙组提出一个关键词：光伏板。请任选一个小组加入，围绕关键词写出你的短评思路。

参考答案

1.C。

2.（1）心里很矛盾。老贵希望蕾蕾大学毕业后留在大连，在城里生根发芽；蕾蕾在大连找了工作，老贵却又有点不舍，想让蕾蕾回到自己身边陪自己变老。（2）心里很纠结。蕾蕾想把老贵接到大连，陪爷爷一起住，可老贵想去又怕不习惯；怕不会使用城里的高科技；觉得自己不能太自私，只要蕾蕾高兴，进城受点委屈无所谓。

3. 甲组答案示例：（1）蕾蕾父母遇难，爷爷把蕾蕾抚养大，从送幼儿园一直把她送到了大学，不愧是爷爷。（2）蕾蕾大学毕业后，在大连找到了工作，爷爷愿望实现。（3）蕾蕾想陪爷爷住，可爷爷怕不习惯；劝动了爷爷，公司光伏板竟在老家落地，爷爷又不想进城了；蕾蕾到老家负责片区光伏板管理工作，矛盾解决，岂不美哉。

乙组答案示例：（1）爷爷千辛万苦把蕾蕾拉扯大，蕾蕾大学毕业后想陪爷爷住，而爷爷又怕不习惯，虽然矛盾重重但爷爷还是"有点动心了"。（2）公司在老家装上了太阳能光伏板，爷爷心里痒痒了，又不想进城了，都是光伏板"惹的祸"。（3）蕾蕾回老家负责片区光伏板管理工作，既能工作又可回报爷爷，两全其美，都是光伏板的"功劳"。

遗　嘱

阅读理解

1. 下列对小说艺术特色的分析鉴赏，不正确的一项是（　　）

A."字又写得歪歪扭扭，像蚯蚓爬"将不识几个字的乡下人写的字比喻为"蚯蚓爬"，生动贴切，又具有一定的生活气息。

B. 该篇小说主要写到"父亲""林平""三叔"等人物，人物关系比较明晰，故事情节也相对简单，但却含意深刻，引人深思。

C. 从前文林平希望看到父亲的"只言片语"，到最后看到父亲的"遗嘱"，情节连贯，可见"遗嘱"是小说的线索，贯穿了全文。

D."办一场丧事需要很多细节，不亚于美国总统选举"，以近似戏谑的口吻表现农村人对置办丧事的重视，语言在质朴中略带诙谐。

2. 文章在顺叙中插入父亲生前的有关内容，这样写有什么好处？请简要分析。

3. 小说是如何刻画父亲这一形象的？请简要分析。

参考答案

1.C

2.（1）补充交代了相关背景，丰富了故事情节，使文章结构富有变化。（2）插入父亲把林平拉扯大等情节，丰富了父亲的形象。（3）突出了父亲的爱，与林平的"冷漠"形成对比，深化主题。

3.（1）肖像描写，"花白相间的头发，刀划过似的皱纹"等可见父亲饱经风霜、劳苦的一生。（2）通过林平的回忆展现父亲的形象，如大中午父亲风尘仆仆前来，掏出带来煮的鸡蛋，表现了对儿子深沉的爱；每次赶集，都要捎水果糖，分给村民，表现了父亲的友善。（3）通过遗嘱内容表现了父亲节俭、体谅儿子、无私的形象。

陪　嫁

阅读理解

1. 下列对小说相关内容和艺术特色的赏析，不正确的一项是（　　）

A.雯雯的父母拒绝女儿上交第一个月的工资，雯雯的妈妈不止一次给雯雯讲自己和雯雯奶奶当年出嫁时的嫁妆，为后文做了铺垫。

B.小说多处细节源于生活，如小说中所提到的"支援郑州抗疫小分队"以及"土地承包到户"等，增加了小说的真实感。

C.小说在塑造雯雯的父母与大伟的父母这四个人物形象时运用了对比的手法，雯雯父母狭隘的言行反衬出了大伟父母思想境界的高尚。

D.这是一篇蕴含满满正能量的小说，作品带有鲜明的时代气息，借助一对年轻恋人在疫情中的出色表现，反映了中国民众身上的抗疫精神。

2. 小说中的雯雯具有怎样的形象特点？请简要分析。

3. 小说结尾写"雯雯开着一辆崭新的小轿车上下班——那是准公婆给她买巴"有何作用？请简要分析。

参考答案

1. DC

2.（1）爱国。用自己积攒下来的嫁妆买了辆"负压救护车"，捐给了市人民医院，体现了家国情怀。（2）淳朴。雯雯生活简单，衣着平常，甚至寒酸，坚持素面朝天，不用化妆品，也没有奢侈的爱好。（3）阳光乐观。雯雯觉得生活中充满了阳光，出来进去像只百灵鸟一样，说话都像是在唱歌。

3.（1）内容上：雯雯用自己的嫁妆买"负压救护车"捐赠给市人民医院，换来了准公婆的赞赏和尊重，说明"有面子的嫁妆"不是传统意义上的物质，更是善良、美好的人性。（2）结构上：与开头部分写雯雯奶奶、妈妈的嫁妆形成对照。（3）主旨上：有利于升华主旨，体现新时代婚嫁思想的转变。

留　余

阅读理解

1. 开篇讲康家生意大了，利润却没有上升，原因出在哪里呢？请简要说明。

2. 小小说文体究竟应该走"阳春白雪"式的小众化路线，还是瞄准"下里巴人"式的通俗化市场？你认为作者侯发山是如何解决这一问题的？请结合文本内容说一说。

3. 文中第2自然段的环境描写有何作用？请简要分析。

4. 本文标题"留余"有哪些深刻内涵？请结合全文谈谈你的理解。

1. 康家的经商策略有问题，其中最主要一条就是，做生意追求利益最大化，斤斤计较，破坏了人与社会、自然各种关系的和谐，谋利过度，心机用尽。因此造成了生意虽大，利润却没有上升的局面。

2. （1）囿于字数的限制与贴近生活的文体定位，大众化的雅俗共赏才真正应该是小小说生命的根基，是小小说生命活力的体现。（2）本文人物生动形象，小故事蕴含大道理，写作过程中以历史文化作为大背景，更彰显出其厚重的底蕴。（3）结合文本，语言顺畅，言之成理即可。

3. （1）从人物形象上看，以黄河、洛水的瑰奇景象为捕鱼老汉的出场做铺垫，并衬托了老汉看似普通平凡，实则有大智慧的形象。（2）从思想主旨上看，以黄河浑浊、洛水清澈交汇融合，暗示凡事皆应有所调和，有助于下文谋利亦须留余的主旨的传达。（3）从表达效果上看，此段描写生动形象而富有文化气息，营造了历史文化的背景，调节了叙事节奏，丰富了文章内容。

4. （1）"留余"是做事之法。无论捕鱼还是做生意，都不可过于贪婪，只图眼前利益，而要适可而止，从长计议。（2）"留余"是发展之道。家族的昌盛，社会长远发展，都要考虑人与自然等各方面的和谐关系，走可持续发展的道路。（3）"留余"是做人之则。为人处世要修身养德，留有余地，福不可享尽，势不可使尽，心机不可用尽，这是中华民族应该世代传承的美德。

福　星

阅读理解

1. 下列关于小说内容和艺术特色的分析鉴赏，不正确的一项是（　　）

A. 爹刚病逝，老娘又病倒，栓柱明知无钱请医还去找名医康建勋，这让名医陷入两难的境地，因此就有了康建勋"一脸受伤的样子"。

B."栓柱一张巴掌大的小脸憋成了猪肝色"，通过神态描写展现出栓柱当时复杂的内心世界：既有无法付清诊金的惭愧，也有对医生过分冷漠的愤慨。

C.小说语言极具生活气息，"家里像是被大水冲过""口碑如村口的茅厕，从村里臭到了村外"既贴近农村生活，在表达上又生动可感，通俗易懂。

D.小说主要写了两件事：栓柱娘生病，看病；康建勋给周二爷治病。两件事有详有略，患者身份一贫一富，可见小说在剪裁、选材上颇具匠心。

2.人们常说"医者仁心"，请结合小说中名医康建勋的人物形象，谈一谈你对"仁心"二字的理解。

3.梁启超言："史者何？记述人类社会赓续活动之体相，校其总成绩，求得其因果关系，以为现代一般人活动之资鉴者也。"作者以史料记载内容作为小说结尾，你认为有何作用？

参考答案

1.B。

2.（1）救死扶伤的医者之心——不论得了沉疴还是偶染小恙，他都给予医治。（2）众生平等的公平之心——在康建勋眼里，病人都是一样的，即使是口碑不好的周二爷。（3）取财有道的道义之心——康建勋说"我不管他人，我的钱来路要正"。（4）刚中带柔的恻隐之心——无论贫富从不破规矩，却慷慨地给了乞讨的栓柱19块银圆，并于灾荒之年赈济灾民。

3.（1）照应文题，点明标题含义（或：使之首尾呼应，故事结构更加完整）；增加文章真实性。（2）使人物形象更加丰满。通过该内容，我们看到了主人公慷慨无私、淡泊名利的一面。（3）拓展文章内容，升华主旨。通过该内容，我们看到了一个"德荫广被"的家族，进而传递出"家风传承"这一重要主题。

康百万系列二题

阅读理解

1. 下列对文中加横线词语的解说，不正确的一项是（　）

A. 风从门缝里溜进来　　　溜：无孔不入，无法阻挡

B. 每逢遭年馑　　　　　年馑：闹灾荒的年景

C. 他的脸上漾出了笑意　　漾：自然而然地流露

D. 光临敝府　　　　　敝府：敬辞，对客人称自己的办公处所

2. 小说中的康百万是怎样的一个人？请结合小说相关内容作简要分析。

3. 小说《年关》最后两段独具匠心，请结合文本谈谈你的看法。

4. 小说《打春》写到了立春的"鞭牛"习俗。在现实生活中，当二十四节气或农历节日来临之际，人们往往举办仪式或组织活动，以表达美好的愿望。请结合现实生活中或《红楼梦》《边城》《呐喊》等文学作品中的某一类似习俗，谈谈你对这类现象的看法。

参考答案

1. D（谦辞）

2.（1）一个周济百姓、乐善慷慨的仁者。"每逢遭年馑，康家都要施舍粥棚"，可见其乐善好施。（2）济困扶贫的同时又尊重弱者人格的义者。"看到整个康店村家家户户的烟囱都溢出了烟，他的脸上漾出了笑意"，原来驼子掏烟囱就是康百万行善的方式，穷人也是有尊严的。（3）从根本上解决扶贫问题的智者。如在《打春》一文中，他巧妙地给老百姓发放种子，解决他们没有粮食吃的困境。

3.（1）使情节集中紧凑。文章采用双线结构行文，明线写康群山穷困待

助，暗线写康百万让驼子掏烟囱来进行行善。明暗线在结尾处交织汇合，使小说情节更为集中紧凑。（2）突出人物形象。小说极尽繁笔写康群山的穷困，更能衬托康百万仁义的可贵，使人物形象更加丰满，高大。（3）表现小说主题。"年关"对贫困者来说，过年如过关。康百万的出现让与康群山一样贫苦的人闯过了年关，也正是这一笔，直抵人们的精神领地，让读者去寻求仁义背后的一个"敬"字，更好地表现了主题。

4. 答案略。

看 戏

阅读理解

1. 这篇小说在线索的设置上有什么特点？请结合小说内容简要说明。

2. 小说的最后一段采用了什么样的叙述方式？这种叙述方式有什么好处？请结合小说简要分析。

3. 这篇小说人物不多，但都特征明显，个性鲜明，请结合作品分析小玉的形象特征。

4. 刘熙载在《艺概·诗概》中云："山之精神写不出，以烟霞写之；春之精神写不出，以草树写之。"这种手法在小说中也多见运用，请结合作品简要分析。

5. 老张对女儿的情感有哪些？请简要分析。

参考答案

1. 线索设置特点：有一明一暗两条线索或明暗线交织；明线是三个孩子找妈妈；暗线是常香玉带领剧团四处义演募捐。

2. 补叙。好处：（1）解开了明线的所有悬念，补充交代常香玉卖车卖房，把儿女放在幼儿所，自己在外奔波的原因。（2）照应上文儿女、父亲对常香玉的不理解，首尾呼应。（3）丰富了常香玉的形象，赞美她义演募捐的义举，歌颂了她的爱国主义精神。（4）灵活使用文献资料，新闻事实与小说叙述相互印证，增添了故事的真实性。

3.（1）爱问、聪明：能通过姥爷说的火车来去、日出日落方向，弄对郑州的方位；知道通过打听"唱戏的"寻找妈妈所在，提议唱戏壮胆等。（2）善良、懂事、有担当：看到姥爷流泪，说善意的谎言安慰姥爷说"俺不想妈了，俺不去郑州看戏了"。找妈妈的路上背着嘉康，安慰小香"不怕"。（3）天真、懵懂：妈妈卖房她不开心，尚未懂得妈妈做事的意义，瞒着姥爷带着弟弟妹妹步行到郑州找妈妈，其想法和做法还显得比较天真。

4.（1）这种手法是烘托：指对作品所描写的主要形象不做过多正面刻画，而是通过写与之相关的人、事、景使其更鲜明突出的写作手法。小说着力塑造的形象是毁家纾难的常香玉，但对其正面刻画只集中在结尾处的一小段，塑造常香玉多是烘云托月。（2）小说通过人物对话和补续新闻，侧面交代了常香玉的所作所为：卖房卖车、义演和捐飞机。（3）小说通过老张对常香玉的牢骚、埋怨、不理解侧面表现了常香玉非比寻常。（4）通过三个孩子对常香玉的思念、喜爱和追寻，间接表现出了常香玉的慈爱、善良。（5）小说通过花木兰唱词，侧面烘托了常香玉的爱国情怀、壮志豪情。

5.（1）对常香玉出去巡演和卖房的不理解和埋怨；（2）有对闺女卖了房子没地方住的担心和心疼；（3）长时间不见女儿，不知道女儿在哪里的想念和牵挂。

木匠张

阅读理解

1.下列对小说相关内容和艺术特色的分析鉴赏，不正确的一项是（　　）

A. "洗脚关系到每个人的健康，洗脚桶不愁没人要"一句可见木匠张极具远见，后文许多方木匠没他生意红火，前后照应。

B. 木匠张给师弟支付"寿材"的报酬，既表现出他对手艺人的尊重，又表现出他对自己"木匠"的职业充满荣誉感和热爱。

C. 大奎没能买到木匠张的洗脚桶，最终进了监狱，这与木匠张的形象形成了鲜明的对比，从而突出了木匠张的优秀品质。

D. 小说通过"木匠张"这一人物形象，阐明了工匠精神的内涵，并对当下传统手工艺的传承及工匠精神的培养有启发意义。

2. 小说以木匠制作"洗脚桶"来连接情节和人物，这样安排有什么好处？请简要分析。

3. 请结合小说内容具体分析，木匠张身上体现了哪些匠人精神？

参考答案

1. C。

2.（1）为故事情节服务。"洗脚桶"起到承上启下的作用，引出后边的故事，也是高潮部分；（2）为人物形象服务。"洗脚桶"塑造木匠张的高尚形象，同时也衬托出了大奎花花肠子的猥琐人格。

3.（1）精益。如木匠张"在选择木料时非常挑剔，一般选用质地比较软的杉木，而且还得没有虫洞、树结。买回来的木料要在阳光下晒一个月，做成后还要晒上两天再出手"。（2）专注。从学徒做到老，一辈子不改行，而且心无旁骛，专做洗脚桶。（3）创新。如根据不同身份的顾客，在洗脚桶的外边制作不同的图案等。（4）敬业。如让同行给自己父亲做"寿材"，如不给大奎做洗脚桶，给大奎娘送去洗脚盆而又变相收取费用等，都显示了木匠张对职业的热爱和敬畏。

酒 水

阅读理解

1.下面对本文相关内容和艺术特色的分析和鉴赏，不正确的一项是（ ）

A.因为巩县国库空虚没能力接待，所以康百万接待了陆襄，毕竟康家"瘦死的骆驼比马大"。

B.小说善于运用动作、神态描写和个性化语言塑造人物，叙事和描写中又不乏议论的语句。

C.陆知府说做人做事得像河洛水，既肯定了康百万，批评了知县，又警醒自己，一举多得。

D.小说以全知视角讲故事，"单说……"很有章回小说的"花开两朵，各表一枝"的特点。

2.小说大量引用康家家酒的"小曲"唱词，请结合文本简要分析作者这样写的目的。

3.如何理解陆知府说的"大丈夫当如是，生意人当如是"？

参考答案

1.A。

2.（1）内容上，强调康家家酒受欢迎，对康家家酒充满赞美之情；（2）主题上，酒中蕴含着浓浓的故乡情，便引出康家赈灾体现的民族大义的主题；（3）结构上，呼应上文，凌知县交代为什么一定要用康家家酒，又为下文陆知府见到康家家酒的兴奋做铺垫；（4）艺术效果上，大量引用唱词内容，朗朗上口，使小说具有浓郁的地域情调和生活气息。

3.（1）作为百姓，康百万有大爱，有担当，旱灾面前，主动赈济乡里乡亲，是大丈夫行为；（2）作为生意人，康百万把粮食都用来赈济乡亲了，没有酿一滴酒，不逐利，不贪心；（3）运用反复手法，强调对康百万赈灾义行的赞美和崇敬。

香包奇缘

阅读理解

1.下列对本文艺术特色的分析鉴赏，不正确的一项是（　　）

A.赵匡胤病危住进闺房、佩戴连心形香包、陵定巩县等情节都围绕着香包展开，香包是"香包奇缘"的起源，是文章的线索。

B.文中写了四个赵匡胤的"遗憾"，这四个"遗憾"其实就是作者有意设置的四个波澜，使得文章情节跌宕起伏，扣人心弦。

C.文章使用第三人称叙事，写香包的奇特，写民间传说，写将"赵"改为"塱"，直接描写出香包的价值及香妮儿的高大形象。

D.赵匡胤陵定巩县等相关举措，呼应了标题以及有关香包的情节，还以此揭示真诚、无私奉献的应该永远被铭记，也必须被铭记这一主题。

2.文章对"香包奇缘"的叙述很有层次感，请结合作品具体分析。

3.赵匡胤躺在闺房里，醒来后与田老汉有段对话，请结合上下文分析对话者的心理。

4.文中多处写赵匡胤的"遗憾"，请结合文本简要分析。

参考答案

1.C

2.（1）开端：赵匡胤打猎染疫病，危在旦夕，被救治于香妮儿的闺房里。（2）发展：赵匡胤脱险后要见香妮儿却没见着，将田老汉转交的龙凤香包掖

/ 140 /

进怀里；在行军打仗中要求士兵一律佩戴香包；在明白香妮儿送龙凤香包的意思后，率文武大臣赶往孝义堡。（3）高潮：赵匡胤一行来到孝义堡，香妮儿已身亡。（4）结局：陵定巩县，改凤凰山东边的山名为青龙山。

3.（1）对于田老汉来说，一是想要赵匡胤知道香妮儿闺房的功用，将视线转向香妮儿，以引起赵匡胤的注意。二是香妮儿为救赵匡胤让出闺房，而不顾及自己未来的终身大事。此话想要赵匡胤知道但又不好说，心理矛盾复杂。（2）对于赵匡胤来说，想见香妮儿却见不着，表达出怅然若失，感激而又有些遗憾的心理。

4.（1）赵匡胤疫病脱险后要见香妮儿，他听到田老汉说香妮儿走远亲的消息后，怅然若失，有些遗憾。（2）赵匡胤离开孝义堡后，一直想抽时间去看香妮儿，却一次也没成行，遗憾而自责。（3）赵匡胤当初在病情恹恹时，田老汉把香妮儿的连心形香包转交给他，赵匡胤却不知其意。现在经孝明皇后点破之后，恍然大悟，懊悔不已。（4）赵匡胤率文武大臣赶往孝义堡找香妮儿，香妮儿却已落水身亡。赵匡胤心里五味杂陈，遗憾之后，不顾礼仪到坟前祭奠。

高　手

1. 下列对小说的内容和艺术特色的分析鉴赏，不正确的一项是（　　）

A. 本文通过周明这一人物强烈的反差对比和陪衬，突出了康小勇"善"与"美"的鲜明形象，使主题更加突出，故事情节更为摇曳多姿，文章具有了更强的表现力。

B. 文章对太极高手陈长兴着墨甚多。塑造了一个武艺高强的"牌位大王"形象，铺叙了陈长兴教授的内容，招式变化神奇，暗含无穷之力，为后文周明勇斗土匪埋下伏笔。

C. 作者"以小见大"，一粒沙里看世界，半瓣花上说人情。他从平凡的小事中发掘"亮点"，悟出道理，从"小"的形象和故事里，写出了深邃隽永的意义。

D. 读有能量的小说，心里像透进一束光。小说写了时代苦难，但不让人绝望；写了地方风物，但并不狭窄；写了美好人情，但并不做作，文字不冷，有着温暖的色调。

2. 小说中关于小乞丐的描写有何作用？请结合文本简要分析。

3. 蒙太奇是一种电影的镜头组合手法，将时空予以分解组合，是电影中镜头与镜头构筑并列的艺术。小说中多处使用蒙太奇的手法，请结合文本分析该手法在环境描写、情节发展、人物塑造方面的运用及效果。

4. 热点追踪：蒋磊同学搜集到一则与小说有关的新闻，他想将其压缩为一句话新闻，呈现给大家，请你帮助他完成这一心愿。

全媒体记者田宏杰报道　4月15日上午，2015—2017年度小小说金麻雀奖颁奖典礼在古城开封举行。中国作协网络文学中心主任、河南省文学院院长何弘，河南省作协副主席、省小小说学会会长杨晓敏，中国作协小说委员会副主任、著名评论家胡平，市文联主席甘桂芬，《大观·东京文学》杂志社社长张晓林等为本届获奖作家白秋、津子围、侯发山、胥得意、马宝山、高沧海、刘立勤等人颁发了奖杯和荣誉证书。

历届小小说金麻雀奖获得者、全国各地小小说学会、沙龙负责人以及来自开封、广东、河北、黑龙江、北京等地的50余位作家代表参加了此次活动。

此次颁奖典礼由何弘主持，杨晓敏作了关于本届评奖的情况说明。

参考答案

1. B

2. （1）突出人物形象，康小勇救助小乞丐，把他背了回来，突出了人物的扶危济困的善良和热心。（2）为情节发展做必要的铺垫，康小勇上山说服土匪，和小乞丐有密切的关系，让情节发展显得合理。（3）突出了小说的主题，真正的高手不在于打趴下多少人，而在于扶起多少人，正是由于小乞丐这一类人的出现，才突出了"扶起"的意义。

3.（1）环境描写蒙太奇，小说对陈家沟习武武风叙述，紧承康、周二人去陈家沟的社会背景介绍。突破时空限制，行文节奏明快。（2）情节发展蒙太奇，小说写康、周二人练功的情节，笔锋一转，三年期满，辞别师傅，回到巩县。使行文详略合宜，主线清晰。（3）人物塑造蒙太奇，小说在描写周明勇斗土匪和康小勇收复土匪时，采用了"闪回"的手法。情节跳跃，扩大了故事的容量，留下大量空白，激发读者的想象。

4. 2015—2017 年度小小说金麻雀奖颁奖典礼在开封举行。

小相狮舞

阅读理解

1. 下列对本文相关内容的理解，不正确的一项是（　　）

A. 小相人用野菊花茶汤让汉兵免遭疫疾之灾，刘邦登基后使小相野菊花成为朝廷贡品，可谓彼此有恩于对方。

B. 源于生产劳动的鲁庄小相狮舞接地气，生动有趣，既可以在繁忙的生产之余助兴解乏，还可以强身健体。

C. 农民出身的刘邦喜欢小相狮舞，他看见小相狮舞的旗帜便带着随从，走出皇宫，以观看动感十足的小相狮舞。

D. 后来，小相狮舞人在祠堂墙壁夹层中发现的"布帛动作"基础上，经过不断创新，创作出了"高台"狮舞。

2. 小相人有过哪些"重大贡献"？请结合文本简要分析。

3. 文章在倒数第 2 自然段即可结束全篇，作者为何还要写最后一段？结合文本谈谈你的看法。

4. 请结合文本，简要分析第 1 自然段的作用。

5. 这篇文章对于当下传承和弘扬非物质文化遗产具有启示意义，请结合文本，谈谈你的看法。

参考答案

1. C。

2.（1）汉兵途经小相村时突发疫疾，小相人用野菊花泡制的茶汤使得汉兵免遭一难。（2）刘邦观看小相狮舞遇刺，危难之际，狮舞演员机智"救驾"。（3）让游击队员扮作舞狮人混进城里，为成功解放巩县作出了重大贡献。（4）使"小相狮舞"发扬光大，相继获得了"中原第一狮""中原狮王"等称号，且被定为国家级第一批非物质文化遗产项目。

3.（1）在内容上，文章最后一段叙述小相人发扬光大"小相狮舞"，获得多种荣誉称号，这些既是"小相狮舞"内容的组成部分，又使"小相狮舞"的内容更加丰富。（2）在结构上，与前文构成分总关系。小相狮舞在沉寂了一千多年之后，有序传承至今，其传承情况如何呢？最后一段对此给予了高度概括。（3）在塑造人物上，小相舞狮人由开篇的进京为刘邦祝寿表演狮舞，到 2008 年 1 月 28 日代表河南非物质文化遗产项目应邀进京展演高空狮艺，并被授予至高荣耀，这一巨变，表达出小相狮舞的发展历程，以及小相狮舞人奋斗不息的拼搏精神。

4.（1）在内容上，体现了小相狮舞历史悠久的特点，说明了小相狮舞和刘邦的渊源。（2）交代了故事发生的背景：适逢刘邦寿辰，小相村人为表感恩之情决定赴京表演狮舞。（3）为下文作铺垫：刘邦前来观看表演、刘邦遇刺狮舞演员救下刘邦、小相舞狮人因此被追杀、小相狮舞沉寂一千多年，这一连串事情的发生都和这一场小相狮舞有关。

5.（1）经过不断地发展演变，小相狮舞在继承传统的基础上又不断创新，加入新的表演动作等，说明传承和弘扬非物质文化遗产，应结合时代发展务力创新。（2）小相狮舞的发展离不开一代代传承人的策划和努力，离不开有关部门的重视和扶持，要想传承和弘扬非物质文化遗产，需要各方面的共同努力，付诸实践。

河洛神迹

阅读理解

1. 下列对本文相关内容的理解，不正确的一项是（　　）

A. 鹤年老爹从石窟寺上香回来后，决定让女儿彩霞参军，其原因是既希望女儿能够报效国家，也是为女儿的终身大事考虑。

B. 小说中两次写彩霞的辫子，寓意丰富。其中第二次写辫子摆出大大的惊叹号表现了彩霞对爹要自己参加国民党军队的惊讶。

C. "你当兵走了，爹就再找一个伴"一句是鹤年老爹宽慰彩霞的话，意在让彩霞毫无顾虑地去当兵，体现鹤年老爹对女儿的了解。

D. 叶营长认为彩霞不能上战场时，彩霞用了一连串的"可以"来为自己争取，表现了彩霞是一个勤劳能干、有文化的女孩子。

2. 下列对本文艺术特点的分析鉴赏，不正确的一项是（　　）

A. 小说中交代鹤年老爹当过私塾先生，能识文断字，通古知今，为他后来读懂叶金饶留在石碑上的诗埋下了伏笔。

B. 小说多处运用对比，如叶金饶在抗日战争中英勇抗敌、伤未好就带队出发与内战中故意贻误战机形成鲜明的对照。

C. 小说结尾"河洛彩霞"碑到底去了哪里引发读者无限想象，一千读者可能会有一千种答案，留白艺术增添了小说的魅力。

D. 小说采用有限视角，可随时对人物行为作出解释，使读者无障碍地了解人物内心的想法。如对彩霞不愿当兵的解释。

3. 鹤年老爹在女儿彩霞随军开拔后到得知女儿牺牲的过程中，他的情感态度发生了怎样的变化？请结合小说内容简要分析。

4. 小说中引用叶金饶所撰的碑文有什么作用？请结合文章内容简要分析。

参考答案

1.D

2.D

3. （1）先是鹤年老爹和村民在石窟寺上香时看到叶营长留下的"河洛神迹"石碑后，为自己没有看错人，做出让女儿当兵的正确决定而感到欣慰；（2）随着战争的持续发展，鹤年老爹因不放心彩霞决定南下寻找彩霞，为自己送彩霞当兵的决定感到有点后悔；（3）再次看到叶营长为牺牲的战友写的碑文时，感到惊喜，待看清石碑上的内容时，得知叶营长对女儿有意，但女儿已经战死，他悲喜交加。

4. （1）交代故事背景。借助碑文呈现山河惨遭日寇蹂躏，中华儿女奋起反抗的故事背景；（2）补充故事情节。如借助碑文叙写了叶金饶营长率部征战抗日战场的缘起与过程，充实文章内容；（3）衬托人物形象。借助石碑直言国家处于危急时刻，需要冲锋陷阵的战士以及发出军中无诸葛的慨叹等，表现了叶金饶心系国家、英勇抗敌的抗日战士形象；（4）引用富有诗词色彩的碑文，增添了文章的文学色彩。

大别山

阅读理解

1. 对文中画线句子的分析与鉴赏，不正确的一项是（   ）

A. 句子（1）中的"痛哭"既有村民对族长的"痛别"之情，更有对日本鬼子的愤恨之意。

B. 句子（2）不仅交代黄连长在紧急关头"赶到得及时"的原因，还有开启下文的作用。

C. 句子（3）中的"红颜色"具有象征意义，象征着大革命的胜利，大别山的解放。

D. 句子（4）不仅说明江老爹医术不错，对黄团长照顾有加，还表达出军民的鱼水之情。

2. 文章开头的景物描写有何作用。

3. 阅读兴趣小组要为此文写一则文学短评。经讨论，甲组提出一组关键词：美好·践踏·天道；乙组提出一个关键词：互救。请任选一个小组加入，围绕关键词写出你的短评思路。

参考答案

1. C

2.（1）在内容上看，第1自然段描写了一派祥和宁静的美好景致，踏之何忍，而日本侵略者任意践踏破坏这美好"风景"，揭示出日本侵略者的滔天罪行。（2）从结构上看，它与后文"接下来，黄连长和战士们一起帮助老百姓恢复了正常的生活和生产""跟十年前相比，景致相差无几，偶尔见到一两头黄牛在埋头啃草；有几只山羊在山岩间跳来跳去"等信息相呼应，结构严谨。（3）从表达技巧上看，第1自然段写"美好"，第2自然段写日本侵略者破坏"美好"，前后形成落差，产生波澜，这种"张弛艺术"不但使文章扣人心弦，还有提高阅读兴趣、吸引读者的作用。

3. 甲组答案示例：（1）本文一开始就描绘出一幅美好的图画，烘托出令人神往的祥和而安宁的气氛，让故事情节从画图中展开。（2）日本侵略者却在"画图"上要横撒尿，惨无人性。（3）日本侵略者的行为伤天害理，灭绝人道（或自然规律），天理不容，必遭反噬，走向失败与灭亡。

乙组答案示例：（1）文中最动人的情节莫过于"军民互救"。（2）鬼子进村"扫荡"，烧杀掠夺，无恶不作，惨不忍睹；紧要关头，神兵天降，八路军黄连长率部赶到，全歼鬼子。（3）惊心动魄的"军民互救"情节，很好地诠释了"军爱民""民拥军"的鱼水关系，说明了"军队打胜仗，人民是靠山"（或人民群众是人民军队的力量之源）这一道理。

竹子开花

侯发山 著

黄河出版传媒集团
阳光出版社

图书在版编目（CIP）数据

竹子开花 / 侯发山著. -- 银川：阳光出版社，
2025.3. -- ISBN 978-7-5525-7781-5
Ⅰ.I247.82
中国国家版本馆CIP数据核字第2025ZE7277号

竹子开花

侯发山　著

责任编辑　薛　雪　林　薇
封面设计　鸿儒文轩·末末美书
责任印制　岳建宁

黄河出版传媒集团
阳　光　出　版　社　出版发行

出 版 人　薛文斌
地　　址　宁夏银川市北京东路139号出版大厦（750001）
网　　址　http://www.ygchbs.com
网上书店　http://shop129132959.taobao.com
电子信箱　yangguangchubanshe@163.com
邮购电话　0951-5047283
经　　销　全国新华书店
印刷装订　三河市华东印刷有限公司
印刷委托书号　（宁）2500093

开　　本　710 mm×1000 mm　1/16
印　　张　21
字　　数　310千字
版　　次　2025年3月第1版
印　　次　2025年3月第1次印刷
书　　号　ISBN 978 7-5525-7781-5
定　　价　88.00元

序 [*]

　　侯发山先生是位高产的小小说作家，发表的作品数量超过千篇，作品数量多不足为奇，难能可贵的是侯发山先生始终保持着高水准的创作姿态，坚持自己淳朴多变、不讨巧、不媚俗的写作风格，至今有一百八十多篇入选中学生各类试卷，本书选取的百余篇就是其中的一部分。这些作品在读者中都产生过较好的反响，受到过业界赞誉。

　　作为河南老乡，我关注他的作品很久了。感到侯发山近年在创作上的迅速崛起，在于他的两个优势。一是生活底子厚，素材储存丰富。小人物的底层生活，当代农村的生存环境和人物的内心变化，在侯发山的笔下展示得鲜活而真实。侯发山在农村长大，身上流淌着农家子弟的血液，把文学创作作为实现自身价值的奋斗历程。这也是河南作家群的群体特征。出身农村，对农民的命运抱有深切的理解和同情，即使到了城市，成了专业作家，感情上仍然离不开农村，创作关注点仍然是中原农民的命运。比如河南籍作家刘震云的《一句顶一万句》、乔叶的《宝水》、李佩甫的《羊的门》，都是写河南农村生活和农民命运的。侯发山塑造的文学形象，最亲切、最生动的也都

---

　　*　　作者简介：周大新，1952年2月生于河南邓州。1970年从军，1979年开始发表作品，代表作有《走出盆地》《曲终人在》《湖光山色》等。其作品先后获得全国优秀短篇小说奖、人民文学奖、冯牧文学奖、茅盾文学奖、老舍散文奖、中国出版政府奖、解放军文艺新作品奖等奖项。他的不少作品被翻译成英文、法文、德文等十余种文字在国外出版。亦有部分作品被改编成电影、电视剧和戏剧，其中由其小说《香魂塘畔的香油坊》改编的电影《香魂女》获1993年度柏林国际电影节"金熊奖"。

是农村的父老乡亲。他的《护林员老杨》中的主人公一门心思扑在山林里，兢兢业业，以至于儿子连见他一面都极其不易，只得出个下策采取假放火来吸引老杨，以达到父子相见的目的。小说的结尾，儿子跟着老杨又走进了山林，寓意着后继有人的美好愿望。《卖不出去的羊》洋溢着乡村民间的暖意，老贵的女儿梅花考上大学却没有学费，老贵为筹集学费，不得已卖掉自己家仅有的一只羊。羊被村主任买走，又送回来，让老贵继续卖，于是一只羊被乡亲们买来送回，来来往往这只羊被卖了三十多次，老贵筹齐了女儿的学费，乡亲邻里间的温情幸福也在欢快地传递，小说中生活的艰辛却在喜剧色彩的友善中被冲淡。与此篇异曲同工的是《唐三彩》，同样是老贵为女儿筹集学费的故事，同样是为老贵解难的康乡长，却用了一个不同的故事。康乡长看中了老贵家中的一个瓷罐，说是古董自己出钱买下来了。老贵的女儿梅花知道乡长的用意，承诺将来用双倍的价格赎回。梅花大学毕业创业成功，用高价赎回那只不值一文的瓷罐，用自己的能力来回报社会，回报在其困境中施与自己爱心不图回报的家乡父母官。他在《唐三彩》一文中向读者传递的爱是双向的，爱与被爱，尤显可贵。侯发山先生的小小说总是在不动声色中向读者传达丝丝暖意，不遗余力地渲染着农村生活中小人物的真善美，读来令人感动不已。我觉得侯发山这个优势得天独厚，保持下去能写出大名堂。二十一世纪中国命运的改变，主要标志是农民命运的改变。写农民的感情和灵魂，写农民命运的历史性变迁，作为文学轻骑兵的小小说大有可为。

侯发山的第二个优势是他具有出色的编故事的才能。侯发山的小小说具有很强的可读性，每篇小说都有一个很好的故事内核。但是，他的小说绝不是单纯的为讲故事而讲故事，他讲的各式各样的故事背后，都有一定的哲思涵蕴。如《心锁》这篇，刘师傅以一场开锁比赛来挑选自己的接班人，两个徒弟的技术都是优秀的，优秀的技术足以打开天下各种各样最难缠的锁。但是，开锁的人能不能把握住自己的心锁才是开锁人所应具备的品质。滚滚红尘中，一个人若是把握不了自己的心锁，给社会带来的危害将是灾难性的。这个故事其实有着普遍的代表性，现今社会，人心浮躁，物欲横流，人们面临的各种诱惑太多、太强，多少精英才俊只因一念之差而最终陷入毁灭的泥潭，多少高官因禁不住权财的诱惑铤而走险断送了大好前程。无欲则刚四个字，践行起来需要有多大的定力和心智啊。一把普普通通的锁，浓缩了一个社会；一把普普通通的锁，衡量并考验着人们欲望需求；一把普普通通的锁，映照的是人们或美或丑的灵魂。打开锁不是问题，谁能守住心灵之锁守住内心的一方净土才是作者要表达的意义所在。还有他的《回报》《黄土地的歌谣》《守山》等作品，故事情节扑朔迷离，一波三折，结尾出人意料，吸引着读者欲罢不能，可读性颇强。从创作特点和风格来看，侯发山娴熟运用了编故事的技巧：一是设置悬念；二是强化人物心理动机和独特个性；三是渲染故事进程中的气氛；四是在故事情节的高潮中揭示谜底。有时候，好看比深刻更重要。侯发山小小说引人入胜的篇章很多，所以，发表率和转载率都比较高。我一直认为，故事情节，对小小说尤为重要。

我曾去过侯发山生活的地方，这片土地的历史文化积淀十分厚重。期待侯发山在小小说创作中向很多前辈作家学习，在家乡这块古老的土地上开掘出一口文化深井，使自己的作品更具有地域文化内涵。相信年富力强、创作力旺盛的侯发山能够百尺竿头更进一步。

周大新

目 录

中国地图

爷爷曾是地图绘制工程师，绘了一辈子地图，对地图有着特殊的感情。退休后，爷爷大多的时间，就是每天对着地图默默地看，有时还自言自语，嘀嘀咕咕不知说些什么。家里有人的时候，不管是自家人还是外来人，他总要给人家讲述地图上地名背后的故事。

其实，这些在别人听来都是故事，发生在爷爷身上就是事故。那时候，技术条件差，别说是卫星，航空测量都还是空白，需要带上大平板仪、小平板仪、经纬仪，实地走访、测量、标记。在河南嵩山测量的时候，爷爷他们被三只饿狼盯上了，它们嗷嗷叫着，似乎不达目的不罢休。爷爷和几个同事当时还是小屁孩的年纪，给吓得哆哆嗦嗦，也没有应对之策，准备给狼当干粮的时候，附近几个砍柴的山民及时赶来，凭借手里的镰刀和棍子吓退野狼。在陕西榆林，正在工作的时候，天气突变，一时间飞沙走石，爷爷赶紧把衣服脱下来，打算盖到平板仪上，结果晚了一步，望远镜的一个镜片被石头打烂了。几乎同一瞬间，爷爷下意识地扑到仪器上保护仪器，没想到额头也被飞溅的镜片给划伤了。他到当地医院治疗的时候，认识了那里的一名护士，后来他们结为伉俪。奶奶曾感激地对爷爷说，若不是嫁给他，把她带进城里，她早被风沙给"吃"了——她的家乡在毛乌素沙漠的边缘上，一年三百六十五天，有二百天都是风沙……

这些有故事的地方，在地图上都被爷爷的指头给摸得黑乎乎了，可见，分享的次数有多少。

爷爷九十多岁了，时而清醒时而糊涂，特别是在奶奶去世后，免不了唠叨他的"想当年",大家也就见怪不怪,没有人跟他计较。

后来,孙子小兵考上了武汉大学,学的就是地图制图学与地理信息工程专业,毕业后,干的正是地图测绘。比起爷爷,小兵这一代的测量技术有了飞速的提升,除了航空测量,还利用人造卫星拍摄地貌代替测量资料。换言之,足不出户,坐在计算机前就可以测绘地图。

这天,小兵拿回来一张最新的中国地图。

爷爷两眼放光,兴奋地说:"赶快挂起来,挂起来!"

小兵就把那张老地图取下来,换上了新地图。

爷爷戴着老花镜,趴在地图上瞅起来。他一边看一边念叨:"黑龙江,黄河,长江……小兵,伶仃洋上咋有一座桥,新建的?"

"爷爷,这就是港珠澳大桥,连接广州、香港和澳门的。"

"这个桥建得好,建得好!"爷爷感慨不已,然后趴在地图上继续一点一点地瞅。

"小兵,丹江口水库咋新增一条支流?我看看,河南,河北,北京,天津,不对吧,若是支流,到天津这里应该入海啊,是不是搞错了?"

小兵扑哧笑了,说:"爷爷,这是南水北调中线工程。"

"南水北调?就是当年毛主席提出的那个计划?"爷爷扑闪着昏花的眼睛,似乎有点明白了。

"对!"小兵忙不迭地点头。

爷爷满意地点点头,接着又趴在地图上瞄起来,忽然,他叫道:"小兵,榆林,毛乌素沙漠咋没有了?是不是忘记标了?"

"毛乌素沙漠?我看看。"小兵认真地瞅了瞅地图,又故作惊讶地看了看那张老地图,然后试探性地对爷爷说:"爷爷,要不,咱到榆林看一看?"

"好!古人为了绘制地图都是实地测绘,后人常常把地图命名为《禹迹图》,顾名思义,大禹的足迹。绘制地图就得眼见为实,哪像你们,唉!"爷爷说罢,又说:"只是我的两条腿不当家,怕是走不动。"

"爷爷,我开车带您走。"

"中。"爷爷爽快地答应了。爷爷退休后，几乎就没外出过。家人多次说要带他去旅游，他都拒绝了，说："全中国我都跑遍了，山山水水都在我的心里。"

小兵开车带着爷爷，一边走一边欣赏沿途的风景。到了榆林，到了毛乌素，望着茫茫无际的林海，爷爷似乎不敢相信自己的眼睛。

小兵忍不住说道："爷爷，是真的，这是绿洲，不是沙漠！"

爷爷回过神来说："小兵，是不是你早就知道，故意骗爷爷来的？"

小兵憋住笑说："爷爷，我是知道，但还真没来过……现在都是通过遥感技术来测量和绘制的。"

爷爷说："今天的技术就这么神奇？"

小兵点点头，用自豪的语气说："当然啦，通过采用人工智能进行地图数据收集和分析，目前已经能够高度自动化地生成精度高、要素丰富的高清地图，甚至道路上的虚线都能显示出来……"

好半天，爷爷都没说话。

听着汽车收音机里播放的《向天再借五百年》，望着眼前的景致，爷爷不由得感慨了一句："我也想再活五百年，在福窝里还没扑腾够呢！"

看着爷爷的精气神，小兵欣慰地笑了。

（本文获"筑路高峰"全国小小说征文二等奖。原载 2022 年 8 月 17 日《教师报》。选入 2022—2023 学年福建省福州市闽侯县七年级下学期期中语文试卷、黑龙江省哈尔滨市虹桥中学 2023—2024 学年七年级语文试题、2023 年 5 月山西省晋中市平遥县中考模拟语文试题、2023 年安徽省中考语文试卷、山西省盂县 2023—2024 学年九年级上学期期中语文试题等）

黄土地的歌谣

黄亮懂事后，才知道爷爷名字的由来。爷爷给黄亮解释说："那时咱家没地，你老爷（即曾爷爷）一直在地主家扛长工，种地。我出生后，他希望咱黄家能有自己的地，这才给我起名土地。"

爷爷虽是一个土里刨食儿的农民，只读过两年私塾，但有"诗人"的天赋，口头歌谣作得像模像样。如"大包干，大包干，直来直去不拐弯，保证国家的，留够集体的，剩下都是自己的"，"大干部，小干部，回到家里闲不住，穿皮鞋，戴眼镜，回到家里就劳动，又锄地，又拔草，一会不干老婆吵"，等等。从新中国成立一直到土地承包到户，黄家才拥有了属于自己的土地，按人口分，全家五口人，二亩三分地。爷爷的"新作"又来了："不打铃，不敲钟，一路小跑去上工，责任田里显威风。"

这时候，曾爷爷已经去世多年，爷爷才四十出头，正值壮年，像牛似的，浑身有使不完的劲儿，天不亮就下地，晚上星星出来了还不愿意回来。庄稼地啊，只要你想干，一年四季都有干不完的活儿：种地前需要平整土地，挑粪，若是家里没有牲口耕耙，就得人力翻地，然后用耙子把土坷垃蹚平，种子种下，等苗出来，除草，浇水，撒肥，打药……到了收获季节，更忙。"紧种庄稼，消停买卖"是爷爷的口头禅。特别是收麦时节，更不能耽误，"麦收有五忙，割挑打晒藏""麦熟一晌，蚕老一霎"，若不及时抢收，麦穗就要炸裂了。割麦天正是五黄六月，天热，还要趁晚上收割。麦子收割下来，需要挑到麦场，趁着晴好天气，一边晾晒，一边打场——即用牲口拉上石磙碾麦子，再经过翻场、起场、扬场等工序，才能做到颗粒归仓。整个下来，不死也要脱层皮。为此，爷爷曾做过一首打油诗："五月麦稍黄，虎口抢粮忙。大人前头拱，少儿紧赶趟。烈日烤脊背，汗水湿衣裳。手上磨水泡，脚踝满是伤。口渴嗓冒烟，腰酸脸发烫。饥肠辘辘叫，身疲麦铺躺……"

"爷爷，真辛苦啊。"黄亮那时只有四五岁，若不是爷爷帮助回忆，好多事都记不起来了。

"不辛苦，口嚼黄连唱山歌，苦中有乐。为啥？收获的粮食都是自个儿的啊。住着新瓦房，麦囤顶着梁，全年吃白面，感谢党中央。"

黄亮考上大学后，爸爸进城打工，爷爷不愿进城，他舍不下家里那二亩三分地。为此，爷爷没少埋怨，但埋怨改变不了现实，再说，村里跟爸爸一样大的青壮劳力都进城了。

让爷爷欣慰的是，黄亮大学读的是农业大学。让爷爷不明白的是，黄亮毕业后回村了。

黄亮笑嘻嘻地说："爷爷，您不就是在村里待了一辈子，我就不能回来？"

"你回来弄啥呢？一肚子学问，难道回来种地？"爷爷叹口气，心里既高兴又担忧。当下好多人都不种地了，土地荒芜了不少。荒草成片，有的疯长一人多高，如果哪群迷失方向的大象走进去，一时都难以发现。他上了年纪，收拾自己那点土地都有点力不从心了，幸亏有了旋耕耙、脱粒机，他省了好多力。他想种那些荒芜的地，也是有心无力。

"爷爷，您若是算卦，这一卦可值钱了，我就是回来种地的！"

"啊？咱家那点地能养活——"爷爷惊得胡子一抖一抖的，后半截话没说出口。过去指地吃喝，现在要买房、买车，还有天价的彩礼、供晚辈上学、到医院看病，指望那点地的粮食会中？他爸都知道进城赚钱，难道他跟钱有仇？

"爷爷，那点地当然不够塞牙缝。我已经跟村主任和其他村民商量好了，村里的一千亩地我一个人承包。"

"你……你不是说胡话吧？"爷爷瞅着黄亮，像看外星人似的。

黄亮笑了，说："爷爷，我跟您说的是正经事，没开玩笑。"

"我……我都八九十了，可没有力气帮你了。你爸就是回来，恐怕也不行，一千亩，乖乖，比过去大地主种得都多，那得雇多少人啊！"爷爷摇了摇头。

"爷爷，咱骑驴看唱本，往后瞧好了。"

没等黄亮把手续办妥，爷爷病倒了，这才进城养病。好在有父亲照料，黄亮一门心思地经营流转来的土地。

等到第二年小麦开镰的时候，爷爷的病养好了。

爷爷从城里回来的第二天，跟随黄亮来到了田间地头。忽然，爷爷揉着眼睛，大声嚷嚷道："亮亮，我还得进城，我的眼睛坏了！"

黄亮吓了一跳，问："爷爷，您的眼睛怎么啦？"

"我看不到车里的人！"爷爷一边揉着眼一边着急地说。

"爷爷，这些收割机的驾驶室就没人，无人驾驶，北斗卫星给指挥着呢。"

"啥？无人驾驶？"

"在手机上就操作了，每小时收割三四十亩。"

爷爷长舒了一口气，吟诵道："抚今忆往年，麦收两重天。晨见麦子熟，午间粮满仓。机器代人力，轻松无累慌……紧跟党步伐，初心永不忘。与时要俱进，正道是沧桑。祖国无限好，奋斗幸福长。"

看到爷爷脸上荡漾着的笑容，黄亮也舒心地笑了。

（原载《金山》2023年第1期，入选重庆市忠县2023—2024学年九年级上学期期末语文试题等）

家

日头爬到半空中了，老党还没走到目的地。这条路天天走，虽是沙漠，已经被他硬实实踩出一条路。其实，已经不能算是沙漠了，放眼望去，都是蓬蓬勃勃的沙棘，这些可都是老党几代人的杰作。汗水从老党的头上往下流，漫过黑红的脸庞，汇集到脖子那儿往下淌，被湿湿的衣服更像是一幅画，花花搭搭的。老党喜欢这样的天气，因为沙棘喜欢阳光，有了阳光它才能生长。

走了十几里，老党还没有走到目的地——他今天是去种植沙棘的，一年三百六十多天，都是围绕沙棘转圈的，或种植，或维护。经过父辈的实践，知道沙棘最适合在沙漠上生长，耐干旱、贫瘠、寒冷和炎热，再没有植物能比得过沙棘了。路途越远，老党反而心里越高兴，说明他们种的沙棘越多。老党走得气喘吁吁，挂着镢头休息了一下。咳，老了，过去哪有途中歇息的？老党不知怎么就想到了儿子，想到儿子老党心里就一沉。

昨天，在城里打工的儿子回来了。父子俩就儿子的去留谈了大半夜。

"爹……"

"别叫爹，我是乡长！"儿子刚开口，老党就黑着脸打断了儿子的话。

儿子忍不住笑了，"乡长，咱这个乡有多少人口，不就你一个人吗？！"

"放屁！你的户口在这里，就是这里的百姓。你……你还是副乡长呢，一点觉悟都没有。"老党说得没错，他的乡长，还有儿子的副乡长，都是县上任命的。老伴死前，也是乡干部呢。

"爹，不，乡长，您这样做有意义吗？"

"龟孙，意义比天大。这里是边境，有人居住，就说明这里还是中国的土地。沙棘种到哪儿，就说明哪儿是中国的地盘，任何国家别想侵占！"

儿子晃了晃手里的书本，"乡长，沙棘……"

老党打断儿子的话，说："咱国家的边境线长，有的地方以牧代巡，咱这里兔子都不过夜，养啥都不行，只能种沙棘！"

儿子索性不再说话，似乎藏着满腹的心思。

临睡前，老党气呼呼地说："你要明天敢走，就不是我的儿子。"

儿子痞着脸说："是不是您说了不算。"

天还没亮，老党发觉儿子的被窝已经空荡荡的。儿大不由爷，翅膀硬了就要飞出去，老党能有什么办法？

老党叹了口气，把左肩上的镰头换到了右肩。不去想这糟心事，还是欣赏眼前的沙棘吧。看着沙棘，老党的气就消了，眼里满是怜爱，满是欢喜。金黄色的叶片在阳光下闪闪发光。果子有的橘红，有的橙黄，不到成熟的季节，已经散发出淡淡的香味。这些沙棘仿佛知道老党的心思，随着风势，挤挤扛扛地摇摆着，仿佛在说："老党，别生气，儿子走了，不是还有我们吗？我们都是您的子女，我们都是这个乡的子民。"

老党呢，似乎也听到了沙棘的心声，浑身充满了力量。他畅出一口气，迈开大步往前走。

忽然，老党的眼睛变直了——昨天他种植沙棘的地方有个晃动的身影！他心里一紧，揉了揉眼睛，原来是儿子！儿子在挖树坑。儿子光着膀子，衣服都没穿。

老党像吃了根冰棍，心里凉爽极了，他像个孩子似的跑了过去。

"儿子，不走了？"

儿子狡黠地眨巴了两下眼睛，说："乡长，谁说要走了？"

"……"老党欲言又止，心里隐隐有一丝愧疚，觉得自己误会了儿子。

儿子说："乡长，我查了资料，知道沙棘为药食同源植物，沙棘果实中维生素 C 含量高，素有'维生素 C 之王'的美称，入药具有止咳化痰、健胃消食、活血散瘀之功效。沙棘的根、茎、叶、花、果，特别是沙棘果实含有丰富的营养物质和生物活性物质，除了食品、医药，还广泛应用于轻工、航天、农牧渔业等领域……"

"真的？"老党两眼一亮，继续问道："儿子，你是说，沙棘不但能防风固沙，还能帮助咱们乡脱贫？"

儿子点点头，甩了一把脸上的汗水，说："乡长，还有大用处哩。"

"大用处？"老党给说糊涂了。

儿子说："乡长，沙棘赶走了沙漠，人会越来越多，家会越来越好……"

"傻孩子，这样会晒脱皮的。"老党拿起挂在沙棘上的衣服披在儿子身上，心疼地说。

"乡长……"

"龟儿子，别乡长乡长了，我是你爹！"老党上前抱住了儿子，眼里的泪欢快地流了出来。

远远望去，老党父子两个已经与沙棘林融为一体，好像他们也成了沙棘。

（原载《芒种》2020 年第 9 期，《小说选刊》2020 年第 12 期、《小小说选刊》2020 年第 19 期、《微型小说选刊》2020 年第 19 期转载。选入江阴市澄江片 2020—2021 学年第一学期期中考试初二语文试卷、2023 年苏州中考语文模拟试卷、2023 年河南省南阳市南召县中考一模语文试题、辽宁省辽东教学共同体2023—2024 学年高一上学期 10 月联考语文试题等）

回　报

　　王刚走马上任后，下决心治理河洛乡辖区内黄河段的私采乱挖河沙现象。依照相关规定，乡党委书记是一把手，自然也是名正言顺的河长。

　　通过调查走访，王书记发现，河洛乡有三家挖沙的，铁蛋家最早，从爷爷辈就开始挖沙，在当地有一定的势力。

　　秘书小刘说："政府也治理，但村民们要生存，还是有偷偷挖沙的。"

　　王书记摇摇头，说："挖沙破坏河底的生态环境，底栖生物会受到巨大的影响，断然不行。特别是黄河，灾难是毁灭性的。"

　　小刘吓了一跳，"王书记，您要动真格的？"

　　"职责所在，使命使然。"王书记点点头，肃着脸说："'擒贼先擒王'，只有把铁蛋拿下，其他两家也就迎刃而解。"

　　"王书记，铁蛋这人有点霸道。上任书记坐船沿河检查时，船意外地翻了。后来，还是铁蛋把他给救起的。有小道消息说，此事就是铁蛋一手操作的。"

　　"我明白了，前任之所以'雷声大雨点小'，以批评教育为主、罚款为辅，这便是原因所在。"王书记淡淡一笑，继续说道："明天我就去会会铁蛋，看他有多硬。"

　　第二天，王书记刚要带上小刘到黄河边去，铁蛋来了，说要拆除自己的挖沙设备。

　　太阳打西边出来了。王书记真有点不敢相信自己的耳朵，说："这是好事，拆吧，早该拆了。"

　　铁蛋痞着脸说："王书记，我来的目的是让政府帮我拆除，顺便把那些设备拉回来。"

不管铁蛋怎么想，王书记觉得趁机"小题大做"，未尝不是好事。于是，王书记安排人到现场，把铁蛋家运行了十多年的挖沙设备拆除了。当然，随同去的，还有当地媒体记者。其他两户挖沙的村民见此情形，也灰溜溜地主动拆除了自家的挖沙设备。

大约过了四个月，那是一个月黑风高夜，黄河边的一艘机动船上，一台崭新的抽沙机开始高速运转。忽然间，电闪雷鸣，接着，瓢泼的大雨开始肆虐。

机动船的船舱走出一个人，他正是铁蛋，喝了两杯酒，出来撒尿，没提防，一个浪头把他打入河中，他连"救命"的呼声都没喊出来，便被河水冲走了。

当铁蛋醒来时，发现自己躺在医院的床上，旁边除了医生、护士，还有王书记和秘书小刘。

小刘说："要不是王书记把你救出来，你早没命了。"

"啊，王书记？王书记是北方人，不是不会游泳吗？"铁蛋一时没整明白。

王书记接上话茬，"幸亏我来的这几个月每天都练习游泳。我是河长，不会游泳怎么行？我还担心自己哪天落水，你若见死不救，只有等死了。"

"……"铁蛋的脸一阵红一阵白，张了张嘴却什么也没说。

小刘冷冷地说："魔高一尺道高一丈，王书记料到你当初主动拆除老旧设备肯定有猫腻，每隔几天，王书记就到黄河边暗访。今晚是碰巧，也是你命大。"

铁蛋的脸更红了，怔了半晌，说："王书记，您处罚我吧，怎么处罚我都接受，我今后再也不挖沙了。"

王书记说："真的不挖了？"

铁蛋分辩道："我要是再挖沙，不得好死。"

王书记问："不挖沙你怎么生存？"

铁蛋说："我的儿女都在城里工作，早就劝我进城，我一直没答应……"

王书记打断铁蛋的话，说："你不能去，还得守着黄河。"

"啊？王书记，我说的是真的，再也不挖沙了。"铁蛋信誓旦旦地保证。

王书记说："乡里已经做了计划，河边建坝子、修湿地公园，这是个长期的浩大工程。到时，你，还有乡亲们都可以参与进来，给你们发工资，你们不干？"

"干！干！"铁蛋忙不迭地说。

工程不是说上就上的，需要上报、审批等好多手续呢。铁蛋在家坐不住，来到乡政府，找到王书记，毛遂自荐，说自己要当河长。他不知道，河长不是随便任命的，国家有明文规定。

"你也想当官？"王书记开玩笑地反问一句。

铁蛋说："王书记，我不是想当官，你的事情多，我想替你分担一些。你是我的救命恩人，我没有别的报答路子，帮你守护黄河还是没问题的。咱乡这段黄河，我地形熟悉，附近的村民也都认识……"

王书记心里一热，莫名地冒出一句话："干工作只要没有私心，只要铁了心，'铁蛋'也有被熔化的一天。"

"你把我养大，该是我养活你的时候了。"说罢，铁蛋不自然地抓挠了一下自己的头发。

这下轮到王书记迷糊了。

在旁边的小刘扛了一下王书记，悄声说："黄河是母亲。"

王书记这才醒悟过来，动情地说："任命你为特别河长吧，每月给你1500元的补助。"

铁蛋咧着嘴笑了，说："没有，我不在乎；有了，我也不嫌多。"

事后，王书记发现，他给铁蛋的补助，铁蛋都"挪作他用"了：给村里的孤寡老人买水果，请乡亲们，包括原先两个挖沙的同行，到沿黄城市的几处黄河湿地参观旅游……

直到王书记调走，铁蛋才知道，乡里每月给他补助的1500元钱，都是王书记从自己的工资里扣除的。

（获"黄河故事"全国小小说征文二等奖，原载《金山》2022 年第 8 期，《小说选刊》2022 年第 11 期、《故事会》2024 年第 2 期转载。选入山西省忻州市代县 2022—2023 学年九年级上学期期末语文试卷、湖南省永州市零陵区 2022—2023 学年七年级下学期期中语文试题等）

守 灯

凌晨两点，守灯正睡得迷迷糊糊，被妈叫醒了。

海那边，万家灯火，海这边，黑魆魆一片。

守灯随妈进灯塔里巡视了一遍，没有发现异常，便开始保养机器。眼下是夏季，白天这里五十多度，只有把活儿攒到晚上。一台台设备锃亮光洁，一尘不染，无疑，这都是妈天天擦拭的结果。

守灯五岁之前没离开过这个岛，对这个篮球场一样大的岛再熟悉不过了，没有土，没有草，到处都是光秃秃的。想种点蔬菜都难，日头太毒，从外面运来的土过不了几天就被烤得焦干。台风一来，这些土很快就会被刮散，被海水冲走。上学后，守灯每到假期返岛的时候，不忘背上一大包泥土，好让妈踩一踩，接点地气……给养船半月来一次，送些蔬菜和淡水。周围除了鸟叫、风吼和浪涛，寂静得没有一丝生气。先后喂过五只狗，因为寂寞和孤独，结局都惊人的一致：狂叫着跳进了大海。

清理完灯笼，妈又用牛皮软布擦拭灯器。守灯说："妈，我来吧。"妈不让，说："擦这个是要紧的活儿，也是很细的活儿，用力要适当，要有耐心，稍不小心就可能造成损伤。"

看着妈认真的样子，守灯心疼地问："妈，您这辈子就没想过走出这荒岛？"

妈叹道："说不想是瞎话，但是，灯塔离不了人，若是夜里灯灭了，就会出大事。"

守灯知道，这个小岛周围有多处险滩、暗礁，夜间过往船舶，都需灯塔指引，方能安全通航。

天际泛白，渐亮渐红，大海也由黑暗变得光亮起来。接着是一道红霞，慢慢地扩展，辉映在无边的海面上。片刻，一个金红色的圆边露出来，一点一点地扩张、上升。后来，它似乎憋不住，一下子蹦了出来，刹那间，这个金红的圆球发出夺目耀眼的亮光，海上射出万道霞光……尽管守灯在这里多次看过日出，此时还是禁不住由衷地赞道："太美了！在这里看日出一点不亚于'浦门晓日'。""浦门晓日"是岱山的一个景点，是观赏海上日出的好地方。

"守灯，你马上就要大学毕业了……"妈岔开了话题，却欲言又止。守灯明白，妈的潜台词是：你毕业后有何打算？妈还不到五十岁，头发已经花白相间了，脸色黑红黑红的，额头上的皱纹一道道，像是刻出来的。守灯鼻子一酸，说："妈，我想把您带到城里去，让您安享晚年。"

妈固执地说："我不走，我要在这里陪你爸。"

守灯的爷爷民国时期就在这里看护灯塔了，后来父亲接了爷爷的班。十多年前父亲被台风卷走后，妈就接管了守护灯塔的任务。妈说，虽说没有找到父亲的尸骨，但是父亲的魂在岛上，在灯塔里。

"为啥给你取名'守灯'？守灯，守灯，就是要确保灯不出问题，让来往的船只安全经过。"妈大声说道，似乎生气了。

妈终于把话挑明了。妈曾不止一次地说过，他的命是渔民给的，生他的时候难产，当时台风突降，大雨倾盆，是渔民叫来了医生，母子才平安。

<u>"你不回来，妈就一个人守！"妈的声音哽咽了。</u>

随着守灯的成长，小岛也在悄悄地发生着变化，灯塔变了，塔身由矮小到高大，灯塔能源从乙炔到干电池再到太阳能。装上新设备后，妈看不懂设备上的英文标识和操作说明，原理也搞不明白。只有小学文化的她就自学英语和航标专业教材，每天写工作日记，积累了丰富的经验。如今，她已摸索出了一套初步诊断和治疗小毛病的方法。

守灯决定给妈摊牌，不能让妈再胡乱猜疑了。他揽过妈瘦小的肩膀，说："妈，我在学校跟导师进行了智能化航标系统设计的课题研究，实现遥测遥控功能不再是梦想。不远的将来，岱山的近二百座灯塔，不，全国的五千余座灯塔，采用自动化系统，就不用人看守了。"

"真的？"妈又惊又喜，眼里蒙了一层雾。

守灯重重地点了点头，说："妈，您放心，塔上的灯不会灭，我心里的灯更不会灭！"

"你这孩子，咋不早说？"妈轻轻捶打了守灯一下。她眼里的雾散了，泪出来了。

这时，一艘船舶从灯塔旁边缓缓经过，拉响了汽笛，嘹亮，悠扬。守灯心里暖暖的，满满的，他知道，船舶是在向灯塔致敬，是在向妈致敬，也是在向他致敬。

（原载《中国海洋报》2015年1月26日。选入《2015年中国微型小说年选》。选入江苏省徐州市新城实验学校2017—2018学年九年级语文试题、江西省萍乡市2020—2021学年九年级上学期期末语文试题、湖南省湘潭市益智中学2022—2023学年八年级下学期期中语文试题等）

稻 香

过了五月，稻子刚开始扬花，寨上寨下便弥漫出稻子特有的那种味道。日子越往后，随着气温的升高，那种味道就越发浓郁，使人不由得想呼吸，深呼吸，好像要拿这种味道把五脏六腑过滤一遍。

这个寨子地形独特，山顶上是一片森林，林中有一水源，旱涝不竭，为寨里的人畜和庄稼提供着便利，因此这片树林被当地哈尼人称为"寨神林"。"寨神林"往下，直到山脚，是呈阶梯状的稻田，一块，又一块，月牙形环绕着。

索姆是寨子的"沟长"——负责着整个寨子的水沟，说得更直白一点，就是通往每家每块稻田的水沟，哪块稻田没水，他就得及时引水过去；哪块稻田积水过多，还得及时疏导。

这天，天还没透亮，索姆怀里揣两个煮熟的土豆，背着镢头就要出门。

儿子福来从被窝里探出头，问："阿爸，见天上山啊？"

自从索姆去年秋天被大家推选为沟长后，天天上山，一天也没歇过。别看"沟长"是个最不起眼的头衔，责任却重大。若是责任心不强，水像小孩子四仰八叉尿尿随便流，要么冲毁稻田，要么稻子吸收水分不够，影响产量和质量。

索姆叹口气，说："今年山上的水较往年小了许多，若是不上心，稻子很可能要减产，到时，大伙儿会咋看我？"

阿爸也太拿土豆当干粮了，不就是个沟长吗？福来扑哧一下笑了，说："阿爸，去年秋到今年春，雨水少得像猫尿，要说事也得算到老天爷的头上。"

"老天爷是老大，谁敢拿他说事？"索姆闷声闷气道。福来知道阿爸的脾气，假如硬顶他，就像发了疯的牛，谁也惹不起。想到这里，福来换了个话题，问："阿爸，今年咱家的稻子还可以吧？"

索姆点了点头。他知道，福来问这话是有原因的。往年的沟长是旺达，这家伙懒散，但对自家的稻田上心，把自家的稻田侍弄得很是热闹、繁茂。譬如去年，他家收了 30 袋稻子，而跟他地亩数一样多的索姆家，只收成 17 袋稻子。也正因为旺达的自私和懒惰，在大伙的强烈建议下，这才罢免了他，推选了索姆。

索姆刚要跨出门槛，福来又开口了，说："阿爸，我昨天上山了，看到咱家的稻子像是营养不良的黄毛丫头。"

索姆迟疑了一下，说："我心里有数。"索姆的声音低低的，很没底气。

阿爸说话的语气一贯如此，福来也就没再多想。眼下稻子还不到灌浆的时候，或许阿爸心里真的有数呢。

索姆刚到山上，就看到一个熟悉的身影在稻田边转悠——那是旺达。

看到自家的稻田被涓涓的溪水滋养着，稻子长势甚是精神，旺达的嘴角扯过一丝笑容。这时，他也发现了索姆，便不冷不热地说道："索姆沟长，若是今年歉收，哼！"说罢，没等索姆张嘴，他便转身走了。

索姆愣怔了一下，看到旺达走远了，开始沿着水路巡视。从山下到山上，再从山上走到山下，一块稻田，又一块稻田；一条水沟，又一条水沟……这里扒扒，那里搂搂。听着潺潺的水声，呼吸着稻子的气味，看着稻子在微风中点头，像是在向他问候，像是在向他致意，索姆心里比喝了蜜还甜，所有的不快和劳累都无影无踪了。

转眼到了八月，空气中的稻香更浓了，更纯了。寨子的人明白，稻子该收割了。

虽然今年的雨水不多，稻谷的收成并不差，像旺达家，跟去年差不多，收了整整 29 袋稻谷。唯一收成不好的是索姆家，只收了 17 袋稻谷，跟去年一样。

不只是福来，大家都知道，这是水分滋养得不够。

把"丰收"背到家里——哈尼族人称"背稻谷"为"背丰收"，福来见鸡骂鸡、见狗打狗，很显然，他在生阿爸的气。

索姆不知道怎么劝慰儿子，只是像做了错事似的，默默地端着旱烟袋，一个人蹲在院子里吞云吐雾。

福来刚要数落阿爸几句，忽然看到乡亲们来了，他们的肩上都或多或少背着稻谷，那是他们答谢沟长索姆的稻谷。

无论索姆如何拒绝，乡亲们说着感谢的话，把稻谷倒下便嘿嘿呵呵地走了。

当天晚上，又有人悄悄背来了一袋稻谷，那人是旺达。

事后，福来拿布袋量了量，仅乡亲们送的就有 15 袋。福来心里一下子敞亮了，他感觉对不起阿爸，想对他老人家说句道歉的话，但是，当他站在阿爸眼前时，说出口的却是："阿爸，今年的稻子真香！"

（原载《林中凤凰》2018 年第 3 期（双月刊），《小小说选刊》2018 年第 10 期、《微型小说选刊》2018 年第 12 期转载，入选《2018 中国年度小小说》。选入江苏省盐城市 2018 年初中毕业语文试卷、山西省晋中市榆次区 2020—2021 学年九年级上学期期末语文试卷、北京市朝阳区 2020 届九年级第一学期期末语文试卷等）

暖心面

连日来，山西汾河上游连续暴雨，致下游水位猛涨，山西运城新绛县城汪洋一片。停水、停电、停气，道路被淹，交通受阻……一时间，当地居民的生活都成了问题。大多居民被转移出去，只有少部分，跟老张一样，因多种原因滞留家中，等待着奇迹发生。

这天中午，瓢泼的大雨变成了牛毛似的细雨，路上的积水慢慢退了。家里存的粮食、蔬菜已经消耗殆尽。老张决定出门看看，采购一些可以糊口的东西。走至楼下，看到他家的小面馆前还堆着一人多高的沙袋。因为暴雨，已经歇业一周了。每天按两千元的利润计算，损失一万出头，还不算店里被淹的物资。值得庆幸的是，人都平安无事。他之所以没有跟家人一起走，就是因为牵挂着他家的小面馆。

街上惨不忍睹，一片狼藉，到处是泥泞和杂物。不少志愿者和武警官兵在清理道路。他们双眼布满血丝，一个个穿着雨衣，跟泥猴似的。看得出，他们相当疲惫，只怕是白天黑夜连轴转呢。

街上那些店铺跟他家的面馆一样，也都关门歇业。老张踅摸到县城边上的时候，发现一个简易的塑料棚子，下边支着一口锅，冒着腾腾的热气，像是临时卖饭的摊子。老张抽了抽鼻子，在那潮湿近乎腐烂的气味中夹杂着一股浓郁的饭香，他像饿狼遇到骨头一般两眼放光，他已经两天没有正经吃过一顿饭了。

大锅里的水沸腾着，白乎乎的，像是老汤。一个中年男人，四十岁左右，挽起袖子，在案板上卖力地揉着面，一个跟他年龄相仿的女人，蹲在地上剥葱……两个人做得很专心，没有察觉到老张的光临。

"你们也做刀削面？"老张熟络地问道。他家的小面馆就是经营刀削面的。

"大叔，我们做烩面。"中年男人抬起头，用袖子胡乱擦了擦脸上的汗。

听口音，摊主是河南人。

"多少钱一碗？"老张问道。

"大叔，不要钱，来一碗？"中年男人笑眯眯地问。

"不要钱？"老张愣了一下。

"真的，不要钱。"中年男人还是一脸佛系的笑容。

这时，走过来一个年轻交警，看老张一脸错愕，解释道："大爷，他们是河南洛阳的赵师傅夫妇，昨晚开车带着三四百斤肉和面来的，还是我给带的路。他们一到这里，顾不上休息，就开始扯烩面了，来吃的人都是免费的……您没看到？"

随着交警的手势，老张看到摊位的杆子上挂着一个简易的牌了，写着"暖心面"三个潇洒的大字。

"赵师傅的面不错，可惜我的字不咋样。"交警不好意思地说。

老张的嘴唇嗫嚅着，不知说什么好。

赵师傅笑笑，也没多说，开始拉烩面坯子。烩面坯子有一拃长，赵师傅先是抖动双手慢慢往两边拉，同时上下抖动，抖动的幅度越来越大，最高时超过头顶，下落时几乎要贴着地面；时而舞动双手，扯起的烩面在身后飞一圈再回来……动作轻松、娴熟，像是在耍杂技。等到烩面坯子变得跟纸一样薄，赵师傅停止表演，把烩面坯子丢进滚锅里。那边，赵师傅的爱人已经准备好粉条、海带丝、黄豆芽等配菜，等着往锅里放……到烩面盛进碗里，在上面撒三四片熟羊肉，捏一撮葱花和芫荽，顿时，一碗色香味俱佳的羊肉烩面就做成了。

老张一边吃一边不住地赞叹："中，真中！比刀削面好吃。"他说的是真心话，这么香，也可能是几天没有吃到热乎饭的缘故。

连续四天，老张都是在赵师傅这里吃的烩面。他家的面馆已经开门，儿子媳妇忙着清淤、消毒，怕是需要一段时日才能营业。到了第五天，老张没有见到赵师傅夫妇，摊位上冷冷清清的。

老张不免有些失望。那个在不远处执勤的交警又过来了，说："大爷，赵师傅带来的物资用完了，连夜赶回洛阳，说要再拉一车。"

"……"老张张了张嘴，心里又打出了问号：怕是不会来了吧？

"真是说曹操曹操到，瞧，他们来了。"顺着交警的手势，老张看到，一辆豫 C 牌照的汽车开过来了，车厢上飘扬着一条红色的横幅：携手共"晋"风"豫"同舟。

看着这个横幅，老张的眼睛比点了眼药水还舒服。他当即作出一个决定，他家的小面馆重新开张时要换一个名字，就请这个交警来题写。

（原载《山西晚报》2022 年 1 月 10 日。选入辽宁省鞍山市千山区 2021—2022 学年八年级下学期期中语文试题以及湖北省黄冈市黄梅县国际育才高级中学 2022—2023 学年高一 5 月月考语文试题等）

袁家楼

趁着十一假期，公司的事安排停当，大哥开车带着两个兄弟回老家了。

父母已经过世，又不是清明，也没听说哪家乡亲办事，也还不到给村里老人发放补助的日子，回来干啥？老二心里暗自嘀咕。老三呢，还想利用这个假期到巩义的康百万庄园走一走。兄弟三人中，不能说大哥的话就是圣旨，但在一个锅里搅稀稠大半辈子了，他们了解大哥，大哥做什么一定有他的道理。

车停在村外，大哥头前带路。他似乎知道两个兄弟心里有点小小的不乐意，一边走一边说："其实咱袁桥也不错，有500多年树龄的大槐树和石臼，有牛王庙，有四合院……不但有历史文化，还有红色基因。我相信，将来一定会成为一个游人如织的好地方。"老二和老三都没有吭声，类似的话大哥说了不止一遍。

大哥把他们带到了"袁家楼"那里。这是大哥第二次带他们来这里了。

"袁家楼"是明朝万历年间，由他们的七世祖袁国臣所建，坐北面南，为砖木结构建筑，通高15米左右，占地面积约60平方米，共三层，砖砌墙厚约80厘米，内设有暗道，直通寨墙外面。该楼起到了登高远望、避难、防护外来侵犯的作用，所以民间俗称"避难楼"。

上一次，大哥没有表态，只是围着"袁家楼"转了几圈。这一次，大哥开口了，"来到这里，你们两个会想到啥？"

老二心里一惊，难道大哥是为金元宝而来？传说，"袁家楼"建好后，修建者将一大锅的金元宝存储于该楼一箭之地，以备将来修缮之用。一箭之地在楼的何方何处，后人遍寻无果，至今仍是一个谜。又想，大哥是公司的董事长，会有这个想法？不可能。

老三想的是，莫非大哥要出资修缮这栋楼，然后弄成一个景点收取门票？中，主意不错。生意人嘛，在商言商，虾米再小，也是一盘菜。

两个兄弟都是精明人，没把各自的心思说出来，都拿眼瞅着大哥。

大哥"扑哧"一声笑了，说："我的脸上又没花，你们看啥？你们好好看看这栋楼。"

老二和老三不好意思地相视一笑，把视线转向眼前这座巍峨高大的楼。

大哥叹口气，便往正题上引，"常言说，好汉护三村，好狗护三邻。咱们的先祖当年建这栋楼，不是为了自己，是为了整个村子的乡亲。"

老二问："大哥，您是不是想请人挖掘一下，宣传我们袁家的祖先？"

老三说："拍成电影，咱袁桥火了，咱袁家也就一下子出名了。"

"当年咱的祖先是为了名声吗？"大哥说罢，长出一口气，似乎有点失望。

"大哥，您的意思——"老二疑惑地问道。老三的眼睛里也藏满了问号。

大哥没有解答，继续说道："清咸丰年间，太平天国运动爆发，乱军滋扰到登封县境内，为保护乡民，袁家十六世公袁梦松出资修建了土寨墙。抗日战争时期，为躲避日伪军的骚扰和破坏，登封第一次党代会是在袁家十九世公袁毅家召开的……"

老二终于忍不住了，说："大哥，您越扯越远了，究竟要干啥，您直说嘛。只要决策正确，我和老三都不会拦您。"

"大哥，您是不是有什么难处？上阵父子兵，打虎亲兄弟，有我和二哥，怕什么？！"老三附和道。

大哥看看老二，又看了看老三，终于说道："咱袁家的祖先给我们作出了表率，他们能有家国情怀，造福一方，咱们三兄弟也不能袖手旁观，我打算建一栋楼……"

老三打断大哥的话，扑闪着眼睛，问："大哥，也建'袁家楼'？"

"老三，别打岔，让大哥把话说完。"老二说。

大哥说："村里的孤寡老人不少，虽说咱们每月给他们发着补助，可他们还住在老房子里……咱们出资，建一栋全是两室一厅结构的房子，免费给他们住。"

"这个想法好！大哥，我支持。"老二竖起了大拇指。

"大哥，您咋不早说啊？我没意见。"老三说。

大哥笑了，看得出，他是打心眼里高兴。"兄弟齐心，其利断金"，这话一点不错，一路走来，正是有了两个兄弟的大力辅佐，他们的事业才犹如滚雪球般越做越大。

后来，楼建好了，袁桥的孤寡老人都搬了进去。这些老人当中，就有袁毅的孙子袁铁木，他一辈子没有成婚，无儿无女，但幸福感不亚于那些满堂儿孙的老人。

若有读者对这个故事不相信，请到登封袁桥古村验证一下，现在那里成了远近闻名的网红打卡地。对了，文中的大哥是郑州蹬槽集团董事长袁占国，老二是该集团副董事长袁占欣，老三是该集团总经理袁占军。

乡亲们把袁氏三兄弟建的那栋楼叫"幸福楼"。

（原载《郑州日报》2021 年 11 月 29 日、《剑南文学》（双月刊）2022 年第 2 期，《微型小说选刊》2022 年第 1 期、《微型小说月报》2021 年 11 期转载。选入 2022 年山东省聊城市东昌府区一模语文试题、2023 学年河南省普通高中招生考试黄金模拟（一）语文试卷、贵州省凯里市一中 2021—2022 学年高一下学期期末语文试题等）

忠孝图

进入七月以来，老天爷就跟炒股票遇到了熊市，整天哭丧着脸，眼泪说来就来，大时像瓢泼，小时像牛毛，十多天没瞅见过日头。老话讲，不怕三年旱，就怕三天涝。何况这一次的雨淅淅沥沥，一直没有停歇过。永安县遭遇了百年一遇的水灾，受灾的乡镇不在少数。电话响个不停，灾情不断汇总上来：东村的乡道被冲毁，赵岭的居民楼沉降，柳沟的山体滑坡……整个永安县的机关干部、公安干警、武警官兵、各个民间救援队日夜连轴转，转移被困村民，安置受灾群众，发放救灾物资……在这些忙碌的人员当中，包括永安消防队的队员们。

相对于其他队员，小兵除了身体上的疲惫，每时每刻，心灵都在受着煎熬。他是本地人，家在小王庄。他的爸爸也是一名消防战士，在一次救火时牺牲了。妈妈没有改嫁，母子两人相依为命。有半年了，小兵都没有时间回家看妈妈，偶尔给妈妈打个电话，报个平安，同时问问家里的情况。每一次，妈妈都说："你别担心，干公家的事就不能想家里的事。我的身体好着呢，能吃能睡……"

老天爷刚开始伤心落泪的时候，小兵还和妈妈通过电话，当时家里一切正常。前天趁着休息的时间，小兵给妈妈打电话，电话打不通了。他又拨打邻居的电话，也是"对不起，您拨打的电话无法接通"。后来，小兵才知道，老家的通讯基站被毁，信号中断。生活物资紧张，家里怎么样？因为水灾，老家的房子是靠崖筑的土窑洞，有没有塌方的危险？回老家看看，也只是想想而已，险情太多了，没有时间，连打个盹的工夫都没有。有的战友太瞌睡，一个馒头没吃完便歪在墙根打起了呼噜。

处理罢洛河管涌的险情，雨已经停了，战友们刚要和衣躺在大堤上休息片刻——他们奋战了一天一夜，就是块钢铁也要软化了，这时，又接到任务，大王庄发来求救信息，有一个村民犯急病，情况紧急，急需转移治疗。因为洪水，120进不去，村里人也没办法把病人送出来。

小兵跟打了兴奋剂一样，立马精神起来，"队长，让我去吧。我家在小王庄，跟大王庄是邻村，不陌生。"

若是其他队员，队长会满口答应，可小兵太年轻，才入伍一年多。还有，小兵是个单亲家庭，这次洪水凶如猛兽，一旦出事，怎么跟他妈妈交代？

看到队长犹豫的表情，小兵着急地说："队长，我能行，时间来不及了，您快下命令吧！"

队长答应了。他叮嘱几句，安排小兵前往大王庄。

大王庄跟小王庄两村之间隔着一道丘陵。村里的道路已经寻不到路眼，像是水荡，除了环绕村子的丘陵，以及地势较高的房屋，其他全部被水淹没了。根据丘陵的走向和形状，小兵还能分辨出东西南北。蹚着水，小兵开着冲锋舟避过那些杂物、倒塌的房屋，穿过淹过树木的洪水，终于到了大王庄。

来到村民聚集的高台上，小兵这才发现，生病的村民竟是自己的妈妈。妈妈有心脏病，一直瞒着小兵。幸亏大王庄的村医给予了简单的急救，才不至于有生命危险。

"妈妈……"话一出口，小兵的眼泪便汹涌而出。

<u>妈妈忍着疼痛，诧异地问："小兵，你咋来了？眼下不正忙吗？"</u>

小兵没有说话，背起瘦弱的妈妈就上了冲锋舟，箭一般驶出村外。

由于抢救及时，小兵的妈妈转危为安。后来，小兵才知道，得知大王庄来了不少救援官兵，妈妈就烙了一二十张葱花油馍，翻山越岭送了过来，以为能见到小兵，可能是一路泥泞路不好走，身体严重透支，结果一到大王庄就犯病了。

在小兵背起妈妈的那一刻，现场有人用手机拍了张照片，题名《忠孝图》发在了网上。网友们看到并得知真相后，纷纷点赞留言。其中一个网友的帖子是这样说的："小兵背起自己的妈妈。这一刻，给人的是温馨，是温暖；给人的有感动，也有感慨。他是战士，做到了尽忠；他是儿子，也做到了尽孝。小兵，我爱你！妈妈，我爱您！"

（原载《微型小说月报》2022 年第 1 期。选入广东省汕头市龙湖实验中学 2022—2023 学年九年级上学期期中语文试题、江苏省扬州市广陵区 2022—2023 学年八年级下学期期中语文试题、四川省绵阳市游仙区 2022—2023 学年七年级下学期期末语文试题、安徽省合肥市肥西县 2023—2024 学年九年级上学期期末考试语文试题等）

玉　米

　　早晨四五点钟，天空的脸还没洗干净，老贵就已经挑着一担水到了地头。他不敢歇息，提溜着水桶来到田里。玉米已经有五六片叶子了，他看了看，都比昨天多了一片，昨天是四片的，今天五片；昨天五片的，今天六片……他把水瓢对准玉米的根部，缓慢地浇着——如果浇得快了，水流就会把玉米根部那儿的土浇跑了；如果浇得过猛，容易把土溅起来糊到玉米的叶子上。水遇到土壤，转瞬即逝，不过还是留下了湿漉漉的蛛丝马迹。水流"滋滋"的声音在老贵听来，是那么的美妙，那么的入耳……水塘距离玉米地不远，老贵差不多挑了三四十担水，等到4584株玉米全部浇完，日头刚好爬到东山嘴那儿了。老贵一屁股坐到地头，手掌胡乱擦了一把脸上的汗水，掏出旱烟袋，挖了一锅烟，点上火，很享受地滋溜起来。给玉米浇水，就得趁日头睡觉那会儿，要不，日头晒着，再去浇水，玉米会受不了。

　　五年前当地政府分地的时候，老贵抢先要了这块地。这里是中越边境，当年的战争曾遗留了大量的地雷，部队排除雷后再把土地交给政府。其实不用抢，这年头根本没人愿意种地。政府把其他几块没有人要的地都种上了树。这块地有九分六厘，老贵用脚步丈量了无数次。他接管后，有人劝他种果树，他说还是庄稼顺手，他种了一辈子的庄稼，有经验；有人让他种药材，说药材值钱，他说一个人花不了多少钱，要那也没有用。有了这块地，老贵就把原先的责任田转让给了邻居。他说土埋到脖子那儿了，顾不了那么多。也是，老伴病逝多年，他今年58，人生已经开始走下坡路了。这块地到手后，老贵拿上镢头深耕了一遍，拣出里面的石头什么的，然后施一遍农家肥，当年就种上了玉米。

有了水分的滋润，玉米苗在日头的照射下，尽情地舒展着身子，苗壮，精神。看着一棵棵玉米苗，老贵的脸上溢满了笑容，那眼神，那表情，好像那些玉米苗就是他的孩子。日头越爬越高了，空气中有着明显的燥热。老贵喜欢这样的天气，有墒，玉米就长得格外快。老贵下意识地抽了一下鼻子，似乎闻到了玉米成熟的馨香。

这时候，二宝带着大全过来了。这两人老贵不陌生。二宝是村主任，大全也是本村人，如今在城里盖房子，是个大老板。

二宝说："贵叔，跟您商量个事。"

大全掏出一支烟递过去，老贵下意识地接过。

"就是这块地的事。"二宝迟疑了一下，说出了口。

老贵盯着大全："你也想要？"

大全点点头。

"没门！"老贵把手里那支纸烟甩了。去年，村里有人要用这块地当墓地，给多少补偿老贵都没答应。

大全又掏出一支烟递过去，说："贵叔，你要多少补偿都中。"

老贵没有接大全手里的烟，指着地里的玉米，说："你得先问问它们答应不答应！"

二宝说："贵叔，若是玉米知道，也会答应的。"

"二宝，你啥意思？"老贵一时给搞糊涂了。

二宝说："贵叔，我知道您对这块地的感情，但您也得想想村里那些孩子，跑到十几里外的镇里上学，刮风下雨，孩子不受罪？一年要穿坏好几双鞋子呢。"

老贵梗了一下脖子，说："我不是把每年卖玉米的钱都捐给了那些孩子，让他们买鞋……"

大全有点哭笑不得，说："贵叔，我在村里建个小学岂不更好？"

"啥？建学校？"老贵蒙了。

"人家大全要无偿给村里建个小学，就打算在这块地上建！"二宝补充道。

"真的？"老贵似乎不相信。

几乎同时，二宝和大全点了点头。

那些玉米苗随风摆动，不知道是拒绝还是同意。老贵一脸的难色。

大全说："贵叔，不急，等您收了这季玉米再说。"

"这还差不多。"老贵的脸像雨后的彩虹，亮丽而有色彩。

一年后，一所崭新的学校建成了，学校的名字就叫"玉米小学"。老贵的儿子叫玉米，是一名军人，早在六年前因为排查学校这块地上的雷时，发生了意外。

（原载《山西文学》2019年第11期，《小小说月刊》2020年第2期转载。选入2023年山东省淄博市周村区中考一模语文试题、福建省泉州第五中学2023—2024学年九年级上学期期中语文试题、2024年中考现代文阅读复习等）

我真不想脱贫

听说月亮湾村脱贫了，我瞅个星期天，决定到村里看一看。我算了算，张蕾大学毕业刚参加工作就下来当驻村第一书记，已经四年了。如果月亮湾村能够脱贫摘帽，张蕾就可以打道回府。她是签了军令状的，不脱贫摘帽，不能回城。我打算到老福家看一看，如果老福脱了贫，那么月亮湾村应该都没问题了。老福是村里的老大难，一直拖着月亮湾村致富奔小康的后腿。

老福的父母双双因病去世，因病致贫，他五十多了还没成家，便破罐破摔，成了村里有名的懒汉，说句不当说的话，混成了茅子的石头——又臭又硬。当年我曾帮扶过他，头一次去时，看到他家里真像大水冲过一样，估计老鼠都不过夜，家徒四壁。我回来没多久，就去旧货市场给他买了电视、沙发等家具家电。再去时，他已经把电视机卖给收破烂的了。后来，我用自己的工资给他买了两头波尔山品种羊。隔了五天，村主任老贵说，老福已经把羊给赶到集上换成了油盐。我决定不再在物质上资助他，又破了半个月工资给他购买了西瓜种子。我担心他把西瓜种子当零食吃了，和村主任老贵一道帮他把种子种下，叮嘱他除草、打药等注意事项。到了秋天，我赶到老福的瓜地，真算是开了眼界，瓜田里的草深得能撵出狼来，偶见草丛间牵扯的瓜藤，我来回走了几趟，终于找出了两个小孩儿拳头大小的西瓜蛋……恰巧这时候，张蕾来当"替死鬼"，我才得以脱身。

"河洛地方邪，光说不敢嘛"，说的是你念叨某个人的时候，那个人就会出现；所以只能念叨好处，不能说别人的不是。就在我刚要出门时，老福闯了进来。我怔了一下，老福真是变了：胡子剃得溜光，身上穿得干净清爽，跟几年前相比，年轻了许多，好像吃了孙猴子师父的肉。我说："老福，听说你脱贫了？乡里准备给你摘帽呢！"

听我这么一说，老福慌乱地摆着手，说："叶书记，我不想脱贫！"

我暗暗吃了一惊，难道老贵和张蕾给我的信息有误？

"今年西瓜卖了多少钱？"我知道老福承包了十亩地，全部种上了西瓜。不说往年，只要今年纯收入达到4000元，就算脱贫了。我给老福接了一杯水递过去。今年没有大风，没有冰雹，应该说是风调雨顺，不会出现意外。我想套套他的话，给他算算账。

谁知道，老福比山里的猴还精，他接过水，咕咚了两口，狡黠一笑，说："叶书记，今年没卖上钱！不信，咱算算？"

"好。"我想听听他怎么狡辩。

老福一下子精神起来，神采飞扬地说："十亩地，西瓜种苗八千块，土地租金六千块，肥料农药七千块，农膜、水电、燃料等各种杂费，加起来有一万，总投入将近四万。"

我打断他的话，说："西瓜的产量亩产按3000公斤计算，西瓜的收购价格大约在每斤一块二左右，一亩产值六千六，除成本，纯利润在两千六左右，10亩西瓜也该有近三万。"

"不信你问问老贵，我今年真的没得钱，谁得钱谁是河里爬的。"老福两手比画着"王八"，信誓旦旦地说。

难道老福卖西瓜的钱丢了？我知道他是肚子里玩杂戏——怪主意多，便趁机给老贵打电话。老贵在电话里说，老福良心发现，今年的西瓜一个也没卖，全部捐出了，给敬老院送了一车，给村小学送了一车……接下来，老贵着急地说："张蕾找来《中州晚报》的记者宣传他呢，这货不知躲哪儿了，电话也不接。"我心里松了口气，告诉老贵让记者到乡政府来，然后对老福竖起大拇指，"老福，行啊！土话咋讲来着？乌鸦照镜子，刮目相看啊。"老福有点不好意思了，说："反正我不想脱贫！"

"为什么？你不脱贫摘帽，人家张蕾就不能回城。你想想，人家一个大姑娘，三十好几，对象都没时间谈……"我越说越来气。"她比我穷哩……不脱贫就不能回去！"老福打断我的话。"比你还穷？"老福把我给搞糊涂了，"你是说张蕾比你还穷？开玩笑。"

"她的裤子破了好几个洞呢。我给她钱，她死活不愿意。"

我憋不住笑了，说："老福，人家穿的那是流行的'乞丐服'。""我说呢，集上的'穷人'咋越来越多，原来他们不穷啊。"老福不好意思地笑了。"老福，你把今年种的西瓜全部捐出去，精神可嘉，值得点赞……"我一边想着如何措辞一边说。

老福打断我的话，"叶书记，说实在的，我真不想脱贫，一脱贫，张蕾就要走了，可能就再也见不着。为了帮扶我种西瓜，她可真没少操心。我无儿无女，她……她让我有了'小棉袄'的感觉。"说着，老福的泪已经把脸上沟壑纵横的皱纹给填满了。

是啊，张蕾的青春之花在月亮湾村绽放，"她"也在月亮湾村人的口里变成了"我们"。

（原载《贵州干部教育报》2020 年 12 月 30 日，《微型小说选刊》2021 年第 4 期、《小小说选刊》2021 年第 6 期转载。选入山东省淄博市周村区（五四制）2021—2022 学年九年级上学期期末语文试题、2022 年江苏省仪征市中考二模语文试题、2023 年广西壮族自治区贵港市平南县中考模拟语文试题、四川省自贡市 2022—2023 学年九年级上学期期末语文试题、2023 学年重庆中考模拟试卷等）

传家宝

春子往火里添了两根柴，一阵噼里啪啦的声音过后，伴随着一阵火星子的飞舞，火苗比原先灿烂了许多，映照着父亲的脸黑红中泛着一层光彩。春子掏出纸烟递过去。"吸不惯，还是这个有劲。"父亲晃了晃手里的烟袋。父亲把烟锅伸进烟包挖了满满一勺，用拇指按了按，然后歪着头就着盘旋的火焰，猛吸一口，烟锅上便有了星星红光。

村里不时传来炸响的鞭炮，年的气息越来越浓了。

"过罢年，我就整整撑了40年。"父亲吧嗒一口烟，很享受地吸溜了一口。

春子低着头，怔怔的样子。

"我老喽，干不动了。"父亲一直看着春子，眼光里有疼爱，有欢喜，有期待。

春子瞅着升腾的火苗，没有说话。

"因老家遭了大水，你老爷（曾祖父）带着一家老小落脚到这里。感念这里的人好，你老爷会些木工手艺，就自造一条小船，摆渡，不取分文报酬。他老人家临死立下遗嘱，子孙后代义渡乡亲……"父亲像是自言自语，又像是在说给春子听。

春子的目光溜出门外，望着眼前缓缓流动的小河，心里生起无端的怨恨。

"你老奶（曾祖母）去世时，你老爷上午忙完丧事，下午就到渡口去了……到你爷爷这一辈，他结婚那天，拜了天地后，直奔渡口……轮到我，那就多了。有一年，我下河救人，上岸后发起了高烧，在医院躺了半个月才出院。你打工没回来，我就掏了1000元雇人摆渡了半月……"说到这里，父亲的脸上有了神采，连那一道道皱纹里都放出光来。

"乡亲们的情啥时候才能还完？"春子忍不住说道。

"还不完！咋能还完呢？若是当年他们不收留你老爷，只怕他早就变成孤魂野鬼了，哪会有我？更别说你了。"说到这里，父亲指了指墙角的蓑衣和竹篙，说："还有外面的船，这就是咱的传家宝。从你老爷到我这一辈，先后渡坏22只木船，撑破100多把竹篙……到你这里，不能断了，还要传给我的孙子。"

"这有什么可骄傲和自豪的？"春子又带气又带笑。他在外面打工，每月有四五千元的收入，实在不愿意回来。

这时候，门外传来踢踢踏踏凌乱的脚步声。"有人过河！"父亲站了起来，要去拿墙角的竹篙。

"大叔，过年了，陪你喝两盅。"随着话音，门口一暗，进来几个村民，一个个手里都不空，提溜着水果，还有酒和菜肴。其中一个是老村主任。

看到春子，老村主任问道："春子也在啊，啥时间回来的？过了年不走了吧？"

不等春子说话，父亲呵呵一笑，豪气地说："不走了，不走了，该接班喽。"

春子站起来给老村主任打过招呼，回家了。娘还在家忙年呢。

春子的家就在渡口不远的山坡上。

回到家，娘刚蒸出一笼馍，有花卷，有菜包，有蒸馍，冒着袅袅的热气和丝丝的香气。家的味道，年的味道，一下子把春子包围了，心里的不快消失得无影无踪。

春子刚要伸手抓个花卷吃，娘拍了一下他的手，说："还没敬河神呢，等会儿吃。"

听说要敬河神，春子心里又生出隐隐的不快。

娘似乎知道春子的心思，说："你爹让你回来就回来吧，有地，饿不死，挣那么多钱干吗？人这一辈子，名声比啥都重要。"

"娘，别说了，我这次回来就不走了。"春子看到娘的头上一片雪白，心里动了一下。

过罢年，春子真的就接替父亲开始摆渡。让人万万想不到的是，春子破例收取费用，每个人一趟两元钱。

父亲说："你不是我的儿子。"

春子说："是不是要问问我娘。"

"龟孙！"父亲火了，"你死后也不能进祖坟。"

春子说："进不进咱们说了不算。"

"你到底要干啥？"父亲吼道。

<u>春子说："我收钱，乡亲们就没有亏欠感了。"</u>

<u>"放屁！是咱欠乡亲们的！"</u>有好多天，父亲都不敢出门，不敢面对乡亲们。

其实，父亲的猜测和担心完全是多余的。对于春子摆渡收费，有不少村民倒还是理解的。老村主任知道父亲的心思，还特意赶来安慰他，说收费是应该的，早应该收费了。

私下里，有人曾给春子算过一笔账，一个人一趟两元，一船按 10 人计算，每天大概 30 个来回，每个月至少有两三万的收入。乖乖，春子要发大财了。

父亲再出门时，明显感觉到了乡亲们的目光跟先前有很大的不同，见了面也没有过去的热乎劲了。

春子也有类似的体会，乡亲们的眼神较之以往，少了温度，少了情谊，多了冰冷，多了敌意，有时当着他的面指桑骂槐，话说得比骂娘还难听。

"报应，报应啊。"父亲没少这样哀叹。儿大不由爹，父亲干生气也没办法。

一年后，村里来了一支建筑队，在小河上架起了一座桥。

没有人再坐船了。春子的小船、竹篙和蓑衣真的成了文物。有村民还幸灾乐祸的，见到春子，还假惺惺地关心，说有了桥，春子要失业了。春子淡淡一笑，没有说话，没有一点失落的样子。

当桥竣工那天起，春子又到外地打工去了。

那天，父亲忍不住告诉老村主任，说那座小桥是春子出资修建的。

老村主任的嘴巴半天没合拢，末了说了一句："狗东西春子。"

"你这货咋拐弯骂我呢？"父亲不愿意了。

老村主任哈哈一笑，拿手捋了一下父亲的头。

"狗东西春子。"父亲自言自语重复了一句，嘿嘿呵呵地笑了，眼角里，皱纹里，都塞满了骄傲和自豪。

（原载《天池》2017年第4期，《小说选刊》2017年第6期转载，获首届"清正家风·梦美中国"全国微型小说征文大奖赛二等奖。入选《2017年中国小小说精选》《2017中国年度微型小说》。选入2018年湖南省湘潭市中考语文试卷、陕西省汉中市洋县2020—2021学年九年级上学期期末语文试题、广东省江门市第二中学2023—2024学年九年级上学期第二次段考语文试题等）

瓜子道

喜欢嗑瓜子的人，没有不知道"瓜子道"的。"瓜子道"是一种南瓜子的品牌名称，至今已祖传四代，他们精选颗粒饱满的南瓜子，经过卤制而成，味道独特，老少皆宜，一吃大有欲罢不能的感觉。真的是"酒香不怕巷子深"，河洛市一家大型商超的杨老板在五月中旬一下子订购了 20 吨，要求 6 月 1 日前发货。"瓜子道"的老板喜春网签了合同后，四条生产线满负荷生产，三班连轴转。

到了 5 月 27 日，还有 5 吨任务，不出意外的话，再有 3 天完全可以生产出来，5 月 31 日走物流不成问题。

这时候，发财、福安等四五个工人要回家收麦，说再高的工资也得回家。喜春愁上了。妻子美丽说："添个蛤蟆四两力，咱俩顶班。"

喜春白了她一眼，说："蛤蟆不行，孙猴子差不多。"

美丽建议："再招几个临时工？"

喜春摇摇头，说："眼下是麦忙时节，人比大熊猫都金贵。即便有人，新手培训需要三天，这个也不中。"

美丽瞅着喜春的脸，犹豫了一下，说："我倒是有个想法……"

"有屁快放，别像羊拉屎蛋似的。"喜春平时文绉绉的，着急了，脏话随口就出来了。

美丽说："要不咱收购其他厂的瓜子，冒充'瓜子道'……"

"你这话就跟放屁一样，等于没说。"喜春截断美丽的话，"人家看上咱的'瓜子道'，咱不能胡来，不能坑人。好事不出门，坏事传千里。一旦传出去，门缝里夹鸡蛋——彻底完蛋了。"

美丽不高兴地看了喜春一眼，嗔道："我只是说说，你可当真了。"

"想都不要想。"喜春狠狠瞪了美丽一眼，拿起身边一个瓜子箱，指头捣着上边的广告语，示意美丽看。

美丽不用看，也知道上边的内容："一个古老的村子，一颗有故事的瓜子，四代人的人文历史。自古诸事皆有道，道可道，瓜子自有其道，瓜子有道，瓜子之道，瓜子道也。"她叹口气，迟疑了片刻，说："给杨老板打个招呼，拖两天发货咋样？"

喜春的头跟拨浪鼓似的晃了两下，说："我听杨老板说，当地有不少企业利用儿童节献爱心，订购'瓜子道'。若是晚几天，黄花菜都凉了。"

美丽眼珠一转，说："咱可以租几台收割机，帮助工人们收割嘛。"

喜春高兴地捶了美丽的肩膀一下，"这回你可放了个响屁。"

美丽疼得歪着身子，呲溜着嘴说："咱家的瓜子你也多嗑点，清新一下你的嘴。"

喜春一边给美丽揉着肩膀，一边说："这段厂里事情多，吃饭不应时，可能脾胃不好，有口气。"

美丽忍不住笑了。

喜春这才恍然明白美丽话中的意思，作势要打她，她转身躲开了。

听喜春说了租收割机帮忙的事，发财、福安他们几个并没有表现出过多的惊喜。

发财说："喜老板，感谢您一直以来对俺们的关照，收割机倒不是紧要的，今年的麦子遭雨了，湿漉漉的，收下来怎么办，这才是俺们发愁的。"他说这话的时候，脸色阴沉得像亲孩子被人丢进了井里。

"啊？"喜春大吃一惊。

"听说村里有人收购湿麦，三四毛一斤，怕是成本都收不回来。"福安的脸色也不爽，像被隔壁老王欺负了似的。

"天灾啊，谁也没办法。"发财重重地叹口气。

喜春垂下头，想了半天，忽然抬起头，眼睛一亮，"停止生产瓜子，烘干车间的设备全部用来烘干湿麦！"

"啊？""这？"福安和发财面面相觑。他们都知道，喜春的厂子正在加紧生产瓜子，若不及时兑现合同，损失不可估量。

"就这样，发信息，收湿麦！"喜春挥了一下攥紧拳头的手。

美丽给搞糊涂了，心说难道烘干麦子比生产瓜子更赚钱，能弥补瓜子厂毁约带来的损失？

喜春似乎知道她的心思，说："免费给麦农烘干湿麦！"

美丽想阻止，但她清楚喜春的脾气，说了也是嘴上抹石灰，白说。

喜春两口子没有想到，杨老板没有责怪他们失信，收到 15 吨"瓜子道"后，依照合同上的价格给他们打了 20 吨的款。杨老板解释："瓜子有道，老杨也有道。多出 5 吨的款项，你们替我捐给当地小麦受灾的农民。还有，从此以后，我们商超的瓜子只进'瓜子道'……"

（原载《教师报》2023 年 6 月 28 日，《小说选刊》2023 年第 9 期转载。选入 2024 陕西西安莲湖九年级上学期期中考试语文试题）

又是一年春天

那年我高三，有一天，妈告诉我，妗子捎来信儿，让我周六去给她帮忙，刨树。终于盼到周末，又要干活啊。我把书包甩到沙发上，很不痛快。还是到舅家去，我心里就更不愿意了。舅家在小关南边的大山里，虎脑村，路也不好走，还要走好远。有时走上半天也瞅不见个人影，瘆得慌。

看到我一脸不高兴，妈说："你舅，还有你表哥都不在家，难为你妗子了。她有了难，轻易不来信，这次张了口，你就去吧。"

"妈，高三课程紧张，还有作业呢。"我推辞道。

"你舅，还有你妗子，平时白疼你了。不说别的，哪年少吃人家的核桃了？"妈恼了。

舅家的门前有条蜿蜒小路，路边长着一棵又高又大的核桃树。核桃每年都结得嘟噜连串，从不空枝。上小学时，一到星期天，我就缠着爸妈到舅家去，害怕核桃长熟了，被表哥他们摘吃完。稍微懂事了，知道核桃树是舅家的摇钱树，表哥表姐也很少吃，核桃都卖了，卖核桃的收入要维持全家人平时的一应开销。再到核桃成熟的季节，即便有其他事，我也不好意思去了。不过，每到过年的时候，舅和妗子到镇上来卖核桃，总要留一些送到我家。

想到这里，我对妈说："好吧，我明个去……"

当时是春天，那棵核桃树已经开花了。一串串绿绿的核桃花挂在枝头，像女孩的小辫子，在微风中轻盈地舞蹈，煞是好看。

妗子看到我来了，很高兴，忙抓把柴火去给我煮荷包蛋。

我吃了荷包蛋，背上镢头跟着妗子去刨树。等来到那棵大核桃树下，我愣住了：怎么刨这棵啊？听妈说，这棵核桃树一年结好几百斤核桃，有上千元的收入。树又没干枯，怎么舍得刨啊？

妗子也不说话，使劲抡起镢头，发狠地刨着。

“妗子……”我心里藏着多个问号，想弄清刨这棵树的原因，张开嘴却不知道该如何表达。

妗子不说话，也没抬头。

“妗子，您咋啦？”我又叫了一声。

妗子扔掉镢头，抱着树干哭泣起来。

我一下子手足无措，不知该怎么安慰妗子。没了这棵核桃树，等于妗子家的银行被盗了，她能不伤心吗？

“瞧我这没出息样儿……村里要修水泥路，这棵树碍事，不刨掉不中。”妗子朝我凄然一笑，细碎的泪珠如朝露般挂在她长长的睫毛上。

原来是这样。我顺嘴问道：“赔偿多少钱？少了可不中！”

“哪能这样说话？修路是为了咱自己方便，比起人家，咱，唉！”妗子说罢，摇了摇头。

我看着妗子，不明白她话里的意思。

妗子说：“李支书为了咱村，丢了在郑州每年上百万的生意。为了修路，人家带头捐款。还有在外办厂的苏家，头一次捐了8万，第二次捐了2万……”说罢，妗子又抡起镢头刨起来。

眨眼间，几年光景过去了。

今年春上，得知我从大学回来了，妗子打来电话，让我到南岭新村给她帮几天忙。

“南岭新村？妗子家搬家了？”挂断电话，我急忙问妈。

“没搬家，”妈说，“小关镇的荻坡、杨树洼、虎脑三个村合成一个村，就是南岭新村。如今那里大变样了，城里人都争抢着去旅游呢。”

听妈这么一说，我来了兴致，问给妗子帮啥忙。

妈说：“眼前富，拾粪土；长远富，栽树木。”

我骑上摩托直奔南岭新村。路是柏油路，像飘带似的，时而挂上山脊，时而落入谷底，时而钻进树林，时而缠在山腰。不时有各种高档轿车从我身边经过。

我循着宽阔、平整的柏油路骑到了一栋两层小楼前，楼房像是刚竣工的。没错，就是舅家，因为楼房旁边还保留着原来的石窑。

几年不见，妗子不但不显老，好像还年轻了不少，脸色红润，一扫过去的沉重。

跟着妗子来到地里，地里已栽了不少树。相邻的地里，不少村民也在栽树。我问："妗子，都是栽的啥树啊？"

妗子说："核桃树。老辈人讲，高山松树核桃沟，溪河两岸栽杨柳。"

"妗子你说得老美哩。这些树苗要不少钱吧？"

"政府补贴一部分，咱自己掏一点。"

我问："妗子，都种树，不种庄稼了？"

妗子说："山上的地，不能机械化，种地不划算。一亩地种40棵核桃树，五六年后就能挂果，一棵树按1000块来算，一亩地就是40000块。若是种粮食，也就是千把块钱的收入。"

听妗子这么一说，我感到种核桃是比种地强，但依靠这点收入想脱贫奔小康，那是戴草帽亲嘴，差远喽。我不便打扰妗子的兴致，把话题引开了，"舅呢，在外打工赚了不少钱吧，小楼都盖起来了。"

妗子撇了一下嘴，说："打工也不中，这不都回来了，打算整农家乐呢。今个儿你舅和你表哥去镇里买装修材料了……一个农家乐镇里补助两万块呢。"

"不算咱家，村里已经开了十家，生意好的，一年能挣二十多万。"妗子说这话的时候，眉毛、眼睛里都透露出掩饰不住的喜色。

妗子忍不住告诉我："你表哥找了个对象！明年春上结婚，你可来啊。"

"真的？"表哥已经三十好几了，之前谈了几个，都黄了，就是因为住在山窝里，家里还穷。

"一定来！一定来！"我忙不迭地答应，心里跟吃了表哥的喜糖似的，甜丝丝的。

（原载 2017 年第 3 期《牡丹》，有删改。2020 年兰州新亚中学高三语文二模试题、2021 届温州上戎中学高三语文模拟试卷、2022 年山东省济南市槐荫区中考二模语文试题等）

父亲的花园

起初，我以为父亲会把后院开辟成小菜园，也没多加干涉，任由他折腾。这也是母亲去世后，父亲愿意到我家来提出的条件，房子换成一楼，且带有后院。我每天早出晚归上班下班，没有到后院去过。大约半年后，那天是个周末，我难得休息一天，早餐的时候，不见父亲，随口问道："爸呢？"妻子说："他吃过了，去了后院。"吃完饭，我来到后院，发现后院已经成了小花园。

花园有六十多平方米，不算很大，但在城里够可以的了。已经有不少花卉绽放，竞相报告着春的讯息：海棠花红中泛白，花朵的形状有点像小雨伞，微风吹来，像一个个伞舞者；山茶花如同它的名字一样，花朵不是很大，色彩也不艳丽，优雅，恬静；两株牡丹花，每株开有四五朵，红艳艳的，浓烈富贵；院子的西边，靠墙一溜种的是紫荆花，枝干没有叶子，玫红色的花朵簇拥在老枝上，像被胶水粘在上边的蝴蝶，想飞也飞不走……正在浇水的父亲放下水壶，指点着他的小花园，得意地说："过上一年半载，一年四季都有花开，夏天有向日葵、茉莉花；秋天有菊花、凤仙花；冬天有蜡梅……"父亲种的花多且杂，有乔木，也有灌木，有藤本，也有草本。看得出，父亲不是随随便便种的，是经过一番规划的，高低错落，层次参差，四季有景，富于变化。我下意识嗅了下鼻子，一股馥郁的花香沁入我的肺腑，一下子有了精气神。我暗暗观察父亲，发现他的精神状态已经恢复到了正常。母亲去世后，父亲有好长一段时间都不在状态，这也是我坚持要把父亲接来的原因。

晚上谈到父亲的小花园时，妻子说："咱左边的邻居，人家后院子有柿树、枣树、石榴树，还有个小菜园，平时吃菜都不用上超市……"妻子看似没有抱怨，其实是在抱怨父亲。我对妻子说："你知道咱妈叫什么？"妻子愣了一下，说："我只知道她姓梅。""梅花香。"接下来我解释道："我也是今天才明白，侍弄这个花园，也可能是爸对妈最好的怀念，看着这些花，仿佛妈并没远去。"妻子的脸红了，忙说："对不起，是我误会了爸。"

只要我在家，我发现，父亲除了吃饭睡觉，剩下的时间都泡在花园里，没有其他选项。浇水，施肥，打药，松土，等等，总有干不完的活儿。好像花园就是他的 Wi-Fi，一下子就把他激活了。因为工作上的事跟领导闹别扭，这天我请假休息，走进父亲的花园。父亲正在小憩，坐在花丛中，看看这个，瞧瞧那个。他觉察到我的到来，丝毫不掩饰他眼神中的爱怜，说："这些花有着不同的花语，紫荆花是团结友爱，海棠花是珍惜美好，山茶花代表高风亮节，牡丹寓意繁荣昌盛……"听着父亲的话，看着眼前的花，我突然觉得花园是那么的漂亮，好看得都让我想哭，连疙疙瘩瘩的心情都荡平了。

我所在的小区，人员构成比较复杂，有乡下来的打工者，有政府官员，有经商的，三教九流，啥人都有。因此说，小纠纷不断，若是开着窗户，除了炒菜声，还能听到吵架的声音，110 也时常关顾，有时还打起来，打伤了还得叫 120。社区主任很是头疼，联合物业，成立了业主委员会。父亲是退休教师，中共党员，有文化，被推选为业主委员会主任。发表就职演说的时候，我没在场，不知道他都说了什么。反正没过几天，我家后院的院墙拆除了，父亲允许小区的任何人出入他的花园。两天后，三楼西户把他家的两盆长寿花搬到了父亲的花园。第四天，五楼东户把他养的文竹搬了下来……父亲小花园花的种类越来越多，平时赏花的人也接二连三。半年后，我家西边的邻居也把他家的菜园改成了花园，与我家的花园连为一体。

一年后，我所在的小区被评为"文明楼院"。有记者来探访，大家一致说都是父亲的功劳。父亲说："是花园的功劳。"记者想了半天，给花园起名"共享花园"。父亲执拗地说："还是'和谐花园'好听一些。"对了，我们

竹子开花

那个小区叫"和谐小区"。

（原载《文艺报》2023 年 8 月 9 日,《微型小说选刊》2023 年第 23 期、《作家文摘》2023 年 9 月 19 日转载，入选山东徐州市 2023—2024 学年第一学期期末抽测九年级语文试题、江苏省宿迁市沭阳县怀文中学 2023—2024 学年九年级三月月考语文试题等）

山伯进城

山伯这辈子，去过一次县城，唯一的一次。

那天早上，跟往常一样，鸡叫第四遍的时候，山伯就起床了。一般情况下，他张牙舞爪洗下脸，咕咕咚咚灌一碗水，一边啃着馍一边就下地了。做好庄稼人，必须起得跟鸡一样早，何况眼下是收麦的时节。山伯一边往外走一边说："今个儿到县城一趟。"在灶台前忙碌的山娘愣了一下，撵出门外，瞅着山伯朦胧的背影，嘟囔道："麦还没割完呢。"

"丢不了。"山伯头也不回，闷声闷气地丢过来一句。

"麦都焦了，腰子捆不住。"山娘还不死心。"紧种庄稼，消停买卖"，庄稼人，土地就是他们的命。

"值个啥？！"山伯走得执着、匆忙。

山娘又叫道："你没进过城，认识路？"

"鼻子下边就是路！"山伯的话硬硬的，不容置疑。

在山娘面前，山伯的决定向来就是"圣旨"。望着山伯的身影消失在弯弯的山道上，山娘轻轻叹息一声。昨夜里他就烙饼似的翻来覆去没睡踏实，有啥要紧事？咋不吱声呢？去城里干啥？

城里跟他们唯一有牵连的就是他们的儿子山子。

两年前，也就是 1987 年，县里建铝厂，在全县范围内物色工人，山子有幸被选中。上班第一天，山子要赶镇里的班车，天不亮就上路了。山伯提出送他一程，他不同意。山伯执意要送，他也没再坚持。山子前边走，山伯后边跟。黑乎乎的夜里，只有父子两人沉重的脚步声。山子有意加快步伐想甩掉山伯，但山伯走夜路比山子强，始终保持着不远不近的距离。整整走了四十分钟的路，山子没跟山伯说一句话。车来了，山伯也跟着上了车。山子说："你要去，我就不去了。"山伯这才下了车。过后，山伯跟山娘絮叨这件事。山娘说："山子都二十了，你想着还是孩子？"山伯说："他再大，在爹娘眼里，永远是孩子。"山娘埋怨："你多大了？七十多的人了，也不想想自个。""我再大，也是他爹。"山伯嘿嘿一笑。山娘心里清楚，他是为山子高兴——铝厂就给了村里一个名额，唯有山子通过了考试。

按照惯例，昨天是山子休班的时间，该回家一趟，结果，山子没有回来，难道是因为这个？听山子说，县铝厂不在县城，在县城边上的一个乡。他要上班，先步行几十里山路到镇上，然后坐车到县城，再从县城坐上开往那个乡的公共汽车，到达途中的一个小站，步行十多分钟才到单位。农闲时节，老头子曾想带着她到山子工作的地方看看，一想到这么复杂的线路，就打了退堂鼓。他今天是咋了？真的是去找山子？他会不会迷路？山娘的心思乱七八糟了一天，割麦也不认真，不住地往山头上瞄。

后半晌的时候，山子回来了，一个人。山娘诧异地问："没见到你伯？"山娘说的"伯"就是山伯。在山里边，一般称呼父亲为"伯"，也有叫"叔""爹"的。山子一愣，不高兴地说："他去干啥？我没见。"看到山子的反应，山娘哼哼唧唧的，不敢多说。山子说："他啥时间去的？"山娘说："一大早就去了。"山子黑着脸说："我一大早就从厂里回来了。真是的，不嫌丢人！"山娘想数叨儿子两句，张了张嘴还是把话咽了回去。她心里明白，老伴弯腰驼背走路不利索，形象不雅观，山子是嫌弃他到单位给他丢脸了。

等到了天黑，山伯才一身疲惫地回来。看到山子，他不自然地一笑，低眉顺眼地说："我摸到你们厂，他们说你回家来了。"

看到山伯蓬头垢面的样子，穿的衣服也分辨不出了颜色，山子的火气一下子上来了，气呼呼地说："你去干啥？没事就不能在家歇着？"

山娘不满地瞅了山子一眼。

山伯嗫嚅着说："昨个儿我听说公路上发生了车祸，一辆货车撞到了一辆公共汽车上，死伤了好几个人……我怕你回家搭乘那辆公共车……吓得我一夜没睡。没事就好。"

山娘这才知道老头子去找山子的原委，瞪了山伯一眼。事后，山伯对她说："给你说了有啥用？让你也跟着担心？"

多年后，山伯已经去世，山子将山娘接到城里。山娘总会在夜晚看着山伯的照片出神，而山子总是埋怨自己当初没有早点接山伯进城，现在连弥补的机会都没有了。每到此时，山娘都会说同样的一句话："我进城，就是你伯也进城了。"

（原载《新老年》2019 年第 8 期，《微型小说选刊》2019 年第 21 期、《中学生阅读》2020 年第 4 期、《小小说选刊》2024 年第 3 期转载。选入 2020 年山西省中考试卷、2021—2022 年河南省南阳市某校初一（上）期中考试语文试卷等）

一双皮鞋

马老伯急需要买一双皮鞋的钱。

太阳像个火球似的挂在天上，把大地炙烤得如同蒸笼，闷热闷热的。正是中午时分，马路上除了偶尔驶过的车辆，几乎没有行人。马老伯背着个鼓囊囊的蛇皮袋，两眼瞪得溜圆，像个寻找猎物的猎人一样，不放过大街上的任何一个角落旮旯儿。

马老伯是个捡破烂的。

马老伯每到一个垃圾桶跟前，就把关节已经变了形的手伸进垃圾桶，上下左右来回翻动，遇到有价值的东西，就忙掏出来装进身后的蛇皮袋，跟得了宝贝似的，满是皱纹的脸上才露出一丝疲惫的笑容。有时手伸进去，不说摸到什么脏东西，会冷不丁被铁丝、玻璃、碎灯管等利器扎伤，而且这种情况经常发生，好在马老伯已经习以为常了，根本不在乎，好像自己的手是铁手。

天越来越热，马老伯脸上的汗水像小溪似的往下淌，把一张老脸弄得花花拉拉的。蛇皮袋里的东西越来越多，马老伯弓着腰，低着头，上身与下身几乎成了一个直角，每走一步都要趔趄一下，似乎很艰难，但是他并不感到有多累，反而满心的愉悦——蛇皮袋里的东西越多，就能多卖一些钱。他口袋里已经有了180块钱了，那是他多天来的收入。今天捡到的破烂只要能卖到20块钱，就够一双皮鞋的钱了——一双皮鞋200块，他已经去鞋店打听过了。

想到皮鞋，马老伯低头看了看自己脚上的鞋——那是一双布鞋，是老伴死前给自己做的，已经穿了两三年，补了无数次。眼下，两只脚上的几个脚趾肆无忌惮地裸露在外面。鞋面破了几个洞，已经看不出鞋面面料的颜色了。幸亏是夏天，除了有碍观瞻外，穿起来很是凉爽、舒服。要是冬天，这双鞋哪远扔哪了，否则，不把脚冻掉才怪哩。

又来到一个垃圾桶跟前。忽然，马老伯的眼睛直了，不，应该说是两眼发亮——垃圾桶外面放着一双皮鞋！这双皮鞋显然是被人丢弃在这里的。马老伯放下肩上的蛇皮袋，长长松了一口气，然后拿起那双皮鞋翻看。两个鞋后跟有些磨损，鞋面有些皱褶，没有其他毛病，有七八成新。马老伯开心地笑了一下。他踢掉自己脚上的鞋，换上了那双皮鞋，呵呵，除了稍微大一些外，没有其他不合适的。马老伯心想，如果有双袜子，就合脚了。

说实话，这辈子马老伯还没穿过皮鞋哩，不是不想穿，是舍不得买啊。穿上捡来的皮鞋，马老伯格外高兴，也精神了许多。看看天色还早，他又背起蛇皮袋继续走街串巷。

直到废品回收站将要下班，马老伯才背着捡来的废品来变卖。东西一件件从蛇皮袋里掏出来，一件件归拢好，然后才过秤或是查数。啤酒瓶 12 个，每个瓶两角，一共 2.4 元；饮料瓶 43 个，每个 1 角，一共 4.3 元；废书纸 13.8 斤，每斤 3 角，一共 4.14 元；纸箱 10 斤，每斤 5 角，一共 5 元；1 个破铝锅，3 斤，每斤 3 元，一共 9 元，这几项加到一块，总共 24.84 元。马老伯接过钱查了好几遍，然后揣在贴身的口袋里，拿手按了几次才觉踏实。这下好，已经攒够 200 元，够买一双新皮鞋了。

回到家，儿子正在电脑前打游戏。大学毕业后，儿子找不到工作，整天待在家里玩游戏。

马老伯拿出包好的 200 块钱给儿子，说："给，买双新皮鞋吧。"一个月前，儿子就朝他要钱，说要买一双皮鞋。

儿子漫不经心地接过钱，随手塞进了自己的口袋。

马老伯又忍不住对儿子说："嘿嘿，今天我捡了一双皮鞋！"

儿子朝马老伯脚上一瞄，顿时愣住了——父亲脚上穿的皮鞋是他下午刚扔到外边的。

竹子开花

（原载《文学港》2009 年第 6 期，《江门文艺》2010 年第 4 期、《潮州日报》2011 年 6 月 15 日、《传奇故事》2010 年 11 期、《语文报》（初中版）2012 年第 9 期转载。选入湖北省仙桃市 2011—2012 学年七年级语文试卷、广州市海华中学 2013 学年第二学期七年级语文试卷、上海宏达中学 2013 学年第二学期期中七年级语文试卷等）

朋友圈

朋友们真够意思，我每发一条微信或是转发一条微信，点赞的不计其数，评论的大有人在，嘘寒问暖，关怀备至，似乎甘愿为我赴汤蹈火、两肋插刀，上刀山下火海也在所不辞，好像我要天上的星星，他们都不敢去摘月亮。

每天早上，我睁开眼睛打开手机，问好的微信是一条接一条，"早上好！我的亲哥！""昨晚又做了好梦吧？愿你美梦成真！"……每到节假日，祝福语更是铺天盖地，热火朝天，弄得我眼花缭乱，看都看不过来，一会儿一杯茶水，一会儿一杯咖啡，一会儿一朵玫瑰，一会儿一块西瓜，当然啦，红红的嘴唇也是少不了的。虽然都是虚拟的，画饼不能充饥，但还是常常感动得我心潮澎湃、哽咽难语，甚至泪流满面。后来，有微信红包了，朋友们也没少出血，该出手时就出手，尽管都是一分两分的小包包，我还是很知足的，中国有句老话不是叫"礼轻情意重"吗？不是还有句话叫作"窥一斑可见全豹"吗？不是有个词语叫"以小见大"吗？有那份心意我就很知足了。

微信真好！朋友圈真好！

我这人有点小气，主要还是钱包老是瘪着，想大方也大方不起来。有头发谁会装秃子，是不是？

人生就像舞台，不到谢幕，你永远不知道有多精彩。这话真的精辟！

双十一到了，担心有朋友跟我借钱。这年头，不能谈钱，谈钱就伤感情。借吧，就那三核桃俩枣，借出去时是爷，收回来时就成了孙子，直接降低两个辈分，十分不划算；不借吧，把人得罪了，也不是咱的意思。于是发扬"先下手为强，后下手遭殃"的传统，我发了一条微信：最近手头有点紧，哪个能帮帮忙？

我相信，这一条微信发出去，红包会一个接一个，账号上的钱也会不断递增。您知道，我的初衷不是缺钱借钱，所以，我决定，红包拒收，账号上的钱会如数返回！

往常，我的手机会不断发出微信的提示音，嘟嘟嘟，嘟嘟嘟，像蛐蛐叫，好听极了。今天倒好，哑巴了似的，一点声音也没有。我不断地翻看着手机，什么也没有，没有人点赞，没有人评论。难道是他们没看到？我便不停地去刷朋友圈，给他们点赞，偶尔也评论几句，甚至转发，为的是引起朋友们的关注。

一分钟过去了，一小时过去了，一个上午过去了……我眼巴巴地等了一天，等到晚上 12 点，还是没有一个人点赞，没有人跟帖。当然，微信红包是一个也没有，转账汇款的信息也是一条也没有。

手机出问题了？我的旧手机还在，功能还都齐全，我慌忙换上卡试了试，外甥给舅提灯笼，照旧（舅），手机静悄悄的，一点声音都没有，我只好关灯去睡觉。可是，哪能睡得着？我从一只羊数到了九万九千九百九十九只羊也睡不着。

记得作家山歌说过，一个诚实的敌人并不可怕，可怕的是一个虚伪的朋友。他还说过，有时候美好的表面下，隐藏的却是丑陋和险恶。他的话不敢去想，想起来都可怕。这年头，不能谈钱，谈钱真的就伤感情。

第二天早上，忽然收到一笔 2000 元的转款信息。我定睛细看，不错，是 2000 元。谢天谢地！阿弥陀佛！我悬着的心终于放进了肚里，毕竟还是有真心实意的朋友的嘛！谁说的"这年头不能谈钱，谈钱就伤感情"？全都是屁话！朋友不在多，一个就够了！人生得一知己足矣，朋友也一样。

话题还得绕回来，谁给转的款呢？"花心大萝卜"？"没有人比我更爱你"？"我是真心对你好的人"？"想你想到骨头里"？"你是我的心肝肝"？……我思来想去，都像，又都不像。

这时，忽然一个叫"祝你平安"的人发来一条微信：给你转了 2000，不够了再联系。

"祝你平安"是谁啊？我翻开聊天信息，却没有一条与他（她）聊天的内容。说实话，"祝你平安"是男是女不知道，是罗锅还是鸡胸不清楚，更别说其他信息了。

我没办法，只好打出一行字：您好，幸福上班没有带手机，我是他老婆，请问您是谁啊？

幸福是我的小名。

"祝你平安"：傻孩子，我是幸福他妈。

我半天没有回复一个字，眼泪哗哗的，抱着手机呜呜哭起来。

（原载《郑州日报》2016 年 5 月 18 日、《精短小说》2016 年第 11 期、《黄山日报》2017 年 3 月 1 日，《小说选刊》2017 年第 1 期转载。获 2017 年"善德武陵"杯全国微小说精品奖一等奖。选入江苏省无锡市锡北片区 2018 届九年级语文试卷、山东菏泽郓城郭庄中学 2018—2019 初一期中试卷、安徽省安庆市岳西县店前中学 2020—2021 学年高二上学期期末语文试题等）

灯

周末，小伟回乡下看望父亲。

看到小伟回来，父亲的眼角、眉梢，还有皱纹，舒心的笑意都一起弥漫出来。小伟还算个孝子，虽然在城里上班，但平时没少回家看看，有时忙回不来，打个电话，或是在微信上视频聊天，真的是远在天边近在眼前，这一切都让父亲自豪、欣慰。

吃罢晚饭，父亲提出要带小伟到海边钓鱼。晚上钓鱼？黑灯瞎火的能钓到吗？父亲要给自己做鱼吃？还是父亲缺钱花啊？小伟心里打了不少的问号，嘴上还是爽快地答应了。

小伟知道，老小孩，人上了年纪，往往跟小孩子一样，会做出一些看似可笑或是愚蠢的事；小伟还知道什么是孝顺，顺着老人的意思就是最好的孝顺。母亲死得早，是父亲一把屎一把尿把自己带大的，风里来雨里去，靠捕鱼供自己吃喝，供自己上学。小伟大学毕业参加工作后，想把父亲带进城，父亲执意不去，说自己在乡下惯了，说自己还能干得动，每天活动活动筋骨对身体有好处。小伟也就没再坚持，他心里清楚，最主要的，家里有母亲的影子和味道，父亲舍不得离开。

来到海边，天已经完全暗下来，海和天似乎连接到一块了，只能听到海水不安分的波涛声。

父亲没有拿出鱼竿，没有带鱼饵。小伟以为父亲忘了，正要自责没有提醒他，父亲笑了笑，说："孩子，不用鱼竿，照样可以捉鱼。"

小伟吃惊不小，心说父亲什么时候会徒手逮鱼了？从未见过，也从没有听说过啊。难道是父亲早就有的绝技，今天要露一手给自己瞧？

小伟正在胡乱猜测，父亲拉着他来到浅水处，让他往水里看。顺着父亲的手势，小伟辨认半天，才看清水底下有个闪闪发光的东西。那是什么？小伟心里疑惑，正要问父亲，父亲说："小伟，那是蛤蟆鱼，也叫老头鱼，学名安康鱼。"

还有这种鱼？它怎么会发光呢？小伟惊诧不已。他又往水里细看，看到这种鱼头顶上有一根钓竿，这根钓竿不时会发出星星一样的闪光，像一根悬挂着明灯的钓鱼竿。

父亲说，蛤蟆鱼基本上是吃等食的，平时潜伏不动，以背鳍第一棘的皮瓣为钓饵，诱捕那些趋光的鱼虾类。

说到这里，父亲挽起裤脚悄悄下水，探下身子，手猛地一伸，就抓到了那只蛤蟆鱼。

蛤蟆鱼在父亲手里扭曲着身子，但被父亲牢牢抓在手里。小伟打开手机的电灯，看到这种鱼头大，口宽，胸鳍宽大，尾部细小，背紫褐色，腹面淡色。

小伟呵呵一笑，对父亲说："爹，这就叫作'螳螂捕蝉，黄雀在后'。"

"这种鱼肉少，吃起来不过瘾。"父亲甩手把鱼扔进了海里，然后继续说道："咱海边好多渔民都喜欢逮蛤蟆鱼，好逮，不费劲。孩子，人跟这蛤蟆鱼一样，不能太出风头。"

父亲这是哪里话啊？小伟心里打了个愣。

父亲说："你下乡扶贫，你改造危房，你资助贫困大学生，这些都没错，但不要传到朋友圈嘛。"

原来父亲天天去自己的朋友圈里转，时时关注着自己呢！小伟恍然大悟，心里一下子热乎起来。天天点赞的不一定是朋友，不点赞的不一定就不关心你，看来这话真是没错说。

父亲说："你若挺不下来，或是做得不够圆满，让人揪住把柄，可就不好喽。你是单位的一把手，有时不能太招人眼了。"

小伟说："爹，我是故意那样做的。"

父亲愣怔了一下。

小伟说："我那样做，一是督促自己坚持到底，不能半途而废；二是让大家时时监督自己，杜绝自己有谋私利的行为。还有一点，就是做一个样子给他们看！爹，无欲则刚，有什么好怕的呢？"

"龟儿子，咋不早给我说呢？害得我担惊受怕，好几个晚上都睡不着。"父亲说着，拿起拳头轻轻捶了小伟的胸脯一下。

有轮船的汽笛声从海面上飘过来。父亲指着远处的灯塔，自豪地说："小伟，爹希望像你说的，要做灯塔发出的光，不要做蛤蟆鱼身上的光！"

小伟依偎着父亲，感觉到父亲的身板还是那样的结实，那样的硬朗，那样的温暖。

回家的路上没有路灯，黑灯瞎火的，有父亲在身边，小伟走得很踏实，一点也不用担心会迷路。

（原载《娘子关》(双月刊)2017 年第 6 期，《微型小说选刊》2018 年第 5 期、《小小说选刊》2018 年第 1 期、《小说选刊》2019 年第 5 期转载等，选入浙江省 2019 年中考语文总复习试卷、2019 年湖北荆门中考语文试卷、2019 年山东济南中考语文试卷、新人教版 2022 年九年级下学期语文中考模拟考试试卷等）

迷　路

　　保民处理罢手头的事务，走出单位的大门，才发觉夜幕已经降临，漫天飞舞着雪花，悄无声息，洋洋洒洒，地上已经铺了厚厚的一层。"糟了！"他暗叫一声，忙加快了步伐。摩托车是骑不成了，只好依靠"11路"了。往日，家里的老娘都是妻子照顾，妻子今天回了娘家，临出门还再三交代，让他准点下班，回家伺候老娘。老娘患有阿尔茨海默病，俗称老年痴呆，整日傻傻地坐在家里，有时候，连儿子媳妇都不认识。有几次，保民想把老娘送到养老院，一直不忍心。

　　有一个小上坡，一辆面包车努力地加油门，车轮却还在原地打转。保民忙走过去，用肩膀在后边顶着车厢，司机配合加油门，车颤抖了两下，不情愿地上路了。路过街边的饺子馆，他要了八两饺子，这是老娘最爱吃的，担心饺子凉了，他把装饺子的食品盒裹到自己怀里。拐过街角，聚拢了三四个人，一个小孩子哇哇地哭着。出于职业的习惯，保民踅了过去，原来是一个两岁左右的小男孩迷路了。小男孩说话还不是十分清楚，不知道家在哪里，说不出父母的姓名。几个路人也爱莫能助，正要拨打110呢，恰巧遇到保民。保民忙蹲下身子安慰小男孩："小朋友，不要怕，警察叔叔帮你找爸爸妈妈，给你送回家。"看了看保民，小男孩扑过来，居然不哭了——保民回来得匆忙，没有来得及换便装。有警察在，热心的路人也都各自散去。

　　保民把小男孩带到路边店铺的门口——那里雪打不着，他拂去小男孩头上和肩膀上的雪，打开食品盒，喂小男孩吃了几个饺子。小男孩安静了许多。保民问他的爸爸叫什么。小男孩口齿不清地说："宏福，宏福。"保民一边给值班人员打电话，让他们查询辖区有没有叫"宏福"以及与之谐音的居民，一边与街上巡逻的同事联系，让他们赶过来帮忙——他得回家，老娘让他不放心啊。很快，值班人员的信息传了过来，他们查询了辖区所有的"宏福"，遗憾的是都比对不上。幸好，巡逻的同事赶了过来，保民把小男孩交给同事，自己往家的方向赶去。

街边冒出一柄大伞，一个中年汉子瑟缩着膀子，袖着双手，依偎着烤红薯的炉子，茫然地瞅着过往的车辆和匆匆而过的行人。那一刻，保民脑洞大开，小男孩说的是不是"红薯"？他的爸爸是不是烤红薯的？世上的事情就这么巧——小男孩的爸爸正是这个烤红薯的中年汉子。小男孩趁妈妈歪在沙发上迷糊的时候，溜出家门找爸爸，不承想迷路了……

进了楼道，保民几乎是奔跑的速度。推开虚掩的门，屋子里黑乎乎的，"妈！妈！"他连叫了两声，同时他打开了照明，客厅没有人！保民把饭盒从怀里抽出来，风一样地在各个角落寻找，厨房没有，厕所没有，卧室没有……老娘会去哪里呢？往常，老娘偶尔有过单独出去的情况，都是在门口附近转悠，二百米都不超过。保民从家里出来，在胡同口那儿焦急地张望，除了舞蹈着的雪花，哪里有人的影子？！"妈！妈！"他一边叫一边往东走。走出一段距离，再折回来，一边喊着妈一边两眼探照灯似的四下打探。到最后，保民的叫声中都带着哭腔，他真有点绝望了！这样的天气，痴呆的老人迷路，肯定是回不来的。

忽然，110微信群里蹦出个信息：一个精神不太正常的老太太守候在小太阳幼儿园门口，说要接她的儿子。

保民撒腿往小太阳幼儿园门口跑去。好在积雪过后，没有上冻，路不是那么滑溜。

在小太阳幼儿园门口徘徊的正是保民的妈妈，正在跟幼儿园看门的师傅较真，"我要接我儿子，我要接我儿子。"遇到这样一个痴呆的老人，看门的师傅哭笑不得，却也没有招数。

"妈，妈，我在这里呢。"保民叫着跑了过去。这一刻，他眼里的泪不由自主地汹涌而出——他小时候，就是在小太阳幼儿园上的。每一次，都是妈妈接送。

看到保民，顶着一头雪的老太太咧开嘴巴，佛一样温暖地笑了。

（原载《啄木鸟》2019年第5期，《小小说选刊》2019年21期转载。选入广东省汕头市潮阳区2019—2020学年度第一学期教学质量监测、江苏省常州市武进区2020—2021学年九年级上学期期中语文试卷、四川省乐山市市中区2022—2023学年九年级上学期期中语文试题、吉林省吉林市永吉县2021—2022学年九年级上学期期末语文试卷等）

快 递

我是个快递小哥，负责着"平安小区"的快递收发工作。我发现，当今社会，网购不是年轻人的专利，现在的老年人也赶起了时髦，如平安小区的王大娘。平安小区功能设施比较齐全，除了家属楼、有幼儿园、卫生所、小超市，还有一个敬老院，住着十几位孤寡老人，王大娘就是其中的一位。她平均半个月就会有一个快递，洗脚盆啦，袖珍音响啦，痒痒挠啦，等等。

这不，今天又来一个。王大娘眼睛看不见，我帮助把快递拆开了。拆开的一刹那，我失声叫道："大娘，是个血压计！"说罢，我心里也疑惑，心想这个玩意王大娘会用吗？

"这孩子，又花冤枉钱。"王大娘轻轻叹息一声，嗔怪道。

怎么，快递是别人给王大娘寄的？难道她不是孤寡老人，有亲属？我一时也给搞糊涂了。

小李姑娘是敬老院的一名工作人员，负责照顾王大娘的饮食起居。她似乎知道我的心思，解释道："王大娘的儿子很孝顺，在山西打工，自己回不来，经常给老人寄东西。"

<u>王大娘炫耀似的说："俺穿的用的，都是儿子寄回来的，有好多都没打开呢。"</u>

"大娘，您儿子真孝顺。"我嘴里这样说，心里边却在嘀咕，整年不回家，光会给老人寄快递，快递会叫娘吗？！

我临出小区大门的时候，看大门的张大爷扯着我，让我喝杯水再走。我不忍心打掉张大爷脸上的笑容，就停了下来。我知道，如今的老人大都孤独，逮个人说话都很难。我喝水的时候，李大爷悄悄对我说："她的儿子十多年都没回家了。她的眼睛咋瞎的？就是因为想念儿子哭的。"李大爷说的是王大娘。

我哑然半天，说道："王大娘也怪可怜的。"

张大爷好像要纠正我的说辞，说："当初开发商盖这个小区要拆迁她的房子，她不让，担心儿子回家找不到家门。政府没办法，就把这个小区命名为平安小区，因为她的儿子叫平安。"

二十天后，又有一个王大娘的快递，是一件羽绒服。小李坚持让王大娘试试。王大娘拗不过，就穿到了身上。

式样不错，尺寸大了不少。我心里有些遗憾，心说平安这孩子倒真够粗心的，自己的娘穿多大的衣裳都不知道。

王大娘这里抻抻，那里拽拽，可能也察觉到尺寸大了，脸上依然是高兴的样子，"本分人家过日子就得这样，大了好，大了好，可以穿好多年。"

我要走的时候，王大娘忽然从腰间拿出一个鼓囊囊的方便面袋子，对我说："这是俺攒下的钱，你一定要收下。"

老人家什么意思？她也痴呆了？我一时间蒙了。

王大娘说："我想让你给俺寄个快递。"

"快递？大娘，您要寄什么？"我记得报纸上有篇报道，一位老人在家寂寞，就不断网购，为的是让快递小哥送货上门时跟他说话，难道王大娘的快递不是儿子寄来的，都是她购的？也不像是啊。

王大娘说："俺……俺想让你把儿子给俺快递回来。"

"大娘，我……"我不知道该怎么回答王大娘。

小李过来了，把我拉到一边，揉着湿润的眼睛告诉我，她按照快递上的地址，私下打过"王平安"的电话，"王平安"说他暂时还没法回来。

我回到公司，处理罢手头的事务，便找到原始记录，按照地址上的电话，给"王平安"打了个电话，打算劝一劝他，让他回家看看老人。

电话接通了。当电话那端的"王平安"得知是我打过去的电话时，他说了实话，"大哥，我不叫王平安，我叫幸福，是王平安的工友。我们原来都在一个煤矿干活，有一次煤矿出事故，王平安被埋在了下面。"

"怎么会这样？"我大吃一惊。

"那是个小煤矿，出了事故，老板跑了，工人也都解散了……没有人对这起事故负责。"

"王大娘的快递是怎么回事？"

"我从煤矿跑出来后，做起了快递。因为在煤矿上我跟王平安要好，我知道他家里有个老娘。我不想让老人知道平安去世的消息，就隔三岔五发个快递，为的是给大娘报个平安的消息，让老人家放心。"

我的眼泪一下子涌了出来，"幸福兄弟，你知道吗？王大娘因为思念平安，眼睛都哭瞎了。"

"……"电话那端半晌没有说话，但我捕捉到了细微的啜泣声。

半个月后，我骑着摩托去给王大娘报信，说她的快递到了。

王大娘惊喜地问："是……是不是俺……俺的儿子回来了？"

我用眼神鼓励跟我一块来的幸福。

幸福迟疑了一下，然后走上前，一下子把瘦小的王大娘抱在了怀里，"娘，是我，我……我是平安。"

我看到，王大娘的眼角淌出了泪水。

再后来，我路过平安小区的时候，发现平安小区已经更名为"幸福小区"了。

（原载《山西文学》2020年第12期。选入2021河南省名校模拟联考（暨九年级一模）、江苏省泰州市泰兴市2021年中考适应性考试语文试题、浙江省慈溪市九年级上学期语文竞赛试卷、山西省朔州市怀仁市2023—2024学年八年级（上）期中语文试卷等）

我是狗蛋

不知什么时候太阳爬到了半空中，毫不吝啬地挥洒着光和热，到处透亮透亮的，空气也比往日干净、清爽了许多，紧绷了一冬的天和地也都有了暖意。小区门口，不时有老人提笼架鸟，或牵着孙子孙女出来。老人的脸上泛着醉人的笑意。小朋友们像小鸟出笼似的，欢呼着，跳跃着，一脸的阳光……

幸福站在保安室门口，看着这一切，心里莫名地感动着，想到了一个词：真好！

忽然，幸福看到一个老人从远处走过来。老人五十多岁，东张西望，走走停停。他要干什么？幸福心里不由得一紧。大前年，三个犯罪嫌疑人扮作父子三人，扬言来找忘恩负义的女儿，若不是业主及时赶回来，差点破了人家的门。有了上次的经验教训，幸福不得不提高警惕。

等到老人走到近前，幸福攥紧手里的警棍，主动上前打招呼，"大叔，您找人啊？"

老人上下看了看幸福，半天才吐口，"我找儿子。"

幸福忙问："大叔，您儿子叫什么？"

老人说："狗蛋。"

"大名？"幸福忍不住想笑。

老人茫然地瞅着幸福，好像不明白他的意思。

幸福又问："大叔，您家是哪里的？"

"我找狗蛋。"老人又是这句话。

幸福通过察言观色，肯定了自己的判断，老人有智障，是个精神失常的人，于是拿出手机，悄悄拨打了110。

五分钟不到，110来了。一个警察走到老人跟前，熟络地叫道："爸，我是狗蛋，咱们回家吧。"

老人点点头，跟着这位叫狗蛋的警察走了。

临走，狗蛋给了幸福一个电话，说他姓赵，负责这片社区，让幸福有事跟他联系。

过了半个月，那个老人又来了，神情还是痴呆呆的，半天来一句："我找狗蛋。"

幸福忙翻出赵警官的电话，打了过去。电话一通，幸福便邀功似的说道："赵警官，你爸爸在我这里呢……"

幸福没把话说完，赵警官就打断他的话，说："你认错人了吧？我爸爸住院了，我就在他老人家身边呢。"

什么？幸福又看了看电话号码，没错啊，他说："赵警官，我是某某小区的保安，上次你爸爸转悠到小区门口，我打了110，你才把他接走，你小名不是叫狗蛋吗？"

"噢，对不起，对不起，保安同志，我是狗蛋，这就过去。"

放下电话，幸福犯了半天嘀咕＿＿＿＿＿＿＿＿＿＿。

不大一会儿，赵警官打的过来了。

赵警官一下车，对幸福抱歉地笑了笑，然后朝老人走过去，"爸，我是狗蛋……您怎么又跑出来了？等会儿我送您回去。"

接下来，从赵警官嘴里，幸福才知道老人并不是他的亲爸爸，他的小名也不叫狗蛋。老人的老伴去世得早，他跟独生儿子狗蛋相依为命。狗蛋的大名叫明明。明明长大后，当了警察。在一次抓捕几名犯罪嫌疑人时，明明寡不敌众，经过激烈的搏斗，最终还是被歹徒残忍地杀害……找不到明明，老人就精神失常了。后来，老人被送到了当地敬老院。老人在里面待不住，时常走出来，寻找他的儿子。

那个敬老院幸福知道，离小区不远，隔着两条街就到了。

赵警官说："我跟明明是战友，他牺牲了，我就是老人的儿子。"

"都是好人呐。"幸福不住地点头，想表达自己的心情却不知道如何描述。

赵警官说："我得赶紧把老人送回敬老院……我父亲今天住院了，正在抢救呢。"

等到赵警官走得没了踪影，幸福才想到，自己应该为他们做点什么，不免一时有点懊悔。

之后有一天，狗蛋的爸爸再次转悠到了小区门口。

幸福脸上堆着笑，迎着老人走过去，"大……爸，我是狗蛋。"说完之后，连幸福自己也吃了一惊。不过，他不后悔，相反，心里有了几分豪气。

当幸福报出"狗蛋"的名字后，老人的神色由焦急变为惊喜，一把攥住了幸福的手，满脸的柔情蜜意。

（本文获《林中凤凰》全国第二届短小说大赛二等奖）

瓜　香

日头挂在空中，像个火球似的炙烤着大地。此刻，郝大叔和老伴正在西瓜地里忙活。俗话讲，"紧种庄稼，消停买卖"，庄稼人，一旦有了农活，再恶劣的天气都不是个事儿。仿佛证明他们是铁打的，裸露的肤色都是古铜色。

"捡大点儿的摘。"老伴用毛巾擦了擦脸上的汗珠，叮嘱道。

"你不说话没人把你当哑巴，不是大不大的问题，而是熟不熟的问题。"郝大叔站直身子，活动一下酸疼的腰，腾出一只手，抹了一把额头的汗水甩出去。两口子分工明确，他负责摘西瓜，老伴负责往地头的三轮车上搬。

"能的你！"老伴不满地怼了一句。

"我要是不能，你这么能的人会跟我？"郝大叔嘿嘿一笑，得意地说。

老伴撇撇嘴，没再吭声。她知道老头子的秉性，不开口像是嘴上挂了锁，一开口像是老鼠啃了书本似的，满嘴都是词儿，她向来说不过他。

忙活了半个多小时，三轮车已经装得满满当当，多一个都放不下了，两个人才罢手。

走到地头的树荫下，郝大叔的电话响了，是"好运超市"的杨老板打来的，问能不能弄些西瓜。郝大叔一边喘着气一边说："杨老板，你有顺风耳千里眼啊，刚摘了一车，屁股还没坐稳呢。不过，不能给你，河里的螃蟹，都有家（夹）了。价格高一些？高一些也不行。再过两天吧。不好意思啊。"

郝大叔两口子种植了20亩"京秀"西瓜，属于早熟的品种，果肉为红色，口感偏甜，籽粒较少。夏天一到，他们的西瓜便成了抢手货，供不应求。

老伴把水壶递给郝大叔，说："怕是要得罪人家哩。"

郝大叔接过水壶，"咕咚咕咚"了两口，说："得罪不了，咱又不是卖高价……你歇息歇息，吃点干粮，我送去就回。"说罢，郝大叔跳上了三轮车。

去年西瓜成熟的时候，郝大叔和老伴晚上守在瓜田里。两口子不是怕西瓜丢失，依照郝大叔的说法，那就是看着西瓜，闻着瓜香，听着蛐蛐叫，才能睡得香，睡得踏实。其实，这就是庄稼人的本性，看着自己一滴滴汗水、一天天劳动换来的果实，比看着自己的孩子还亲，晚上恨不得搂着睡。没想到，有一天半夜时分，老天突降暴雨——起初，他们只想修改一下水渠，免得瓜田受损，等到发现一切都是徒劳时，为时已晚，周围汪洋一片，瓜田全部被淹，一个个西瓜像葫芦似的漂浮起来。两口子慌不择路，爬到了摇摇欲坠的看瓜棚上。暴雨丝毫没有停歇的意思。就在两口子绝望的时候，当地驻军来了，几个当兵的轮流把他们背了出去……后来，在当地爱国拥军促进会举办座谈会，参加的人员，除了地方领导、驻地官兵，还有当地老百姓代表，郝大叔也受邀参加了。轮到郝大叔发言时，他说："若不是解放军，那一晚我和老伴就喂王八了……"一句话没说完，他就激动得"呜嗬呜嗬"哭起来。

今天，这一车西瓜就是慰问当地驻军的。

老伴自言自语道："也不知咱的爱君能吃上西瓜不。"爱君是他们的闺女，去年上大二的时候报名参军了。

"就你思想进步？肯定也有人给她送，还不只是西瓜哩。"郝大叔不满地瞪了老伴一眼。前几天，爱君给他发微信，说她随部队到地方慰问演出，当地老百姓太热情了，什么东西都往她们手里塞，冰糕、鸡蛋、煎饼、香包……一忙起瓜田的事儿，这事儿他忘给老伴汇报了。

郝大叔发动三轮车，"突突突"地冒出一股烟，旋风似的蹿了。

"路上慢点，别慌！"老伴对着车的背影喊道。

郝大叔可能听到了，也可能没听到，他猛地打了声喇叭，加大油门远去了。

"不听话？看晚上咋收拾你。"老伴嗔罢，瞧瞧四下没人，这才"扑哧"一下，不好意思地笑了。

一阵微风吹来，让人顿感凉爽的同时，似乎还闻到了空气中弥漫着的淡淡的瓜香，说不出的舒坦，愉悦。

（原载《金山》2023 年第 10 期，入选安徽省亳州市蒙城县利辛县校联考2023—2024 学年九年级上学期 11 月期中语文试题、贵州省黔南布依族苗族自治州惠水县 2023—2024 学年九年级上学期期末语文试题等）

渔 娘

老爹死后，渔娘就守着老爹的两孔窑洞留了下来。她说，她已经跟母亲有了解不开的缘分，她要在这儿终老一生，陪伴母亲。她说的"母亲"指的是黄河。

河长，也就是镇里的苟书记，不忍心她一个大姑娘家跟风浪做伴，说在县城给她找个工作，她拒绝了。苟书记让她放心，说她走后，镇里会安排其他人接替她。她还是没答应。她说，我跟老爹一样，喜欢这里，不要报酬。听了她的话，苟书记心里既欣慰又难过，知道她承袭了老爹的脾气，也就不再坚持。苟书记虽是河长，因为镇里的工作千头万绪，都要他亲自过问，分身乏术，老爹自告奋勇把"家"安在黄河边，说他就想过闲云野鹤的生活，实际上是替苟书记分担责任。尽管政府三令五申，还是有人偷偷摸摸来挖沙抽水、倾倒垃圾、私搭乱建，等等。老爹住在黄河边后，这种情形才大有好转。汛期时，他还可以随时巡视河堤，以保堤坝无虞。不要工资，义务守护，哪里有这样的好事？因此，作为河长的苟书记自是感激不尽。

如今，渔娘四十岁出头了，别看在黄河边长大，每日风里来雨里去、沙里滚水里爬，却好像吃了孙猴子师父的肉，眼角连个皱纹都没有，一点儿也不显老，皮肤水嫩嫩的，粉里透白，又细腻。按当地人话说，美得跟画儿上的人似的。但就是这样一个女人，不愿出嫁。老爹活着的时候，以为她舍不得离开老爹，谁知道，老爹走后，尽管媒人说得天花乱坠，甚至其中不乏"白马王子"，渔娘却一个都没答应。

认识渔娘的人都说，这闺女没别的毛病，就是嘴像刀子，不饶人。

这一天，镇政府派刘秘书过来，让渔娘弄一条黄河大鲤鱼，要招待客人。

黄河鲤鱼在当地久负盛名，嘴大，鳞少，脊梁上有一道红线，肉肥味美，独具风味。自明代以来，黄河鲤鱼被列为贡品。不用说，一般来到此地的客人都能以品尝到黄河鲤鱼为荣。

渔娘想都没想，撇撇嘴，冷冷地说："就是拴住日头也说不成事。"

现在是四月份，正是鱼儿产卵的时候，属于禁渔期，不能捕捞，即使垂钓也是不允许的——有的不单纯是休闲娱乐，完全是"多线多钩""长线多钩""单线多钩"等生产性垂钓。因此，根据老爹生前的建议，当地政府规定，在禁渔期，钓鱼也是禁止的。即便平时，看到那些钓到小鱼的，渔娘也劝人家给放了。她说："放了小的是为了今后钓到大的，如果赶尽杀绝，连小的也不放过，那是自掘坟墓——长此下去，河里就没鱼了，后代子孙还怎么吃鱼？"其实，这话也是老爹说给她的。

刘秘书愣了一下，说："这可是苟书记要的。"

"就是狼书记来了也不行！"渔娘脸一扭，不理睬刘秘书。

刘秘书说："渔……渔姐……"说实话，他的年龄比她大，真不想叫那个"娘"字。

"不是姐，是娘！"

刘秘书不自然地一笑，咽了下口水，说："娘，不，渔……渔娘，今天是招待投资商的……"

渔娘打断刘秘书的话，没好气地说："如果这样的投资商来这里违法乱纪，哪儿远滚哪儿！"

"……"刘秘书嘴唇动了动，还想辩解。

"再吱声就把你扔进河里，看看你母亲答应不答应？！"渔娘舞乍着两手。

刘秘书吓得后退两步，不敢吭声了，忙拿出手机给苟书记汇报。

很快，渔娘接到了苟书记的电话。

没听到苟书记说什么，只听渔娘对着手机叫道："别扯那些没用的，我这样做就是为了报答老爹！"说罢，挂断电话，关机了。

说到这里，大家可能有点糊涂了，有必要交代一下：渔娘不是老爹的亲女儿，她当年因感情问题跳黄河时被老爹搭救；苟书记呢，是老爹的亲儿子。

后来的结局如何，大家可能猜测不到。

当天在镇政府的小食堂，外地来的投资商没有吃到黄河鲤鱼，但他不遗憾，因为他品尝到了味道鲜美的正宗黄河甲鱼——这个甲鱼是渔娘送过来的。他一边吃，一边想起渔娘的话，又好气又好笑。渔娘临走时丢下一句："王八不是吃肉的，是喝汤的。"

（本文获 2021 "武陵" 杯·世界华语微型小说年度奖二等奖。原载《安徽文学》2021 年第 4 期，《微型小说选刊》2021 年第 7 期、《作家文摘》2021 年 4 月 13 日、《小说选刊》2021 年第 6 期转载）

龙抬头

康小龙十一二岁的时候，淘气，顽皮，不喜读书，私塾先生也奈何不了他。为此，康百万很是头疼，孩子还小，打不得骂不得，说一些子曰诗云的大道理，他又听不进去。

这天，康百万要到石窟寺上香。小龙也嚷嚷着要跟着去，一来那里的石刻好玩，二来他亲近慈云大师。康百万灵机一动，答应了小龙，心说到时让慈云大师开导开导他。

他们去的时候，慈云大师正在大殿带着弟子们诵经。小龙逮住机会，窜到石窟寺的后面看那些大大小小、形态各异的神像去了。

慈云大师忙活罢，接待了康百万。康百万经常给寺里捐钱捐物，是寺里的大施主，当然就是贵客了，慈云大师不敢怠慢。两人一番寒暄之后，小龙过来了，见到慈云大师，小龙扑过来，黏在大师怀里，捋着大师长长的白胡须。

康百万抱拳施礼道："大师，您给小龙算算，这孩子将来能干什么？"

慈云大师认真端详了小龙一番，点点头，说："小龙这孩子非同一般，长大后必成大器，前途无量……"

没等慈云大师说完，小龙蹦跶出一句："大师爷爷，您这话是阴阳先生放屁——神气。"

康百万变了脸色，伸出巴掌要打小龙。慈云大师哈哈一笑，护住了小龙。

小龙不服气地说："一个算卦的来咱家，人家也是这样说的。算卦的走后，这话不是您说的？"

康百万也笑了，忙给慈云大师解释："那个老道没有真本事，净糊弄人。"

慈云大师转身从案几上拿出一个杯子，竹子做的，他对小龙说："孩子，大师爷爷把这个杯子送给你，来年的二月二，就是龙抬头的日子，你会发现奇迹的。若是没有奇迹出现，你把大师爷爷的胡子揪掉好不好？"

小龙高兴得跳起来，他倒不希望什么奇迹出现，他更喜欢去揪大师爷爷的胡子。

当时正是隆冬时节，过了年离龙抬头的日子不远了。刚把杯子拿回家的那段时间，小龙天天盯着杯子看，一点变化都没有，也就没放在心上。

当街上响起"二月二，龙抬头，大仓满，小仓流"的歌谣，当家家户户打着灯笼到井边或河边挑水，回到家里点灯、烧香、上供时，康百万告诉小龙，这种仪式叫"引田龙"。这一天，家家户户还要吃面条、炸油糕、爆玉米花，比作"挑龙头""吃龙胆""金豆开花，龙王升天，兴云布雨，五谷丰登"，以示吉庆。小龙才知道，这一天是二月二龙抬头的日子。

不待康百万催促小龙，小龙忙跑回房间去看那个竹杯。当小龙找到那个竹杯时，一下子愣住了：竹杯上一条若隐若现的龙，有点腾云驾雾、直蹿云霄的意思。小龙使劲揉了揉自己的眼睛，不错，是一条龙。小龙忙抱起杯子去告诉康百万。

当康百万接过竹杯看到那条龙时，愣了一下，说："小龙，记得那天慈云爷爷说的话吗？你将来肯定要大富大贵。"

当时私塾先生也在场，说："大富大贵必得有真才实学做基础。"

康百万对小龙说："孩子，这是大师爷爷给你的礼物，以后你就用这个杯子喝水吧。"

小龙说："爹，这个杯子是个宝物，我舍不得用。"

康百万说："好，为父替你保存着。"

此时，小龙暗下决心好好学习，再不贪玩。

那个竹杯真是个宝物。有一次，小龙的玩性又上来了，一整天都没有去私塾，那个杯子上的龙消失了；第二天，小龙鸡叫头遍就起床读书，竹杯上的龙又出现了。这下，小龙彻底打消了贪玩的念头，发愤读书。

多年后，小龙终于考取了功名。

举办庆功宴的那天，根据小龙的提议，邀请的客人有慈云大师、私塾先生等。酒宴开始后，小龙给康百万、慈云大师和私塾先生每人敬了一杯酒，说："谢谢！若不是当年恁几位合伙激励我，我不会有今天。"

小龙这话把在场的其他客人说愣了。

小龙说："当年慈云爷爷给我的竹杯藏着秘密，那个竹杯是选取质地密实的竹子做成的，从上面挖出一块来，在上面刻出一条龙，放在有'腐朽菌'的水里浸泡几天，然后把这块泡过的竹片填回去，晾干后打磨平整，看不出痕迹来。但到了春天雨水足空气潮湿的时候，'腐朽菌'就会生长，当初刻的什么形状，自然会显出什么图形。"

有人提出疑问，"那条龙怎么有时消失有时出现呢？"

小龙深情地看了一眼康百万，说："我玩的那天，空气潮湿，杯子上有龙，父亲把杯子放在炉上烤一下，一加热，龙就消失了。第二天，父亲把杯子装上水，龙就又显现出来。"

康百万说："孩子，你是怎么知道的？"

小龙沉默不语，凝重的目光投向了屋内那满架书籍。

书架中央，依然安放着那只竹杯！

大家顺眼望去，竹杯上一条龙赫然腾跃而起，直上云霄。

（原载《金山》2021 年第 3 期，有删改。选入江苏省泰州市姜堰区 2021—2022 学年九年级上学期期末调研测试语文试题、2022 年陕西省韩城市新城区中考一模语文试题、重庆市开州初中教育集团 2022—2023 学年九年级上学期期中测试卷、湖北省黄冈市蕲春县 2023—2024 学年九年级上学期期中语文试题等）

心 锁

　　刘师傅因当年小儿麻痹留下了后遗症，走起路来不利索，一瘸一拐的，找不到别的吃饭门路，就在街口那儿摆了个修锁的摊子。随着岁月的流逝，修锁无数的他练就了一手高超的技艺，只要是锁，没有他打不开的，被人誉为"锁王"。因此，他在当地成了不大不小的名人，家喻户晓妇孺皆知，就连当地的公安部门也和他常来常往，一旦有案件上需要开锁的事儿，便请他去解决问题。刘师傅因有了这手绝活儿，被人敬重不说，不缺吃，不缺喝，小日子过得很是滋润。

　　为了学到刘师傅的绝技，就有不少人动了心思，有的请客送礼，有的托人说情……但他都一一拒绝了。时间久了，大家都知道他的这个古怪脾气，也就没人自讨没趣拜他为师了。但是，这并不影响刘师傅的声誉。他心地善良，乐善好施，若你修锁一时没钱，只管走人就是，他从不开口讨要，等你下次来一并付时，他却早把这事给忘了，淡淡地说有这茬事儿吗？若是听到谁家有了难事，就让人捎去三十五十的。后来，他的年纪渐长，身体也一天不如一天，大家都劝他物色个徒弟——左邻右舍怕丢了钥匙进不了家门，当地的公安部门怕他的绝技失传影响案件的进展……刘师傅便动了心思，心说他这手技术还真不能后继无人，要不然会给大伙带来多少麻烦、多少不便啊！于是，他经过层层筛选，初步物色了两个年轻人，一个叫大张，一个叫小李。

　　<u>这是多少人梦寐以求的好事啊！因此两个年轻人乐得屁颠屁颠的，每天围着刘师傅嘘寒问暖，跟敬佛似的。</u>一段时间过后，大张和小李都学到了

不少东西，配个钥匙修个锁的都不成问题，但他们学的也只是皮毛，还没有得到刘师傅的真传。刘师傅呢，有他的想法，认为他的绝技只能单传，也就是说只能传给其中的一个人。大张聪明伶俐，为人热情豪爽；小李木讷老实，心地善良……两个徒弟各有千秋不分伯仲，传给哪个好呢？刘师傅为难之余，决定对他们两个进行一次测试，谁的表现好就把真经传给谁。就这样，刘师傅弄来了两个保险柜，分别放在两个房间内，然后让大张和小李去打开。

大张用了不到十分钟就把保险柜打开了，在场的人都为他高超的技术叫好。大张自以为胜券在握，也就掩饰不住一脸的得意。小李用了十五分钟才把保险柜打开，技术明显不如大张。小李羞着脸看了刘师傅一眼，但刘师傅并没责怪他。在场的人也都一致认为，刘师傅要淘汰的将是小李。从另一方面讲，大张是个下岗职工，妻子常年有病，日子说不出的艰难，相比之下，小李的家庭条件要优越得多。

刘师傅平静地问大张："你打开的保险柜里都有什么？"

大张喜形于色，悄声说："师傅，保险柜里有一沓百元的钞票、一个金戒指、一块手表、一条项链。"

刘师傅转身问小李："你打开的保险柜里都有什么？"

<u>小李的鼻尖上渗出了汗珠，笨嘴拙舌地说："师傅，我没看保险柜里都有什么，您只让我打开锁。"</u>

刘师傅赞许地对小李点了点头，说"好，好，好！"然后，刘师傅郑重地当场宣布，小李正式成为他的接班人。

众人大惑不解，议论纷纷。

大张也表示不服气，忍不住问："凭什么呀？难道小李的手艺比我好？"

刘师傅没有说别的，而是拍了拍大张的肩膀，说："凭你的手艺和聪明，回去开个修锁的铺子还是饿不死的。"

大张心有不甘，那样子似乎非让师傅解释清楚他输给小李的缘由。

刘师傅叹了口气，遗憾地说："因为你打开了两把锁。"

大张疑惑不解，说："师傅你冤枉我，我刚才只打开了一把锁啊？"

　　在场的人也都随声附和，说："是啊，大张并没做错什么啊，刘师傅是不是糊涂了？"

　　刘师傅微微一笑，说："我虽然老了，但心不糊涂。"说罢，他转向大张，语重心长地说："孩子，干我们这一行的，必须做到心中只有锁而没有其他东西，心中还必须有一把不能打开的锁，那就是欲望！"

　　在场的人恍然大悟。大张的脸倏地红了。

　　（原载《北京文学》2007 年第 4 期，《小说选刊》2007 年第 5 期、《小小说选刊》2007 年第 10 期等转载，2015 年第 12 期《今日中国》英文版推荐到海外。入选《2007 中国年度小小说》《第四届小小说金麻雀获奖作品集》《时文选粹·锐利小小说》《最受小学生喜爱的微型小说全集》等。获第六届全国微型小说年度评选一等奖。选入《2009 中考考点梳理二十一：文学作品阅读》《新人教版语文2010 年中考复习九年级上》、山东省莱芜市实验中学 2014 届九年级语文试卷等）

风　景

　　镇中学门口有棵老槐树，树上挂着"梧桐镇中学"白底红字的牌子，从里面传出孩子们整齐的读书声。这书声，被秋风吹得一时高一时低，显得这小镇更加宁静、安详和可爱了。

　　老人的补鞋摊在老槐树下有些年头了，好像自打有了这所中学就有了。【A】老人矮小、瘦弱，他的背稍有一点驼，蜷曲在小凳上，活像一只硕大的虾，一双粗壮的大手像蟹钳一样有力，稀疏而干枯的头发像小鸭的绒毛点缀在头顶上，褐色的颈间横着几条皱纹。老人面前摆放着补鞋用的一应工具，锤呀锥子呀什么的。老人的手艺是远近出了名的。校园的师生和附近的街坊邻居常去他那儿修鞋。【B】有人来到跟前，他也不言语，搬出小马扎，递上拖鞋，然后戴上老花镜，接过鞋子，找到破损处，似乎不用研究，便拿起工具修补起来，手势和速度还是挺灵巧和利索的。没生意时，老人就摩挲着老眼，目不转睛地凝望着学校门口，好像在期待或憧憬着什么。

　　老人的儿子在这所学校里读书。

　　儿子却不愿看到老人，甚至是讨厌。当他从学校里出来时，想躲开又没地方躲，想打招呼又没勇气，头半低半扬，心且慌且跳。有时老人叫他，他充耳不闻只当没听见，把脸扭向一边就匆匆地走开了。儿子觉得老人所从事的事业不光彩，认为补鞋这个职业是很低下卑微的。在学校里，听到同学们背后悄悄说话，就耳根发热，脸腾地红了，觉得似乎在影射他，浑身不自在，好像周身有很多芒刺。回到家里，儿子就不给老人好脸色看，无缘无故地冲老人发脾气。老人虽没文化，但听出儿子的话里有骨头，就讪笑着问儿子有啥不顺心的事。儿子就恶声恶气地对老人说，以后你就别补鞋了。

老人想不到儿子会说出这种话来，就僵僵地笑道："我不补鞋，咱吃啥喝啥？你的学费也指望这个呢。"

儿子默了一下，瞥了老人一眼，说："以后别在校门口补了。"

老人谦卑地笑了笑，低声下气地说："那儿生意好……都是些老顾客了。"

儿子再没言语。

老人依旧坐在学校门口的老槐树下，早出晚归，风雨无阻。

后来，儿子考上了大学。

老人变得爱说爱笑了，一旦谈起儿子来，就像醉了酒的初恋者向别人谈起他的情人来一样，不管人家愿不愿听，只顾滔滔地说着。【C】谈到动情处，老人会放下手中的鞋，挥舞着手臂，尽管双颊塌陷，额头上印着深深的皱纹，但这时候，细心的人会发现，他的脸上荡漾着一种光辉。

有时天都黑了，学校的大门都关上了，路上也少有行人，他还是不愿意收摊回家，他觉得自己满心欢喜，总想笑、想说话、想叫喊，想发泄一番。

花开花落了四个年头。儿子毕业后，老人就收摊不干了。老人思谋着，有了大学文凭的儿子不愁找不到工作，有了工作就能养活得了他。再说，儿子是大学生了，自己再上街去补鞋，就真给他丢脸了。

儿子没找到工作。他权衡利弊思虑再三，勇敢地挑起父亲的挑子来到老槐树下，开始了补鞋的营生。

老人始终都不敢相信这是真的。一夜之间，老人的头发竟白了不少。老人不愿上街，不愿看到任何人，他觉得自己没脸见人。到了晚上，老人迟疑半天，哑着声音问："你就不能不去补鞋？"儿子淡淡一笑，说："您以前常教导我说劳动最光荣的，补鞋咋了？您不是补了一辈子的鞋？"

老人张了张嘴，叹了口气，没说出别的什么来。

后来有一天，老人悄然出了门。他远远地瞅着老槐树下的儿子，似乎担心儿子吃不了那个苦，受不了那个罪。出乎老人的预料，儿子坐在他当年坐过的地方，嘴里打着呼哨，很潇洒地悠着腿……

老人捂着脸，泪水哗哗而下，心里一阵莫名的感慨。

又一个春天款款到来了。梧桐镇中学也被一道米黄色的砌花围墙圈起来，院内有鲜花盛开的花圃、绿草如茵的小足球场、喷珠吐玉的喷水池、修整得很好看的花木……琅琅的读书声从各个教室里飞出来，像动人的大合唱，音符满天。

那棵老槐树没有了，代之而起的是一溜房子。儿子租用了两间门面房，招聘了五六个人，成立了一个擦鞋公司，生意非常火爆，俨然成为学校外一道亮丽的风景。

（原载《语文导报》2006 年 7 月 11 日，《微型小说选刊》2006 年第 17 期转载，入选《感动中学生的 100 篇小小说》《中国微型小说 300 篇》等。选入 2018 年贵州省遵义市中考语文试卷、河南省 2022 年中考模拟试卷等）

两把宝刀

爹临咽气前，把大宝小宝叫到床前，从自己的枕头下抽出层层包裹着的两把钢刀，说："我做了一辈子的铁匠，没有给你们留下多么值钱的家当，这两把刀兴许还有点用处，你们兄弟两个一人一把。"

大宝小宝的祖上原是民间做刀高手，最早可追溯到清朝，康熙年间曾进宫做腰刀，所以他家的刀又称官刀，传到他爹这一代已有 100 多年的历史。大宝小宝吃不了打铁那个苦，受不了烟熏火燎那个罪，不愿学习祖传的手艺，爹也就没再勉强，后来，需要刀具的人也日渐少了。

这两把刀清一色手工锻造，工艺独特，刀头是用油淬火，韧性好，硬而不脆，削铁如泥，吹发即断，十分锋利。大宝两眼一亮，急忙说道："爹，您的意思是说这两把刀是宝刀？"爹没有正面回答大宝的问话，说："有了这两把刀，管保你们衣食无忧。不到万不得已，不要轻易出手……"爹说到这里，头一歪就咽了气。

埋葬了爹后，生活又回到了原来的轨道上了。兄弟两个日出而作，日落而息，过着老婆孩子热炕头的农家生活。

大宝从爹的话里隐约猜测到刀非同一般，虽不敢肯定就是宝刀，但绝不是普通的刀。趁着农闲时节，大宝为了验证自己的猜测，就私下拿着刀去省城请人鉴定。不出所料，有人愿出高价购买，价格远远超出大宝的想象。大宝又惊又喜，但他没有出手，他眼下不到用钱的火急时候，他知道这种东西保存的日子越久越金贵。

大宝从省城回来后，拿出所有积蓄，又变卖了仅有的一点家产，悄悄买来了上等的牛皮，打造了一个大刀皮套，又制作了一个檀木箱，用丝绸先把刀层层缠绕，放进牛皮皮套，再装进檀木箱里。在一个月黑风高夜，大宝在自家的床下挖了一个大坑，把檀木箱埋了进去。可以这样说，为了保存这把刀，大宝费尽了心机。大宝土里刨食，日子好不到哪儿去，但他从没打过刀的主意。

大宝私下劝兄弟小宝，让他把刀珍藏起来，但小宝没当一回事儿。有了这把刀，小宝的日子过得有滋有味，甚至于说是五光十色。农闲时节，他见天拿着刀上山砍柴。由于刀锋利无比，砍起柴来不费吹灰之力，他每天砍的柴自家烧不完，大部分都卖给了四邻八乡。回到家里，小宝就把刀随手丢到院子哪个角落里，任由风吹雨淋日晒。刀确实是把好刀，从来也没打过豁口，也不生锈变色。

大宝看到小宝一点也不珍惜自己手里的刀，免不了数落小宝。小宝不以为然，我行我素。大宝就替小宝惋惜，说别看你现在吃香的喝辣的，有你后悔的时候。

转眼就是几十年。大宝的孙子结婚要盖新房子，可是房款没有着落。大宝想到了他床下埋藏着的刀，就挖了出来，带上刀和小宝一起进城了。小宝的孙子要出国留学，需要一大笔费用，也到了非卖刀不可的地步。可是，小宝心里没底，哥哥的刀从未用过，自己的刀用了这么多年，还有变卖的价值吗？还算是宝物吗？

在省城古董市场，当大宝小宝兄弟两个的大刀一亮相，立马吸引了不少人。有人拿来一截有拇指粗细的铁棍，让兄弟两个演示一下。小宝心里松了一口气，说："这个不难。"他举刀挥向铁棍，说时迟那时快，只见寒光一闪，铁棍即刻断为两截。

大宝也不甘示弱，拔刀砍向铁棍。谁知道出乎意料，大宝只觉胳膊一麻，差点把刀撂出去。刀也只在铁棍上留下了一道砍痕，并没将铁棍砍断。有人嘲笑大宝，说："老乡，别拿把破刀来吓唬人，哪儿远扔哪儿。"

结果，一位老板出高价把小宝的刀买走了，大宝的刀却无人问津。

大宝面红耳赤，愣愣不解地自言自语："难道说我的刀和小宝的刀不一样？"

一位古董专家说："你们兄弟两个的刀非同一般，确实都是宝刀。可惜，你的刀闲置的时间太长了，失去了原有的锋利。没有了锋利，它还能算是一把宝刀吗？"

（原载《新课程报》总 184 期，《小小说选刊》2008 年第 12 期转载，入选《2008 中国年度小小说》《2008 中国年度最佳小小说》《2008 中国年度微型小说》《微型小说经典珍藏版》《中国当代小小说大系》（第五卷）、《最具小小说人气的 100 篇小小说》《第四届小小说金麻雀获奖作品集》《21 世纪中国最佳小小说》等，获第七届全国微型小说年度评选二等奖。选入 2023 年人教版九年级语文下册期中试题等）

五福临门

每到年终，靠山屯都要进行表彰奖励，搞一些"五好家庭""好儿媳""好少年""好妯娌"之类的名目。其中还有一项给逝者评的，就是"五福临门"，即"长寿""富贵""康宁""好德""善终"。村支书老贵与时俱进，今年把"五福临门"的评比内容改为"富强福""和谐福""友善福""爱国福""敬业福"，这一改就把"逝者"改为"活人"了，谁够得上五福的条件，谁就能得到靠山屯村支两委颁发的"五福临门"奖牌。这年头，不缺钱，要的就是面子。有了好名声，没有人敢小瞧，走路腰板挺直，说话粗门大嗓，办啥事都顺顺溜溜的。因此，此举一出，得到村里老少爷们的积极呼应。

初评有自荐和推荐两个环节。刚开始，大家都跃跃欲试。认真对比一下条件，便像经霜的花朵，蔫了，不是缺这个福，就是少那个福。后来，不知道谁率先提议，大伙儿一致推荐了王坤，觉得王坤才是"五福临门"的最佳人选。

王坤也觉得自己的把握比较大，就没好意思自荐。

王坤是靠山屯的首富，人缘也好，方方面面处理得也到位，按说这是板上钉钉、瓮中捉鳖没跑的事，不料想，"民主"过后，到老贵那里"集中"时卡壳了。老贵说，王坤的条件还不够，差那么一点点。

不只是王坤，靠山屯的老少爷们都不理解，包括村支两委的班子成员。秘书小李说，王坤要是不够条件，村里就没人能拿到"五福临门"的奖牌了。

老贵也不解释，召集大家在一起讲评。

小李忍不住，放了第一炮："王坤经营一个采石场，每年赚几十万，当地有名的企业家，'富强福'和'敬业福'是不是就算有了？"

老贵点点头，"继续说。"

小李说："王坤从不拖欠税款，除了积极上缴外，遇到抗洪抢险之类的事情，带头捐钱捐物。"

老贵接上话茬："'爱国福'有了。"

小李说："王坤家庭和睦，不光是对待左邻右舍，对待村里人都没的说，大伙儿都在他的石场干活，工资按时发放，遇到哪家有困难，甩手三千五千的是常事……这算不算'和谐'和'友善'？"

老贵接上话茬："老张住院，王坤拿了一万元；大周养蘑菇，王坤借给他十万，一分钱利息没要。还有大伙儿那些万儿八千的欠款，王坤都没让还。这些我心里都有数。"

"那你怎么还说王坤不够条件呢？"小李脖子一梗，气呼呼地说。

王坤也在场，当时憋不住了，说："老村主任，我开石场那年，念你跑前跑后帮了不少忙，石场开业时我给你送了个两万元的红包，你说啥都不要。当时是不是嫌少？是不是因为这个？"

此话一出，在场的人议论纷纷，都用异样的眼光去看老贵。假如那些眼光是锥子，这会儿老贵身上早成筛子眼了。

老贵似乎罩着金钟罩铁布衫，根本没感觉，他说："大伙儿都说说，我当村主任这么多年，收过谁家的东西？怕是一个鸡蛋、一根鸡毛也没有，最多喝个小酒。你王坤办厂子不容易，我跑前跑后是应该的，啥子多了少了，全是屁话。"听话音，老贵好像生气了。

王坤觉得自己话重了，忙歉意一笑，客客气气地说道："老村主任，我哪点做得不到位，请您指出来。"

老贵笑了笑，"其实你的问题我也有责任，当初没意识到，也是近来才觉察出来。你的'和谐福'和'友善福'不到位，存在一个共性问题，就是没有友善自然，没有达到与自然的和谐。开采矿石，树没有了，山上的兔子也跑了……"

王坤的脸一下子红了，没待老贵说完，忙说："老主任，我知错了。其实，我已经打算明年停止开采矿石，在山上植树，种植果树，养殖山猪和野鸡……到时，大伙儿不会失业，还会有干不完的活。"

老贵站起来率先鼓掌叫好，顿时，掌声一片，现场冷冰冰的气氛一下子热腾起来。

"另外，我已经给镇里提议，我年龄大了，下一届坚决辞职不干。候选人吗，我定好了，到时请大伙儿投票就是。"老贵说罢，用意味深长的眼神看了王坤一眼。

尽管八字还没一撇，王坤心里还是热乎乎的，更为刚才刺激老贵后悔不迭。

大年初一这天，王坤刚要去给敬老院的老人们拜年，忽然门外传来一阵"滴滴答答"的唢呐声。他忙跑到大门外。一支唢呐队在吹吹打打。小李和大周抬着一个"五福临门"的匾额。老贵也来了，他后面跟着一群瞧热闹的乡亲。

"这……"王坤给搞糊涂了，"老村主任，我、我不是不够格吗？"

老贵呵呵一笑，指着"五福临门"的匾额说："你看看这个'福'字，跟正常的字有什么不一样？"

王坤看了半天，吭哧半天才说道："我不懂得书法，'福'字好像少一点。"

"这就对了。"老贵狡黠一笑，继续说道："你还差那么一点点。要不，我这不是自己打自己嘴巴吗？"

（原载《娘子关》（双月刊）2017年第5期。选入2021河南省初中学业水平考试全真模拟试卷三、2021年河南省周口市郸城县中考一模语文试题等。本文获"林语堂杯"小小说大赛优秀奖）

水　莲

常言说，千里姻缘一线牵。那么，维系水莲和治河爱情的这根"线"就是淮河。

庚子年上半年，一个极偶然的机会，两人认识了。水莲随口问道："你父母是不是都是水利工作者？"

治河知道水莲话里的潜台词，说："我家住在淮河边上，父辈是农民，曾吃过淮河泛滥的苦头，父亲便给我起名治河。"

"这么巧啊，我家也在淮河边上，信阳淮滨。"水莲惊讶地说。

治河幽默地说："我把河治理好了，水莲才能永远灿烂。"

水莲忍俊不禁。

几句话下来，两个不同省份的人距离一下子拉近了，然后添加了微信好友，一来二去，彼此有了好感。

水莲找了几个男友，都因爸妈的意见不合而黄了。妈妈对未来女婿的要求，代表了当下大多数丈母娘的观念：有房，有车，有资产。爸爸呢，比较传统一点，说穷没根，富没苗，只要孩子勤奋本分就中。孩子好才是硬道理。这就给水莲找对象增加了难度，毕竟十全十美的小伙子属凤毛麟角。认识治河后，水莲觉得他既符合爸爸的要求，也能达到妈妈的标准。治河是大学生，回乡创业的。他家里有两层小楼，也有小车，有 3 个鱼塘，2018 年投了上百万元的鱼苗。

后来，水莲瞒着爸爸妈妈去了治河的老家。说实话，她是想验证一下真伪。这年头，不得不防。

治河在微信上开玩笑说,你要是一条鱼就好了,从上游游下来就能见到我。两地相距七十多公里,水莲开车用了一个半小时,按照治河发的位置,导航到了目的地——王家坝。

治河并没有说谎,他家的两层小楼是前年刚刚盖的,金碧辉煌,很是气派。3个鱼塘有3个足球场那么大,仓库,货车,一应俱全……在农村,这样的家底已经很是出类拔萃。治河的父母也都是实在、厚道的农村人,跟水莲也能说到一起,像是多年不见的老亲戚。

水莲回到家,对爸妈彻底坦白了。这一次,爸爸和妈妈的意见空前地一致,而且答应了水莲和治河农历七月七订婚。

七月初连续的几场大雨,使得淮河水位暴涨。一旦决堤,水莲家的二百亩莲子种植基地就要毁于一旦。这个莲子种植基地可是她家的全部家当啊!当年投入了30万,贷款50万,种植生态无公害莲子,养殖田螺、鲤鱼、泥鳅,即"莲鱼共养""种养共存"的经营模式。在莲子基地中建了步行观赏走廊、休闲亭子。去年还完了全部债务,实现了盈利。今年还打算建特色餐馆和农家民宿,实现观赏、游玩、吃住一条龙服务呢。

爸爸和妈妈担心有个闪失,日夜守候在莲子基地。村干部已经要求几次,让他们撤出基地,他们还抱着幻想,河堤不会垮,基地没事。村干部没办法,打电话让水莲回来做工作。

趁着下午休班,水莲开车回到了自家的莲子基地。

雨后初晴,那田田荷叶上带着晶莹的水珠,有的像反撑开的伞,有的像绿色的圆盘,有的像扇子。一枝枝荷花,有红色的,有粉色的,有白色的,亭亭玉立,千姿百态。有的花瓣儿全展开了,露出嫩黄色的小莲蓬;有的才开了两三片花瓣,像少女含羞的脸蛋……若是毁了,不知道爸爸妈妈会伤心成什么样子。

听到汽车喇叭声,爸爸和妈妈迎了出来。

"孩子,咱的基地保住了。"妈妈一边说一边擦拭着眼角。

爸爸说:"淮河水位下降了,大堤没事了。"

水莲晃了晃手机，一脸忧郁地说："爸、妈，在回来的路上，我刚得到治河的消息，他们家被洪水冲了，鱼塘、房子都没了。"

"人没事吧？"爸爸着急地问。

水莲说："人没事，政府已经安置。"

妈迟疑了一下，说："既然这样，订婚的日期还是缓一缓吧。"

"妈，你说啥呢。"水莲急得差点哭出声来。

妈说："他家都没了，咋订婚？"

"妈，你知道吗，王家坝的百姓是为了上游和下游的安全，开闸放水，把水引到了自己的家园……"话没说完，水莲已经呜咽起来。

"告诉治河，订婚的日子不变。"爸用不容置疑的语气说。

"他没家了，在哪里订呢？"水莲像是回答爸爸的话又像是自言自语。

"谁说没家？咱是一家人嘛，咱的家也是他的家，让他们全家都过来。"妈说。

"咱的基地也正需要帮手呢。"爸爸点点头。

水莲笑了，一张脸如同水塘中盛开的荷花，清秀脱俗，娇羞妩媚。

（原载《金山》2020 年第 11 期，《微型小说选刊·金故事》2020 年第 12 期转载。选入山东省滨州市阳信县 2021—2022 学年九年级上学期期中语文试题等）

护林员老杨

　　天麻麻亮，老杨就起床了。说是"床"，其实是山上的石头支起来的石板。他打开蛇皮袋看了看，能糊口的只剩红薯了。他已上山将近两个月，干粮哪有不吃光的道理？老伴身体虚弱，不会背粮来给他的，她根本就爬不上这海拔1800米的山。他也想下山，可是，两个多月没下一滴雨了，正是高火险天气，林区枯枝落叶见火就着，而且在此防火期里，要一天三次向县林业局防火值班室报告林区的情况，实在是离不开啊。老杨装上两个红薯，背一壶开水，拿一把斧头，出发了。

　　山上的树木密密匝匝、郁郁葱葱，盘根错节的古榕，虬干曲枝的柏树，吐蕾展瓣的山杏，铺青叠翠的灌木……阵风吹过，绿浪翻滚，林涛作响。

　　老杨欣慰地笑了。

　　在山上整整20年了，这些树林可都是老杨看着长大的。林很密，山上也没有路，有时他用斧头把绊腿的荆棘砍掉；有时枝丫低垂，他不得不趴在地下匍匐过去；有时从树枝上垂下几丝茑萝，缠在他的脸上；有时遇见啄木鸟贴在树上一动不动，用惊喜的眼神凝视着他；有时听见黄鹂和画眉的歌唱，但不知在什么地方……一会儿工夫，他头上的汗珠子就滚了下来，流进眼里又酸又涩，但他已习以为常了，用袖子抹拉一下脸上的汗珠，继续往前赶路。如果不抓紧时间巡视，他怕天黑前摸不回他住的山洞。

　　来到一个小山头，老杨拿出高倍望远镜认真地四下观察，发现没有异常后，这才松了一口气。然后，他就对着大山可着喉咙吆喝起来："嗷嗬，嗷嗬……我来了！"空旷的山谷里一波一波地回荡着他的喊声。他好想和人说说话，可是山上没有人，方圆10公里都没有人烟，他只有自己"吼"给自己听了。可是他的声音并不美妙，他吼了几声就气馁地放弃了。

忽然，一阵哗啦啦的声音传来，他循声望去，愣住了，只见七八头野猪向他围了过来，看样子最大的有一百多公斤重，最小的也有四五十公斤。在离自己十几步远的地方是十多丈高的悬崖，已无退路可走。他就屏着呼吸，忍着钻心的疼痛，躲进旁边的圪针丛里，腾出一条通道让野猪过去。直到这群野猪从视线里消失，他才慢慢地爬出来。

老杨庆幸化险为夷。他来到另一座山头，刚放下的心又悬了起来：他看见了山脚下的浓烟和火光！他浑身打战，又气又急，这火就像是在烧他的骨头、烧他的心啊！虽然失火处在林子边缘，但如果不及时扑灭，一旦引燃山林，后果不堪设想。他拨打119和110后，立即向林业局防火值班室报告险情，随后向山下跑去。

等老杨跌跌撞撞跑到山下，他身上的衣服被荆棘扯得长一片短一截，脸上、胳膊上挂满了一溜一溜的血道子；他的两只黄球鞋不知什么时候跑丢了，两只脚掌上的血泡磨破又生出，血淋淋的惨不忍睹……他气喘吁吁大汗淋漓，加上头发长长的、胡子黑刺刺的，把人着实吓了一跳，以为是"野人"下山了。

老杨看到着火的地方不是林子，是一堆干草枯叶，而且已被大伙儿扑灭了，他心里一松劲儿，一屁股瘫坐在地上，好半天才在老伴的搀扶下站起来。"纵火者"是一个孩子，他怯怯地站到老杨面前，不知如何是好。老杨的脸本来就黑，这下更黑了，他狠狠扇了那个孩子一巴掌，说："杨林，你不上学，咋回家放起火了？若把山林点着，等着挨枪子吧！"早有人拉开了老杨，劝说着他。老杨的老伴抹着泪，拉过那个叫杨林的孩子的手，哀怨地对老杨说："孩子早就毕业了……"

老杨愣怔了一下，愧疚地看了杨林一眼，但他什么也没说。

杨林看了看老杨，终于开口说道："我和娘好多天没看到你了，很想你，又不知道你在山上什么地方……我就弄来一堆干草点燃了，猜测你看到火光一定会下山的。"说到这儿，杨林就泣不成声了。

老杨一把抱住杨林，脸上也爬出了泪，他哽咽着说："孩子，爹对不起你……"

第二天，老杨背着一袋子干粮又上山了。他后面跟着一个孩子，那是他的儿子杨林。

（原载忆石文学网，获忆石文学网小小说大赛二等奖，入选《辽河》2007年第9期、《2007最适合中学生阅读小小说年选》《2008年中国小小说精选》、《小小说大世界》2009年第2期、《东西南北》2009年第7期、《中国最好的小小说》《感动你一生的微型小说全集》《时尚酷读系列读物》。选入《学习周报》语文中考版2009—2010学年第19期、《赢在中考的秘密》、精英家教网、九年级下第三单元复习试卷等）

竹子开花

过了破五，爸爸就要出门了。

媛媛和妈妈送到大门外，三个人的脸上一律挂着依依不舍的表情。媛媛知道，爸爸这一出门，好长时间才能回来，她牵着爸爸的衣角，小声问道："爸，您啥时候回家啊？"

怕啥来啥，爸爸最怕她们问这个问题了。他心一酸，轻轻抚摸着媛媛的头发，触到媛媛头发上别的牡丹头花，瞅着院子前面的竹林，说："媛媛，等……等到竹子开花的时候我就回来了。"

听到这话，妈妈瞋了一眼爸爸，动了动嘴唇，却又什么也没说。

媛媛兴奋得跳起来。她知道，年过完，春天马上就要到了，爸爸很快就会回来。因为，好多好多的花都是春天开的，竹子也一定是。

爸爸走后，媛媛就天天去竹林里看，看看竹子有没有开花。

看着看着，春天就到了。迎春花开了，一小朵一小朵的，黄灿灿的，煞是好看。媛媛走到竹林前，竹子一如既往地青枝绿叶，她左瞅右寻，瞅不到花蕾在哪里。妈妈正在竹林里砍竹子，说："媛媛，早着呢，好多花都还没开呢。"

媛媛就四下看看，果真是这样，山坡上、地堰边，只有一丛一丛的迎春花，她的心思也就不那么急躁了。

桃花开了，杏花开了，梨花开了，槐花开了……竹子还是没有开花。媛媛就急得问妈妈："妈妈，竹子咋还没有开花？"

看着媛媛要哭的样子，妈妈就柔声说道："菊花不是还没开？还有蜡梅，都还没开呢。"

媛媛还小，不知道菊花开在深秋，蜡梅开在冬天，便似懂非懂地点了点头。

媛媛怕错过了竹子开花的时辰，还是坚持每天到竹林前观看，一天，一天，觉得日子是那么的漫长。实在闲得无趣，媛媛就去看妈妈编制竹筐，农闲时节，妈妈就干这个，遇到集日便挑去兜售。妈妈先把竹竿劈成一缕一缕的竹条，然后再用竹条编制竹筐。那些竹条在妈妈手里来回摇曳，左转右旋，蜿蜒迂回，不到半天工夫，一个棱角分明的竹筐就编好了。妈妈的手有时会被竹刺扎破，鲜血直往外冒。妈妈也不哭，用吐沫吐两口，黏些泥土，然后继续编筐。

看着媛媛惊讶的样子，妈妈说："泥土就是药。"这话媛媛相信，因为爸爸出门时曾挖了些院子的泥土，说是治病用。

到了秋天，菊花开了，竹子还没开花；到了冬天，蜡梅开了，竹子还是没有开花……媛媛说不出有多沮丧，觉得妈妈骗了自己。

这时候，媛媛收到爸爸给自己寄来的一包头花，好多个呢，有牡丹花，有菊花，有荷花，多啦。若在往常，媛媛会高兴得大呼小叫，这次没有，她知道，爸爸肯定是不回来了，不但妈妈骗了自己，爸爸也骗了自己。她咧了咧嘴，"哇"地哭了起来。

妈妈觉得不能再继续欺骗媛媛了，就给媛媛说了实话。她说："媛媛，竹子很少开花的。竹子若是开花，就说明它就要死了。"

媛媛眼泪也顾不上擦，瞪大眼睛瞅着妈妈。

妈妈说："你爸在外也不容易，工资开得不及时，我要是不编筐，平时的零花钱都没有。这片竹林就是咱家的摇钱树，你希望它们开花吗？"

媛媛使劲摇了摇头。妈妈用竹子编筐，换来的钱给她买衣服，买玩具，买饼干。有时，妈妈还用竹笋炖肉给她吃呢。

妈妈叹口气，把媛媛揽在怀里，拿手轻轻去拭她眼角的泪花。

第二天，因为天冷，妈妈就在屋子里编筐。忽然听到媛媛在院子里叫道："妈妈，妈妈，你快出来，竹子开花了。"

妈妈心里一惊，忙跑了出来，到了竹林前，她看到竹枝上果然有不少花——牡丹花、菊花、荷花……那是爸爸给媛媛买的头花。

妈妈憋着眼里的泪，连接了几次，才接通爸爸的微信，把手机的摄像头对准了竹林。

看到竹子上飞舞的头花，爸爸身子一颤，差点从脚手架上歪下来。

（原载《北京文学》2018 年第 2 期，选入《2018 中国微型小说年选》《2018 年小小说选粹》。入选 2018 河南黑白卷优质大题卷、重庆市 2018 年中考冲刺卷语文试题等）

捡破烂的老人

近段时间，小区门口冒出个捡破烂的老人。老人大约七十岁，驼着的背上耷拉个编织袋，头上戴着顶草帽，帽檐压得很低，似乎故意让人看不清他的黑白丑俊。

他跟别的拾荒老人不一样，根本不进小区，这倒省却了我的不少口舌和麻烦。有的捡破烂的，不管你咋说，死活要进小区——也是的，不进小区，咋能收到破烂呢？我不是不近人情，或是不通情达理，是怕他们图谋不轨，或是顺手牵羊把业主放在外面的东西据为己有。老祖宗留下的良言，"害人之心不可有，防人之心不可无"，有时，我看他们可怜，就放进去，不远不近地跟在后面，或是在他们出门的时候严加盘查。不过，现在好多了，物业公司在小区各个旮旯角落安装了摄像头，坐在值班室就能监控得到，除了放屁捕捉不到，其他蛛丝马迹一个逃脱不了。

这个老人为什么不进小区呢？他是怕我拒绝吗？可是，他一次也没要求过啊。他总在外围转悠，怎么能收到破烂呢？时间长了，我就摸清了这个捡破烂老人的活动规律，他总是在周一的早上上班和下午下班的时间段在小区门口徘徊，当然，他也不惹人讨厌，总躲在远远的地方。等到业主们上班走或是下班都进了小区，老人才蹒跚着离去。偶尔，他能捡到一两个饮料瓶。看着他肩上瘪瘪的编织袋，我也感到很难受，但无能为力，爱莫能助，我不买饮料喝，连一个矿泉水瓶也没能给老人攒下。我的父母跟这位老人一般大的年龄，今年也都六十多了，一直住在乡下，不肯跟我进城，总说住在城里不习惯、不方便。其实，我知道，他们是怕给我增加负担。这位捡破烂的老人应该也是乡下人，他难道没有子女？其他时间老人去哪里捡垃圾呢？如果跟周一一样，他能维持得了生计吗？当然，这些念头也是一闪而过，家家有本难念的经，咱也不例外，顾不了那么多。

一个周一早上上班时间，我无意中发现老人盯着出去的业主看，忽然一惊：难道老人是来踩点的，看到哪家的业主出差了或是不在家，以便偷窃？不可能的，刚才已经说过，小区内到处都是摄像头，即便业主不在家，他也下不了手的。转而一想，难道是他打着捡破烂的幌子，另有企图：跟踪单身女人或是手里提包的业主，在半路下手？仔细一分析，也是不可能的，因为我注意到老人一直躲在不远处，等到业主散尽，他才往相反的方向走去，而且也没见他用过手机，不可能通报他的同伴在途中下手。是老人要寻找仇人，伺机报仇？想想也是不可能的，老人这把年纪了，怕是有仇也报不了。老人是来找他的情人的？这个念头一出马上又给否定了，不可能的事。再说，小区的老人都是半晌才出来溜达，这个时间段他也没在小区周围转悠啊。

每次都是周一，每次都是上下班时间，盯着出来进去小区的业主看，不错眼球，死盯。

又是一个周一，西北风呼呼地刮着，刮在人的脸上像刀子割一样，生疼生疼的。已经是晚上十一点了，老人蜷曲在不远处的屋檐下，丝毫没有离去的意思。跟往常不同的是，他头上的草帽换成了鸭舌帽。

老人今天是怎么了？难道他病了？想到这里，我走出门岗室，朝老人走去。

我没走到老人身边，老人已经站了起来。他的两只眼睛闪烁着，似乎有一种不安在里面。我问道："大叔，天这么晚了，您怎么不走呢？您是不是病了？"

老人摇摇头，"俺没有病……"

我又问道："大叔，您是不是迷路了？"

老人摇摇头，"俺没有迷路。"

"大叔，您家在哪里？"

"俺……俺在大桥下面住。"

老人说的大桥是市区的一条主干道，下面的涵洞里住了不少拾荒的老人或是流浪儿童，这件事情当地的媒体曾报道过。

忽然，我看到老人的眼睛直了，直勾勾地盯着小区门口，顺着老人的目光，我看到一个中年男人趔趔趄趄进了小区大门，那是二楼东单元的业主朱幸福。难道老人认识他？我刚要开口，只听老人喃喃道："孩子，又去喝酒了？喝酒伤身啊。遇到啥事了？是高兴的事，还是难心的事？遇到难心的事跟爹说一声，说不定爹能给你出出主意呢……"

我似乎明白过来：朱幸福是老人的儿子！

老人擦了一下眼角，不好意思地跟我解释："儿女们忙，半年没有回家了，俺老想见到他们，又怕耽误他们的事，给他们添麻烦，就假装成捡破烂的，周一来看老大，周二去看老二，周三去看老三，周四去看大闺女，周五去看二闺女，周末回家看老伴，把子女们的情况给她汇报一下，免得她萦记啊。"

不知道为什么，我眼里的泪一下子出来了。我当即决定，明天就请假，回老家看看爹娘！

（原载《郑州日报》2015年2月12日、《雪花》2016年第1期。选入《2015—2016最受中学生欢迎的小小说佳作年选》、黄冈100分闯关初中三年级语文下册人教版等）

耳 光

张明到家的时候，天已经很晚了。爹正在履行睡觉前的最后一道工序——洗脚，听到熟悉的敲门声，脚从盆里拔出来就去开门，淌了一地的水渍。

"回来了？"爹的脸上，除了惊喜，还有几丝困惑。这天是周六，若正常，早就到家了，不会搭黑。

"我去了靠山屯。"张明让爹坐下，挽起袖子要给老人洗脚。

"我这臭脚……"爹了解儿子的倔脾气，便咽回了后半句，只好由他。

靠山屯是邻县的一个小山村。张明调到邻县工作不到一年时间，到基层调研，摸摸情况，都是分内之事。爹心里宽慰，说："没啥事吧？"

"没事。"张明把爹的双脚按进洗脚盆。

"明儿回来了？吃饭没？"已经躺在被窝的娘听到动静忙穿衣起床。

"娘，我吃过了。"张明轻轻摩挲着爹枯柴般的脚。

"不对！我进门就发觉你脸色不好，一定有事瞒着！"爹盯着儿子花白相间的头发，半是心疼半是埋怨。

"啥事？"娘给吓得脸色苍白，定在了原地。

张明抬起头，笑了笑，"爹，娘，没事，真没事。"说罢，用抹布给爹擦脚，然后用指甲剪给爹修指甲。

"我给烧点水。"娘说着去了灶房。

爹的脚指头像风干的老姜，要型没型，要样没样。大拇指，二拇指，三拇指……张明修剪得很慢。

"孩子，啥事说吧。"爹轻言细语，他是担心老伴听见。

"偷嘴吃瞒不住老灶爷。爹，我算服您了。"张明一边剪指甲一边说，"靠山屯的谷婆婆，八十多了，一个人生活。她身体不好，还要自己种地、自己做饭，可怜得狼见了都想哭。"

爹问："她不愿进养老院？"

张明叹了一口气，说："谷婆婆有儿子。按照规定，不够进养老院的条件。"

"她儿子不养活她？对待不孝子，扇他两巴掌都不为过！"

"老人的儿子六十多岁，原来在工地上给人打工，有一次出了事故，摔断了一条腿，从此失去了劳动能力，他无儿无女，进了养老院。"张明给爹解释道。

"尿坑里摸条鱼，咋混的啊。"爹扑闪着眼睛，重重地唉了一声，继续说道："政策是死的，人是活的，有些事可以变通嘛。"

张明点点头，说："我气得当时打了一巴掌……"

爹愣怔了一下，然后二话不说，扬起手，旋风般地过去，结结实实给了张明一巴掌。张明没提防，一下子从小板凳上歪到了地上。

娘端着鸡蛋茶过来了，见此情形，吓了一跳，"咋啦？咋啦？有事不好好说，打啥哩？！"

"当官不为民做主，不如回家种红薯。老辈子当官的都知道这个道理，难道你不知道？老百姓有了难处，当官的要先从自身找原因。你倒好，敢去打老百姓，真是无法无天了！"爹气呼呼地说。

"爹，我没打老百姓。"张明辩解道。

娘把鸡蛋茶放下，过来搀扶张明。

"你说，你打谁了？村干部？乡领导？还是你的部下？不管是谁，都不能打！如果他们有错，那也是你的错！上梁不正下梁歪，这是老祖宗说的。"爹越说越气，气得似乎有点跑题了。

"爹，您听我说完嘛，我是自己打了自己一巴掌。"张明说。

"明儿，你咋能打自己呢？"娘忙摸了摸张明的左脸，又摸了摸他的右脸，好像在找寻挨打的痕迹。

爹瞪大眼睛，好像不相信张明的话。

张明说："眼看着就要小康了，我的辖区还有谷婆婆这样生活困难的老百姓，我内心有愧啊。爹，我恨铁不成钢，除了恨自己，我不知道该恨谁……所以，情急之下，扇了自己一巴掌！"

"就你的手快！"娘狠狠瞪了老伴一眼。

"孩子，爹错了。"爹不自然地笑了笑，像个做了错事的孩子。他伸出手想去摸儿子的脸，想到自己的手粗糙得如柿树皮，便半途缩了回来。

娘说："明儿，别理你爹，赶紧把茶喝了。"

爹翻了老伴一眼，说："喝啥茶哩，赶紧做两个小菜，我和孩子喝两杯。"

"喝，喝，就知道喝。"娘嗔道。

张明忙说："娘，我多天没喝了，也好久没跟爹敬酒了。"他心里清楚，乡下的好多事情，别看爹识字不多，但比自己有门道，他回来的目的就是想讨教讨教呢，爹若不喝酒，就跟闷葫芦似的。

"这下遂你的愿了吧？！"娘斜了老伴一眼。

三个人互相对视了一下，都笑了。

（原载《金山》2022年第1期，有删改。选入2021—2022学年南京江宁区二模九年语文练习卷等）

到周庄看妈妈

燕子上高中那年，大卫带上丽娟去周庄旅游了。半个月后，大卫独自一人回来了。他告诉燕子，说妈妈在周庄找了一份工作，不回来了。

"周庄？这么远啊。"燕子噘着嘴，嘟嘟囔囔的，很不乐意。

大卫说："因为你妈妈喜欢周庄，喜欢周庄的小桥，喜欢周庄的河水，喜欢周庄的夜晚……"忽然间，大卫哽咽着说不下去了。

燕子察觉到了大卫的异样，"爸爸，你怎么哭啦？是不是妈妈抛弃我们了？"

大卫强颜欢笑，"瞎说！你妈妈离咱这么远，我能高兴得起来吗？她这一走，我得做饭，得洗衣，得照顾你啊傻瓜。"

"那就让妈妈回来，我现在就给她打电话。"燕子拿出手机拨打妈妈的电话。妈妈没有接电话，随后发了一条短信过来：燕子，我正在工作，一是不方便接电话，二是长途电话费很贵的，以后有事发短信好吗？要学会节省，你爸爸赚钱不容易。你要听爸爸的话，好好学习。

燕子回了短信：妈妈，我会听爸爸的话的。你在那边干什么工作？累不累？

妈妈的短信：我的工作不累，在周庄的水里撑船，让那些游客欣赏周庄的美景。

燕子知道妈妈很早就向往周庄，这下如她所愿了。燕子给妈妈发了短信：这工作太好了。妈妈，你什么时间回来啊？

妈妈的短信：燕子，你要好好学习，等你考上大学后，再来周庄看我好吗？三年时间，很快的。

燕子怔了一下，然后回复了短信：妈妈，我一定能考上大学，一定去周庄看您！

到了学校后，燕子把心思都放在了学习上，成绩在班上一直名列前茅。到了周末休息的时候，才用短信给妈妈汇报一周来的学习和生活情况。

妈妈也没少给燕子发短信。在短信里，除了表扬，还有鼓励，要她多吃蔬菜、水果，晚上早点休息，别惹爸爸生气，等等。

深秋的时候，燕子收到妈妈寄来的一件手工编织的毛衣。

到了冬天，燕子收到妈妈寄来的一条蚕丝被。

春去春来，花开花谢。三年后，燕子很顺利地考上了一所大学。接到录取通知书那天，燕子缠住大卫要去周庄。大卫知道燕子的心思，答应了。

到了周庄，天色将晚，燕子一下子被周庄的景色给迷住了：小巧玲珑的周庄，桥街相连，依河筑屋，河边垂柳依依，脚边是静静流淌的河水，偶尔有小船悠悠划过⋯⋯

"这才是小桥流水人家！"燕子禁不住叫道，她忽然发现爸爸望着河水，一脸凝重，像是有满腹的心思，"爸爸，你怎么啦？是不是想妈妈了？"

"你妈妈⋯⋯"大卫支支吾吾没有说下去。

燕子嫣然一笑，说："爸爸，妈妈已经给我回短信了，她在双桥下的船上等我们。"

"这⋯⋯"大卫迟疑了一下。

"别磨磨蹭蹭的，走吧。"燕子不由分说，挽起大卫的胳膊就往双桥那儿走去。

夜色徐徐降临，喧闹了一天的周庄渐渐地恢复了宁静和安谧：临街屋檐下红灯笼闪闪烁烁地亮起来，随着灯笼的晃动，那些灯光也随之摇曳；河水是幽幽的，微波荡漾，泛着点点光亮，不知深与浅，不辨清与浊，不晓冷与暖，一切都是影影绰绰、朦朦胧胧的，给人以神秘之感。垂柳下弯出一只小篷船，没有一丝声响，没有一星光亮，悄然向前划动。到了前方不远处，船上的灯蓦然亮起，平添几分夜的神韵。有江南丝竹声和苏州评弹的琵琶叮咚声从沿河人家的窗户里飘出，不由得使人为之陶醉，恍惚间似乎到了"雾失楼台，月迷津渡"的意境之中。

双桥到了。桥洞里镶嵌着数盏彩灯，灯光映入河面，把两座千年古桥的倒影齐刷刷地映在河面上。岸边垂柳的阴影下停靠着一只小小的古船，船上站着一个女人，看不清她的脸庞。

大卫放慢了脚步。

燕子丢下爸爸，跳上了船，"您就是菁菁阿姨吧？谢谢您！"说罢给那个女人深深地鞠了一躬。

燕子的举动把大卫和那个女人给搞糊涂了，他们异口同声地叫道："燕子——"

燕子笑了笑，说："菁菁阿姨，一年前，我偶然看到了爸爸的日记，知道三年前妈妈得了绝症，爸爸带她来周庄游玩，想不到，在周庄妈妈病情突然恶化，再也没抢救过来……爸爸觉得天塌地陷，连死的心思都有了。菁菁阿姨，是您开导爸爸，是您保存了妈妈的手机……"说到这里，燕子已经泣不成声了。

那个女人，不，菁菁上前把燕子抱在了怀里。大卫长长叹了口气，好像一下子轻松了许多。

燕子忽然扬起头，动情地说："菁菁阿姨，我可以叫您妈妈吗？爸爸的日记里，除了思念妈妈，还有就是经常念叨您。"

菁菁侧脸看着大卫。大卫使劲点了点头。

燕子再去看菁菁。菁菁抿嘴一笑，也点了点头。大卫跳上船，与她们两个紧紧拥抱在一起。

<u>古桥，小船，河水，灯笼，垂柳，三人拥抱的剪影，组成了一幅绝妙的图画。</u>

（本文获"《周庄365夜》新故事"全国征文大赛一等奖，原载《百花园》2014年第3期。选入2022年陕西省西安交通大学附属中学分校中考四模语文试题）

路　神

入了冬，日头也怕冷似的，早早躲进了山坳里。下午一放学，小杨就背起书包急慌慌往家赶。几个村子就这么一所学校，学校里就一位六十多岁的老师，尽管环境艰苦，书还是得读啊！小杨的家离学校有四五里路，中间要翻越一座山、两道沟。小杨站在校门口，看看前方曲折蜿蜒的路，深吸一口气，撒丫子往家的方向跑去。

刚开始，小杨是跑，跑着跑着，就累得出了一身的汗，上气不接下气，跑不动了，走，走得东倒西趔，也不敢停歇。尽管这样，往往是小杨走到半路，夜幕就低垂下来，好像急着去给日头当被褥。路边的石头，白天看像是一头牛，到了晚上，就变成了张牙舞爪的鬼怪，吓得小杨不敢正眼去瞅。山林中叫不出名的鸟儿，也趁着黑夜，卖弄着不着调的歌喉，一惊一乍的，怪瘆人。

爷爷腿脚不灵便，只能到山口那儿接小杨了。小杨的爸爸妈妈都到外地打工去了，爷孙两个相依为命。这天黄昏，见到爷爷，小杨一头扎进爷爷怀里，呜呜地哭起来，半天都止不住。她是个懂事的姑娘，心里恐惧，不敢告诉爷爷，怕爷爷担心。爷爷知道，小杨除了委屈，更多的是害怕。一个七岁的小女孩，走夜路，并且还是山路，能不害怕吗？握着小杨冰冷的小手，爷爷说："小杨，别害怕，有路神保护着呢。"

"爷爷，什么是路神啊？"小杨听后，抹了抹眼泪，天真地问。

"路神啊，就是神仙。玉皇大帝把何五路封为路神，掌管着天下东、南、西、北、中五条路。从此，何五路掌管起天下这五条路，保佑走路的人平平安安。你在前面走的时候，路神就在后面跟着，保护着你，所以不用害怕。"

"爷爷，路神长啥样？我能看看他吗？"

爷爷不无遗憾地摇摇头，拍拍小杨的肩膀，说："村里的老人说，不能停下脚步看路神，要不路神就不保佑你了，所以谁也没见过路神长什么样。"

小杨听后诺诺连声。

几天后，小杨放学，一见到来接她的爷爷，就迫不及待地说："爷爷、爷爷，我见到路神了……已经接连好几天了。"爷爷吃惊地看着小杨，只见她黑黑的眸子闪着光，说话也有了底气。

爷爷思忖：关于"路神"的故事，也是听老辈人讲的，那有鼻子有眼的故事情节，不由得不信。不过，他自己倒没有遇到过。

小杨看爷爷有些发怔，接着说："上山那会儿，我在前面走，总感觉后面有人，能模模糊糊听到脚步声，有时还有轻微的咳嗽，有时还叫我的名字让我慢点儿跑……我知道，他是在保佑我走路平安，这不是路神是什么？"

听了小杨的描述，那情节有鼻子有眼的，爷爷也不由感叹：看来真的是有路神啊！

第二天是星期六，小杨在家正帮爷爷干活，一抬眼，看见张老师笑吟吟地站在家门口——原来张老师来家访了。张老师今年六十岁，个头不高，为人和善，虽鬓已星星，但整个人还是精气神凝聚。听说张老师大学毕业就分配到这里，因为地方偏僻，生源又少，没有人愿意来这里教书，所以连个顶替张老师的人都没有，他一教就是一辈子。张老师是校长兼老师，除了校务，还负责着小学一至五年级二十多名学生的全部课程。见到张老师，小杨和爷爷都很高兴，这是张老师第二次家访，上一次是小杨刚入学的时候。张老师上了年纪，来一趟真不容易，要走几个小时呢。

"张老师，真的是谢谢你……学校那么多学生，真的是难为你了。"说着话，爷爷去鸡窝掏鸡蛋。

张老师知道小杨的爷爷要给自己炖荷包蛋，忙去阻止了他。鸡窝就是山里人的"农行"，张老师是知道的。张老师拉住爷爷的手说："小杨同学可是咱们学校里独立自强的好学生。每天自己走几里山路上学放学，从不胆怯犹疑，从不迟到早退。还有三四个同学都离学校比较远，有的翻山，有的越河，说实在的我真不放心啊。现在天黑得早，担心他们在路上出了意外，每天放学，我只好挨个护送一段，等这个到了安全路段，再拐回来去送那个……小杨跑得真快，每次我都赶不上，只好远远地在后面送一程。"

小杨听后，突然大嚷："张老师，原来你就是路神啊……哼，爷爷骗人。"

"路神？"一时间，张老师丈二和尚摸不着头脑。

爷爷不好意思地笑笑，张老师看着爷爷，半晌，恍然大悟，也笑了。

然后，张老师敛住笑容，语重心长地说："小杨，道路怎么走，全靠你个人。真正的路神可不是别的，而是你自己啊！"

多年后，小杨大学毕业回到母校当了教师，才彻底懂得张老师说的话。原来，有心者，心中有路才有路；心中没路，那就走投无路……

（原载《小说林》2017 年第 4 期、《郑州日报》2017 年 9 月 8 日，入选《2017 中国年度作品·小小说》。选入西安滨河学校 2022—2023 学年初三试卷）

稻草人

日头挂在半空中，像个热鏊子似的，照得大地暖烘烘的。稻子由青变黄，空气中弥漫着成熟稻子特有的那种味道，是那样的熟悉，那样的香甜，那样的润人肺腑，不由得让人心生欢喜。庄稼人有什么不愉快的事，到了收获的季节，一切都会云消雾散。香草走在田埂上，脚步不由得变得轻快了。

"妈妈，等等我。"

香草这才想起儿子还在后边。大军走了，不是还有儿子吗？电影《一句顶一万句》有这样一句台词，女主人公喜欢，香草同样也喜欢——日子是往后过的，不是往前。不能别扭着了心！也正因如此，香草在家闷了多天，这才到田里看看，换一下心情。

儿子说："妈妈，稻子为什么都低着头？"

香草本想说"稻子成熟了"，话到嘴边却变了，她说："稻子是在向土地公公鞠躬，因为土地公公养育了它们。"

儿子停下脚步，摘掉草帽，转身向香草鞠了一躬，"妈妈，谢谢您，您也养育了我。"

真是一个懂事的孩子。香草甩了一把额头上的汗水，心里一下子凉爽了许多。日子是往后过的，不是往前，得好好活着，把儿子抚养大。这，也是大军所牵挂的。对，好好过，不能让大军在九泉之下也不得安生。他自参加工作，就没日没夜，没有节假日，太辛苦了。他走了好，是该好好歇歇了。

"妈妈，地里怎么都有稻草人啊？它们会干活吗？"

"孩子，稻子成熟了，那些麻雀闻到香味就会来偷吃，所以大家就弄一些稻草人吓唬那些麻雀……"

没等香草说完，儿子抢话道："妈妈，我知道了，稻草人是不是就是保护稻子的警察？就像爸爸一样——"儿子的话戛然而止，因为他看到妈妈眼里藏着的泪水。

香草忙说："儿子，汗流进妈妈眼里了，妈妈没哭。"

儿子说："妈妈，您说爸爸太累了，去睡了，他什么时候才醒来啊？我想让他带我去海洋馆玩。"

儿子还小，还不懂得死亡的概念。唉，能骗一天是一天，等他长大了自然会知道的。香草拭了一下眼角的泪珠，平静了一下心情，说："儿子，等收割了稻子，妈妈带你去海洋馆。"

"行！"儿子歪着头想了想，"不行！爸爸答应我好几次了，他得说话算数……我们拉过钩。"

香草轻轻叹了口气。

"妈妈，咱的稻田里也有稻草人吗？"

"有，都有。"

"麻雀真可怜，它吃什么啊？"

"这……《十万个为什么》里有答案，你回去好好看看就知道了。"香草为自己的机智而高兴。对，以后回答不出来儿子的问题，就让他去书本里找。

"妈妈，咱家的稻田在哪儿？"

"拐过前面那个弯就是。"

眼看着稻子熟了，地里怎么都不见人呢？"紧种庄稼，消停买卖"，不该啊。前几天收割机来了，老贵说今年天旱，稻子焦，不能经机器。老贵是村里的支书，他的话就是圣旨，没有人敢违抗，再者，他说的也是实情。即便稻子不焦，收割机过后，稻粒飞得到处都是，看着真让人心疼。不过，这下可喜欢坏了那些麻雀，一个个飞到地里拼命地啄食。它们若是和田鼠一样聪明，怕是过冬的食物都能储存下来……哎，刚才怎么没想到这个答案呢。自己还是笨，还以为聪明呢。香草心想。

收割机走的时候，香草还有点不舍得。看到大伙儿都不用，她也不好意思。有两年没用机器，大军又没在家，两亩多的稻子不都是自己一个人割的？村里好多男人都外出打工了，家里不都是妇女？她们能干，自己也能干！她是警察的妻子，不能让人小瞧了。

"哇，妈您看，好多好多稻草人！"

香草收回思绪，看到自家的稻田里有好多人！定睛再看，是老贵带着乡亲们在收割稻子——一个个都戴着草帽，儿子以为是稻草人呢。

"妈，您眼里又流汗了。"儿子说罢，摘下草帽，使劲给香草呼扇着。"我长大了也要当稻草人，保护庄稼，帮您干活。"

香草眼里的泪流得更欢了。

（原载《语文报》2019 年 12 月第 3 期）

记忆中的年味儿

随着岁月的流逝、年龄的增长，越来越感觉当下过年的寡淡，越来越怀念从前的年味儿，童年时期的年味儿。那时候，最盼望的就是过年，穿新衣，吃饺子，还可以尽情地玩耍——那时候好像没有寒假作业，也没有辅导班。仔细回想一下，过年期间，记忆最深的当属贴春联、放鞭炮、拜年以及串亲戚。

贴春联的日子雷打不动，腊月二十八。"二十八，贴花花"，说的就是贴春联。那时的春联不是印制的，都是手写的。我家的、左邻右舍的，都是哥哥写的。哥哥写时，身边围着不少孩子。春联的内容大同小异，"天增岁月人增寿，春满乾坤福满门""一年四季行好运，八方财宝进家门"，等等。横批，一般都是"万象更新""春回大地"之类的。等到春联晾干，开始贴，一个门一个门贴，一家挨一家贴。我们一帮孩子分工合作，有的拿对联，有的清扫门框和门楣，有的刷浆子，有两个孩子专门贴，有的负责抻平，有的搬凳子（贴横批时，个头矮，需要站到凳子上）。十来户人家，需要大半晌时间。知道"右为上"的道理，就是从那时贴春联开始的。那时的春联，不仅门上贴，哪里都贴：水缸上贴"川流不息"，油灯旁边贴"小心灯火"，面瓮子上贴"五谷丰登"，笼屉上贴"蒸蒸日上"，树上贴"欣欣向荣"，牲口圈里贴"六畜兴旺"，木质的独轮车上贴着"日行千里，夜行八百"，横批是"出入平安"，院子里贴的是"春色满园"。从大门口直到家里，满眼火红，一片喜庆的色彩。

放鞭炮是在大年初一。那时候，家里的条件不好，鞭炮也不是想买多少就买多少的，一般情况下，买一挂一千响的鞭，再买数个食指粗细的炮。还在睡梦中的时候，就被左邻右舍的鞭炮声给惊醒了，早早就起来包饺子的爹和娘叫我，我就蹬上棉裤穿上棉袄，脸也顾不上洗，开始放鞭炮。那时候干这种营生是既爱又害怕，<u>找根燃着的线香或者柴火，斜着身子，歪着头，小心翼翼地伸过去，把火头指向炮捻，眼看着引着了，便迅速撤离，谁知虚惊一场，根本没燃着，只得战战兢兢再次前来。</u>等到噼里啪啦炸响，却背着开花的鞭炮，用力捂着耳朵。烟消云散之后，才过去打扫战场，若是有没炸响的鞭炮，便如获至宝，或直接燃爆，或一层层剥开来，拿火头去引燃药面——鞭炮剥开后，不会炸响，只会"呲呲"响，弥漫着一股硫黄味，那时觉得真好闻。自家的战场清理后，还会去没有孩子的家庭的院子里捡。当时的炮论个卖，兜里如果有零花钱，还去合作社再买几个。当然，这些炮舍不得燃放，用一根一头带环的铁针扎进炮的中间，然后把炮固定起来，再找根绳子穿进铁针的环里，在远处猛拽绳子，这时候，受到摩擦发热的炮也会炸响。有时候，把炮从中间锯开，分两次玩。或者把炮剥开，把药取出来，当自制的"玩具手枪"的弹药，也是挺刺激好玩的。

大年初一放过鞭炮、吃了饺子后，开始拜年。几个孩子结伴，从村里的第一家开始，挨家挨户去拜年。我们叽叽喳喳一进门，没等把祝福的话语说出口，主人家就把早已准备好的糖果、核桃、红枣拿出来，每人一把。那时候，几乎没有红包，都是用这些代替——这些东西在那个年月也是稀罕物儿，也只有逢年过节才能见到。等到稀罕物儿进了口袋，转脸就跑，去下一家。有时候走到半路，身上的口袋装满了，就拐回家把这些乡亲赏赐的物品倒出来，然后继续拜年。有时一个年能跑半道沟百十户人家。有的人家等了半天，没有孩子去热闹，他们会很没面子的。从另一方面说，这也看出他们平时的为人如何。

过了初一，初二开始走亲戚。一般情况下是娘在家守着，因为她要招待姐姐一家。我和爹去大姑家。爹他们这一辈，六个男孩，四个女孩。这就给走亲戚带来很大难度。爹他们就商量，选取条件好的四个叔伯，每家固定一个姑姑。姑姑们来娘家，也是去对应的家庭，没必要家家都去。当然，有了红白喜事，则都要去。我家结对的是大姑家。大姑家跟我家隔着一道山，需要步行翻山。有时下着雪，照去不误。因为去的日子是固定的，大姑家已经把待客的饺子都包好了，专等我们去了。大姑去世得早，我没见过面。吃罢表哥表嫂煮的饺子，就坐到姑父的屋里，围着一堆炭火，听爹和姑父说一些闲话，交流一下各自家庭的情况。那时没有通讯工具，若是没有其他事，一年难得见面的，因此，他们总有谈不完的话题。吃了中午饭，再步行原路返回，到家时，天已经黑了。到了初三，我和爹继续走亲戚，去的是一个表舅家。还是娘在家守着，预备多年不走动的亲戚突然来访。当然，我们走过的亲戚，他们也要回访。因此，那时候，从初二到十六，不管是大路还是小道，行人都是串亲戚的。礼物无一例外，都是自家蒸的白面馒头，条件好的加上两盒点心。亲情，乡情，友情，萦绕着火红的炭火，温暖着那些个寒冷的冬天。

感觉现在的年味淡了许多，是年龄大的缘故？好像不是，现在的小孩子也体会不到过年的感觉。是物质条件好的缘由？也不尽然，现在的人更愿意吃素，吃清淡的东西。住的都是楼房，往往大门上贴一副对联，也不放鞭炮了，走亲戚也是开着车，后备箱装满方便面、纯牛奶之类的东西，好像送快递似的，到了亲戚家，东西一卸就走，一天串几家；红包也不当面发了，改成微信转了……我想，简化了许多程序的过年，年味是不是也随之变得淡了呢？

（选自 2021 年 1 月 25 日《郑州日报》，有删减。选入黑龙江哈尔滨五常市 2021—2022 学年八年级下学期期末语文试题、2022—2023 学年八年级语文下学期期末考点大串讲等）

爸爸去哪儿了

该期末考试了，依照学校的惯例，各班级都要召开一次家长会。尽管还是小学一年级，也不能掉以轻心。周四下午放学的时候，我告诉孩子们，周五下午召开家长会。在通知的时候，我还特意强调，必须是爸爸来参加，妈妈、奶奶或是爷爷都不行。

在我多年的教学生涯中，每次开家长会，几乎是清一色的娘子军，大多是孩子的妈妈，也有孩子的奶奶或爷爷。开会的时候，他们精力不集中，交头接耳不说，手里还一边织着毛衣或纳着鞋底，要不就是玩手机。重要的是，他们文化程度普遍偏低，理解能力差，辅导孩子的家庭作业都是个问题。课外教材上有个谜语，谜面是这样的：个儿小，穿红袄，它的脾气特别爆；上了火，蹿上天，大嚷大叫真热闹（打一物）。谜底是爆竹。班里几乎三分之一的孩子答成了"我妈"。无一例外的，这些孩子的家长都给打了对号。还有，用"难过"造句，有个叫媛媛的学生在妈妈的辅导下，是这样造的句：我家门前有条小河，一下雨就难过。就是这个媛媛妈妈，有一次我给她发短信，让媛媛写满两张字。那天刚学了个"赢"字，方格本每张100个米子格，写满两张就是200遍。到了交作业的时候，我看到媛媛是写了两张，每张写一个大大的"赢"字。

这次开家长会，让孩子们的爸爸来，就是想告诉他们，教育辅导孩子不光是妈妈的责任。好比世间万物，太阳和月亮，缺一不可，教育孩子也得讲究阴阳互补。

孩子们临出校门的时候，我特意交代媛媛："媛媛，记得让你爸爸来。"

媛媛睁着圆圆的大眼睛，使劲点了点头，马尾辫一翘一翘的，好像在对我说：老师，爸爸一定来！

第二天下午，家长们都来了，唯独缺少的是媛媛的爸爸。我不高兴地问道："媛媛，你爸爸呢？"

"老师，我爸爸在这里面呢。"媛媛站起来，拿出一个手机。

现场一片寂静，很快，便被笑声替代。

媛媛看出大家的笑不带善意，倔强地说："我爸爸在里面呢，常常给我和妈妈说话呢。"

我恍然明白过来，媛媛的爸爸平时不在家，肯定是常常打电话联系。我灵机一动，决定现场连线媛媛的爸爸，这样开家长会不是也行吗？我说："媛媛，你记得爸爸的电话号码吗？"

媛媛摇摇头。

媛媛准是偷偷拿了妈妈的手机。我说："媛媛，爸爸的名字你知道吗？"

媛媛点点头："大强。"

我接过媛媛的手机，还真是她妈妈的手机，打开通讯录，大强的手机号码排在第一位，"阿强"。

我试着拨通了电话。电话一接通，没等我开口，里面就传来了一个男人的声音："喂，嫂子你好，我是小杨，有什么事需要我帮忙吗？"

我忙说："小杨你好，我是媛媛的班主任，请问媛媛的爸爸在吗？"

那边顿了一下，放低了声音说："老师对不起，我是强哥的同事。请问给您说话方便吗？"

我似乎意识到了什么，忙拿着手机走出了教室，只听小杨说道："强哥在三个月前执行任务时牺牲了……嫂子说，媛媛还小，就让我们保留了强哥的手机。"

原来是这样。

我想了想，说："小杨，你能不能打开微信给媛媛说几句呢？"

"好的老师，我知道该怎么说。"小杨满口答应。

我就接通微信，一身警服的小杨出现在屏幕上。原来媛媛的爸爸是一名警察！那一刻，我有点羞愧，作为班主任竟然不了解学生的家庭背景，是不是有点失职呢？

媛媛的脸上有了暖色，说："小杨叔叔，我爸爸呢？让他出来好吗？他咋老是不出来呢？"说罢，媛媛噘着嘴，一副委屈得要哭的样子。

小杨说："媛媛，你爸爸跟你玩捉迷藏去了，在学校听老师的话，在家里听妈妈的话……"

没等小杨的话说完，我眼里的泪不争气地流了出来。

几年后，我忽然接到媛媛的电话，那时她已经考上了重点初中。她告诉我，她找到了爸爸，爸爸就是小杨叔叔。

<u>那一刻，我的心里像透进了一缕阳光，一下子亮堂堂的。</u>

（原载《微型小说月报》2018 年第 2 期、《剑南文学》（双月刊）2019 年第 1 期。入选山东省东营市 2020 年初中学业水平考试语文模拟试题）

花瓦坛

咸丰当皇帝那会儿，巩县城有两家钱庄，一家是周二爷开的，一家是康百万开的。钱庄类似现在的银行，或贷，或存。那时候，官办的不多，一般都是有实力的商人开办。由于周家起步早，康家的生意便有点冷清。周二爷心里跟喝了蜜一样得劲，心说不出几年，康家的钱庄就得倒闭。没想到，一个花瓦坛改变了两家钱庄的命运。

话说这一天，周家的钱庄走进一位村姑。村姑抱着一个瓦坛，就是过去农村用来盛米面的，比瓦罐大多了，若瓦罐是孙子辈，瓦坛就是爷字辈。瓦坛不同于瓷器，是用陶土做的，通气性好，吸附性强，但容易裂纹。凡是家里有瓦坛的，没有不用纸糊的。村姑抱的这个瓦坛就糊得里三层外三层，几乎看不出本色了。

当时，周二爷也在钱庄。他以为村姑的瓦坛里装的都是银子，探头一看，空荡荡的，不免有些失望，"这里是存钱的，不是收破烂的。"

村姑说："俺是来取钱的。"

周二爷把手一伸，说："契券呢？"契券就是存钱时钱庄开出的票据。

闻听此话，村姑眼里的泪噗噜噜掉下来。众人劝说半天，村姑止住哭，道出了原委：两天前，她发现瓦坛有裂纹，找不到纸糊，发现抽屉里有一沓纸，顺手糊在瓦坛上，还生怕不结实，顺着裂纹，里也糊，外也糊，里三层，外三层，把那沓纸全糊上了。昨天在外地给人撑船的丈夫回来，她才知道糊到瓦坛上的是家里十几年的积蓄——丈夫在周家钱庄存钱的契券，总共二十六两银子。在当时，对于普通家庭来说，这可不是一笔小数目。丈夫一生气，离家出走了。村姑本想寻个短见，牵挂两岁的儿子，想死也不敢死，便抱着试试看的态度来到钱庄碰运气。

周二爷走上前，仔细看了看瓦坛，隐约可以看出是契券，但字已经十分模糊了。没等他说话，钱庄的伙计说："这哪行，契券即使能揭下来，字迹已经认不出来了，怎么知道是不是我们钱庄的？你到底存的是不是二十六两？"

村姑说："大牛说了，就是存到周家钱庄的，就是二十六两。"大牛是村姑的丈夫，李姓。

没有契券，不给兑付，到天边都说得过去。看到围观的人也都一脸失望无可奈何的样子，周二爷心里有了底，装作很为难的样子对村姑说："我也很同情你，但规矩就是规矩，自认倒霉吧。"

村姑知道无望，又呜嗬呜嗬哭啼起来。

恰巧康百万路过周家钱庄，看到里边吵吵嚷嚷的，便踱步进来。

得知原委，康百万说："周掌柜，钱庄应该有原始记录，可以查查嘛。"

这话在理，那些围观看热闹的人也都随声附和。

周二爷再说拒绝就显得有点赖皮了，只好让伙计去查账。谁知道，查来查去，根本没"李大牛"这个名字。

"不可能，不可能。"村姑又哭起来。

这一回，周二爷说话也硬气了："你若不服，可以到县衙告嘛。"然后，他双手一抱拳："康掌柜，诸位乡亲，大伙儿都看到了，周某店小利薄，也有一本难念的经，实在是爱莫能助啊。"大家都听出来了，周二爷的潜台词就是这位村妇是来敲诈他的。

康百万抱起瓦坛对村妇说："老乡，可能你记错了，说不定大牛是把钱存到康家的，走，康家钱庄给你支取。"

村姑愣怔半天才明白过来，使劲摇着头，说："俺家男人说得清清楚楚，是周家钱庄的，不是康家钱庄。"

接下来，康百万劝说半天，村姑才半信半疑。就这样，康百万收了那个瓦坛，按照村姑说的数目，连本带息给支付了。

自从有了花瓦坛，康家钱庄的生意从此有了起色，周家钱庄的生意渐渐淡了，不到三年就关了门。据周家钱庄记账的先生后来讲，钱庄关门的时候，有一个人名叫"张花妞"的，存的十几笔钱没有认领，总数二十六两银子。

张花妞就是那位村姑的名字。她不知道，当年丈夫是以她的名义存下的。

康百万把花瓦坛放在康家钱庄的显眼位置，凡是进店的顾客都会从伙计嘴里听到这个故事。

（原载《洛神》2018 年第 4 期，《小小说月刊》2018 年 11 期（上）、《意林》2019 年第 1 期转载。选入浙江金华 2018—2019 学年第二学期九年级语文教学质量检测、湖南省耒阳市 2021—2022 学年九年级上学期期末考试语文试题等）

最后一个猎人

青龙山的人除了德富，一个个都下山了，有的搬到了镇里，有的迁到了城里。老伴临走那天，嘟囔着要他一起撤，说现在山里的猎物是五黄六月下大雪，稀罕着呢，政府也有了政策……德富脸一黑，打断老伴的话，说："我是猎人，不打猎干啥？"德富的脾气倔，跟头犟驴似的。"哼，你不走，狼非吃了你不可！"老伴丢下这句话，便跟着儿子、儿媳进城了。

靠山吃山，靠水吃水。这个村的人也不例外，家家户户打猎的传统最早可追溯到爷爷辈。山上的动物并非取之不尽，寻不到猎物，村里人为了生存，便砍伐山上的树木，做成家具或原木出售。青龙山原先的植被遮天蔽日，钻到林子里迷路那是常有的事。等到政府有所察觉，青龙山像是谢顶的中年男人的脑袋，光秃秃的。

政府收缴了猎枪，但德富有自己一套捕猎的方法。如下绳套，在猎物可能出没的地方铺设一根结实的绳索，一头固定在大石头上，一头挽个活套，一旦猎物的爪子踏入绳套，必被束缚，俗称"下束"；如设关子，用石头垒成一个鸡窝形状的建筑，里面拴一只活鸡或其他食物，只有一方留个门，倘若有猎物踏进门，石门会自动关闭，俗称"皮子关"；如下铁夹子，若是猎物踩上，肯定要遭殃，虽不致死，伤残是免不掉的，战斗力便大大减弱，很容易成为猎人的囊中之物，此法唤作"下夹子"；等等。因此，平时德富上山，手里攥根枣木棒，腰里别把镰刀，足矣。

山里的动物除了老鹰、麻雀之类的飞禽外，四条腿的走兽不多见了，有时出去一天，连只兔子都捡不到，气得德富对着光秃秃的青龙山，对着整天阴沉着的老天哇哇大叫，满腹的气愤、委屈，还有无奈。

这是一个刚刚暴雨过后的夜晚，天气闷热闷热的。德富辗转反侧之后刚要进入梦乡，忽然听到嗷呜的狼叫声，悲怆，凄厉！这个久违的声音让德富一下子兴奋不已，五十多岁的人了，还是机灵地从床上爬起来，习惯地去抽枕头下的猎枪——糟糕，什么也没有。他有点慌神，不敢去开门。从窗户看出去，趁着隐隐的月色，他认出是那只独眼狼！他不由得打了个颤，思绪一下子回到了十年前。

那一天，德富的"皮子关"钻进去一头狼。他赶过去的时候，这头狼呜呜叫着，像是在哭泣。他从石缝里看到，这头狼只有一只眼睛，挺着大肚子——原来是一头怀孕的母狼！察觉到德富的气息，狼匍匐在地，"呜呜"得更伤心，完全没有了狼的野性和凶猛。那声音，那眼神，似乎在哀求德富。德富犹豫了许久，直到他发现母狼眼里淌出的泪，才一狠心，放走了它。之后有一段时间，他早上起来，家门口常有被咬死的兔子，他怀疑是母狼所为。

真是狗改不了吃屎，狼改不了吃肉啊。这一刻，德富心里好后悔，若是当初结果了这头母狼，就不会有今天这个场面。怎么办？自己手里没有枪。德富有点慌神了，对着窗户大吼了两声："走！走！"独眼母狼不为所动，还在呜呜地叫着，瘆人，凄凉，似乎在诉说着什么。德富转身找到半块砖头，从窗口甩出去，独眼母狼跳跃着躲避了一下，转身又对着德富的房子呜呜地叫着，铁了心要跟德富一决雌雄，好像在说："你不出来，我就不走。"这时候德富反倒不害怕了，因为独眼母狼刚才躲闪的动作，暴露出它的弱点，灵敏性不如年轻的同类，一条腿也瘸了。假如这头独眼母狼不走，再引来其他的同类，糟糕的就是自己。不如趁现在还有点力气，冲出去拼个你死我活。想到这里，他拿起门后的一根棍子，把门打开了。

独眼母狼看到德富出来，转身跑了。德富本打算把它撵走就算了，谁知道，独眼母狼跳跃着跑了几步，又折回身来呜呜地叫着，挑衅似的。德富的倔脾气又来了，道路有些泥泞，他还是挥舞着棍子撵了过去。独眼母狼见状，扭头就跑，跑了几步又转过头来，好像看看德富跟上来没有。若是没跟上来，便停下来；若是跟了上来，它就在前面跑……就这样，直到把德富引到另外一座山头。这时候，天已经渐渐放亮，德富撵得气喘吁吁，一只鞋子也跑掉了。难道独眼母狼要"诱敌深入"，进而攻击自己？想到这里，德富不敢再追了，转身沿原路返回。到了村口那儿，眼前的景象让他大吃一惊——青龙山跟毁了容似的，坍塌了半边，把整个村子淹没了，包括他家的房子。

德富到底没有进城，他留在了青龙山，改行当上了种树人。

（原载《小小说选刊》2020年第2期。选入2020年浙江省杭州市滨江区中考模拟语文试卷、江苏省扬州市仪征市2020—2021学年九年级上学期期中语文试题、2021年广东省肇庆市高要区中考二模语文试题、杭州市上城区部分校2021—2022学年九年级3月月考语文试题等）

鲤鱼溪

鲤鱼溪是一个村子的名字，也是一条小河的名字。

在我没认识男朋友阿原之前，我不知道鲤鱼溪，也不了解鲤鱼溪的村民不吃鲤鱼的习俗。那天在饭桌上，也是跟阿原初次吃饭，当我翻开菜谱要点一道鱼时，阿原很坚决地阻止了。他给我解释说，他们鲤鱼溪的人从来不吃鲤鱼。

"为什么？"我一下子充满了好奇。

阿原说："我也不知道为什么，反正是老祖宗传下来的规矩，村里不管是大人还是小孩，不管是在外的还是在家的，都不吃鲤鱼。"

后来，我跟阿原回了一趟他的老家，才算揭晓了答案。

鲤鱼溪是一个偏僻、幽静的村落，四面环山，一条小河穿村而过。屋子的建筑已经很古老了。阿原说，有的房屋已经有四百多年的历史。显然，这是一个古村落。小河说不上多么清澈，但有点深度，水流潺潺，不时见到各种颜色的鲤鱼在水里嬉戏，自由自在，优哉游哉。不用阿原介绍，我就知道，这条小河就是鲤鱼溪。

听到我们的脚步声，溪里的鲤鱼不但没有跑远，反而循声游了过来，一尾，两尾，三尾，呵呵，真是好玩。阿原看到我惊诧的样子，也不解释，弯下腰，"啪啪啪"地拍了几下手。说也奇怪，听到阿原的掌声，鲤鱼陆陆续续聚拢过来，像是见到了老朋友一样，欢呼雀跃，显得很是兴奋和亲热。真是奇了怪了！我蹲下身子，学着阿原的样子，试着拍了拍手，那些鲤鱼游到我的跟前，好像也不陌生。阿原拆开一盒点心，轻轻撒向河面。那些鲤鱼摇头摆尾，争相而食。我也拿了一些点心，去喂那些鲤鱼。

这时候，河对岸走过一支队伍，有十几个上了年纪的老人，一个个脸色肃穆，像是送葬的——队伍最前面的一位老人手里端着一个盘子，盘子里放着一个东西，不像是骨灰，距离太远，看不真切。阿原不说话，拉着我穿过一个小桥跟上了队伍，来到一个写着"鱼冢"的圆形拱顶的建筑前，只见领头的老人把盘子里的东西丢了进去——一条死去的鲤鱼！原来这是鲤鱼村人给意外死去的鲤鱼举行的一个仪式或者说是葬礼。

返家的路上，阿原解释说，从小时候记事起，鲤鱼溪的鱼死后，村里人都要举行这样的仪式。千百年来，他们已经把溪里的鲤鱼当成村里的一分子了。

"若是山洪暴发怎么办，这些鲤鱼岂不被冲走了？"我说出了心中的疑问。

阿原没有说话，往前走了几步，他用脚跺了几下，我听到了一种沉闷的声音，空洞洞的，好像下面是空的。阿原说："这下面就是'鱼藏'，类似的'鱼藏'还有好几个，跟小溪连着，一旦山洪暴发，鱼儿就游了进来。即便有个别鲤鱼被冲走，它们也会逆流而上，回到鲤鱼溪。"

中午，我正在阿原院子里吃饭的时候，忽然听到外面吵吵嚷嚷的，好像是说谁落水了。阿原，我，还有阿原的母亲都丢下饭碗跑出院子。

是邻居的孙子小豆豆在溪边玩耍，一不小心掉进了河里。小豆豆在水中一沉一浮的，随时都有被冲走或被水淹没的危险。闻声出来的村民大呼小叫，手忙脚乱。我推了阿原一把，阿原回过神来，扒开人群，刚要跳进溪里救人，旋即出现了奇观——一群鲤鱼托举着小豆豆！阿原抓住时机，迅速探下身子，伸手把小豆豆给拽了上来。

所幸，小豆豆只是受了惊吓，身体并无大碍。

围观的人不约而同地鼓掌欢呼，当然，也包括我。我看到，溪里的鲤鱼围拢过来，扭摆着，舞动着，是在为小豆豆有惊无险而欢呼，还是在为自己的见义勇为而歌唱？或者，两者兼而有之吧。

从鲤鱼溪回来后，尽管还没成为鲤鱼溪村的一员，我也开始戒食鲤鱼了。当我老了，坐在鲤鱼溪边，望着远方的山，看着近前的水，欣赏着溪里的鲤鱼，将是一件很快乐的事。

（原载《天池》2020 年第 9 期，入选《中学生阅读》2020 年第 11 期"读写"栏目）

锁 王

亮子是当地锁厂的一名钳工。他二十郎当岁进厂，如今四十好几了，跟他一块进厂的大都换了工种，有的还走上了领导岗位，拍屁股走人的也有，只有他，还没离庙。常言说，"紧车工，慢钳工，吊儿郎当干电工，不要脸的干焊工。最后说句大实话，带工字的全都傻"，他媳妇说，这话用在亮子身上再合适不过了。这家伙，平时话不多，有股子牛劲，或者说有股子犟劲，整天拿着锉刀坐在那里锉啊锉。具体地说，亮子是在锉钥匙——那些经过机器出来的钥匙，带有毛刺的，或是开不开锁的，都要经锉打磨一下。亲戚朋友，甚至家人都劝他，换个活计。他不换，也不多解释，似乎认准了钳工这个行当。他随身背个挎包，里面装着锉、锁，还有钥匙坯，就是那种没有开齿的钥匙模具，没事的时候，他便掏出那些玩意捣鼓。有人说，他脑子里筋不够，水多。

这天中午，亮子媳妇外出买菜，回来时才想起把钥匙忘到屋里了，她就坐在门口傻等。楼上邻居张大妈见了，说："你给亮子打个电话不就得了。"亮子媳妇撇了撇嘴，说："不到下班时间，电话他都不接。"张大妈让亮子媳妇到她家去。亮子媳妇不去，说亮子快下班了。张大妈就陪着亮子媳妇说话。还没说上几句话，亮子就骑摩托回来了。得知媳妇把钥匙忘家里了，他闷头闷脑地说一句："我的钥匙也丢家了。"张大妈倒急了，"这可咋办？打110吧？"亮子说："不用。"随后，他从挎包里取出锉子和一个钥匙坯，没锉多少下，直接插到锁孔里一转，"啪嗒"一声，门开了。这一次，不但张大妈开了眼界，连亮子媳妇也惊讶得不得了。

隔天，趁着亮子在家，张大妈串门，让亮子给她家配一把钥匙。亮子把手一伸。张大妈愣了下，掏出一张五元钱递过去。亮子不接，说："钥匙，没有原钥匙配不成。"张大妈说："前天你不是拿出钥匙坯就配了？"亮子指了指自己的脑袋，说："我家的钥匙啥样我记得，没见过你家的钥匙，咋配？"张大妈明白过来，回家取了一把。亮子接过来看了一眼，然后把钥匙还给张大妈，从挎包里拿出一个钥匙坯，掏出锉，左锉，右锉，上锉，下锉，三下五除二，好了。前后不到一分钟的时间，张大妈接过配置的钥匙，翻来覆去地看了看，半信半疑地问："亮子，这就中了？"亮子说："不中，您把我手砍了！"张大妈讪笑着告辞了。张大妈走到楼上，掏出钥匙一试，还真就把门打开了。

亮子的名声就慢慢传开了，传到后来，就成了"锁王"。

这天晚上亮子下夜班，他走到半路，被一胖一瘦两个蒙面人劫持了。亮子被蒙上眼，给拉到一间很豪华的房子里。角落里有个保险柜，他们让亮子给打开，他们知道亮子的本事。

亮子说："我不会。"

胖子说："事成后，给你 10 万。"

亮子摇摇头。

"20 万。"胖子伸出一只手在亮子眼前摇晃。

"给多少钱也不干！"亮子脖子一梗，倔强地说。

亮子话音刚落，脸上重重地挨了一拳。胖子说："到底开还是不开？"

亮子擦了一把鼻子里渗出的血，说："不开。"

胖子又抡起拳头在亮子的头上、胸上舞乍了几下。

亮子的鼻子、嘴都出血了。

胖子抡拳要打，瘦子拦住，从腰里掏出一把刀，恶狠狠地对亮子说："再不老实，就杀了你！"

亮子没再吭声，脸上浮出一丝轻蔑的笑意。亮子知道，在这里他们不敢杀他，即便杀了他也无济于事。

胖子和瘦子没辙，只好把亮子放了。他们临放亮子的时候，把亮子的两只眼睛毁了。后来两人被缉拿归案后，胖子说，担心亮子日后认出他们。瘦子说，担心亮子吃独食，自己来把保险柜打开。

亮子双眼失明后，就办了病退。但是，生活还得继续。亮子就弄了张桌子，在街角那儿摆了个配钥匙的摊子。配钥匙的时候，亮子用手细细触摸一下原钥匙，之后拿出钥匙坯，用锉子锉不到二十下，有人计算过，不超过三十秒，钥匙就配好了。经他手配的钥匙，没有再返工的，都是一次搞定。

单位领导就后悔给亮子办了病退，打算高薪返聘他回去。亮子说："我习惯了，不想再折腾。有需要我的时候，我去就是。"

（原载《椰城》2019 年第 6 期。选入江苏省海安市九校 2020—2021 学年八年级上学期语文第一次月考试卷等）

神 鞭

"神鞭"是德福老汉的外号。德福老汉自小就爱玩陀螺。玩陀螺具有季节性,一般流行于春天。"杨柳儿青,放空钟;杨柳儿活,抽陀螺;杨柳儿死,踢毽子……"便是极好的证明。德福却不这样,一年三百六十五天,除了吃饭睡觉,时间都消磨在陀螺上了,即便到了二十郎当岁也如此。一个乡下人,不去侍弄庄稼,不去鼓捣点生意,这就有点不务正业了,也许是这个原因,没有一个女孩愿意嫁给他,一直光棍到老,成了真正的老顽童。德福老汉玩的陀螺花样百出,而且玩法创意多变:他玩的陀螺有木材的,有塑胶的,有金属的;他抽打陀螺时,可以倒立着打,可以转着圈打,可以翻着筋斗打……在整个河洛地区,玩陀螺的,还没有人能玩得过他。德福老汉打陀螺的鞭子也很特别,是用细麻绳捻搓而成,有大拇指头粗,结实,不会滑动,两米多长,端头是长菱形的铁钉,不但能抽打陀螺旋转,自身也转,当它抽打陀螺的时候,发出响亮又清脆的声音。有不少人也想要德福老汉的鞭子,根本甩不起来,更别说抽打陀螺了,当地人称之为"神鞭",久而久之,"神鞭"便成了德福老汉的外号。

1944 年,日本人窜到了巩县,其实只是一个中队,几十号人,领头的唤作野太郎,他本人也是个陀螺迷,听说"神鞭"德福老汉后,差人把他"请"到据点来,说要比试一番。德福老汉爽快地答应了,约定三天后。临走前,两人还有一番对话。

野太郎说:"老人家,你肯定恼恨我们日本人为什么来中国。"

德福老汉盯着野太郎,一字一顿地说:"凡是中国人,没有一个不恨的！"

野太郎拿出一个小陀螺，一边玩一边说："陀螺好比中国，鞭子好比大日本帝国，不抽打，陀螺就不会转动。换句话说，我们不来，你们就没有生机，就是僵尸一个。"

德福老汉不接野太郎的话茬，说："比赛总得有个说法吧？"

野太郎说："如果我输了，走人。如果你输了呢？"

"长这么大我还从未输过。"德福老汉不卑不亢地说。

"拿你们中国话说，骑驴看唱本，走着瞧。"野太郎的嘴角扯出一丝笑意。

从小鬼子据点回来后，大伙儿都劝德福老汉趁机逃走，毫无疑问，不管最终比赛结果如何，德福老汉都不会有好下场。德福老汉淡淡一笑，然后肃着脸说："这里就是咱的家，往哪里走？该走的是小日本。"

约定的时间到了。德福老汉带去的陀螺是铁质的，个子大，看样子有两百多斤，呈倒圆锥形状。比试开始后，德福老汉双臂抱住陀螺，猛地一转，陀螺转动起来，却也摇摇欲坠，德福老汉忙挥起鞭子抽打陀螺，陀螺开始旋转起来，随着鞭子频率的加快，陀螺转的速度逐渐加快。野太郎这才把他的陀螺搬出来，他的陀螺没有德福老汉的陀螺大，但轴心是斧头状的——德福老汉见状，暗暗吃了一惊。围观的小鬼子也都"嘿嘿"奸笑着，他们心里明白，一旦野太郎的陀螺碰到德福老汉的陀螺，德福老汉的陀螺必被撞坏，再旋转已经不可能！如是这样，德福老汉必败无疑。

野太郎的用意也正是如此，他挥舞着鞭子驱赶自己的陀螺靠近德福老汉的陀螺，无奈，他的陀螺根本到不了跟前。一则是德福老汉挥舞的鞭子噼里啪啦，呼呼生风，无形中有股强大的力量；二则，德福老汉的陀螺转速越来越快，本身就产生一种向外发散的力量。这两种力量合在一起，逼得野太郎的陀螺根本靠近不了。

野太郎心中恼怒，气得脸都成了猪肝色。德福老汉越玩兴致越高，似乎浑身有使不完的力气。野太郎的陀螺不及德福老汉的大，鞭子更像是兔子尾巴——不长，早已累得上气不接下气，他打陀螺的样子好似醉鬼在跳舞。胜败已成定局。看热闹的小鬼子都端起枪，瞄向了德福老汉。德福老汉忽然抽回绳子，原是左右开弓抽打陀螺，这次是直上直下劈打陀螺——说时迟，那时快，只听"嘣"的一声巨响，"陀螺"如同炸弹一样爆炸了，德福老汉，野太郎，还有周边围观的日本鬼子，无一幸免。

原来，德福老汉的陀螺是特制的，里面装有火药。

当地人为了纪念德福老汉，每年春天都要举办陀螺比赛。时至今日，这项活动已经成为一个世界性的赛事，有不少外国选手，包括日本选手，几乎年年都来参加。有趣的是，<u>每届的冠军都是中国人，无一例外，都是河洛地区的选手</u>。

（原载《芒种》2019 年第 7 期。选入 2023 年福建省三明市三元区中考一模语文试题）

马战友

　　整个连队只有一匹马，名义是连长的坐骑，可是连长很少骑它。这匹马不是什么名贵的品种，一匹普普通通的马，个头一般，毛色纯黑，不带一点杂色，性情也温顺，没有发过脾气，大家给它取名"老猫"，自然也有看不起它的成分。

　　唯独连长例外，自己省下口粮，悄悄塞到"老猫"的嘴里；有时间了，给它洗洗澡；遇到风雪天，害怕它冻着，把自己的裤子抽出来披到它身上……有一天，因为没有粮食，厨师拿它出气，仅仅是抽了它一鞭子，被连长狠狠熊了一通。

　　在一次伏击战中，连队两个战士受伤，急需送到三十里外的总部医院。若是派人抬担架去，时间慢不说，需要占用四名战士，本来人手不够，而且战斗还处于胶着状态。怎么办？连长看到"老猫"，两眼一亮，说："让'老猫'带着两名受伤的战士去！"通讯员小刘吃惊地问道："连长，这可以吗？"连长说："可以。"连长这样说，也只有三四分的把握。上个月，连长骑着"老猫"到医院做阑尾炎手术。等手术做完后，连长昏迷中尚未苏醒。医院不知道还有个"老猫"，派了个车护送连长——战争期间，医院人满为患，无大碍的都让提前出院。连长走后没多久，"老猫"竟挣脱缰绳，撵了一路，独自回到驻地。

　　既然连长发话了，大家就把两名受伤的战士绑缚在"老猫"身上，然后连长指了指方向，轻轻拍了拍它的屁股。"老猫"似乎什么都明白，头一仰，撒开四蹄，"哒哒哒"地跑远了。

战斗结束，消灭敌人22个，缴获重机枪两挺，轻机枪四挺，迫击炮1门，炮弹12枚。连长很是高兴，准备安排人往山下抬时，"老猫"回来了。看到它大汗淋漓的样子，连长心头一紧：两名受伤的战士给送到医院了？还是半路出了什么岔子？他上前拍了拍"老猫"的头，忽然看到马嚼子上拴着一团纸条。连长解开，上面写着：两名受伤的战士已经到医院，生命无大碍。连长愣怔了一下，上前抱着"老猫"的脖子亲了个够，好像是他老家的未婚妻来了。

至此，大家不得不对"老猫"另眼相看。

那次，通讯员小刘骑着"老猫"给团部送信，回来途中遭到敌人的伏击。"老猫"虽然没有受过训练，但是它一点也不含糊，仿佛对身边飞过的子弹视而不见，扬起高傲的头，两只炯炯有神的眼睛闪烁着星光，它四蹄翻飞，箭一样往前冲。等逃离险境，"老猫"没有减速，以越来越快的速度，往连部赶。事后小刘说："那一刻，我感觉'老猫'像飞一样，不弱于一匹真正的战马。"

等到小刘和"老猫"赶回驻地，小刘刚从马背上跳下来，"老猫"一下子瘫倒在地。起初，大家以为它是累的。连长走到跟前，忽然发现"老猫"的眼里渗出泪水。他忙蹲到"老猫"跟前，用手去抚摸它身上的毛，摸到肚子那里的时候，依然湿漉漉的，不是汗水，是血水！连长这才发现，"老猫"中弹了！未来得及处理、包扎，"老猫"就因为失血过多，永远地闭上了眼睛。

厨师提议，既然"老猫"死了，可以剥皮吃肉。小刘不干了，说："要不是'老猫'，我早就没命了。"还有上次"老猫"独自驮到医院去的两名战士，他们也不同意"卸磨杀驴"，不，在这里应该说是马。

意见不统一，大家都把目光投向连长，他是"一家之主"，是杀是埋他说了算。

连长重重地叹口气，说："'老猫'是咱们连的一员，按烈士的待遇，厚葬它。"

听到连长的话，在场的战士都诧异不解，埋就得了，还厚葬，未免有点过分。

连长看出大家的疑惑，像是自言自语又像是给大家解释："那一年，我跟随皮徐支队路过河南巩县老庙村，在当地征兵时，老百姓的热情很高，除了青壮年踊跃报名外，六十多的老人，十一二岁的孩子，都要求当兵。还有一位王大娘，牵出了她的马，她说自己一辈子无儿无女，就让那匹马当她的儿子上战场吧。那匹马就是'老猫'……"

后来，王大娘隔三岔五就能收到一张汇款单，这些汇款单来自全国不同地方，汇款人姓名一栏，填的都是"马战友"。

（原载《北方文学》2022年第10期，《小小说选刊》2022年第22期、《作家文摘》2022年12月23日、《故事会》2023年4月（上）转载，入选《2023年中国小小说精选》，选入广东省河源市和平县2022—2023学年七年级下学期期末语文试题、2023江苏宿迁市初中毕业暨升学模拟考试语文试题等）

绝　唱

　　起初，她不想住院，她知道自己的病没救，花钱不说，还占用医疗资源。事实上，她得的就是不治之症，癌。她没事似的对家人说："我已经八十了，就是台机器，零部件出点问题也正常，没事。"她跟天下所有的父母一样，不想给子女留遗憾，想给他们一点尽孝的机会，最后还是住进了医院。

　　她住院的消息传出后，许多人，上至各级领导，下至普通百姓，都为她担心，有不少人跑到医院看望她；那些外地赶不过来的，寄鲜花，邮苹果，通过种种渠道表达对她的关心。

　　尽管她住进了医院，一个张姓著名导演还是抱着试试看的态度来了，除了慰问，他是有目的的——有一场大型的演唱会，张导想让她参加，出场费30万。那时候，她的病情得到暂时的缓解，身体感觉不到疼痛了，有说有笑的，精神头好了许多。

　　说实话，在她一生当中，还没拒绝过任何人。她曾经说过，人家找上门来，是看得起自己。自己有多大能耐，不就是会哼两句吗？她说："我也想去，怕身体吃不消。"

　　张导说："您就唱一段……30万不行，50万。"

　　"不是钱的事，真的不能去。"自己的身体自己清楚，不能给子女添乱，不能给组织增加麻烦。

　　"您就去一趟，不唱也可以，报酬一分不少。"张导还不死心。说实话，她的名气太大了，只要她到场，演唱会就成功了一半。

不管张导怎么说，末了，她还是拒绝。她心里明白，若不是商业演出，若不是这个张导有点花花草草的事，还会考虑的。

过了一段时间，原计划回家休养，想不到病情复发，癌细胞扩散，已经开始便血、尿血了。最好的医生，最好的仪器，最好的药物……遗憾的是，她的身体还是每况愈下。

当得知奥运场馆建设工地上有一场专门慰问河南农民工的演出时，躺在病床上的她决定出演。

她把想法说出来，大家都惊呆了，以为她糊涂了。

"我没有糊涂……若是不去，怕是再没机会了。"她停顿一下，又积攒了一些力气，断断续续地说，"老乡们爱听我的戏……我也想他们呐。"

医生说："你一唱，就要运气，丹田附近有刀口，很容易绷。"

她笑着说："我唱了一辈子，这点分寸我还是能把握的。"

"妈，您唱了一辈子，还没唱够吗？！"女儿小玉说着，眼窝里已经藏满了泪。

医生随口说道："是慰问演出，没有出场费的。"

她打断医生的话，没好气地说："有出场费我也不要！"

医生知道自己说错，忙赔礼道歉，说："您真的不能再去，身体比演戏重要。"

她说："在我眼里，戏比天大！"

就这样，谁也劝阻不了，只好依她。若是坚持不让她去，病上加气更糟糕。

她说："我多天没唱了，还得练一练。"

小玉有点生气了，但还是耐着脾气说："妈，大家知道您有病，即便唱得差一点，都能理解。"

"不行！得练！"于是，她吃了止疼药，开始练唱。练习了几次后，她自己感觉满意了，才罢休。

那天是 2003 年 12 月 23 日，刚过冬至，小北风呼呼地刮着，天气十分寒冷。不顾医生和亲朋的反对，在小玉的陪伴下，她来到了北京奥运会建筑工地。演唱之前，医生交代她，一旦感觉刀口疼就停下来，千万不能硬撑。

她吃了止疼药，穿戴齐整，精心化妆后，上场了。一个转身，一个亮相，气质、形象惊艳全场，她一开口更是震惊了在场的所有人。她唱的是现代戏《柳河湾》片段：

工地上敲罢了下工钟，我手推菜车往正东。

沟东头有一片向阳地，社员们能吃饭来能歇工。

我把菜车推过去，换几个零用钱还方便群众。

车中菜全是俺家院里种，样样干净都讲卫生……

吐字铿锵有力，嗓音婉转动听。随着她的演唱，大伙儿跟着一起唱。现场除了响彻不断的掌声，还夹杂着呜咽声，他们知道，这是一个病魔缠身的人，一个刚刚换下病号服的人。

演唱结束后，她擦了擦额头的虚汗，强忍着钻心般的疼痛，在小玉的搀扶下，缓缓走下舞台，微笑着和涌上来的一个个农民工握手、问好、合影。没有坚持到底，她便歉意地对众人说："老乡们对不起，俺坚持不住了……"

回到医院，小玉一边给她换衣服，泪珠一边往下滚：她上身的内衣湿漉漉的，那是被汗水浸湿的！下身的衣服，毛裤、绒裤也都湿了，不是尿，也不是汗，是血，鲜红鲜红的血！小玉再也忍不住，失声痛哭。她说："别哭，我还活着呢。"她这么一说，小玉"呜嘀呜嘀"哭得更厉害了。

没过多久，她撒手人寰，与世长辞。她，就是"双百人物"中的共产党员、现代豫剧一代宗师、人民艺术家常香玉。

（原载《教师报》2021 年 10 月 13 日，入选《2023 中国年度小小说》。选入 2023 年中考语文广州专项训练）

唢呐王

　　山里来了个吹唢呐的，自称姓王，大伙儿叫他"唢呐王"。至于他的底细村里人并不清楚——他说自己的家乡被鬼子占领了，无家可归。山里人菩萨心肠，收留了他。山上有两孔破窑洞，没人住，他收拾一下总算有个窝了。

　　"唢呐王"六十多岁，依然有着过人的耐力、娴熟的技能：有时站着吹，有时坐着吹，有时躺着吹，有时倒立着吹；有时用嘴吹，有时用鼻子吹；唢呐上有碗子、杆子、哨子等部件，他有时一边卸一边吹；有时吹传统曲谱，有时吹民歌小调。唢呐的声音清脆，或深远悠长，或婉转凄凉，仿佛在讲述着一个个不同寻常的故事，让听的人时而激情澎湃，时而沉思遐想，时而潸然泪下。这就是唢呐的特点：高兴了送你入洞房，悲伤时送你见阎王。更绝的是，别的唢呐班要好几个人才能把场子撑起来，"唢呐王"一个人就行：左手拿唢呐吹，左手臂的肘关处绑一扇钹；右手的手心攥个钹，手背面绑一根敲锣鼓的棍，鼓绑在腰上，胸前吊着锣……以至于有的时候大老远就听见了锣鼓喧天，却不知这所有的声音是他一个人鼓捣出来的。

　　"唢呐王"不像个正经的庄稼人，每天来去匆匆，不是钻山林，就是往城里跑。村里人问他，他说上山砍柴。有时会说城里朋友办事，吹唢呐去。对此，村里人也不过多议论，兵荒马乱的年代，自家的日子像树叶似的稠得数不过来，哪顾上一个不沾亲不带故的外人？有一天，"唢呐王"带回来一个八路军伤病员。村里有人害怕得不得了，因为鬼子就在城里住，若是走漏了消息，那还了得？"唢呐王"笑着安慰大家，"没事的，山里偏僻，鬼子不会来的。若是有事，我不会连累大家。"直到把那位八路军的伤养好，"唢呐王"才把他送走。

小鬼子猖獗的时候，也来扫荡过几次，村民们都安然无恙——"唢呐王"给大家约定了信号，有紧急情况，他就学狼嚎，大家赶紧躲起来。他的口技也是一绝，有一次学画眉叫，还引来了两只真画眉。没过多天，来了一队小鬼子，搜寻"唢呐王"。"唢呐王"没在家，上山了。小鬼子就把村里的男女老少集中起来，说"唢呐王"是八路军的地下交通员，要他们说出"唢呐王"的下落，不然就统统杀了他们。

正在这要紧关头，一声嘹亮的唢呐破天而降，热情欢快，高亢激烈，仿佛是天籁之音。村里人听出来了，那是"唢呐王"常吹的《百鸟朝凤》，先是一只鸟，接着两只鸟……有喜鹊，有黄鹂，有斑鸠，有画眉，等等，百鸟和鸣，其乐融融，一片大自然的祥和景象。

"唢呐王"？小鬼子们回过神，兴奋异常，循着声音开往山里。山路陡峭崎岖，山林高大茂密，小鬼子们走得跌跌撞撞，一个个像是醉鬼。走着走着，听到密林里传来叽叽喳喳的说话声：

"指导员，你这是啥枪？"

"呵呵，这是匣子枪，缴获小鬼子的。一次装 20 发子弹，既能单发，也能连发，性能不亚于机关枪。"

"指导员，打一枪试试。"

"指导员，也让我们开开眼界。"

"就是，就是。"

"不合适吧？鬼子听到了怎么办？"

"咱这么多人怕个啥，正等着他们来呢。"

紧接着只听"啪"的一声枪响，子弹似乎刺破了天空，带着哨音而去。

难道是八路军的主力部队？不像是。不过，小鬼子们还是被吓坏了，从声音上判断，至少有一二十人！而他们，只是一个小队，八个人，地形又不熟悉，贸然进山，用中国话讲，无疑猪去缚虎，自寻死路。小鬼子也不是傻子，忙悄悄撤退，狼狈的样子如同咬架吃了亏的野狗。

城里住着一个连的鬼子，头目叫山野木子。他听了小鬼子的汇报，如同一条多天没有找到食儿的狗啃住骨头似的兴奋，留下几个老弱病残的守门，其余的，统统开往山里。

这一次却也奇怪，山野木子带人进山后，只是听到了唢呐声，不远不近，若即若离，仿佛人就在眼前不远处，走过去，再支起耳朵辨认，又像是在山头那儿。望着大山深处，山野木子似乎明白过来，难道属下听到的一切都是"唢呐王"的"杰作"？莫非八路军使用的是调虎离山之计？山野木子正自疑惑，忽然听到城里传来激烈的枪炮声！隐隐约约，不甚真切，却也听得分明。他暗叫不好，带兵急急往回赶。等到了城里，碉堡已经被炸，营房被烧，到处一片狼藉。山野木子来不及撤退，已经成了瓮中之鳖……

那天，"唢呐王"下山后，村里人问他干啥去了。"吹曲。"他拍了拍腰间的唢呐。村里人继续问他："你是不是八路军？""唢呐王"笑了笑，说："我只会吹唢呐。"

后来，"唢呐王"就从村里消失了。有人说，这个地方没有鬼子了，他去了有鬼子的地方。这话有人不信，说吹唢呐能打鬼子？吹吧。

（原载《河南文学》2021 年第 6 期，选入安徽省金寨县 2022—2023 学年第一学期期末质量测试九年级语文试卷、河南省平顶山市郏县 2022—2023 学年九年级上学期期末语文试题等）

红枣飘香

　　八路军走进老庙村的那天起，部队官兵严格遵守"三大纪律八项注意"，把一所破庙收拾一番就住了进去。他们每天到老百姓家里去，帮助老百姓重建被鬼子毁坏的家园，有的爬上房顶修缮房子，有的钻到灶间砌灶台……该吃饭的时候就回到破庙里，吃自己带的干粮。老百姓过意不去，有的拿出珍藏的粮食，有的把自家的皂角板让战士们带回去洗衣服、洗头等。八路军纪律严明，没有一个接受老百姓的"小恩小惠"。

　　杨静的帮扶对象是王大娘。王大娘的儿子和媳妇都被小鬼子杀害了，留下一个不满八岁的孙子小豆豆。杨静一边安慰王大娘，一边激励她，让她从悲痛中站起，和全国人民一道把小鬼子赶出中国去。在杨静的帮助下，王大娘的心情逐渐晴朗起来。有时候，杨静以小木棍为笔、沙土为纸，或用锅底灰涂在墙上，白粉土制成粉笔，教小豆豆认字，学文化。

　　王大娘家的院子里有棵弯弯的枣树，枝繁叶茂，有着上百年的树龄。眼下正是秋天，枝头上挂满了枣子，嘟噜连串的，把枝头都压弯了。枣子红澄澄、亮晶晶的，泛着光泽，再有几天光景便该采摘了。这天眼看着天黑了，王大娘走到枣树前，伸手去摘枣。小豆豆跑了过来，嚷嚷道："奶奶，奶奶，不要摘嘛！"王大娘说："这枣子是给你杨阿姨吃的。"小豆豆一下子噘着嘴，显得很不乐意。王大娘说："咋？不舍得让你杨姨吃？"小豆豆看了正在给奶奶缝补褂子的杨静，说："我，我想把这些枣子卖了，买枪打小鬼子！"王大娘笑了，说："你杨姨他们就是打鬼子的！"小豆豆看了一眼杨静，又看了一眼奶奶，似乎不相信奶奶的话。杨静说："小豆豆，奶奶说得没错，我们就是打鬼子的！"小豆豆的脸上这才漾出了笑意。

杨静要走了，王大娘执意要把枣子给她，她不要。小豆豆呢，胳膊叉开挡住大门，说："阿姨不拿不让走。"推让半天，杨静只好把枣子装进自己的口袋。回到驻地后，杨静把枣掏出来，借秤一称，一斤二两。于是，她按市价连夜把钱送给王大娘。当时小豆豆还天真地问："阿姨，为啥给钱啊？"杨静说："小豆豆，咱八路军有三大纪律八项注意。"

小豆豆又歪着头问道："阿姨，啥是三大纪律八项注意？"

杨静就耐心解释道："三大纪律就是一切行动听指挥，不拿群众一针一线，一切缴获要归公；八项注意就是说话和气，买卖公平，借东西要还……"

小豆豆似懂非懂地点点头。

"嗨，这样的部队咋能不打胜仗呢。"王大娘感慨道。

又过了几天，杨静和王大娘坐在枣树下纳鞋底。忽然，枣树上落下几颗枣子，刚好掉到杨静身边的泥地上。瓜熟蒂落，枣子也一样。杨静见怪不怪。

王大娘放下鞋底，忙着捡拾地上的枣子，在衣襟上擦了擦，然后递给杨静，"闺女，吃吧，掉地上的，是老天爷让你吃呢。"

"大娘，这枣不能吃！"杨静摇摇头。

"又没有人知道，只管吃罢。"王大娘劝说道。

"大娘，你知，我知，天知，地知，怎么会没人知道呢？"杨静环顾四周，"豆豆呢，我给他带枪来了。"

"我在这儿呢。"说话间，小豆豆从高高的枝杈间猴子一般哧溜滑了下来。

杨静这下明白了，祖孙俩为了让她吃到新鲜的枣儿，小豆豆爬上枣树轻轻摇晃树枝，落在地上的全是熟透的枣儿啊。

杨静从背包里摸出一把木头手枪，朝小豆豆晃了晃，小豆豆高兴得涨红了脸。

一阵微风吹来，院子里飘荡着枣香，那样的沁人肺腑、润人心田，使人差不多要醉了。

（原载《郑州日报》2022年8月21日第3版。选入河南省信阳市平桥区2022—2023学年九年级上学期期中语文试卷、安徽省合肥市琥珀中学2023—2024学年八年级上学期期中语文试题等）

残　碑

　　回郭镇李氏祠堂前有一道功德碑，只有上半截没有下半截，自然，碑上的字也残缺不全。这道碑是为纪念名医李诏亭而立的。初立这道碑的时候，李诏亭尚健在，时年68岁。难道是给活人立碑犯了忌讳才被砸的？还是主人配不上这块碑？此事还得从李诏亭去世说起。

　　1940年农历二月二十九，李诏亭病逝。得知这个消息后，巩县本地及周边受惠之人前来吊唁，成千上万，络绎不绝。大家捐款捐粮，聘请三个剧团唱了半月有余。李诏亭八十多岁仙逝，算是喜丧。戏台两边搭棚建灶，以便众人吃饭看戏。告别当天，送别人群长达数里，人们个个泪流满面，伤心不已。乡亲们也都异常感慨，议论纷纷。有的说："啧啧，县长死了也没这样的场面。"有的说："老人家一辈子也值了。"有的说："到了三周年，说不定比这个还热闹。"有的说："一个人一辈子两块碑，一个是生前所立，一个是死后所立，世上少见！"有的说："还有那些匾，什么'悉诸传方''曾饮上池''长桑遗秋''岐黄再世'，十多块呢。"

　　隆重的场面李诏亭的夫人也看到了，众人的议论她也听到了，悲伤之余，她一边替丈夫欣慰，一边有一丝不安，觉得那块功德碑不能再保留。

　　真正让老夫人下决心砸碑的是李河的死，埋葬李诏亭后的第三天，只有40多岁的李河，因操办李诏亭的丧事被活活累死。事实上，李河是因为李诏亭辞世而伤心过度病逝的，当然，也有操心劳累的原因。

　　得知老夫人的决定，大家都吓坏了，以为她糊涂了。大儿子天庚说："娘，这是爹的脸，咋能砸呢？"这块碑是1923年由河南六县数百名民众立的，碑阴上刻满了密密麻麻数县受惠百姓名单，碑阳正文写着"名医诏亭李老先生懿泽悠长"，以彰显李诏亭品行高洁的功德。

老夫人叹息一声，说："该享受的他都已享受到了，不能再让活着的人有负担。有'湛水先生'这个名号就够了。"因李诏亭医术精湛，兼有水清之德操，故称他"湛水先生"。

同村人李仓苦苦哀求道："大娘，老先生配得上这块碑，不能砸！"有一次李仓从李诏亭家门口经过，李诏亭看他气色不佳，断定他身体肯定有疾。原来李仓胸口有一个碗底大的疮，不疼不痒。李诏亭说："此乃护心疔，趁尚未发作蔓延，需尽早医治。"李仓不想治疗，因为他家境困难，手头拮据。"你这疮无需吃药。"说罢，李诏亭用冷水喷李仓的面部，然后刀随手至，立时恶疗除掉。

在场的其他人也都纷纷出面劝解。

老夫人看看这个，瞧瞧那个，喘息了一下，说："你们说，若不是他给人看病，年纪轻轻的时候会残疾？"

这一句话把大家都问成了哑巴。

有一年，罗口村的王指南患病，找了多个医生都束手无策，生命垂危之际，王指南父亲王成春来请李诏亭。在去的途中，李诏亭看病心切，担心延误时机，抽马一鞭子，马嘶鸣一声撒蹄飞奔，他却不慎坠马。王成春要带他去附近药铺诊治，他说："皮外伤，不碍事，给孩子看病要紧。"说罢一瘸一拐蹭鞍上马，忍痛赶到王成春家。给王指南看过病开过药方，直到一剂药下肚，王指南转危为安后，他才到药铺诊治。可惜的是，因为贻误了最佳治疗时机，他落下终身残疾，走路时需要拐杖或者让人搀扶。

老夫人又说："你们说，若不是他给人看病，会撇下我一个人，自己到那边享福？"

在场的人面面相觑，也都默默垂下了头。

前几天，李诏亭偶感风寒，适逢回郭镇李邵村杨清益的儿子患了急症，杨清益去请他。85岁高龄的李诏亭没有丝毫犹豫，不管家人的反对，不顾年老体弱，一边咳嗽着一边往外走。因为病人情况特殊，李诏亭吃住在杨家。他一边给病人用药，一边观察病人的反应，有时半夜还要起床查看。接连3天，直到病人痊愈他才离去。不幸的是，李诏亭因疾劳交加，返家后的第三天便去世了。

就这样，好好的一块碑被一砸两半。老太太不解"气"，要求砸碎。五儿子天合年轻，脑瓜子灵，对老太太说："娘，村里道路不平，不如抬去铺路，也算是我爹为世人做最后一点贡献。"

老太太这才答应。

2016年，李家后人李发权为纪念先祖，又把残碑找回来，立在了祠堂门前。

（选自《百花园》2023年第11期，有删改。选入陕西省延安市富县2023—2024学年九年级上学期期末语文试题）

站　哨

　　1944 年 10 月 2 日晚上，八路军豫西抗日独立支队从黑石关回到涉村。安排部队住下后，司令员皮定均和支队领导开会，研究下一步行动方案。等一切安顿停当，已经是凌晨两点。皮司令又像往日一样，一个人外出查哨。黑石关首战大捷，他太兴奋了，虽然有些疲惫，却没有一点睡意。

　　黑石关位于巩县西部，是东上郑州、西去洛阳的关隘之地，是扼守陇海铁路的咽喉之处、险关要道。豫西沦陷后，日寇在此修复大桥，筑堡建垒，为进攻我国西北作战略准备。就在几个小时前，独立支队出其不意，奇袭了黑石关，消灭了日本鬼子 1 个小队、伪军 100 多人，击毁小汽船 13 艘，释放了 2000 多名被抓来修桥的民工。皮司令明白，这次胜利与当地老百姓的配合是分不开的。想到当地老百姓，他回忆起几天前发生的一件事。

　　由于部队刚来，粮食补给还不到位，皮司令只好将战士们分散到老乡家吃饭，同时规定，一定要付钱，不能白吃。当时，皮司令被几个村干部争来抢去，争执不下。村农会主席曹忠就以谈工作为名，将皮司令硬拉到自己家里。

　　皮司令走进曹忠家的大土窑内，跟曹忠的母亲曹大娘打过招呼后，便坐在煤油灯下看起书来。一听说是八路军的司令员，曹大娘高兴坏了，悄悄杀了一只大公鸡，又将瓮内仅有的一点白面拿出来，烙了两张油馍。等到端上桌，皮司令望着热气腾腾的鸡肉和油馍，心里犯了嘀咕：眼下正值青黄不接的季节，豫西又荒旱多年，哪来这样的饭菜？想到这里，便推说到卫生间去一趟，回来后抬脚拐进厨房，他掀开灶台旁边的大锅，趁着窗外皎洁的月光，看到里面全是榆钱菜窝窝。他一手抓了一个，边吃边走进窑内，说："曹忠，你可不孝顺，怎么让大娘吃窝窝头啊？"曹忠母子一看皮司令"搜"出了窝窝头，赶忙上前去夺，皮司令一边躲避，一边笑嘻嘻地说："大娘，我最爱吃榆钱窝窝头了。如果您今天不让我吃，以后再不来您家了，并且我逢人就说，曹大娘抠门，放着好东西藏起来不让我吃。来，大娘，您吃肉和油馍！"曹大娘叹了一口气，一边揉着眼角一边说："听说村里还有两个战士有病，我把鸡肉和油馍给他们送去。"

有这样的人民做靠山，收拾小鬼子还不是小菜一碟？！皮司令感慨不已。正值深秋时分，天气有些寒冷。到处黑乎乎的，"唧唧""啾啾"，各种昆虫的鸣叫此起彼伏，加剧了夜的宁静。皮司令明白，越是这样的时刻，越得加强警戒，不能掉以轻心。黑石关首战大捷，周边的日伪军肯定不会甘心，随时都有可能报复。

皮司令走到了东街口，奇怪的是，没有像往常那样听到喝问口令的声音，疑窦顿生，心也顿时提了起来。他掏出手枪，趁着夜色的掩护，悄悄走到哨位上查看，只见一个小战士坐在墙角处怀抱着枪！霎时间，皮司令出了一身冷汗：难道小战士被暗杀了？四下看看，并无异常。此时，月亮从云层中出来了，再看那个小战士，不过十六七岁，满脸稚气，嘴角上挂着甜甜的微笑，不知在梦中遇到了什么喜事——他发着均匀的呼吸，偶尔扯一下呼噜。原来小战士睡着了。皮司令松了一口气，旋即心又疼起来：战士们刚打了一仗，连夜跑了十多里回来，能不累？月光下，皮司令看到小战士的衣服挂了许多口子，隐约可见斑斑血迹，脚上的布鞋已经裂开了口，用绳子捆着。皮司令两眼潮湿，轻轻叹了口气，脱下自己的外罩轻轻盖在小战士的双腿上。然后，他不声不响地站在了哨位上。

天气凉，皮司令穿得单薄，忍不住打了个喷嚏，小战士被惊醒了，一个激灵，"呼"地站起来，只见身边站着一个人，忙端起枪问道："谁？口令！"

皮司令转过身，轻轻地说："小鬼，你醒了？"

小战士听到司令员的声音，心里一惊，忙打了个立正，结结巴巴地说：“司令员……”在哨位上睡觉，按照部队纪律是要给处分的啊，一时间，小战士心里忐忑不安起来。

皮司令似乎知道小战士的心思，轻轻拍了拍他的肩膀，亲切说：“小鬼，你太累了，我替你站了会儿哨。”

“司令员，您处分我吧。”

“你们白天行军，晚上打仗……是我考虑不周。”皮司令说到这里，转换了一下口气，继续说道：“以后可不能这样，出了问题我们会吃大亏的。”

这时候，换岗的来了，皮司令对那个小战士说：“小鬼，回去好好休息，明天还有任务呢。”

小战士捧着皮司令的外罩，“司令员，您把衣服穿上吧。”

皮司令接过外罩，转身披在那个换岗的战士身上。

小战士心里叹道：有这样的司令员，何愁打不了胜仗？

（原载《中学生阅读》2023 年第 2 期，《小说选刊》2023 年第 4 期转载）

在希望的田野上

花珠马上就要大学毕业了，在实习的问题上与妈妈桂兰产生了分歧。花珠在上海读的大学，桂兰希望花珠能在上海找个单位实习，将来有机会留在上海。花珠呢，却想回河南老家。两人虽然远隔千里，有了微信便近在眼前，丝毫不耽误交流。

花珠说："妈，上海这地方，大学生多了去，显不着咱，还不如回去。"

桂兰心里荡漾了一下，她知道花珠的心思，担心自己一个人在家孤单。花珠四岁那年，她爸出车祸走了，是自己累死累活把她养大的，她比一般的孩子更懂得感恩和孝顺，说的话就很顺耳，像个痒痒挠，挠的尽是痒痒处。但是，当父母的，还是希望子女像雄鹰一样飞出去，能飞多远就飞多远，能飞多高就飞多高。想到这里，桂兰稳定了一下情绪，说："'人往高处走，水往低处流'，傻闺女，好不容易走出去了，咋能再回来呢？"

"妈，人往高处走，其实高处不胜寒；水往低处流，其实海能纳百川。您一辈子没走出村，不也是过了大半辈子？"

"别跟妈贫嘴！妈吃的苦你知道？脸朝黄土背朝天，风里来雨里去……"

"妈，都是老皇历了，我的耳朵都听出茧子了，就别再提了。"

大前年，村里的土地都流转给了希望，每亩地希望给大伙儿800元的租金。这比种地还划算。家里有六亩地，自己不用操心，一年还白落4800元。

桂兰不吭声了。

花珠说："妈，希望哥租一千多亩地，都弄啥哩？"

桂兰说："啥子观光农业园，说是种菜都不用土，嗨，妈也搞不明白。

需要钱不？妈给你转。今年的地租，希望前天转给我了。"

花珠说："妈，给您说过，我在大学勤工俭学，有奖学金，用不着。对了，现在不种地了，家也没啥事，您可以出去转转看看啊。"

"我天天转，天天看，还不花钱。"桂兰说着把手机的摄像头对准桌子上的地球仪，这个还是花珠上初中时她给买的。

花珠"扑哧"一声笑了，说："妈，我给您说正经的。"

"妈听你的，出去旅游。但你也得听妈的，就在上海实习，不要胡思乱想。"

"好，好，好。"花珠忙不迭地答应了。

一星期后的一个晚上，花珠和妈妈视频聊天。桂兰看到花珠是在火车的卧铺车厢里，忙问："闺女，你这是去哪儿？"

"妈，我在火车上实习。"

"啊？你学的是农业，咋在火车上实习？"

"妈，你不是让我留在上海吗？没有找到合适的单位，只好找了个在火车上实习的机会，乘务员，也不是很累……不过，白天忙，不能聊天，只能晚上啊。"

"好，好，好，妈天天晚上和你聊。"

就这样，每天晚上，花珠和桂兰都视频聊天。桂兰看到，每一次，花珠都是在火车的卧铺车厢里，这倒也好，风吹不着，雨淋不到。不过，实习结束后干啥呢？总不能当乘务员吧？桂兰想从花珠的话里套出话来，可是，花珠说话每次都是断断续续的，像吝啬鬼发红包似的，一次说一点，一次比一次的信息量少。

桂兰在家闲着无事，就到希望的农业园找了个事，干保洁，每月4天休息时间，1800元的工资。上班的第一天，大约是上午11点，桂兰正在农业园的草坪里捡拾垃圾，忽然接到花珠微信视频聊天的请求，她忙挂断了。她东张西望了一番，有了主意，跑到那个水泥站台上，两边停放的是火车——希望买的是几节报废的火车车厢，简单装修了一下，让员工以及来这里拓展训练的客人当作宿舍用。<u>桂兰抻了抻衣服，拍打了两下裤腿——其实上面也没有尘土，</u>之后，她开通了跟花珠的视频聊天模式。

"妈，您干啥呢？"花珠还是在火车的卧铺车厢里。

"你不是说让我出去旅游吗，瞧，我在站台上。"桂兰说罢，用手机的摄像头照了照身前身后的火车。

"妈，您这是要到哪儿旅游？"

"北京，妈还没去过北京呢。"

"妈，您是不是上错站台了？"

"没有啊，就在县城的火车站，巴掌大的小站我还能上错？"

花珠忍住笑，说："妈，您转身看看您身后的站牌。"

桂兰扭头一看，只见后边竖着的站牌上写着"希望站（起点）——幸福站（终点）"，她不自然地笑了，然后对着手机说："花珠，这是希望的现代农业园，我来这里真长见识了，大棚里的豆角两米多长，吊在架子上像蛇……听希望说，他这里来了一个科班出身的实习生，之前就是人家给谋划的。"

"妈！"花珠推开"车厢"的门下来了——就是旁边停放着的火车。在阳光的照射下，她的脸蛋如花朵般绽放。

桂兰又惊又喜，似乎什么都明白了。

（原载《文艺报》2023 年 12 月 13 日，《小小说选刊》2024 年第 1 期、《微型小说月报》2024 年第 2 期、《传奇传记文学选刊》2024 年第 2 期、《小说选刊》2024 年第 2 期转载。选入 2024 年安徽省六安市金寨县中考一模语文考试、2024年山东省济宁市汶上县中考二模语文试题等）

守 山

　　守山是他的本名，"一根筋"是他的绰号。从这个绰号上，诸位就知道他这人的脾气有多倔，或者说多拧。儿子大学毕业后留在了城里，让他也去，说母亲不在了，他一个人在老家，孤单。"有山，我不孤单。"说罢，他脖子一梗，又说："我若进城，就白瞎了你爷给我起的名儿了。"儿子撇了撇嘴，说："山上有啥？用得着守？"他瞪了儿子一眼，说："能的你？翅膀硬了不是？没有山，你能有今天？"儿子想不起反驳的话，恨恨地叹了口气。儿子记得，地里打的粮食不够吃，没少吃山上的野菜、野果，还有野兔、野鸡等——农闲时节，父亲跟着爷爷上山打猎，更多的战利品则舍不得吃，全都送到镇上的饭店，换来的钱，用做家里吃盐烧煤之类的花销，还有，他一路下来读书的费用都是他们打猎"打"来的。爷爷去世后，猎枪也被收缴，父亲这才罢手。

　　这天，守山拿着镰刀要上山，镇上开"时尚酒店"的刘二来了。刚才忘记交代了，过去守山父子的猎物基本上都是送到刘二的饭店，还没有到酒店的档次。一来二去，两家人因此熟络起来。

　　"山哥，兄弟今天求你来了。"刘二一抱拳，一脸讨好的笑。

　　"废话，在我这里不用求，只要不是让我给你生孩子，尽管放话。"守山拍着胸脯说。

　　"玩笑少开，说正经的。盖房子那个马总，一直照顾咱的生意，他想吃野味，别的不敢想，弄只野兔咋样？"说罢，刘二眨巴着眼睛。

　　"……"守山张了张嘴，说不出话来。他如今是义务看山人，自己不打猎，也阻止其他人打猎、砍伐山林。他想了想，推辞道："没有枪，没法弄。"

"谁还不知道你们猎人的能耐？没有猎枪，照样能逮猎物。你老爹那本事，你见天跟着看……"说到这里，刘二可能觉着不妥，没有继续往下说。

"你见天看云，就能呼风唤雨？"守山冷笑一声，然后低眉顺眼地说："二弟，我家里养有土鸡，你想要几只就逮几只。"

"我要的是四条腿，不是两条腿。"

"你不会用家兔替代？"守山讪讪说罢，不敢去瞧刘二的眼睛。

"诓人的事咱不干！"刘二说罢，气呼呼地走了。他知道守山的脾气，自己再说也是白费口舌。

看到刘二扬长而去，守山心里很不是个味儿。儿子上大四那一年，那天儿子上学走，守山出山送儿子，老爹一个人上山打猎，不小心掉进了自己设计的捕猎陷阱，陷阱里布满荆棘钢针，老爹因流血过多而身亡。刘二一下子送来十万，让守山办理后事，还说这钱是捐赠，不用还。也有人说，刘二心里有愧才这样做的，他要是不经营"野味饭店"，守山的老爹也不会死。儿子结婚的时候，刘二随了两万的礼——当时，乡亲随的大都是一百，还有五十的……刘二的作为，让村里人都竖大拇指。守山想报答，一直找不到机会，今天人家有求于自己，自己生生给拒绝了，良心上说不过去。守山思去想来，有了主意。山上有不少野蜜蜂，两年前，他就在几处野蜜蜂出没的悬崖峭壁上挂了不少蜂箱，让野蜜蜂安家。隔上一段时间，他用绳索爬上去，取下蜂箱，拿出一格格的蜂巢，放在简易的铁桶里，把蜜"摇"出来后，再把蜂巢放回蜂箱，挂回原处。这些野蜂蜜可是好东西，平时做菜时放上一些，口感特别好。如果刘二的菜品改良一下，用野蜂蜜当佐料，是不是同样吸引顾客？想到这里，守山就给刘二打了电话，说了自己的想法。刘二也是聪明人，一拍即合，随后和厨师研制出了蜂蜜排骨、蜂蜜蒸蛋、蜂蜜鸡翅、蜂蜜山药等系列菜品。

口碑胜似一切。刘二的生意跟当年经营野味时差不多，渐次红火起来，别说县城，连省城的美食家都驱车几十里跑来品尝……酒店名字也改为"蜂蜜美食"。

这年腊月，刘二开车进山了。他来找守山，是来要野蜂蜜的。

守山叹口气，为难地说："冬天没有花，蜂儿都不出去采，没有蜂蜜。"

刘二试探着问道："蜂箱里不会一点也没有吧？"

"当然有啦，我最后一次上去，只取了二分之一。"

刘二松了一口气，说："好啊，再取不就得了。"

守山苦笑道："兄弟，若是能取，我为啥要留？蜂儿要过冬，它们也要吃。如果取得过多，它们没有吃的，就要饿死。"

刘二不以为然地说："嗨，咱把蜂蜜取出来，放进白糖替代……"

守山打断刘二的话，喘着粗气说："胡说！坑人的事咱不干！"

"咱不坑人。"刘二一脸笑眯眯的样子。

"不管是谁，都不能坑！"守山挥舞着手里的镰刀，似乎要去砍刘二。

"真是'一根筋'！"刘二心里气道，临上车时抛过来一句话："年货别整了，我还给你备……我这辈子真是欠你！"

守山嘿嘿一笑，冲着一溜烟开走的汽车自言自语道："不是欠我，欠大山！"

后来，刘二的酒店名字改为"留余餐馆"。

（原载《安徽文学》2023年第5期，《中学生阅读》2023年第11期转载。选入洛阳市2023—2024学年高一10月联考语文、安徽省合肥市庐巢八校2023—2024学年高一上学期期中联考语文试题、江西省南昌市一中2023—2024学年高一上学期期中语文试题、新疆喀什地区泽普县二中2023—2024学年高一上学期期中语文试题等）

唐三彩

那天，康乡长到南湾村调研，村主任老贵忍不住兴奋地告诉他，栓保的女儿梅花考上了北京大学。

对于栓保，康乡长是不陌生的。去年年关的时候，康乡长给栓保送去了一壶油、两袋面和三百元钱。可是，栓保死活不要，说他家的日子还能过得去……现在听到这个消息，康乡长自然很高兴，说："走，咱去栓保家看看。"

康乡长和老贵去的时候，梅花正坐在床边嘤嘤地啜泣。栓保蹲在地上，不住地吧嗒着旱烟，很是无精打采。

老贵在康乡长后面悄声说道："栓保兴许正在为梅花的学费发愁呢。"康乡长似乎没听到老贵的话，朗声地说："栓保，女儿考上了北大，祝贺你啊。"

栓保这才发觉来客人了，忙慌乱地站了起来，讪笑着说："康乡长来了。"梅花别过脸去，用袖子擦拭着脸上的泪痕。

康乡长看了看，栓保家里依然空荡荡的，没有一件值钱的家当，墙角一缸咸萝卜散发出一种说臭不臭，说咸不咸的味道。

老贵附在康乡长耳边说道："栓保家一年四季把咸萝卜当饭吃。"

康乡长发现墙旮旯放着一个瓷罐，突然两眼一亮，说："这个罐子是干什么用的？"

栓保不好意思地一笑，说："当年腌制咸菜用的，现在嫌它有点小，不用了。"康乡长把瓷罐搬到光亮处，用手小心地擦拭了一下，惊讶地说："这是宝物啊。"

栓保，还有老贵都眨巴着眼睛，好像不明白康乡长的话。

康乡长说："这个瓷罐不是一般的瓷罐，是唐三彩。"

栓保说："不可能吧，是俺爹活着的时候用两个鸡蛋在集市上换来的。"

康乡长摇了摇头，接过老贵递过来的一块破布仔细地擦拭着，得意地说："你们瞧瞧，这个瓷罐绝对是唐三彩。"

老贵一愣一愣的，说："康乡长，你可看仔细了。"

康乡长说："你们瞧瞧这瓷罐，造型古雅端庄、生动别致，彩饰新颖细腻，釉色莹润鲜亮，有一种斑斓富丽的艺术效果。"

老贵说："为啥叫唐三彩呢？"

康乡长侃侃而谈，"这种制陶工艺是从唐朝时期开始的，采用堆贴、刻画等形式的装饰图案，同时使用红、绿、白三种釉色。经过高温烧制后，三种釉色相互交融，三彩就变成了很多的色彩，形成了有原色、复色的斑驳陆离的多种颜色。据说这种玩意由于在制作过程中釉质的自然下流，烧制好的唐三彩会产生许多复杂奇妙的变化。因此，没有任何两件唐三彩作品是完全一样的……所以说这是一件价值连城的宝贝。"

康乡长一席话，把老贵和栓保搞得目瞪口呆，傻了一般。

栓保迟迟疑疑地说："康乡长，这个瓷罐真是宝物？"

康乡长点点头。

栓保说："可是……可是……这宝物对我来说也没啥用处，也不知道有人要没有？"

康乡长说："这样吧，我出3万块，你卖给我如何？"

栓保惊喜地问："真的？"

康乡长说："不骗你。"

栓保就慌乱地点了点头。

老贵也松了口气，说："梅花这下可以上大学喽。"

第二天，当康乡长交给栓保3万元要把瓷罐抱走时，梅花红着脸说："康乡长，这个瓷罐既然是唐三彩，肯定是我家祖传的东西，所以我不想让它流落到他人手中。"

康乡长眨巴着眼睛，说："你这话什么意思？"

梅花说："康乡长，你要保存好这个瓷罐，5年后，我用4万块把它赎回，中不中？"

没想到是这样，康乡长一时说不出话来。

梅花说："康乡长，你要不同意，就请拿走你的钱，把瓷罐留下。"

康乡长说："那好，5年后你可以赎回，但不是4万，是10万！"

梅花默了片刻，就使劲点了点头。

康乡长走后，栓保气急败坏地对梅花说："闺女，你是疯了还是咋的？那个破瓷罐他买走就买呗，你还赎它干啥？你当真以为那就是宝物？"

梅花说："爹，我找专家鉴定了，那个瓷罐就是唐三彩。"

栓保："确实是我跟着你爷在集市上拿鸡蛋换的，怎么会是宝物呢？若真是宝物，3万块钱咱是不是卖亏了？"

梅花说："没有，我们还捡了一个大便宜。"

栓保说："那就好，赎回不赎回都中。"

梅花在大学里刻苦读书勤奋学习，由于成绩优异出类拔萃，毕业后被一家公司聘为副总，年薪20万。在老贵的带领下，梅花开着小轿车带着10万元辗转找到了康乡长。这时候，康乡长已经成了康书记。

康书记又惊又喜，他抱出那个瓷罐，说："闺女，实话跟你说，这是一个很普通的瓷罐。"

梅花一点也不感到惊讶，说："谢谢您，康书记，我当初就知道是个很普通的瓷罐。"

康书记很是意外，说："那你为何还要赎回去？"

梅花说："做人得讲良心……当年要不是您出手相帮，我不可能有今天。"

老贵有点明白又有点糊涂，问："康书记，既然您知道是假的唐三彩，为啥当年提出要让梅花拿10万元来赎回？"

梅花插话说："老贵叔，康书记一是不想让我赎回这个假的唐三彩，二也是在逼我学业有成，干出一番事业啊。"

康书记点了点头，欣慰地说："梅花，我只能拿回属于我的 3 万。"

梅花感到为难，看到身边的老贵，眼睛一亮，说："康书记，剩余的 7 万我捐给村里。"

"中，中，中。"康书记跷起了大拇指。

老贵高兴得搓着两手，不知如何是好。

梅花笑了，一张笑脸如同盛开的梅花。

（原载《百花园》2007 年第 11 期，《小小说选刊》2007 年第 24 期转载，被拍摄成同名微电影。获广西反腐倡廉小小说大赛一等奖。选入宁夏银川一中 2017—2018 学年高一语文试题、甘肃武威十八中 2018 届高三语文试卷、云南省腾冲市第八中学 2018—2019 学年高二语文试题、湖南省岳阳市 2019 届高三教学质量检测语文试题、山东省滨州市桑落镇中学 2021 年高二语文上学期期末试题、广东省梅州市大田中学 2022 年高三语文下学期期末试卷等）

家　训

嗨，真是不当家不知柴米贵，不当官不知事儿多。钟鸣坐上县环保局局长的宝座不到一个月，才知道宝座上不止有光环，也还有蒺藜，官不是那么好当的，有些事情不是你想象的那么容易。譬如，南岭化工厂废水排放不达标，周围村民意见很大，钟鸣调查后得知情况属实，要求南岭化工厂立即停产整改。这边刚放下电话，那边电话就响了，是县里边一个领导打来的，说南岭化工厂是县里的纳税大户，不能停产。官大一级压死人，钟鸣不能不听。当天晚上，他还接受了南岭化工厂厂长的宴请，收取了一个五万元的红包。红包现在就躺在钟鸣办公室的抽屉里，一直没动。在他看来，那个红包就是枚定时炸弹，不定什么时候炸响呢。他心里边乱得像一团麻，理不出个头绪。他推掉一切应酬，这个周末，就是明天，打算回老家一趟，放松放松。

电话打通了，是爹接的电话，"鸣，明个儿回来？啥事？没事？别忘了，'七不出门，八不回家'……就这，我挂了。"爹的话音里透出一股拒人千里之外的气息。

钟鸣哭笑不得，心说我的娘哎，都啥年代了，还这么迷信。在他很小的时候，父母就没少唠叨"七不出门，八不回家"，说这是老祖宗留下的话，要他铭记终生，传给下一代。长大后，钟鸣才明白，这就是他们家的家训。平时在单位，好多同事都晒他们的家训，说是晒，其实是炫耀。对于他们家的家训，钟鸣一直羞于启齿，心说，老祖宗真是没文化，要制定家训也得有点档次啊。看看人家曾国藩留给后人的家训：家俭则兴，人勤则健；能勤能俭，永不贫贱；再看郑板桥的"流自己的汗，吃自己的饭，自己的事情自己干。靠天，靠地，靠祖宗，不算是好汉"；再看纪晓岚的四戒四宜：一戒晚起，二戒懒惰，三戒奢华，四戒骄傲，一宜勤读，二宜敬师，三宜爱众，四宜慎食；等等。哪一家都比自家的有水平、有品位啊。

钟鸣还有一点不明白，自家的家训有什么好？村里好多人咋都拿来用呢？记得邻居一位大爷是这样解释的，阴历逢"七"的日子，如初七、十七、二十七，家人是不能出远门的；逢"八"的日子，如初八、十八、二十八，长年在外的人是不能回家的，要错开这个日子，否则，家里会遭不测的。至于什么根据，那位大爷也说不清。钟鸣曾问过娘，娘也闹不明白。他没敢去问爹，他自小就怕爹，有事都给娘叨咕。

钟鸣看了看日期，明天是六月初八。他想好了，不管家训那一套，回家，"常回家看看"不是随便唱唱就得了，要付诸行动。

第二天，钟鸣开上车直奔老家。

见到钟鸣，爹阴着脸，没有理睬他，反倒是娘，有一点小激动，更多的是不自在。

钟鸣抽出一根烟递给爹，爹看了看，没接，掏出自己的旱烟袋，"吧唧"一声，一团烟雾把自己核桃般的脸淹没了。

"爹……"钟鸣期期艾艾叫了一声。

"不让回来，咋回来了？"爹闷声闷气地说。

娘看了看儿子，看了看老头子，说："鸣儿难得回来一趟，别……"

"你知道啥？！"爹横了老伴一眼。

娘不吭声了。在爹面前，娘就像是老鼠遇到了猫。

钟鸣看不下去了，忍不住说道："爹，七不出门，八不回家，都是老皇历了。"

"放屁！"爹挥了下烟袋，差点打到钟鸣头上。

钟鸣吓了一跳。小时候，他没少挨过爹的烟袋。自从他考上大学，直到参加工作，爹再没有打过他，今天是怎么啦？怎么这么大的火气？

娘瞪了老头子一眼，"有话好好说，别犯驴脾气。"

钟鸣也说："爹，我有啥做得不对，您说嘛。"

爹喘着粗气，不满地瞟了钟鸣两眼，说："七不出门，八不回家，是咱家的家训。以为你知道其中的意思，看来你还是糊涂。七指的是柴、米、油、盐、酱、醋、茶七件事。在过去，办这七件事，完全靠家里的男人。就是说，你要出门可以，必须先把这七件事办好，否则，就不要出门。八指的是孝、悌、忠、信、礼、义、廉、耻这八件，是做人的根本，人生的八德。这八件事没有做好，是极不光彩的，就不要回家丢人现眼、连累家人……你想想，我为啥不让你回来？"

钟鸣恍然大悟，这才明白家训的含义，才知道他的所作所为爹都了如指掌。

爹说："当官不为民做主，不如回家卖红薯。当官就得心里有百姓，那个化工厂效益再好，若对老百姓造成危害，就得治理，就得关闭！"

钟鸣心里一下子亮堂起来，知道自己下一步该怎么做了。

（原载《昆山日报》2017年10月29日，《微型小说选刊》2017年增刊转载。获得首届"清正家风·梦美中国"全国微型小说征文大奖赛三等奖。选入河北省邢台二中2017—2018学年高一语文试卷、四川省广安市邻水县2017—2018学年高二语文试题、海南省2018—2019学年高一语文试卷等）

晒　秋

明天就是重阳节了。下午训练结束的时候，接到上级通知，说明天"晒秋"。春来被搞糊涂了。部队没有种庄稼，"晒"什么"秋"呢？

对于"晒秋"，春来并不陌生。"晒秋"是一种山区农民的生活方式和场景风俗，由于山区地势复杂，村庄平地极少，村民选择在阳光晴好的时候，利用房前屋后及自家窗台屋顶架晒、晾晒、挂晒农作物，久而久之便演变成一种传统农俗现象，成了农家欢庆丰收的盛典。在春来老家，每到重阳节，家家户户就会把秋天收获的玉米、大豆之类的玩意儿弄出来晾晒，其实也有炫耀的意思在里边。"晒秋"的时间一般是在重阳节前后，天高气爽，适宜晾晒，所以重阳节又叫晒秋节。

队长告诉春来，就是检阅大家的训练结果。队长还说，如果合格，春来他们就会正式编入特种部队。

夜已经深了，听着战友们的呼吸声、磨牙的声音、打呼噜的声音，还有梦中的呢喃，春来数了几十头羊也进入不了梦乡。为期3年的训练，过电影般在春来的脑海中显现。

北方的冬天，气温在零下十几摄氏度，西北风像小刀子一般锋利，刮得脸蛋生疼。凌晨五点半，背上20公斤的重物开始跑步，5公里下来，浑身上下湿漉漉的，像是从水里出来一样。当然，这仅仅是每天训练的序幕，接下来还有挂钩梯、穿越铁丝网300趟，等等。记得刚开始训练的那段时间，累得春来晚上尿了床，一时成为笑谈。

夏天也是不容易熬的，平举着八一式突击步枪，枪管上吊着一块砖头，一动不动在烈日下暴晒两个小时。仅一天，春来的皮肤就晒脱了皮，像是非洲人一样，黑黝黝的。以至于多天，春来都不敢照镜子。为了练习忍耐力，会抓来蚂蚁放到脸上爬，甚至专门钻到野外的臭水沟里，让蚊虫叮咬。一个晚上下来，脸上全是红肿的疙瘩。那种痒疼的感觉，春来每每想起来，都会下意识地哆嗦。

特种兵也有军姿的训练，背十字架，后脖领夹扑克，左右脖领扎大头针，头顶大瓷碗，让脖颈、肩膀、腰背保持挺拔，形成一道直线，一站就是三四个小时。为了让双腿间没有缝隙，春来在睡觉时，用背包绳把自己的双腿捆起来。为了做到一出脚脚尖就自然绷直，春来就跪在地上，脚面贴住地面，下腰，直至头着地……那种滋味，难受，常人真的无法理解和体会。

每天还有倒功的训练，就是高高向后跃起一米五，用背重重地砸向水泥地。头一天练习，春来晚上背都不能沾床，都是趴着睡觉。春来是按照狙击手培养的，为了让双目炯炯有神，在训练中会迎着太阳练眼神，连续两分钟不眨眼才算过了这一关。刚开始，春来不明白。队长说，一旦出现情况，如果眨一下眼睛，就有可能失去最佳射击时间。

对春来来说，最难的是野外生存训练，带上3天的食物在野外生存一星期，背上枪支弹药和生存用品，途中还要执行上级准备的突围、反突围、侦察敌情、攀登悬崖等演习任务。第一次吃生老鼠时，春来闭着眼睛，吃一口吐一口，肠子差点给吐出来……春来心里清楚，是特种兵就得什么都不怕，什么困难都能克服，是特种兵就得有"上天是雄鹰，下海如蛟龙，入地似猛虎"的本事。

明天都有哪些首长来？我能过关吗？兴奋，自豪，期许，害怕，担心……各种情绪混杂交织在一起，春来只盼着天快快亮起来。

春来似乎迷糊了一会儿，天就亮了。

到了训练场，春来扫了一眼，看到指挥台那里坐了不少人。他不敢分心，忙收回目光，心里既紧张又激动。口令开始后，春来紧握手中枪，抬头、挺胸、收腹，两腿笔直，目视前方，纹丝不动。看到队列侧前方的指挥旗发出命令，开始抬腿走正步。

因为走正步体现不出特种兵的本领，正步结束后，根据每个人的特长逐个技能展示。自然，春来的项目是射击，在幕布墙上随意找出 5 个位置，让春来辨认后，再用一块布把整个幕布墙遮挡起来，让春来从 300 米外射击，就是"盲射"，全凭记忆寻找目标。好在，前面 3 个目标都被春来一一命中。不料想，队长临时加大了难度，现场释放烟幕弹，让春来射击其余两个。春来心里恼火也没办法，将来在战场上，变化也是瞬息万变的，他凝神静气，凭着刚才的瞬时记忆，瞄准，射击，中了，春来的心落到了半空；再瞄准，射击，又中了，春来的心放了下来。

等到指挥台那里响起密集的掌声，春来才回过神来。

"同志们好！"

春来和战友们刚要喊"首长辛苦了"，忽然间一个个大张着嘴巴，半天没合拢。春来看清楚了，他的爹娘就在其中，其他人，除了部队的几位领导，也都是战友们的父母！泪水一下子弥漫了春来的眼睛，当兵 3 年多来从未流过眼泪的他，哭了。队长呜咽得更厉害，他整整 6 年没有回家了。

到了第二年，春来参加了在朱日和举行的"沙场秋点兵"。

（原载《百花园》2019 年第 8 期，《小小说选刊》2020 年第 1 期转载。选入浙江省"七彩阳光"新高考研究联盟 2019—2020 学年高二上学期期中语文试题、2020 年黑龙江双鸭山一中高三期末语文试卷、湖北省部分高中协作体2022—2023 学年高二下学期期中联考语文试题等）

灾情发生后

消防车像脱缰的野马"呜呜"叫着在马路上疾驰。听着这熟悉而又刺耳的鸣叫，李正的心紧紧揪成了一团，恨不得肋生双翅飞到现场。他不断地催促道："快！快！"驾驶员不乐意了，"再快也不能把脚伸进油箱里啊！踩到底了！"

车上的几位战友也感到李正今天有些不正常，其中一个忍不住说道："今天是周日，那栋办公楼不会有人。"

"闭嘴！"李正大声嚷道。说罢，他才想起拨打110。他凭直觉判断，这场大火不会无缘无故发生，警方还是早介入的好。

土地局有两栋办公楼，一栋新的，18层高，去年刚刚竣工；一栋老的，20世纪六七十年代的建筑，上下两层，不知道为什么还没有拆掉。失火的是老办公楼，火是从一楼燃起的，一条条火舌和一股股烟雾交织着包围了整栋小楼。

李正他们这辆消防车是第一个到达现场的，没等车停稳，李正撞开车门，掂起一具灭火器冲向浓烟滚滚、火焰冲天的现场。等战友们反应过来，李正的身影已经消失在烟雾和火焰之中。

李正跌跌撞撞来到二楼，摸索着撞开那间办公室的门。幸好，屋内并没起火。不过，火雾如影随形，随着他扑进屋里。李正打开灭火器，一股白色的泡沫吐出，火焰下去不少。他看到老人用自己的身躯紧紧护着一个木箱子。李正甩掉灭火器，上前去抱老人。老人喘着粗气："别管我，先搬这个箱子！"声音苍老、果敢，不容商量。李正仅仅是停顿了半秒钟，就抱起那个木箱子奔向门外，一跃而起，从楼上跳下，随即，房子"轰隆"一声坍塌了。房子太老了，经不起一点风吹草动。

李正傻了！几乎同时，一条条水龙冲向火海，一个个身影随着水龙扑了过来。

李正把箱子交给及时赶到的警察，箭一般返回现场，和战友一起救人。李正的眼泪哗哗地流着，自责不已，"我该死！我该死！"直到把老人救出来，李正的手套已经磨烂，两手血肉模糊，不断地淌着血。

救护车把所有的伤员都送到了医院。

消防队员都是皮外伤，并无大碍；房子倒塌时，幸亏两根横梁成掎角之势架在了老人的头顶，老人虽然伤势轻微，但被检查出是癌症晚期。

私下里，指导员批评李正："幸亏那个老同志没出意外，要是有个三长两短，你吃不了兜着走。"指导员有他的道理，如果老人被烧死，他们如何面对老人的家人？如何应对社会公众的舆论？

听到这话，李正眼里的泪一下了流了出来，心说，老人当时要真有个好歹，他还不后悔终生？

指导员以为李正意识到自己的错误了，缓了口气，"'救人第一'是我们的消防原则，任何时候都不能忘记！"

李正分辩道："别的我不知道，我只知道那个箱子比他的性命还重要！"

为了箱子里的东西，两年来，老人放弃所有的节假日，甚至大年三十还在外地调查；为了箱子里的东西，老人不顾医生和家人的劝阻，拖着病体四处奔波求证。有人曾出价 100 万要那些东西，老人一口拒绝了。为了得到那些东西，老人家里失窃了 3 次。还有人威胁老人，扬言要他的命，老人依然我行我素……

"有什么能比性命还重要？！哼！"指导员嗤之以鼻，以为李正的脑子被大火吓糊涂了。

李正张了张嘴，没有说话。在警方没有调查清楚之前，还是少说为好。

真相终于大白：老人是土地局的纪检书记，这天到单位整理材料，有人趁机放火，打算烧死他。老人发现后脱身不得，这才打了报警电话。那个箱子装的是本单位和主管部门个别领导违法乱纪的证据。根据这些证据，国有资产免遭重大损失，那些违法乱纪的领导干部锒铛入狱，得到了应有的处罚。

得知这个消息后，指导员心里有一种说不出的滋味，觉得该到医院看一看老人。

指导员还是迟了一步。他到医院的时候，老人刚刚咽气。指导员发现李正也在医院，此刻，他伏在老人身上号啕大哭。

指导员这才知道，老人是李正的父亲。

（原载《啄木鸟》2016年第5期，获首届中国·潇湘法制微小说全国征文大奖赛二等奖。选入宁夏平罗中学2017—2018学年高一语文试卷、陕西省黄陵中学2017—2018学年高一语文试卷、河北安平中学2017—2018学年高一语文试卷、吉林省长春市经济开发区第六中学2017—2018学年高一语文试卷、山西省祁县二中2018—2019学年高一语文试卷、山东省德州市一中2023—2024学年高三上学期开学检测语文试题等）

美人鱼

乌苏里江美其名曰江，其实是一条河，属于黑龙江的支流，是中俄边境上的界河。那一年夏天，我去那里旅游。之前，我还不止听一个人说过，乌苏里江有美人鱼。

美人鱼的古老传说，跨越了文化、地域和世纪，在世界范围内广泛传播。美人鱼的故事不仅出现在安徒生的童话里，出现在博物学家普利尼的《自然史》中，还出现在现实当中，如当年哥伦布航海途中，就发现了美人鱼。即便是在今天，在世界一些遥远的地区，还不时传来发现美人鱼的报道。

因此，我对乌苏里江里有美人鱼的传说倒有几分相信。美人鱼什么模样？美人的上身，鱼的尾巴，这我知道，具体到细节，如眼睛的大小，如头发的长短，如脸蛋的形状，我想象不出来。

我赶到的时候，天色已晚。当晚借宿在江边的一个村子。那户人家只有一位70多岁的老大爷。从跟老人的攀谈中，我知道老人没有子女，老伴5年前走了。当下我心里咯噔一下，心说这样的孤寡老人怎么生活啊？我四下瞅瞅，发觉家里收拾得干净清爽，一点也不乱。难道请保姆或钟点工？不像。我说："大爷，您身体还行啊。"

"老了，啥也干不动喽。"老人摇了摇手。

我以为老人谦虚，说："您还真行，家里拾掇得这么齐整。"

老人笑了笑，说："我哪行，都是美人鱼干的。"

美人鱼？我吓了一跳，以为老人脑子不灵醒，说胡话哩，我也只好顺着他的话茬往下走，说："美人鱼什么时间来？"

老人说："美人鱼天天来。这不，桶里的鱼就是她送来的。你来之前她刚走。"

顺着老人的眼光，我看到屋角有个水桶，里面扑腾着几条鱼。

我淡淡一笑，老人的一番话更像传说中狐仙变成美丽女孩的故事。这下，我更加认为老人是真的糊涂了，糊涂得还不轻。

老人从水桶里抓出一条鱼，熟练地剖了，然后从鱼骨上剔下两整块，切成相互连接的鱼条，再将鱼肉从鱼皮上片下，切成鱼丝，拌上用开水烫过的土豆丝、绿豆芽、韭菜、辣椒油、醋、盐等。他说，这叫"刹生鱼"。

后来我才知道，"刹生鱼"是赫哲族人招待尊贵客人的最佳菜肴。老人是赫哲族人，他所在村子里的居民都是赫哲族人。

第二天早上，我醒来的时候天已经大亮。"美人鱼今天还来吗？"我开老人的玩笑。

老人认真地说："白天她要去乌苏里江捞鱼，到晚上才过来。"

老人说得有鼻子有眼，挺像那么一回事。我说："好啊，等下咱去看看。"

匆匆吃过早饭，老人带着我来到了江边。乌苏里江河面很阔，水流缓慢，若不是阳光洒在河面，看到那些粼粼的河水在闪烁漂移，根本看不出河水流动。河中间有十几条小船在撒网捕鱼。"乌苏里江都有什么鱼啊？"我向旁边一位钓鱼的大哥打听。他说："乌苏里江有鳌花、胖头鱼、鲟鱼，还有大马哈鱼，最大的长达二尺，重达七八公斤。"

老人说："看，美人鱼。"

我吓了一跳，顺着老人的目光，看到河中间果然有一个"美人鱼"：有跟人一样的上身，身上布满了鱼鳞，在阳光的照耀下闪闪发光。她绕着一条小船，时在河里起伏。

"她在戏水？"我问

老人说："她在抓鱼。"

我睁大眼睛想看看她的下半身，是不是类似传说中的鱼尾，遗憾的是她不出水，很难看到。

"真的是美人鱼？"我问那位钓鱼的大哥。

大哥瞟了一眼美人鱼，继续盯他的浮子，淡淡地说："她是俺村的妇女队长，大伙都叫她'美人鱼'。"

我的眼光又追到河面上。

看我一脸的疑惑，大哥解释："她穿的是鱼皮衣！"

我心里释然了，对老人说："今天我不走了，再住一晚上。"

大哥斜了我一眼，说："人家的孩子都会跑了。"

我的脸倏地红了，说："大哥，您误会了，我想采访一下她，写篇小小说。"

大哥不好意思地笑了。老人也咧着嘴乐了，一脸山核桃般的皱纹。

（原载《林中凤凰》（双月刊）2018 年第 2 期。选入 2021 届福建东山一中高三语文上学期期中考试试卷、2021 年山东枣庄市第三十七中学高三语文上学期期末试卷、2020—2021 学年湖南省益阳市朝阳国际实验学校高三语文下学期期中试题等）

传　奇

　　放学的铃声一响，似乎转眼之间，同学们都一个个兴高采烈地被爸爸妈妈接走了，唯有丫蛋形单影只，孤零零走出幼儿园大门。那一场突如其来的大地震，使得丫蛋永远见不到爸爸了，妈妈的一条腿也残废了。为了养家糊口，妈妈一天到晚在街口卖烤红薯。妈妈给学校老师求情，说丫蛋今年都5岁了，非常懂事。学校这才破例：每次放学后，丫蛋不需要家长接，可以独自一个人回家。学校与家相隔不远，不到两里地，如果丫蛋在路上不玩耍，也就10分钟左右的时间。

　　风呼啸着，刀子一样刮着人的脸。丫蛋背着小书包，东张张西望望，磨磨蹭蹭不愿赶路。忽然，她看到前面不远处围着一堆人，还不时传来阵阵喝彩声，她这才一蹦一跳跑了过去。

　　原来是一个坐在轮椅上的中年汉子在表演魔术。丫蛋赶到的时候，他正在表演"空手取物"的魔术——他伸出空荡荡的双手，让大家看看，确认他手里没有任何东西。然后，他的两只手叠加在一起，翻来覆去地转动。同时，他故作神秘地往捂着的手上吹了三口气。接下来，他的右手猛地往前一伸，像是要抓什么东西似的。待他打开攥着的右手，手心里有一只乒乓球！围观的人都拍手叫好，嚷嚷着让他再表演一个。

　　丫蛋脱口问道："叔叔，您给我变出一条红围巾好不好？"

　　围观的人愣了一下，明白过来后都跟着起哄，让中年汉子赶快变出一条围巾来。

　　中年汉子面红耳赤，手忙脚乱。

丫蛋以为中年汉子不给他变，忙说："叔叔，我妈妈没有钱买围巾，脸冻得又青又红……我想让您给她变一条红围巾。"

中年汉子回过神来，说："小朋友，叔叔可以给你变，但现在叔叔肚子饿了，饿了就变不出围巾，我明天给你变好吗？"

旁观的人都"轰"一声四下散去了，显然，他们压根不信中年汉子的话。丫蛋看了看中年汉子，认真地点了点头，满怀希望地回家了。

第二天，天空飘起了雪花。下午一放学，丫蛋就飞快赶到了老地方。由于天气恶劣没有观众，中年汉子没有表演魔术，他的身上披了一层雪花，从远处看，简直就是个雪人。丫蛋两眼一亮，喊了声："叔叔。"

中年汉子忙说："小朋友，叔叔今天就给你变出一条围巾来。"说罢，他信心满满地舞动两手，没有舞乍几下，果然就变出一条红色的围巾！

丫蛋怔了一下，兴奋得"哇"地叫了声，抓起围巾转身往家里跑去。

因为路滑，中年汉子的轮椅走得很慢。他没有走出多远，丫蛋就气喘吁吁追上来，从书包里掏出红围巾要还给中年汉子，嘬着嘴说："妈妈说了，不能要叔叔的东西。"

中年汉子想了想，说："叔叔的东西是变出来的，是专门给你变的，你不要谁要啊？叔叔能变出来的东西太多了，家里都没地方放。"

丫蛋想不出反驳的话来，才又把围巾装进书包，高高兴兴地走了。

第三天，天放晴了。这天是个星期天，中年汉子正在那个地方表演魔术，丫蛋呼哧呼哧跑来了。

丫蛋眼睛一眨巴，说："叔叔，你给我变出两个烤红薯好吗？"

这孩子怎么捣乱来了？中年汉子为难了，不知道该如何应对这个场面。

围观的人都想看热闹，催促中年汉子变烤红薯。其中有个小伙子冷嘲热讽道："你不是会变吗？赶快变啊？你要能变出烤红薯来，我给你一百块钱！"

"这个……这个……"中年汉子张嘴结舌，真急了。

"谁说叔叔变不出来？叔叔变的烤红薯在我的兜里呢。"丫蛋说罢，把两只烤红薯从兜里掏出来，趁着中年汉子愣怔的时候，放到他手里，然后"咯咯"笑着转身跑远了。

"嗬嗬，这个孩子！"拿着热乎乎的烤红薯，中年汉子的眼睛湿润了。

此后，丫蛋和中年汉子就成了非常要好的朋友。中年汉子经常给丫蛋变出书包、变形金刚、作业本等学习用具和玩具来。丫蛋呢，也常给中年汉子带一些好吃的，如葱花油馍、豆腐包子、三鲜饺子，更多的则是烤红薯。

大约一年后，有一天，丫蛋忽然对中年汉子说："叔叔，你给我变出一个爸爸来好吗？别人都有爸爸，就我没爸爸。"丫蛋说这话的时候，显得很无奈、很无助。

中年汉子拉过丫蛋的手，苦笑着说："丫蛋，这个叔叔真做不到。"

"叔叔撒谎，妈妈说叔叔能给我变出一个爸爸来。"丫蛋天真地说。

"你妈妈？"中年汉子心里一动，似乎明白了什么。

"那不是，妈妈来了。"丫蛋叫道。

中年汉子抬眼一看，看到一个拄着单拐的女人一步一步朝他走来，女人的脖子上围着一条鲜艳的红围巾。中年汉子迟疑了一下，转动轮椅迎上前去……

后来，丫蛋就改口叫中年汉子"爸爸"了。

（原载《北京文学》2012年第2期，《微型小说选刊》2012年第8期转载。选入吉林省延边州2013届高三高考复习质量检测、商洛市2013年高考模拟试卷、安徽省滁州市定远县2017—2018学年高一语文试卷、2022—2023学年山西太原清徐中学高一下学期末语文试卷、2022—2023学年河南长葛第三实验高中高二下学期试卷等）

大玩家

提到徐达，小城收藏界的同行都会说："人家徐达嘛，大玩家。"听那口气，绝对没有羡慕的意思，明显带着嘲讽的意味。

别人玩收藏都是专注一个领域，或玉石，或字画，或瓷器，或织绣，等等，徐达通吃，什么都偏爱。城南有个古玩市场，徐达去溜达了两趟后，开始往乡下跑，专去那些交通不便的偏远山村。他说，越是这些地方，越有货真价实的东西。按说，他的思路不错。他三天两头往乡下跑，初一去收一个瓷碗，十五去收一个烟袋。其实，他都看走眼了，收回来的全是假货，没有一样是真货色。他还不听劝告，固执己见，乐此不疲。也就难怪同行们耻笑他了，说"大玩家"那是高看他，私下都叫他"棒槌"。

徐达原是搞建筑的，说得更直白一点，开发房地产的。过了六十岁生日，他就把公司交给儿子徐全打理，转行到收藏上来了。他这些年赚了不少钱，可能想搞投资哩。熟悉徐达的人，包括他的家人也都这么认为。

走眼一次可以理解，连续走眼就有点不正常了。有人告诉他儿子徐全。徐全满不在乎，说老爷子有事做，精神足足的，爱咋咋吧。也难怪，人家有的是钱，再折腾也折腾不到筋骨。再者，他如此折腾又不是去拈花惹草了，所以，家人也就"放任自流"，他爱咋咋。

这天是个星期天，徐达打算到靠山屯去一趟。靠山屯是全省有名的贫困村。牛犇提出跟他一起去，到靠山屯看看景致，潜台词是去给徐达掌眼。牛犇是徐达在收藏界认识的朋友，搞收藏多年，是个行家。徐达不忍拂了人家的一番美意，就答应了。于是，两个人开一辆车出发了。到了镇里，因为道路不通，两个人就步行十几里到了靠山屯。

像鬼子进村似的，他们挨户挨家去看。徐达不是直截了当问人家家里有没有古董，而是问人家家里几口人，一年打多少粮食，顺便这里瞅瞅，那里瞧瞧，仿佛乡镇干部下乡访贫问苦似的。对待这一点，牛犇挺佩服徐达的，干这行最忌讳直奔主题。

他们走进了老栓家。老栓住的还是祖辈留下的两孔土窑洞，前脸用石头砌了一下。院子里搭了个草棚子，垒着一个黑乎乎的灶台。家里弥漫着一股浓重的中草药的味道。从窑洞里不时传来一个女人的咳嗽声。

来了客人，老栓激动得不行，忙用袖子把院子的石凳子胡乱抹几下，然后抓把柴草要给两人炖鸡蛋茶。徐达忙拦住了，他知道，两个鸡蛋说不定就是这一家人两天的开销。老栓便进屋捧了一捧核桃出来，滚满石桌子，让他们砸着吃。

通过交谈，徐达得知老栓的老伴卧病在床，常年吃药，闺女在郑州上大学，一家人靠低保维持生计。

牛犇叹了口气，看了徐达一眼，从自己口袋里掏出两张百元的票子给老栓，老栓慌乱地摆着双手，说什么也不要。

"你以为你是乡长？"徐达开玩笑地对牛犇说，"杯水车薪，有何用？"

牛犇说："勿以恶小而为之，勿以善小而不为。"

老栓不知道两个人嘀咕的什么，搓着两手嘿嘿直笑。

徐达的眼睛像探照灯似的，这里瞅瞅，那里看看。他看到墙角放着一块光溜溜的鹅卵石，便走上前，先是用手扫了一下表面的灰尘，然后找块破布认真擦了擦，左瞧瞧，右看看，两眼不停地眨着，像是遇到了宝贝。

"一块腌酸菜的破石头，有啥看头？"老栓都不好意思了。

"玉石啊。"徐达像是说给老栓，也像是自言自语。

牛犇忙走过去，看了石头一眼，便对徐达使了个眼色，意思是说你看走眼了。

徐达不理会牛犇的好意，对老栓说："老乡，这块石头您能匀给我吗？"

真的是玉石？老栓不敢相信徐达的话，但他看出徐达想要这块石头，便说："呵呵，您想要就拿走吧。"

"一刀穷，一刀富，一刀穿麻布。"牛犇自言自语道。他是在暗示徐达，事关重大，不能草率。

徐达也知道牛犇的意思，还了一嘴："神仙难断寸玉呢，何况你又不是神仙。"

好心当成驴肝肺，气得牛犇真想踢徐达两脚。

徐达对老栓说："这件玩意我拿了，十万元。"

"这，这……"老栓不知道如何是好。

"嫌少？"徐达问道。

老栓忙说："一块石头，不值那个价，不值那个价……"

徐达抱起石头走了，丢给老栓一张十万元的支票。

等到老栓回过神来，两个人已经翻过了山岭。

牛犇忍不住说道："徐总，你交的学费还少吗？明明就是块破石头，你怎么跟捡了漏似的？玉石因硬度低，敲击时声低沉，有若击木……"

"我知道，这就是块普普通通的石头。"徐达说罢，把怀里的石头扔了，眼看着它咕噜噜滚下了山。

牛犇被滚落的石头惊醒了！他这才明白，真正看走眼的是自己。

回城后，牛犇忍不住嚷嚷了出去。当地媒体要推选徐达为年度十大慈善家之一。徐达谢绝了，他说："我是收藏家，不是慈善家。"

徐全也赞成老爷子的观点，说："我爸是收藏家，不过，老是看走眼，没办法。"

对于徐全的说法，牛犇又不明白了，说："既然是收藏，也得弄两件真家伙啊！"

"老爷子若收来的都是真品，我，还有家人，晚上还能睡个安稳觉吗？"徐全淡淡一笑。

"知父莫若子"，看来此话不假啊，牛犇彻底服了。

从此，提到徐达，收藏界的同行都会由衷地说："人家徐达，那是大玩家。"听那口气，满是钦佩，满是敬仰。

（原载《娘子关》（双月刊）2017年第1期，《小小说选刊》2017年第3期、《中学生阅读（高中版）》（上半月）2017年21期、《2017中国年度微小说》转载，获2017年河南省网络作品"七个一工程"优秀作品奖。选入河南省开封市2018届高三语文试卷、湖北省沙市中学2017—2018学年高一语文试卷、2022—2023学年云南省大理市中学高一语文联考试卷等）

新年礼物

进入腊月，年的味道便越来越浓了。一街两行都挂上了火红的灯笼，大的，小的，圆的，长的，各种形状的都有。超市、商场门口的大海报，你方唱罢我登场，打折、降价的信息扑面而来。街口巷角的空地也全被小商小贩们占领了。过年了，城管也睁一眼闭一眼的，他们也知道弱势群体的不容易。卖衣服的，卖年货的，还有现宰活羊的……都来了。有商家门口的音响放着"新年好啊新年好"。不时炸响的鞭炮，更是把年味送到了城市的各个角落。

李娟走进商场，打算给母亲买件礼物。迎宾小姐穿着大红的旗袍，脸似乎比平时笑得还灿烂，"欢迎光临！"

每到年关，李娟必给母亲买一件礼物。她自小没了父亲，是母亲屎一把尿一把泪一把，既当娘又当爹地把她和弟弟拉扯大的，不容易。记得进城的头一年，她给母亲买了一个洗脚盆，是她在雇主家看到洗脚盆后，才决定给母亲买的。李娟是一个家政服务员，说白了，就是保姆。李娟在电话里给母亲说，睡前泡泡脚，胜似吃补药。这话也是雇主给李娟说的。李娟又问了雇主一次，才记住。先前在老家，晚上睡觉前谁洗过脚？即使偶尔洗一次，也是用的洗脸盆，谁用过那种木制的、带按摩的洗脚盆？第二年，她给母亲买了一个袖珍音响，里面装了个卡，录满了家乡戏，豫剧、曲剧，还有河洛大鼓。弟弟和弟媳在外打工，不常在家，母亲一个人在家孤独，听听戏也不寂寞。这玩意也是李娟在公园里见到的，不少城里老人都有，腰里挎着，手里拿着，口袋里塞着，想听谁的就听谁的，比收音机方便多了。第三年，她给母亲买了一个按摩椅，母亲经常腰疼，都是干农活给累的。这也是李娟看到雇主家里有这个，才想起给母亲买的……

李娟东瞅瞅，西看看，给母亲买什么合适呢？衣服？平时没少给她寄，弟媳也给她买，到老也穿不完。用的？电视机，家里有。冰箱，家里也有，除了过年派上用场外，其他时间都罢着工。洗衣机，在弟弟的屋里锁着。李娟想再给母亲买一个，母亲不要，说村里不少人家都有，使用的却很少，都当成柜子塞满衣服了，说洗衣机老费电。即便是给母亲买了，会不会用还得一说。吃的？母亲饭量不大，也不吃肉，说老了，吃啥都不香甜了。开心果、核桃之类的坚果，她的牙也退化了，咬不动。

李娟在商场转悠了半天，也没想好给老母亲买什么礼物好。她打通家里的电话，问问母亲还缺少什么。

听到是她的声音，母亲在电话那端显得挺激动，"娟，是你吗？你5天都没打电话了。家里啥都不缺……你啥时间回来？"家里装的是座机，母亲却不会拨号，不能主动打，只能接。

又是这句话。每次打电话，母亲都问李娟啥时间回去。李娟耐心解释道："娘，我最近忙，回不去。"前不久，李娟刚换了雇主，这一家有一个老太太，她的儿子媳妇都在国外，忙，没时间回来陪老人家，老太太晚上睡不着，想找个人说说话，晚上陪她睡觉。老太太的儿子给的价钱也诱人，李娟就答应了。

母亲在电话那端不说话。

母亲似乎不高兴，李娟忙换了欢快的语气，"娘，我弟弟他们回去了吧？我们几天前通过电话。我有时间就回去。"弟弟他们回去了，这个年也就热闹一点，家里也不至于太冷清。

"娟，给你寄的礼物你收到了吗？"母亲在电话那端怯怯地问道。

给我寄礼物？李娟感到新奇，"娘，您老人家给我寄啥子礼物，真是的。"母亲说："我让你弟弟寄的，他说丢不了，你会收到的。你弟弟他们今个儿去镇上赶集了……"

电话挂断后，李娟就给弟弟拨通了手机，闲聊了一会儿，就问到正题，"娘说给我寄的礼物，啥礼物？"

"姐，你别生气啊，娘给我二百块钱，让我买张火车票给你寄去……我今天早上才在网上订购的，让他们直接送票去你那里，估计今天就会给你打电话，是腊月二十六的票。姐，你几年没回来了，你就回来一趟吧。你知道吗，你给娘买的洗脚盆，她一直没拆封，按摩椅一次也没用……姐，你真的很忙吗？娘想让你回来陪她睡一晚上……"

弟弟的话音没落，李娟眼里的泪已悄然滑落下来。

（原载《百花园》2015 年第 3 期，《小小说选刊》2015 年第 6 期、《小小说月刊》2015 年第 9 期、《作文点评报》2016 年第 3 期转载。选入广西钦州市钦南区 2015—2016 学年高二试卷、辽宁省沈阳 2015—2016 学年高三试卷、2023—2024 学年福建省福州市初中语文八年级下册期末高分测试题等）

转换角色

　　二娃是"上一档烩面馆"的小伙计。不像正规的酒店，即使小伙计这个角色，也分前厅、后厨，前厅又分传菜的、迎宾的，后厨又分择菜的、洗涮的，等等，多了去。二娃没有具体的工作，却不轻松，有什么活儿干什么活儿，端盘子，抹桌子，扫地，擦玻璃，有时间还要起五更陪着老板去买菜。老板太抠门，大厨也不聘用，自己掌勺，服务员就聘用了两个人，除了二娃外，还有一个女孩子，山桃，她负责择菜，洗刷碗筷，吃饭时辰，还要站在门口招揽客人。虽然忙一些，老板给的工资不低，管吃管住，每月两千元，这在同行业中已经不低了，有的星级酒店只给 1000 多一点。当然，这里是说钱不见钱，老板承诺年底一块儿给。

　　明天就是腊月二十三了，老板承诺开工资，放假，回家过年去。二娃盘算着自己能开多少钱，回家给爹捎个帽子，给娘选件羽绒服，给小妹买个手机……结果一晚上也没睡踏实，老是在做梦，一会儿梦见自己在超市挑选东西，一会儿梦见自己坐在火车上，一会儿梦见自己到老家了。等到醒来，已经是早上 8 点了。他慌忙爬起来，脸也顾不得洗，就"噔噔噔"下楼了。面馆在一层，他住在楼上。结果大门没开，老板还没来！若搁往常，老板 7 点左右就到了。二娃忙打开门，发现山桃瑟缩着膀子站在门外面，山桃住在另外一个地方，和一帮乱七八糟的女孩子住在一起。

　　两个人收拾罢房间的卫生，已经是 9 点钟了，老板还没来。怎么回事啊？二娃感到什么地方不对劲，打老板的电话，被告知手机已经关机。

　　二娃茫然无措的时候，陆陆续续来了几个人，都是找老板的，一个是房东，说是要房租，一年的房租 48000，老板一个钢镚儿也没给；一个是杀猪的，是来要账的，说老板用了他大半年的肉，欠了 50000 多；一个是菜农，也是来要账的……老板原来承诺今天兑付，所以他们才来了。

到了 11 点，老板还没露面，电话还是关机。直到这时，那几个讨账的感觉受骗了，对着二娃和山桃骂骂咧咧的，好像他们是冤的头、债的主。二娃和山桃不敢反驳，也不知道如何反驳，任凭他们的吐沫飞到脸上。

几个债主知道两个服务员也是受害者，欺负他们也没啥意思，便自认倒霉，就又骂骂咧咧地走了。

山桃松了口气，怯怯地问："二娃，咱也走吧？"

二娃点点头，转而摇摇头，说："连回家的路费都没有，咋走啊？"

山桃说："我……我也没有路费……我身上只有十几块钱。"

二娃说："你回家一趟得多少钱？"

山桃说："汽车、火车、三轮车，得 1600 块。"

"咱两个差不多。"二娃说："哎，这冰箱里还有肉，还有青菜，咱把路费挣出来再走吧？"

山桃迟疑了一下，问："你会做烩面？"

二娃说："没有吃过猪肉还没见过猪走路？把生的做成熟的就中。来咱这小店的，身份跟咱差不多，不是啥讲究人，即使有些差池，不会找麻烦的。"

"你真有把握？"山桃扑闪着眼睛。

"想着是给咱的家人做饭吃哩，能错到哪里去？"二娃蛮有信心地说。

"中！"山桃的两只眼睛越来越亮。

说干就十，二娃把火打开，一边烧水，一边去切肉；山桃择葱、剥蒜……当把第一碗烩面端给一个中年汉子时，说实话，二娃的心里还没底，忙让山桃把醋、辣椒、盐拿过去，说："大哥，您看看合您口味不，需要啥您自己添加。"

中年汉子"哧溜"了一口，头也不抬，说："中，中，中。"

二娃和山桃相视一笑，信心大增。接下来，越发操心。还好，一碗接一碗，没有一个顾客说孬的。

忙到天黑，两人算了算账，挣了六百块。

"照这个数目，咱再干6天就能把两个人的路费挣出来。"二娃掰着指头说。

第二天早上，二娃去市场上进菜，山桃在店里忙活。9点钟，饭店准时开门营业。

这一天，两个人赚了700块。

……

到了腊月二十八，二娃和山桃已经赚了6000块钱。二娃说："山桃，咱回家是不可能了，车票估计买不到了。咱不如不回家，继续干下去，然后把账一撮儿一撮儿还清再做打算，你看如何？"

"中！听你的。"山桃说。

就这样，二娃和山桃干了多半年，终于还清了前任老板所有的欠款。

由于两个人用心经营，口碑传了出去，饭店的生意越来越好，要关门已是不可能了，两个人也舍不得关门，于是打出广告，招聘3个小伙计，把生意往红火处弄。

报名者蜂拥而至，当其中一名站在二娃面前时，他愣住了——这个人是年前逃跑的老板！

二娃不计前嫌，收留了老板。

没过多久，饭馆的名字由"上一档烩面馆"改为"小夫妻烩面馆"。

（原载《小说月刊》2016年第1期，《小说选刊》2016年第3期转载。选入四川省遂宁市西眉中学高二2017年下期语文试卷等）

手　机

羊肠子似的山道上，一辆长途客车蛇一样爬来绕去，远远望去，倒像一只正在搬家的蜗牛。

这是一辆从省城开往乡下的客车，车内座无虚席，从衣着打扮上看，各色人等都有。乘客们，有的昏昏欲睡，有的在眺望窗外的风景，还有不少人在玩手机。

一个头发一缕黄一缕红的小伙子捧着手机在认真地打游戏，嘴里还不停地发出或惊喜或懊恼的叫声，一惊一乍的……

一个红光满面大腹便便怀里抱着公文包的秃顶男人把手机贴在耳边指点江山，颐指气使地通知各单位负责人明天上午 9 点在机关二楼开会……

一个西装革履、一只手上戴着两个金光闪闪戒指的中年汉子旁若无人地对着手机吆喝："老大，价格不能再低了……"

一个打扮新潮、红嘴唇黑眼圈的时髦女郎把手机贴在腮边窃窃私语……

一个抱着书包的中学生在用手机播放流行音乐，听得出正在播放的是周华健的《真心英雄》，"灿烂星空，谁是真的英雄，平凡的人们给我最多感动，再没有恨也没有了痛，但愿人间处处都有爱的影踪……"

他们的脸上或幸福或甜蜜或陶醉或灿烂，因为这是一个刚刚流行手机的年代，手机是富有的象征，手机是身份的标志。

车厢最后面的角落里蜷曲着一个乡下汉子，30 岁左右，他蓬头垢面、胡子拉碴的，身边塞着一个饱满的蛇皮袋。他是在城里打工今天回家的。他伸着脖子羡慕地看看这个的手机，瞧瞧那个的手机，偶尔咽一下口水。他的上衣口袋里也有一部手机，那是他在城里刚刚买的。与那些漂亮、精致的手机相比，他的手机实在不算什么，档次低、价格廉，和他的人一样不显山不露水的。他把手伸进上衣口袋里，摩挲着里面的手机，爱不释手的。看到大家都在纷纷打电话，终于，他也忍不住了，于是掏出手机拨打起来，"梅花吗？我在回家的车上。嘿嘿，没事，我不是想你们吗？我天黑就到家了……"乡下汉子的声音压得很低，生怕大家听见似的。

当客车吭哧着爬到半山腰时，车厢里有了骚动。两个流里流气的青年把一个青春靓丽的小姑娘挤到窗边，光头青年用手捏着小姑娘的脸蛋，不怀好意地奸笑着；另一个黑胡青年去拽姑娘的衣服……姑娘发出惊恐的尖叫，一边挣扎一边用求救的目光望着周围的乘客。遗憾的是，周围的乘客都闭上眼睛睡着了，那些打电话的乘客不知什么时候悄悄地关了手机也闭上了眼睛。

这时，只见那个乡下汉子迅速站起来，"住手！你们干啥？再不放手我就报警了。"说罢扬了下手里的手机。那两个流氓吓了一跳，当看清管闲事的人是乡下汉子时，不约而同地冷笑了一下，旋即放过小姑娘，朝车厢后面走去。光头青年瞪着眼睛恨恨地说："我看你是活腻了，敢管老子的事……"黑胡青年阴着脸，也不说话，走到跟前，挥拳打在乡下汉子的胸脯上。乡下汉子一边躲避一边出手反抗。乡下汉子伸出的拳头戳在了黑胡青年的鼻子上，顿时，鲜血从黑胡青年的鼻孔流出来。这下惹恼了黑胡青年，他从腰里摸出一把匕首猛地扎向乡下汉子的肚子……

看到血流如注的乡下汉子，车上的其他乘客被激怒了，纷纷从座位上站起来出手相救。短短几分钟的时间，就把两个流氓给制服了。这当中，有人拨打了110，报告了所在的方位以及车牌号；还有人拨打了120，联系附近的医院。乡下汉子的血还在流，脸色越来越苍白……长途客车不停地打着喇叭轰鸣着往山下疾驰。

110把两个歹徒带走了。

120把乡下汉子拉走了。

由于乡下汉子失血过多，最终没抢救过来。尽管车上的乘客都跟随到了医院，但没人知道乡下汉子的情况，不知道他姓甚名谁，不知道他家住哪里。有人记起乡下汉子有部手机。警察便从他的血衣里掏出手机，准备从里面调取号码和他的亲属联系，当擦拭去手机上的斑斑血迹，在场的人都愣怔住了，因为这是一部玩具手机!

那部玩具手机是乡下汉子给他3岁的孩子买的。这是后来人们才知道的。

（原载《检察风云》2006年第5期，《岁月》2006年第6期、《中国保安》2006年第6期、《文学港》2006年第4期、《通俗小说报》2006年第7期转载等，入选《中国小小说300篇》《小学生必读的100篇生活小小说》《2006年中学生最喜欢的锐利小小说》等。获第五届全国微型小说年度评选一等奖。被兰州电影制片厂拍摄成电视短剧在甘肃电视台播放。选入百强重点名校高考备考、河北唐山市 2011—2012 学年高三语文试卷、河南洛阳市 2015—2016 学年高三语文试卷、广西贺州市桂梧高中 2017—2018 学年高一语文试卷等）

认　亲

　　阳光像雪白的瀑布从远处高楼倾泻而下，迸溅在窗台后又飞起一片雪白的浪花，浪花飞溅到龙飞和妻子文静身上，映得他们雪白一片。

　　央视大型公益寻亲栏目《等着我》正在直播，龙飞和妻子看着电视，眼角挂着的泪花恰好与窗外阳光的浪花叠加在一起，晶莹明亮。

　　"我们两个在山腰上的一块田里刨土豆，刨到太阳偏西了才去田边看睡在竹篓里的儿子，儿子不见了。这么多年，为找儿子，我们跑遍了全国各地。每到一个地方，打上半年工，再赶往下个地方，边打工边找，连儿子半根毫毛也没看见。10年前，思念儿子，老伴哭瞎了眼睛；5年前，念叨着儿子，老伴病逝了……"电视里，一个来自四川农村的大叔正讲述自己的遭遇。大叔姓陈，60岁的他看上去像七八十岁。他的讲述很平静，平静的脸庞像无风的池塘，眼里没半点波纹，仿佛是在叙说别人的故事。龙飞和妻子听得泪花直转。妻子差不多快哽咽了，不停用纸巾擦拭着眼角溢出的泪水。龙飞坐不住，站起又坐下，坐下又站起。

　　主持人问陈大叔说："你还记得儿子长什么模样吗？他身上有没有特别的记号？"陈大叔说："我只记得他小时候的模样……他脸上有块特别明显的胎记。"

　　龙飞和文静对视一眼。

　　龙飞摸了摸自己脸上的胎记，看着文静，迟疑了一下，说："我……我是不是该去认亲？"

　　"应该去，老人家太可怜了。"文静点了点头，鼓励龙飞。

龙飞说：“要不要跟萌萌商量一下？”萌萌是他们的儿子，在大学读书。

文静说：“不用商量，给他解释一下就中。再说，他小时候就一直要爷爷，现在爷爷回来了，他应该高兴才是。”

就这样，龙飞联系中央电视台"寻亲栏目组"，声称自己就是陈大叔的儿子。"寻亲栏目组"喜出望外，急忙联系双方见面。

陈大叔见到龙飞那一刻，突然跌坐在地，扶起后半天也坐不稳。他愣怔了好半天，似乎不敢上前相认。瞅着陈大叔，龙飞心里刺疼刺疼的。陈大叔的头发都已经花白，像是落了一头的雪。可以想象到，为了寻找儿子，老人家饱受了怎样的磨难。

龙飞说：“爹，我是您儿子啊。”说罢，上前抱着陈大叔，眼里的泪不由得流了出来。龙飞一边哭一边诉说自己寻找生身父母也找得好辛苦，说要不是看电视，真不敢相信这辈子还能见到他。

陈大叔落泪了，他颤抖着手，抚摸着龙飞的肩膀，也"呜嚅呜嚅"地哭起来，鼻子一把泪一把的。

后来，龙飞就把陈大叔接回了家里。龙飞在城里开家店铺，经营着五颜六色的布匹，买的房子也在城里。陈大叔勤快，龙飞不让他去店里帮忙，他就在家里忙活，没事干了，就去拖地板，有时一天拖三四遍，都能照出人影来。

儿子找到了，也有了家，陈大叔好像一下子掉进了福窝里。

萌萌从学校回来，一家三代更是其乐融融，家里边充满了爱的温馨。

23年后，陈大叔的生命终于走到了尽头。弥留之际，他拉着龙飞的手说：“孩子，谢谢你！其实，你不是我的孩子，他脸上的胎记在左边，你的在右边。当时，看你哭得那么伤心，我也就认了。”

龙飞说：“爹，我知道我不是您的儿子，因为在我两岁的时候父母先后病逝了……看到您无依无靠，我和文静商量后就认您了。”

陈大叔粲然一笑，嚅动着嘴唇，还想说点什么，眼睛一闭，再也没有睁开。

萌萌得知真相后，写成故事放在了网上。陈大叔的老家人看到这个故事，就在网文后面留言说，当年老人的儿子被狼叼走了，害怕老人知道真相挺不过去，村里人就隐瞒了事实，都说是丢了，是为了让老人心存希望，活下去。

（原载《北京文学》2019年第2期，《微型小说选刊》2019年第7期转载。选入江苏泰州兴化市2019年高三语文试卷、安徽省芜湖市无为市多校2023—2024学年八年级上学期11月期中联考语文试卷等）

茶　道

　　我到报社上班没几天，就接到一个任务，下乡采访茶农老贵。领导说，老贵种植茶叶的面积跟其他茶农差不多，多年来，生意却一直占据当地首位，肯定有异于常人之处。领导之所以把这个任务交给我，除了给我锻炼的机会，还因为我喜好喝茶，而且懂茶，对茶道略有研究。

　　我藏起记者的身份，扮作一个采购茶叶的游客进山了。一进入黄山北麓，我凭着喝茶人独特的嗅觉，闻到了空气中弥漫着淡淡的茶香。"太平猴魁"原产地在三门村的猴坑、猴岗、颜家等3个地方，如今三门村周边也都开始种植"太平猴魁"，品质一样不差。不喜喝茶的读者或许对"太平猴魁"有点陌生，我在此普及一下。"太平猴魁"不仅是黄山当地的名茶，还是我国的传统名茶之一，色、香、味、形皆具特色，品其味幽香扑鼻、醇厚爽口，回味无穷，大有"头泡香高，二泡味浓，三泡四泡幽香犹存"的意境。

　　老贵不是三门村人，紧挨三门村。一路走来，路两边皆是茶树。正值春天，时令已过清明，茶树郁郁葱葱的，很是喜人。我忍不住上前掐了一片茶树枝头上的嫩尖，塞进口中，慢慢咀嚼着，有点苦味，也有一丝微甜。遇到有人家的地方，房子门口一溜摆着兜售茶叶的摊位。进山采购茶叶的茶商和游客不少。

　　好在村里人都认识老贵，没费多大周折，我就到了老贵家。老贵家的房子是新盖的两层小楼，有个独立的小院，院子里一角栽着一片竹子，还点缀着不少藤蔓植物，在春风的吹拂下，已经绿意盎然了。老贵50岁左右，身体硬朗，一脸佛笑，给人亲切和蔼的感觉。他说老伴进城带孙子去了，家里显得清静一些。

我刚坐下，老贵就给我端来一杯"太平猴魁"，让我品尝一下——他真以为我是采购茶叶的。我看到玻璃茶杯中有四枚茶叶，只见芽叶徐徐展开，舒放成朵，两叶抱一芽，毫多不显，苍绿匀润，或悬或沉，汤色黄绿明亮，随着热水的滋润，香气也袅了出来。我端起杯，轻轻啜吸一口，清香中带有兰花的香味，滋味醇厚甘甜，我微微一笑，说："大叔，恕我直言，您这是二级'太平猴魁'。"

我知道，尽管"太平猴魁"没有明前茶和雨前茶之说，但分为极品、特级、一级、二级、三级等品级，品级不同，色香味均有差别。特别是极品"太平猴魁"，外形扁展挺直，魁伟壮实，香气馥郁且滋味醇厚，深受喝茶人的喜爱。

老贵瞪大眼睛，惊喜地说："您真是行家！"说罢，他竖起大拇指点赞。

"大叔，您的'太平猴魁'极品呢？"说罢，我又品咂了一口，真爽啊。

老贵咧咧嘴，不好意思地一笑，说："我的'太平猴魁'极品只有两三斤，数量不多。"

"已经出手了？"

"算是吧。"老贵又给我的茶杯续了水。

"您不会用其他等级的茶充当极品？几乎没人看出来。"我说。

老贵的脸一下子阴了，指着自己的胸口说："这里能看出来。"

"大叔，对不起。"我意识到自己冒失，忙对老贵歉意一笑。我发现一个问题，其他茶农家都是人来人往热热闹闹的，老贵这里怎么如此寂寥呢？门前也没有兜售茶叶的广告和摊位。

老贵似乎看透了我的心思，解释道："我的都是老客户，签订的都是长年合同，他们不用往黄山跑，我快递给他们……"

我恍然明白，问道："您的极品给哪些客户了？卖了多少钱？"

"这个不好说。"老贵挠了挠自己有些花白的头发。

看老贵的表情，应该大有文章，常言说，"工夫在诗外"，他的生意好，是不是也有类似的因素？我试探着问道："是送给当地领导了？"

老贵摇摇头。

"是卖给哪个大老板了？"

老贵又摇摇头。

"是敬给茶神了？"我知道，村里人一直有敬神的习俗，在这里，敬的应该都是茶神。

老贵说："敬茶神我不用茶叶，水果、香箔就可以。"

我想了想，又问："是给黄山六百里猴魁茶业公司？"黄山六百里猴魁茶业公司是个大公司，口碑、效益俱佳，产品一直供不应求，茶农如果跟他们合作，肯定不会吃亏。

老贵说："我的技术就是这家公司指导的，但茶叶没给他们……我有我的茶道。"

"您懂茶道？"这下轮到我大眼瞪小眼了。内行人知道，茶道既是茶人的认识论，也是茶人的方法论与世界观。皇家有皇家的茶道，凡人有凡人的茶道；俗有俗的茶道，禅有禅的茶道，道家有道家的茶道，不一而足。

老贵咧嘴一笑，说："我的茶道跟你说的茶道不一样。好多人都想要我的极品，有的还给出天价，我没答应。你不是想知道答案吗？我可以告诉你，自从种茶以来，我都把每年的'太平猴魁'极品给了两个人——一个是让我住过最温暖房子的人，一个是让我坐过最好车子的人。"

我看了看眼前的两栋楼，难道不是老贵自己盖的？我瞅了瞅院子，也没见到什么豪车。

"给我最好房子的人是娘，给我最好车子的人是爹。"说罢，老贵指了指不远处的茶山，"二老都七十多了，歇不住，今天上茶园去了。"

我眨巴着眼睛，半天没回过神来。

老贵说："我在娘的肚子里住了十个月，那里是最温暖的'房子'。小时候，父亲的肩头就是我出行最好的'车子'。"

我豁然明白，老贵的"茶道"成就了他的生意。一阵微风吹来，空气

竹子开花

中弥漫的茶香更加馥郁悠扬，使人差不多要醉了。

（原载《华文月刊》2023年第5期，获"百年猴魁·天下太平"第三届全国茶文化小小说征文三等奖。选入2023年湖南省耒阳市一中高三考前仿真模拟（二）语文试题）

配 角

天气阴沉，满天是厚厚的、低低的、灰黄色的浊云。东北风呜呜地吼叫，肆虐地在旷野上奔跑，它仿佛握住锐利的刀剑，能刺穿严严实实的棉衣，戳得人骨头疼。

河边站满了看热闹的人，一个个抱着膀子，缩着脖子，上下牙齿打着架，吸溜着鼻子，脸上却绽放着五花八门的笑容。

这里在拍电影。

河水缓缓地流着，水面上三三两两漂浮着尚未解冻的冰碴子，一起一伏，优哉游哉。

根据剧情，女主角失足掉进了河里，大喊"救命"。在河边溜达的配角（一个老年男性拾荒者）闻听呼救声后，没有丝毫犹豫，一跃而起跳进河里，奋力把女主角救了出来。

剧情就这么简单。

可是，就是这么简单的一幕，接连排练了两三次，导演都摇头否定了，一脸的失望。女主角的演技倒没什么毛病，问题出在配角身上，就是那个救人者。

第一次，配角听到女主角的叫喊，犹豫了好几秒才跳进水里。按照剧情，不能超过两秒；第二次，配角倒是没犹豫就扑进了河里，遇到冰碴子，有意地回避着，好像害怕被戳伤；第三次，配角表现得很勇敢，可惜，脸上的表情却是不切实际，有点僵硬或者说是漠然，像是在演戏。别说是导演不满意，连围观的群众也都嗤之以鼻："太假。""演技太差了。"

女主角虽然穿着羽绒服，有防护措施，也无生命危险，但在零下十几摄氏度的河里待着，那滋味也不是好受的。哪一次下去不扑腾几分钟？若女主角是个大牌，早甩手不干了。女主角是个没有出道的新手，说得更具体一点，是个在校的学生，托关系才演上这个角色的。此刻，她也不敢多说什么，瑟缩着身子，默默地掉着眼泪，一副楚楚可怜的样子，不知是委屈还是寒冷，或许两者兼而有之。导演不咸不淡地看了女主角一眼，命令道："准备，下！"

女主角忙擦了擦眼泪，甩掉裹在身上的棉大衣，听到导演的口令后跳进了河里。

此刻，只见岸边的一个拾荒者，看到女主角落水，没等她喊救命，就甩掉手里的蛇皮袋，扑进了河里。距离女主角还有一段距离。他吃力地游着，脸上呈现出焦急的神色。看得出，他是个"旱鸭子"，不会游泳，两只手胡乱扒拉着，属于那种"狗刨式"。他的手被冰碴子划破了，脸也被冰碴子划破了，却不管不顾，一边还焦急地大叫："闺女，坚持住！闺女，坚持住！"……终于，女主角被救上了岸。

围观的群众禁不住鼓掌叫好。

导演也兴奋得跳起来，潇洒地打了个响指，说："ok（可以了）！"

然而，很快大家发现救人的老汉不是剧组里的演员。老汉的衣服真的是湿透了，汇集到脚下的水，瞬间凝固成了冰；脸和手上的伤口渗出来的血水也冻住了，不流动了。

导演忙安排人给老汉更换衣服，包扎伤口。

这期间，女主角一直嘤嘤地哭着。

导演拍了拍女主角的肩膀，"没事的，他虽然不是演员，但效果很好，很逼真，这个镜头就算成功了。"

女主角哭得更厉害了。

等到老汉换好衣服、包扎好伤口出来，导演率先开问："老人家，您是——"

"俺……俺是个捡破烂的，刚好路过这里，看到闺女落水，啥也没想，就跳了下去……"老汉虽然换了衣服，嘴唇还乌青着。

女主角终于停止啜泣，上前托起老汉捆绑着纱布的手，"爸，我对不起您……"她想给老人个笑脸，不料，细碎的泪珠如朝露般挂在了她长长的睫毛上。

"傻孩子，跟爸不要说对不起。"此时，老汉已经知道刚才是在拍戏，开心地笑了。

围观的人都傻眼了。

女主角是老汉的独生女。她考上艺校后，老汉也悄悄到了这个学校所在的城市，他没有别的手艺，只有捡破烂供女儿上学。他怕给女儿丢脸，一直没有去找过她。不过，他曾无数次到学校门口转悠，希望遇到女儿，却一次也没有遇到过。今天外出捡破烂，也是碰巧遇到女儿在拍戏。他以为女儿是意外落水，便不顾生命危险跳进了河里。

"大叔……今天您可帮了剧组的大忙，谢谢您！"导演真诚地说道，掏出几张票子给老汉算作酬劳。

老汉拒绝了，说："只要闺女没事就好，没事就好。"

顿时，现场又是掌声一片。

还有一个秘密可能大家都不知道，老汉一生未娶，女主角是他收养的弃婴。

（原载《河南工人日报》2021年6月3日，《中学生阅读》（初中）2021年第9期、《微型小说选刊》2022年第2期转载。选入2023届广西高三下学期5月高中毕业班高考模拟测试语文试题等）

我不看月亮

细心的王队发现，近段时间，朱明像经霜的倭瓜，蔫头巴脑的，再没哼唱过《想你的时候问月亮》。王队私下向小刘打听，小刘跟朱明同宿舍。小刘这才恍然大悟地说："是，有一段时间了，之前那首歌是朱明每晚的主打。"

整个消防队都知道，朱明的女朋友是一名护士，她叫月亮。两个人的相识缘于一场火灾事故，在那次救火过程中，朱明意外受伤，一直陪护他的护士就是月亮。

小刘不止一次说过，朱明这叫因祸得福。听出了小刘话里酸溜溜的味道，朱明心里跟抹了蜜似的，甜美着呢，也不去辩解。

因为朱明和月亮工作的特殊性，两人聚少离多。月亮说，等从上海回来，就来找他。谁知道，她从上海回来，他却赶赴山西抗洪抢险。等到他从山西回来，她又奔赴郑州……

有一天，小刘悄悄给王队汇报，说他在朱明的床头看到一句话："我不看月亮，也不看你，这样月亮和你都蒙在鼓里。我看月亮，也看你，你以为我只喜欢月亮，只有月亮知道，我喜欢你。"小刘疑惑地说："王队，朱明是不是失恋了？""别声张，我先找他聊聊。"

这天晚上，看到朱明吃罢晚饭一直躲在宿舍，王队一个电话把他叫了出来。

"王队，是不是有任务了？"见到王队，朱明一改萎靡不振的样子，精气神十足地说。

王队心里边很舒服，这就是他手下的兵，自己有天大的委屈，在工作面前跟打了强心剂一样，没有一个孬种。他笑着说："你小子就知道任务、任务，没事，咱随便聊聊。"朱明抻了抻自己的衣服，不自然地笑了。

"今天农历十五，正是月圆的时候。"王队说罢，没有去看天上的月亮，而是看着朱明。他发现，朱明垂着头，嘴里"嗯嗯"地应答着，并没有去仰望天空。

王队心里一惊：难道他跟月亮分手了？王队想了想，没有捅破那层窗户纸，说："兄弟，你想不想听听我的恋爱经过？"

朱明这才抬起头，下意识地点了点头。

王队说："我谈过3次恋爱，第一个只见过一次面，人家就拒绝了，嫌我的工资低。第二个认识不到半个月，人家提出了分手，很直白地说咱的工作太危险，担心自己当寡妇。第三个，也就是你现在的嫂子，是我从火场里把她救出来的，她不顾家人的反对，死活要嫁给我……我现在体会到了那句话的含义：结婚找对象，不是要找自己喜欢的，而是找喜欢自己的。"

"王队，我……"朱明张了张嘴，似乎要辩解。

王队打断朱明的话，说："别说了，早点休息吧，明天早上还要10公里越野训练呢。"说罢，王队转身走了。

"王队，事情不是你们想象的那样，月亮她很爱我！"

王队猛地停住脚步，回过头，却发现朱明已经小跑着消失在夜色中。月亮爱朱明，难道是月亮的家人反对？有可能。唉！王队重重叹了口气，不过，很快他的心里就释然了，消防队员连死都不怕，难道还怕失恋？他相信朱明能够度过这一关，只是时间早晚问题。

不出王队所料，过了一段时间，朱明像是度过寒冬经了春风的麦苗，又开始茁壮了。

消防队有一个传统习惯，只要哪个队员过生日，就在队里的餐厅大家一起热闹庆祝。

轮到朱明的生日了，跟其他队员的生日一样，王队特意自掏腰包订做了一个大蛋糕，还让自己的媳妇到餐厅帮忙，给朱明擀面条，过生日一定要吃面条的——长寿面。

就在生日蜡烛点燃后，大伙儿嚷着要朱明许愿的时候，餐厅进来了一个手捧鲜花的女孩。一时间，大家都惊呆了，这女孩太漂亮了——高挑的个头，白嫩的皮肤，走路像模特，很有明星的气质。

"你怎么来了？不是说去外地支援了？"朱明迎上去，脸上开出了花。

女孩嫣然一笑，说："半个月前回来了，一直在医院，怕你担心，没给你说。"

"月亮，谢谢你！"王队叫起来。

"王队，她不是月亮。"朱明赶紧解释。

女孩说："我是月亮的孪生妹妹阳阳，也是一名护士。"

后来，大家才知道，月亮在抢救病人时被感染，医治无效去世。她担心朱明过不了这个坎，临终前拜托妹妹开导朱明。经过一段时间的接触，阳阳爱上了朱明，朱明也走出阴影，喜欢上了阳阳。

在那次生日宴会上，朱明和阳阳合唱了一首歌："……我不看月亮，也没说想你，这样月亮和你都蒙在鼓里。我站在原地，等风也等你，把你写书上，也写心上……"

这首歌的名字叫《不动声色》。

（原载《教师报》2022 年 11 月 2 日，入选 2023 届河北省秦皇岛市青龙满族自治县部分学校高三三模语文试卷、广东省阳江市 2022—2023 学年第二学期高一语文期末试题等）

来金湖看荷花

两年时间过去，任凭晓文怎样折腾，村口的臭水塘还是没能变成"荷花淀"。

晓文大学毕业后，回到家乡当了一名大学生村官。他的家乡还较为落后，打造美丽乡村一直是他的梦想，最让他头疼的便是村口那个臭水塘。在金湖的荷花节上，晓文有了想法，要把那个臭水塘种上荷花。荷花不仅适宜观赏，还有出淤泥而不染的品质，更重要的是在荷花节上，晓文认识了一个名叫荷花的姑娘。

从金湖回来后，晓文和荷花一直在微信上交流。荷花是金湖本地人，也是一名大学生村官。两个人从相识到相知，也算是志同道合吧。从开始的三言两语，到后来的千言万语；从当初的谈工作，到后来的谈生活……有一次，晓文趁着醉酒，半开玩笑地问荷花："什么时候我才能天天看到荷花？"荷花说："等到你的臭水塘变成'荷花淀'的时候。"这话回答得很得体，也很暧昧，晓文跟打了鸡血似的有了劲头。他利用自己的关系，跑了一部分资金，又把自己买房的钱也添进去，改造了各家各户的排水系统，建造了垃圾处理厂、污水处理站……其间，晓文没少得到荷花的指点。晓文兴致高的时候，会涉及谈婚论嫁的问题，这个时候，荷花就沉默了。毋庸置疑，荷花对自己有那么点意思，但怎么一涉及主题就避开了呢？想不明白，晓文便不再去多想，一门心思地改造臭水塘。

现在，臭水塘不臭了，还繁衍出了鱼虾。但是，在荷花种植上难住了晓文。他没有经验，也不懂技术，他查阅了资料，比葫芦画瓢，不料想，无花也无果，败得很惨。晓文有些气馁，想放弃了。

荷花没有像往常那样给他出主意想办法，没有过多地安慰他，发过来一条微信：来金湖吧。

晓文有点喜出望外，没等他想好说什么话，荷花又发过来一句：金湖的荷花开了。

当即，晓文就订了车票，第三天便到了金湖荷花荡。

两个人并排走在高邮湖湖堤上，一边漫不经心地走着，一边欣赏着连绵成片的荷花塘。正值九月，塘里的荷花一律热闹地开放着，有的洁白如雪，有的红如玫瑰，有的黄如锦缎……五彩缤纷，让人目不暇接。荷花自豪地说："这里的荷花有五百多种，世界上所有的品种这里都有。"微风吹拂，荷叶翻卷，绿波阵阵，荷花的清香弥漫在天地间，不由得使人深呼吸，再呼吸。远远望去，"望月亭"下，聚集着不少游人，一边观荷，一边品酒、茗茶，优哉游哉，如同人间仙境……晓文逐渐从失败的阴影中出来，心情晴朗了许多。

荷花忽然问道："晓文，我问你一个问题：一个池塘里的荷花，每一天都会以前一天的两倍数量开放。如果到第 30 天，荷花开满了整个池塘。请问，第几天池塘中的荷花开了一半？"

"第 29 天。"晓文不假思索，几乎是脱口而出。

"哇！真聪明！"荷花的眼睛扑闪着，亮晶晶的。

晓文说："我是倒着推算的，第 30 天开满，前一天荷花开满了一半，所以是第 29 天。"

荷花点点头，颇有感触地说："联想到我们人生，你会发现，很多人的一生就像池塘里的荷花，一开始用力地开，拼命地开……但渐渐地，他们开始感到枯燥、厌烦，可能在第 29 天的时候放弃了坚持。他们不知道，这个时候的放弃，往往离成功只有一步之遥。"

晓文的脸一下子红了，他嗫嚅道："荷花，不要再说了，我会坚持的。"说罢，连晓文都觉得自己的话苍白无力，没有底气。

荷花话题一转，说："晓文，你知道我的名字为啥叫荷花吗？"

晓文摇摇头，心里有点怨恨荷花，关于种植荷花，是组织村里人外出参加培训还是请高手指导，下一步怎么办，还有，他们的关系往哪方面发展，这才是他想听的话题。但没容多想，他便被荷花的故事吸引了。

荷花两岁的时候，父母出车祸去世，她跟着爷爷奶奶生活。爷爷没有别的手艺，为了养活祖孙三人，爷爷就在门前的水塘种植荷藕。荷藕全身都是宝，藕、莲蓬既可当食物，又可当水果；荷叶不但是多道名菜的佐餐配料，又是食品包装的"保鲜袋"……她是吃着荷藕长大的，到了上学报名的时候，"荷花"便成了她的名字。说到这里，荷花动情地说："奶奶5年前去世了。爷爷今年78岁，身体还算硬朗。将来我要嫁人，爷爷便是我的'嫁妆'。"话音刚落，荷花察觉说漏了嘴，抿嘴一笑，跑远了。

晓文忽然间什么都明白了，迈开大步去追，"荷花！荷花！"

（本文获"金荷杯"全国小小说比赛三等奖，原载《金山》2019年第7期。选入衡水2021届高三二轮复习专题卷等）

救　人

　　随着楼上的灯光渐次熄灭，夜，一点一点深了。直到四楼那一家的灯光消失，整个楼都沉寂下来，他才松了口气。这是他初出茅庐，千万不能失手。他在工地上干了几个月，工钱没要到，身上只有200块钱，回家的路费都不够，实在没有别的办法。他打算弄够回家的盘缠，便回家过年。

　　在公园里藏了几个小时，身子骨都麻木了，再不动手，怕是要冻僵了。这是栋老式的六层住宅楼，没有大门，没有门卫，他如入无人之境，很轻松地进入了楼道。

　　起风了，"呜呜"的声响把楼道里的灯弄得忽明忽暗。他蹑手蹑脚来到二楼。白天他已经踩好点了，东户住着一对老两口，没有其他人。他不会开锁，也没有撬门的本事，原打算以水电工的身份敲开人家的门，然后见机行事，不料，他轻轻一拉外边的防盗门，开了，再轻轻一推里面的木门，竟然也开了！有那么好大一会儿，他以为是在梦中。他不知道，老两口的儿子在外打工，担心儿子随时回来进不到家，多年来，门从来都没锁过。

　　推开屋门的那一刹那，他明显感到一股浓重的煤气味袭来，<u>他忙退了出来，本想打道回府，又想不对，若是两个老人煤气中毒了怎么办？见死不救，可是一场大罪啊。</u>不行，得进去看看。他把门完全推开，稍等片刻，他进去了，同时"有人吗？有人吗？"地叫着。没有人回应！他打开手机的照明四下扫射，屋内陈设简单，不像是富裕的人家，走到卧室门口，果然看到两个老人在床上"熟睡"，又大声叫道："大伯！大娘！"两个老人没有丝毫反应。他上前推了推他们，还是没有反应！他摸了摸两位老人的皮肤，身体还是温热的！

他来不及想那么多，掏出手机拨打了 120 急救电话。打过电话，他心里略微轻松一些。他想撤离现场，感觉不妥，老人身边没有人，自己不能离开。

120 来的同时，110 也来了。原来，他在打 120 的时候，说话不免语无伦次，这让医生起了疑心，挂断电话后，医生又拨打了 110。煤气中毒，除正常因素外，还有两种解释，一种是自杀，另一种是他杀。因此，医生多了个心眼。

120 走的时候，他把身上仅有的 200 块钱交给了医生，说是医药费。医生迟疑了一下，还是收下了。

他被一高一矮两个警察带走了，任凭问他什么，他一句话也不说。有什么可说的呢？一旦说漏了嘴，什么都晚了。

看着他瑟瑟发抖的样子，高个警察给他拿了一件军大衣，让他裹上。其实，他不仅是因为冷，还有害怕。

矮个警察看了他一眼，对高个警察说："是不是小偷啊？"

他大声辩解道："我不是小偷！我不是小偷！"说罢，眼泪几乎要流出来。

矮个警察说："那你怎么出现在现场呢？跟这家人什么关系？"

他又闭上了嘴巴。他知道，捉奸捉双，捉贼捉赃，他们没有抓到证据，不会对自己怎样。

任凭矮个警察怎么问，他就是不开口。

高个警察说："不像。现场咱们也看了，门没有被破坏的痕迹啊！"

矮个警察说："现在的人能着呢，不能小瞧了。"

高个警察说："是老人的亲戚也说不准。"

矮个警察在网上搜了一遍，然后对高个警察摆了摆手。高个警察明白，他不是惯偷，先前也没有不良记录。

两位老人终于醒了。

他被两个警察带到了老人面前，问他们认识不。此时，两位老人已经知道是他救了他们。

老大娘看了半天，茫然地摇摇头。

他本来就紧张，这下子更紧张了，额头上渗出了汗。

老大爷白了老伴一眼，对两个警察说："是我一个远房亲戚，论辈分该叫我叔。"

高个警察的脸上溢出不易察觉的笑容。

矮个警察对老大爷说："真的？"

"真的，真的。"老大爷用力点点头。

"没咱屁事，走。"高个警察扯上矮个警察走了。

<u>待两个警察走后，他"扑通"给老人跪下了，眼泪也哗哗流出来。</u>

（原载《啄木鸟》2017年第6期，《微型小说选刊》2017年第15期转载。选入广西壮族自治区南宁市、玉林市、贵港市等2019届高三毕业班联合考试语文试题等）

游子吟

"慈母手中线，游子身上衣。临行密密缝，意恐迟迟归。谁言寸草心，报得三春晖。"儿子韦大摇头晃脑地朗读着孟郊的《游子吟》。韦伟心中一动，想起了乡下的母亲，有半个月没有回去看望她老人家了，当即决定回老家一趟。听说可以不学习了，韦大欢呼着跳起来。

到超市采购了一些水果，他们就开车上路了。车上，妻子凌华不忘辅导儿子，问："韦大，知道《游子吟》是什么意思吗？"韦大从窗外收回目光，摇了摇头。"《游子吟》，这是一首母爱的颂歌，是说慈祥的母亲手里拿着针线……"凌华一张嘴就卡壳了。她没有做过针线活，也不会做针线活，怎么去讲这首古诗呢？

果然，韦大天真地问道："妈妈，什么是针线啊？"

"儿子，回到老家我给你讲啊。"韦伟开着车，不容分心。

看到韦伟一家子回来了，母亲既感到意外又感到高兴。

韦大给奶奶打声招呼就去跟村里的一帮野小子疯去了。

说了一阵子话，母亲系上围裙，忙着和面擀面条。凌华微微皱了一下眉头，"妈，晚上也吃面条啊？"婆婆迟疑了一下，说："起脚饺子落脚面，是咱这儿的风俗。"韦伟接上话茬给凌华解释道，家里有人外出或者欢送客人，要请上路的人吃饺子，这叫"起脚饺子"，说是饺子的样子像古时的银锞和元宝，希望他（她）出门发财；家人归来或者有客登门，接风的饭必定是面条，这叫"落脚面"，传说面条像绳索，绊住来客的腿，要他多住几天，表示亲热。

　　怪不得每次回来都是吃面条，回城时都是吃饺子，原来有这么多讲究。凌华心里感慨着，挽起袖子去帮婆婆做饭。

　　晚上吃罢饭，母亲坚持自己收拾家务，说还要给韦大洗一洗裤子。韦大出去疯了一下午，裤子弄得脏兮兮的。韦伟知道拗不过母亲，就去休息了。

　　临睡前，韦伟就给韦大讲他小时候的事。

　　有一天下午放学，他跟村里的几个孩子在路上玩耍。一会儿下河摸螃蟹，一会儿上树逮知了，一会儿山上捉迷藏，一会儿沟里丢手绢……听到大人们的呼喊，他们才发觉天已经黑了。回到家里，他才发现自己的裤子上磨破了好几个洞。第二天咋去上学呢？他就这一条裤子。不到过年，家人是不会给买新的。母亲也没有责怪他，叹了口气说："这条裤子已经穿了好长时间，早晚要破的……你赶紧吃了饭睡觉，我给你缝。"吃了饭，他就上床睡了。母亲坐在煤油灯下，就着昏暗的灯光，一针一线地缝起来。他半夜起来上厕所，看到母亲还在煤油灯下佝偻着腰，仔细地缝着……听到父亲吆喝母亲起来做饭，他才睁开眼，看到趴在桌子上瞌睡的母亲醒过来。母亲把裤子撂给他，他发现裤子上的几个洞已经被密密麻麻的针脚缝好了。当时，他咧开嘴巴笑了。要不然，穿个破裤子，小伙伴们还不叫他"叫花子"啊？

　　讲到这里，韦伟自己也被感动了，鼻子酸酸的，眼角潮潮的。他转脸去看儿子，发现儿子不知道什么时候睡着了。

　　第二天早上，韦大起床穿衣服时，发觉裤子跟往常不一样，哇的一声哭起来，伤心又委屈。

　　母亲揉了揉红肿的眼睛，尴尬万分地说："嗨，奶奶不中用了，眼花了，多年不拿针了，缝得不好……乖乖，别哭！乖乖，别哭！"

　　原来，母亲连夜把韦大裤子上的几个窟窿全都给缝好了！

　　韦伟和凌华知道事情原委，哭笑不得。

　　韦伟给母亲解释："妈，现在城里流行这种有破洞的衣服，叫作'乞丐服'。裤子买来时，韦大嫌裤子的颜色新，洞不大，凌华找来砂布打磨了好几个晚上呢。"

"以为你们日子过得艰难，回家拿钱呢……"母亲从口袋里摸出一团零碎的票子，不好意思地说。

看来，要让韦大理解《游子吟》的内涵是很难了。韦伟叹了口气。

（原载《郑州日报》2016年8月6日，选入2017年陕西省高考语文真题、江西省上饶市横峰县2017届高三语文试题、2017年湖北省高考语文真题、遵义航天高级中学2019届高三模拟考试题、河南省兰考第三高级中学2022学年上学期高二语文试卷等）

南京、北京

老歪这两天特兴奋，以致晚上都睡不着，鳖子上烙油馍似的在床上翻来覆去。有人说，睡不着就数羊，数不到一百头就睡着了，老歪连着几个晚上，都数到一万多头了还是没有一点睡意。

是啊，这事换到谁身上都淡定不了。两个孩子都在电话里说，他一辈子没出过门，趁着现在还能走动，让他到城里逛一逛、转一转，开开眼界，见见世面、想住了就住下来。老歪到过最远的地方是镇上，赶集时去过一趟，县城都没有去过。两个孩子像是商量好似的，说这几天就把车票给快递过来，让他做好准备。去就去吧，住是不会住的，玩两天还是可以的。若是犟着不去，说不定哪一天闭眼蹬腿了，会让孩子们遗憾终生的。

村里人说，老歪该享清福了。可不是吗，老歪的一双儿女都成家立业了，都出息了，他还不该享福吗？

老伴走的时候，两个孩子还小，儿子6岁，女儿3岁。当时，亲戚朋友都劝老歪再找一个，说孩子没妈不行。老歪那时还是小歪，挺倔的，说啥也不找。他说，有了后妈，不一定是孩子的福气。就这样，他既当爹又当妈，一把屎一把泪地把两个孩子拉扯大，供他们上大学。两个孩子也算争气，学业完成后都留了城里。唯一遗憾的是，两个孩子不在一个地方，儿子在北京，女儿在南京。

两个孩子还算孝顺，没少给他打钱，没少给他寄东西，电话里也没少说话。他们刚参加工作那会儿，也曾邀请老歪到城里去，尽管老歪也特想去，却一直没有成行，他怕给孩子增加负担。现在不一样了，都有房子了，都成家了，该去看看他们。这次邀请他进城，也就是在前几天的电话里说的。

就这样，老歪睡不着了。

北京？还是南京？这几天，村里人见了老歪，都会这样问他。不少人给他出主意，有的建议他去北京，说北京有毛主席纪念堂，有天安门城楼；有的建议他去南京，说南京有中山陵，有雨花台。

老歪呢，咧着嘴嘿嘿直乐。说实话，他也没决定好到底是上北京还是下南京。这两个孩子也真是的，说寄车票都寄车票，说不寄都不寄。

儿子在北京上班，房子买在了河北，每天上班要提前3小时。唉，上个班就这么远，也真难为儿子了。儿子是去年结的婚，媳妇是日本闺女。他们举行的是集体婚礼，单位操办的。恰好老歪当时刚参加过本村的一个葬礼，按农村阴阳先生的说法，不宜再去参加婚礼，就没有去。他们也没回来过。也就是说，到目前为止，老歪没见过媳妇的面，也不能说没见过——儿子给老歪买了个智能手机，在手机里见过，还给他拜过年呢，叽里咕噜的，像是鸟语。儿子说那是问候老爸新年好的。老歪想等到孙子出生后再过去，视频了几次也没见媳妇的肚子大起来，老歪也不好意思问儿子，当然，更不好意思问媳妇了。儿子似乎知道老歪的心思，在上次的电话里轻松地说，他们不打算要孩子了！这还了得，不孝有三，无后为大，得去好好数落数落儿子。

这边牵挂着儿子，那边女儿也连着心。女儿在南京上的大学，女婿是她大学期间就认识的。今年五一结的婚，女婿是南京一家企业的老板。哼，老板有啥了不起，收破烂的也叫老板——去年村里来了个收破烂的，临走给了老歪一张名片，名片上写着"回收公司总经理"。女儿是旅游结的婚。老歪见过相片，女婿是个秃顶，年龄也不小了，似乎比老歪小不了多少，女儿说他是二婚。可能因为这个原因，女儿一直没把女婿领回来过。这个女婿不是外国人，是苏州人，说话也听不懂。女儿说，这个老板带来两个孩子，她自己不打算再要了。啧啧，女儿真傻，没有一个亲生的会中？都说闺女是爹娘的小棉袄，儿子指靠不了，还得依靠女儿呢。女儿过不好，也是自己的一块心病。

到底是去北京还是南京？去北京，女儿不高兴，去南京，儿子不高兴。有了，谁的票到得早去谁那里！主意一定，老歪才想起收拾自己，去镇里洗了澡，破天荒请人搓了搓背，理了理发，刮了刮脸，还拿出新衣服让邻居家的媳妇给熨烫了一下。

过了一天，老歪收到了一个快递员送来的两个快递——两张卧铺车票——一张去南京的，一张去北京的，车票上的车次居然是同一天时间！

快递员的到来早已把左邻右舍吸引过来了，他们相互传递着火车票，眼里写满了羡慕，还一边取笑老歪：你不会分身术，看你这次去哪里！

当天晚上，老歪捧着妻子的相片喃喃自语：我是指望到时带上你去城里逛一逛，现在不可能了。我决定了，哪儿也不去，就在家守着你。说罢，老歪那沟壑纵横的脸上淌满了泪水。

去南京的车票是儿子寄来的；去北京的车票是女儿寄来的。

（原载《奔流》2015 年第 2 期，《小小说选刊》2015 年 9 期、《小说选刊》2018 年第 1 期转载，入选《2015 年中国小小说精选》《2015 中国年度小小说》。获 2018 年"善德武陵"杯·全国微小说精品奖二等奖。选入江西省新余市第四中学 2016—2017 学年高一下学期语文试题、吉林省公主岭市第五高级中学 2017—2018 学年高二语文试卷、上海市金山中学 2019—2020 学年高一 12 月月考语文试题、陕西省咸阳市秦都区 2022—2023 学年九年级上学期期末语文试题等）

落　叶

　　老孟是名环卫工人，分包人民路。虽然这条路是条人行道，不见机动车，路也不长，从东到西不到两公里，但老孟是个敬业的人，每天凌晨四点准时赶到现场，挥舞着扫把，就着昏黄的路灯，开始一天的工作。等到天亮，一条干净清爽的街道就呈现在大家眼前。如果你有兴趣检查的话，一根头发丝怕是也见不到。

　　老孟说，吃啥饭叫唤啥声儿，咱干的就是这活儿。街道干净了，大伙儿的心情也好，心情好，啥都好，不就和谐了？呵呵，老孟还真能编。想想，也真是那么回事。

　　老孟最怕秋天。人民路两边的行道树是银杏树，一到秋末，叶子变黄的时候，就在枝头上挂不住了，开始飘落了，一个晚上就能落下厚厚的一层。这难不倒老孟，无非是起得再早一些，累一些。关键是，落叶像是故意捣蛋，这边老孟刚扫过去，那边就悄无声息地落下几片，一起落下也好，偏偏没有规律，半天飘下一片，半天飘下一片。前面已经讲过，老孟是个敬业的人。你有的落，我有的是力气扫。这样一来，从早到晚，老孟几乎没有闲下来。这段时间，在这条路上走过的人们，就会看到老孟一整天都在挥舞着扫把，扫落叶，扫落叶。老孟曾自言自语地对银杏树说："你要是俺家狗蛋，我非揍你一顿不可。"

　　即便是这样，老孟年年拿不到先进。啥原因？一时半会儿说不清。

　　怕啥来啥，说秋天秋天就到。似乎转眼间，银杏树上的叶子就变黄了，金黄金黄的，像是比赛谁比谁黄似的。

这天凌晨，老孟刚刚扫出一段，银杏树又飘下几片，婀娜着落到了地上，似乎在嘲笑老孟。老孟无端地生了气，扔掉扫把，对银杏树说："你落吧，谁扫谁是孙子。"老孟坐在路边的道牙上，看着落叶飘啊飘。

天渐渐亮了，已经有早起的人过来了。走在落叶上，他们似乎没有发觉路没扫。老孟心里释然了，继续坐在道牙上发呆。

看着树上的落叶还在左一片右一片、上一片下一片漫不经心地飘落，老孟像个胜利者，脸上浮出了几丝笑意。记得有人说过，地球离了谁照样转，同样，有些事不做，地球照样转。想归想，老孟心说，到了下午再打扫吧，不打扫一次说不过去。

上午 11 点左右，老孟从打盹中醒过来的时候，忽然看到不少人拿着照相机，摆出各种架势在不停地拍照，拍地上的叶子，拍树上的叶子，拍近处的叶子，拍远处的叶子，拍空中的叶子……刚开始，老孟给吓了一跳，以为是好事的记者要给他曝光，曝光他的懒惰行为。现在网络方便是方便，传播速度也忒吓人了，小地方发生的事，眨个眼的工夫全球人就都知道了。他慌忙起身，操起扫把要干活。附近一位拿相机的拦住了老孟，"大叔，先不要扫，等我们再照几张好吗？"看到他一脸的真诚和讨好的笑容，老孟明白他不是在戏耍他，便懵懂地点了点头。

不少路人也拿出手机拍照，一边哇哇地惊叫。有的还躺在落叶上，一副陶醉的样子。老孟看了半天，总算灵醒过来——这些人是把落叶当成美景了啊！老孟明白过来后，心里的不安一下子消除了，甚至有了一丝成就感，若不是他，这些人能欣赏到美景吗？

老孟也装作很有品位地去欣赏那些叶子，挂在树上的，像啥呢？想了半天也没想出个文雅的词，一个字，黄，两个字，很黄。在阳光的照射下，在微风的吹拂下，叶子像是一个个小精灵，闪闪烁烁，耀人的眼。一些叶子恋恋不舍地离开枝头，舞动着飘了下来，铺了一地的金黄，像是给大地铺了一张黄地毯。

几乎是一整天，拍照的不断头，来的来，走的走，似乎来的比走的还多。有的午饭也顾不上吃，从上午拍到下午。等到太阳西下，老孟才抓起扫把开始慢慢打扫。还有几个照相的没走，他不能扫了人家的兴致。

老孟没想到，看到他扫落叶，那些照相的也收起相机帮助他打扫，他们还央求老孟，第二天也不要打扫得太早，他们还来拍。

当晚就有人在微信上"爆料"老孟——《落叶不扫，只为留住美丽》，还配有几张落叶的照片，其中一张，除了一地金黄的落叶，还有老孟坐在道牙上憨笑的样子。

跟帖点赞的成千上万，一时间，老孟成了网红。

这一年年终，老孟得了个先进。

（原载《东方剑》2016 年第 10 期。选入 2017 年《百校联盟》山东版押题卷语文高考最后一卷）

寻　亲

桂婶把孙子萌萌送到学校，回到家发现丈夫金刚不见了。起初，以为他到村子里转悠了。等到天黑，还不见人影。

①_____亲

桂婶这才急了。不只是亲戚朋友，左邻右舍也帮着一起寻找，找了一晚上，又接连找了多天，方圆几十里，包括所有的厕所、水库、机井等，凡是容易出现意外的地方，都找遍了，没有蛛丝马迹，真个是活不见人、死不见尸。直到第七天，桂婶一边揪着花白的头发一边说不找了，不找了。桂婶的话没说完，眼里的泪就一粒一粒掉下来。一起生活了30多年，即便是一只猫一只狗也会有感情的，何况是结发夫妻？虽说金刚是个不正常的人。

金刚的不正常是从3年前开始的。那年金刚出了车祸，幸亏没有生命危险，但是被抢救过来后，变得跟正常人不一样了，不怎么活动，坐在一个地方一坐就是半天，呆呆的，傻傻的，也不说话，别人问他话，只会简单地"嗯""啊"，似乎哪根神经错乱了。他这个样子显然是没法干活了，儿子小桂就让桂婶在家照顾父亲，接送萌萌，自己和媳妇到城里打工去了。

说是不找了，其实桂婶一直没有放弃寻找的机会。赶集时，桂婶啥事也不干，瞪大两只眼睛，瞅瞅这里，瞅瞅那里，瞅得两眼酸疼，揉揉眼，继续瞅。她在集市上转来转去，直到市罢人散，天黑得看不清人脸，才恋恋不舍地返回。遇到有外村人来村里，桂婶就上前打听；看电视时，桂婶特别留意上面打的那些寻人启事……

转眼已是6个年头，萌萌上初中了，食宿在学校，不用接送了。桂婶便到城里打工去了。那时候，她已经是60出头的人了，谁要她？她就背个蛇皮袋，在街上捡破烂，一边捡着破烂，一边去瞅路过的每一个人，有时走一天，只顾瞅人，一个饮料瓶也没捡到。

就这样，桂婶整整捡了8年，仍然没有"捡"到自己的丈夫，她这才死了心，听从儿子的劝告，回老家了。她不回也不行，此时她已经是70岁的人了，身子骨已经没有原来硬朗了，走上几十步就要停下来歇一歇。有一回感冒发烧起不了床，要不是房东及时把她送到医院，后果不堪设想。

②＿＿＿＿＿亲

忽然有一天，在城里打工的小桂给她带回来一个老头。

刹那间，桂婶的眼睛直了：这个老头太像金刚了！

小桂说，当初见到他时，他正蹲在一个垃圾堆前啃一个烂西瓜。他的头发长长的，又脏又乱，脸上也落满了尘土……知情人说，是外地流浪来的，平时以乞讨为生。

桂婶走上前去问老人："大哥，老家哪儿的？"

老人憨憨一笑，也不说话，含糊地"啊"了一声。

"你是不是叫金刚？"桂婶又问一句。

老人依旧是憨憨一笑，不说话。

小桂说，他把老人领去洗了澡、理了发，越看越像爹，这才带了回来。

桂婶审问了半天，一句话也没从他嘴里掏出来。不过，他走路的样子，他傻笑的神态，跟丈夫真的是太像了。她重重地叹口气。这一叹，说明她认了。

亲戚朋友、村里的人闻讯后，先后过来看，都说太像了，太像了。小桂的堂弟说："就是金刚叔，就是金刚叔。"说罢还亲切地叫了一声。

听到这话，不知道为什么，桂婶眼里的泪不由自主地流下来。

"桂婶，人都回来了，您哭啥呢？"

"桂婶这不是伤心，是高兴的泪，激动的泪。"

桂婶这才意识到自己流泪了，忙用袖子去擦，擦了流，流了擦，总也不是个头。

每天，桂婶给丈夫端吃端喝，伺候得很周到。闲了的时候，桂婶就跟他讲先前的点点滴滴。他依旧是憨憨的样子，任凭桂婶说什么，他都是一个样子，一种神态。桂婶呢，却不管丈夫的反应，只管顺着自己的话头往下说。

③＿＿＿＿亲

都说，要不是小桂及时把他找到，说不定早死在外边了。

直到有一天，桂婶眼看着就要咽气了，小桂跪在母亲的床前，说："娘，我不能再瞒您了，他……他不是俺爹……可他也太像了，我知道您心里一直放不下，所以骗了您。"

桂婶努力笑了一下，气息微弱地说道："桂儿，我知道他不是……我若不收留，哪里才是他的家呢？……我走了，你要好好待他，还叫他爹……老天保佑，你爹也能有人收留他……"

小桂点着头，泪如雨下。

（原载《啄木鸟》2016 年第 1 期，《精短小说》2016 年第 3 期、《小小说月刊》2016 年 8 月上半月转载。选入 2017 届江西省高考原创押题试卷、2017 年陕西省高考语文模拟试题、北京市通州区 2017—2018 学年第一学期初三语文试卷等）

乞　丐

　　已经晚上 11 点了，3 个年轻人还没走。说是年轻人，更像是刚走出校门的大学生，说是孩子比较恰当一点。他们的头发也染得有特点，一个白，一个黄，一个棕。此时，酒不喝了，菜不叨了，在那儿慷慨激昂地喷空儿，一会儿说到伊拉克，一会儿说到汶川；一会儿说到王宝强，一会儿说到朴槿惠……好像他们无所不知、无所不能。如果让他们主宰这个世界，这个世界有可能变了样。

　　我最喜欢这类年轻人，他们花钱如拉稀，爽快。点菜时有别于其他顾客，点的都是本店的精品菜、特色菜，合不合口味、能否吃完是另外一回事，只管点，好像他们腰包里的钱跟流水似的。就拿今天这帮小年轻来说，我心疼他们花的都是父母的血汗钱，提醒他们少点一些，不够吃了再点。这下好了，捅到马蜂窝了，"黄头发"瞪我一眼，说："不差钱！""白头发"皱着眉头，说："开饭店的还怕大肚汉？"我赶忙讨饶，扇自己的嘴巴，说歪嘴骡子卖了个驴价钱，吃亏就吃在嘴上。他们几个这才放过我，继续点菜。3 个人，点了 7 道菜，一道牛肉羹。乖乖哩！他们能消化得了？当时我还这样替他们考虑。

　　事实上，他们只管喝酒，只顾指点江山，菜几乎没动。

　　这时，溜进来一个乞丐，我没来得及阻拦，他直奔年轻人那一桌去了。

　　"黄头发"挥舞着拿烟的那只手说："去！去！去！"

　　"白头发"扬起了一个空酒瓶，"滚！"

　　"棕头发"站起来用凳子当武器，"走，走，走，老子还不知道想找谁要钱呢。"

乞丐急慌慌地走了，嘴里嘟嘟囔囔，也不知道说的什么。

我看了一下时间，搁往常，饭店该关门了。我起身提了一壶开水，过去问3个小年轻还需不需要什么，潜台词是提醒他们该走了。

3个家伙这才意识到时间不早了，准备撤离。

看着几个满满的盘子，我问道："打包不？"

"打什么包？俺家又没喂狗。""棕头发"鄙夷地说道。另外两个嘻嘻哈哈地笑了，也不知道是笑话我还是笑话他的朋友。

等到他们走出店门，我去里间拿盆子，打算出来收拾。当我从里间出来，傻眼了，一个中年人坐在那里吃起来，狼吞虎咽，像是饿极了。

中年人四五十岁的样子，穿着那种20世纪六七十年代才有的劳动布衣服。衣服已经洗得发白，还补了几个补丁。头发乱蓬蓬的，落满了尘土。不像是乞丐，看样子，像是刚从工地上干完活的工人。咳，他们这类人挣钱如吃屎，难啊。他们进店吃饭，就着茶水，一碗面足矣。有的吃不饱，再加两个烧饼。

中年人发现我在看他，停下筷子，咧着嘴，不好意思地一笑，"这么多菜，不吃浪费了。"

我连忙说："吃吧，吃吧，没事，没事。"其实，他不吃，我收拾罢也是要倒掉的。

"今天咋这么晚？"我同情地问道。

中年人说："在工地上加班，卸了一车水泥。"说这话的时候，他的神色如中了五百万的大奖。

这时，一个小伙子进来了，就是那个"棕头发"，看到中年人，他的脸色一下子变得苍白，失口叫道："爸！您……您……"

中年人也吃了一惊，"宝儿，你、你还没吃饭？"

叫宝儿的"棕头发"说："我刚跟同学吃了，手机忘拿了。"他说话的时候，嘴里喷着酒气。

我这才从盆盆碗碗的间隙里看到，桌子上有一个手机。中年人刚才也没注意到，若不然，他也不会不吭声。

中年人皱着眉头，说："以后少喝点酒。"

宝儿找到手机应答着走了。

我目送宝儿出去，发现他鬼鬼祟祟拐进了旁边的一家歌舞厅。

中年人只顾埋头吃饭，没有发现这一幕。

我回到吧台上继续玩手机，看微信。不知道什么时候那个乞丐又进来了。中年人请他共进晚餐，他摇了摇头，固执地伸着手。

中年人叹口气，掏出一卷票子，捻出 5 张给了那个乞丐。

（原载《小说月刊》2017 年第 4 期、《天津文学》2017 年第 5 期、《精短小说》2017 年第 11 期，《喜剧世界》2017 年 6 月（下）转载。选入 2018 高考全国卷联考测评名师预测卷、河南省辉县市高级中学 2018—2019 学年高一上学期试卷、福建省泉州市鲤城北大培文学校 2020—2021 学年高二下学期期末语文试题、2021—2022 学年新疆阿克苏地区新和实验高级中学高二下学期期中语文试题等）

警察老谭

等到老谭被惊醒，才看清公交车内的危急情形：5个戴着墨镜的壮汉，手里都拿着尖刀。一个壮汉站在司机身边，其他4个面对车厢，把玩着手中的刀子。车上的十几名乘客吓得面如土色，瑟瑟发抖。抢劫！这是老谭的第一反应，他下意识地攥了攥拳头，差点要站起来。

老谭瞥了一眼窗外，发觉公共汽车正行驶在开往乡下的偏僻山路上。

一个手腕上戴着桃木手链的高个子男人好像是个头目，沉声叫道："老子只要钱，不要命。快点，都把钱掏出来！"他的声音不大，却透露出一种霸道和一股杀气。

老谭想摸出手机报警，发觉根本不可能，因为这个高个子男人就站在他眼前，刚才说话的吐沫已经飞溅到了他的脸上。指望外援是不行了，必须自救。

乘客没有一个站起来或者说话。老谭稍稍扭了一下脸，发觉大家都把目光投向他这里。他忽然明白过来，他今天穿着警服。昨晚查阅案件，熬到凌晨一点才和衣躺下，早上起来匆忙洗罢脸就出门了，连早饭也没顾上吃，就上了公共汽车，他今天要到乡下调查与案件相关的一个事情。由于疲劳，他一坐上车就睡了过去。

高个子男人显然早就注意到了老谭，他拨弄着手里闪着寒光的尖刀，嘲弄般地笑了笑，盯着老谭说："哥们儿，老老实实的，最好不要动手。"

老谭注意到，车上除了两个年轻的恋人外，其余的都是老人和孩子，只有自己是个警察，是个年轻的警察。

"想动手就试试。"高个子男人把刀尖指着老谭的鼻子。

老谭没有理会。他发现左前方一个八九岁的孩子正一眨不眨地看着自己。老谭想，这个孩子不是在为我担心，他肯定在看着我如何制服这个歹徒。

高个子男人忽然脸色一变，恶狠狠地对老谭说："快对他们说，主动把钱交出来，别把老子惹急了。"

车上的乘客都盯着老谭，似乎等他说话。大家的目光里除了惊恐外，更多的是期待。在这种时候，大家当然把希望放在他这里。似乎有警察在场，一切都可以化险为夷，平安无事。

高个子男人好像预感到了不妙，猛地揪起前面那个孩子的头发，把尖刀对着他的脖子，厉声对老谭说："快点，不然就杀了他！"

孩子冲着老谭失声叫道："叔叔救我！叔叔救我！"

老谭忽然起身，以迅雷不及掩耳之势，一手去抓高个子男人拿刀的手腕，同时抬起一脚蹬在这个汉子的一条腿上。几乎在同时，另外 4 个歹徒挥舞着尖刀迅疾围了过来。尽管老谭有几下，但是，一拳难敌四掌，老谭不断被尖刀刺伤。衣服划破了，鲜血汩汩流出来。老谭忍住疼痛，拳脚并用……

看到歹徒的刀扎进了老谭的身上，有几个乘客也纷纷站了起来，赤手与歹徒搏斗……

老谭倒在了血泊里，4 名乘客也被刺成重伤。5 个歹徒把钱财洗劫一空后仓皇而去。

在医院，老谭被抢救了三天两夜终于苏醒了。老谭得知，一名乘客没有抢救过来，其他 3 名转危为安。

一时间，各级媒体接二连三地报道，各个单位三番五次地学习。毋庸置疑，老谭成了英雄。

当老谭出院后，他向单位递交了辞职报告。

领导再三挽留，无奈老谭去意已决，只好摇摇头，叹息一声，在转业申请上签了字。

有好事的记者感到奇怪，"谭警官，你现在成英雄了，该享受英雄给你带来的各种福利待遇，为什么选择离开呢？你差点把命搭上，这是图什么呢？"

"我不配当英雄，更不配当警察。其实，我那天不该站出来……"老谭重重叹了口气，似乎有点自责和后悔。

"你，难道你害怕了？"

"我不害怕。但是，在那种时候，最好的办法就是保持冷静，让乘客把钱财交给歹徒。只有这样，才能保证乘客的人身安全，假设不是我逞能，那位乘客不可能死去。"老谭艰难地说罢，眼角滚出了泪水。

媒体报道时，隐去了这段话。

没多久，老谭离开了小城。没有人知道他去干什么了，包括他的家人。

（原载《啄木鸟》2014年9期，《小小说选刊》2015年12期转载，入选《2015河南小小说年选》。获第八届广西小小说大赛一等奖。选入重庆彭水县第一中学2017—2018高二上学期期中语文试卷、甘肃省天水一中高一2018—2019学年第二学期期末语文试卷、四川省乐山市2018—2019高二上学期期末语文试卷、部编版高中语文必修下册第六单元测试题等）

警匪游戏

春节期间，小童一家人玩"警匪游戏"（又称"杀人游戏"）。"警匪游戏"是一种适合多人玩的益智类游戏，有多种版本的玩法。小童和妹妹还小，他们玩的是那种简单易学的"天黑请闭眼"，算是初级版吧。

就是几个人围坐在一起，一个人做法官主持游戏，然后通过抽扑克牌或者其他什么决定，一般情况下，是两人做杀手，两人做警察，其他为良民。每个人根据手里的道具只明白自己的角色，并不知晓其他人担任的角色，然后法官说"天黑了，请人家闭上眼睛睡觉"，等到大家都闭上眼睛，法官令杀手睁开眼睛杀一个人，再让杀手闭上眼睛。接下来，法官命令警察睁开眼睛，怀疑谁是杀手，法官可以给一次暗示（点头表示正确，摇头意味错误），之后再命令警察闭眼。接着，法官说"天亮了，请大家睁开眼睛"，大家都睁开眼睛后，法官宣布昨晚谁被杀了，被杀的人发表遗言（怀疑谁是杀手）后便退出游戏，其余人等开始讨论谁是杀手，经过一番公决后选出一人，法官将嫌疑人处决——无论最后证实他是良民还是杀手。新的夜晚来到，凶手又出来杀人，然后警察确认身份，然后又都在新一天醒来，继续讨论和杀掉新的被怀疑对象。如此往复，凶手杀掉全部的警察即可获胜，或杀掉所有的良民亦可获胜；反之，警察和良民抓出凶手即为胜利。

小童一家6口人，爷爷、奶奶、爸爸、妈妈、妹妹和自己，这天表哥也在，一共7个人参与了"警匪游戏"。表哥担任法官。由于人数少，警察、杀手和良民各设置两个。他们玩的是纸牌，规定抽到K的为杀手，王为警察，普通牌为良民。

有一局，小童和妹妹抽到了 K，就是说他们两个是杀手。第一轮挑选杀人目标时，小童眨巴着眼睛，看看这个，瞧瞧那个，最后指了指自己，妹妹比小童小一岁，啥事都听哥哥的，这次也不例外，就合伙把哥哥"杀"了。

睁开眼睛后，得知杀手把自己解决了，大家都哄堂大笑，笑小童真是个孩子，不会玩。小童才 8 岁，刚上小学二年级。

表哥说："小童，杀手就是杀别人的，你怎么把自己杀了？"

小童没有笑，眨巴着眼睛，说："他们都是我的亲人，我不忍心杀。"

表哥捋了一下小童的头，说："傻孩子，这是游戏，又不是真杀。"

还有一局，小童被凶手"杀"了，让他发表遗言指认凶手时，他竟指着表哥，言之凿凿地说："是你杀了我。"

表哥哭笑不得，说："我是法官，不是凶手啊。凶手在他们中间。"说罢指了指周围几个人。

小童摇了摇头，说："他们都是我的亲人，怎么可能杀我呢？"

就这样，因为小童的天真，失去了游戏原有的快乐和趣味，他们玩了几局后便不玩了。

不过，游戏之后，小童的爸爸妈妈心里触动比较大，私下商量说："小童这孩子太善良了，咱们一定多挣钱，让孩子生活得幸福一些，快乐一些。"过罢年，两个人就坐上南下的火车，加入了打工的队伍。

等到爸爸妈妈从南方回来，已经是 6 年之后，小童已经上初一了。

早上吃罢饺子，表哥也过来了，在他的提议下，又开始玩"警匪游戏"。跟上次一样，表哥担任法官。

第一局，小童和妹妹抽到了 K，挑选杀人目标时，小童和妹妹不约而同把手势指向了爸爸。

其实爸爸这一轮是"警察"身份，结果一上去就被"杀"了，退出游戏。另一个"警察"是奶奶，她怀疑"凶手"是小童的妈妈，没有理由，只是感觉。奶奶的怀疑得到法官的否定，但小童的妈妈最后还是高票"当选""杀手"。在接下来的陈述过程中，小童和妹妹虽说不出什么理由，却一致认定

"凶手"就是妈妈；爷爷呢，不知道怎么回事，也跟风判定小童的妈妈是凶手。小童的妈妈有口难辩，感到冤枉死了，因为她是大大的"良民"。这样一来，法官不得不根据众人的意愿把小童的妈妈"处决"了。

游戏结束后，表哥随口对小童和妹妹说："你们这对白眼狼，过年爸妈给你们买了那么多好吃的好玩的，为啥要杀死他们呢？"

小童看了看爸爸，看了看妈妈，迟疑了一下，然后嗫嚅道："他们回来那天，我几乎都没认出来……这些年他们去哪儿了？我和妹妹恨死他们了！"

小童的妹妹没有说话，但，用力点了点头。

过罢年，小童的爸爸和妈妈没有外出打工。

（原载《北京文学》2017年第6期，入选《东方剑》2017年第7期、《活字纪2016佳作选》《2017中国精短小说精选》、《故事会》2017年秋季增刊。选入2018年普通高校招生全国统一考试分科综合卷、江苏省赣榆区2020年高三语文上学期语文试卷等）

火眼金睛

　　大高是河洛地区远近闻名的杂技演员。一般杂技演员都有绝招，否则，难以在这个行当里混。一招鲜，吃遍天嘛。可能大家都看过"口中喷火"的杂技，演员嘴里能喷出长长的火龙，或一团一团的火球。大高早就不玩这个了。按照他的说法，这个是初级的，他玩的是眼中喷火，两股火苗从眼睛里喷出，像两条火蛇一样，而且，不是直线飞射，带拐弯的，像是舞蹈着的火龙。想想就很精彩、刺激。当初，这个杂技没名字，传得久了，大家就叫它"火眼金睛"。

　　大高有个徒弟叫阿三。说是徒弟，其实就是个跟班打杂的，跑跑腿，搬搬道具。阿三一直想学习"火眼金睛"，这也是他当初拜大高为师的原因，大高没有答应。问的次数多了，大高就告诉阿三，说眼里喷火是所有火术表演中最危险的，演员必须具有高超的技艺，竭尽所能去保证自身和周围观众的安全。因为表演过程需要火焰、易燃物和有毒燃料的参与，一不小心非死即伤。

　　这话说得语重心长，阿三却不以为然，以为大高自私，担心"教会徒弟，饿死师傅"，跟老辈子那些师傅一样，都要猫教徒弟——留一手。

　　离了王屠夫，不吃带毛猪。阿三耳濡目染，加上偷偷观看师傅练习，也学得八九不离十。私下里，阿三瞒着师傅练习。阿三练习的时候，没有使用燃料，他倒不是怕危险，怕被师傅发现，就用水来替代燃料练习，练习的重点是如何控制喷射的方向和连贯性。

　　这天，阿三的老父亲老树来看望阿三。阿三正在配燃料（这个配方大高倒没有隐瞒，每次表演都安排阿三配制），当晚有一场表演，阿三不敢怠慢。老树看到地上滚落的空酒瓶，顺嘴问道："用酒代替燃料？咋不用汽油和酒精呢？"阿三说："师傅说过，汽油和酒精是最危险的，千万不能使用，一不小心就会烧伤演员。"

老树问阿三："你还没学会'火眼金睛'？"

阿三哀怨地说："他不教我。"

老树叹口气，好久，才恨恨地说："当年我送你到他这里，就是为了学习这个独门绝技。"

阿三说："我偷偷学着呢。"

"阿三！阿三！"前台大高在喊。

"来了师傅。"阿三应答着出去了。

大高说："阿三，今天晚上，你表演'火眼金睛'。"

"师傅，我……我……"阿三有点不自然，莫非师傅知道自己偷学的事儿？

大高没有兴师问罪的意思，拍了拍阿三的肩膀，说："今天不是你老父亲来了吗？你就好好给他老人家表演一番，我知道你能行的。不慌张，我给你当助手。"

"师傅……"阿三的不自然很快被感动代替。

接下来，大高就给阿三讲解了几个要点，然后鼓励他上台表演。

就这样，阿三几个跟头的热身之后，开始正式表演"火眼金睛"。

没想到，两股火苗刚从阿三的眼里喷出，只听阿三"啊"的一声倒在地上，惨叫着，不停地翻滚——阿三的两只眼睛着火了！

大高明白过来后急忙扑火。后来，阿三被送往医院，性命无忧，两只眼睛却给烧毁了。

阿三的父亲老树要到官府告大高。大高求情道："阿三残废了，今后怎么生活？不如让他跟着我，我保证一辈子照顾他，并教他几个能够养活自己的杂技。"

老树想了想，也就答应了。

后来，师徒两人无意中说起那次意外。大高说，那次燃料被人更换，添加了汽油。

阿三大吃一惊，气愤地说："师傅，果真如此？您怎么不报官啊？"

"没有证据，报官也没用。"大高说罢，长叹一声。

事实上，大高已经猜测到，那次从中做手脚的是阿三的父亲老树，害怕自己吃官司，来了个恶人先告状。大高知道，一旦猜测被证实，老树的牢狱之灾是免不掉的。阿三呢？他如何接受这个现实？所以，大高没有报官。

有一次回家，阿三跟父亲老树说起这事。老树默了半天，才说："阿三，一日为师，终身为父，以后你要好好待你的师傅！"

阿三懵懂地点了点头，感觉这天父亲跟往常不一样，有点怪怪的。

不过，自从阿三的眼睛失明后，大高再没表演过"火眼金睛"。乃至今天，这门杂技也就失传了。

（原载《小说月刊》2018 年第 6 期，《微型小说选刊》2018 年第 15 期、《小说选刊》2018 年第 9 期、《新华文摘》2018 年 23 期转载，入选《2018 年中国微型小说排行榜》《2018 中国微型小说精选》《2018 中国年度小小说》《2018 中国年度微型小说》等。获中国微型小说第十七届年度三等奖。选入安徽省淮南市 2019 届高三第一次模拟考试、河北承德市 2019 届高三上学期期末语文试题、山东省 2019 届高三语文试题、四川省崇州市怀远中学 2022—2023 学年高三上学期开学检测语文试题等）

形　象

　　那天中午，丽娟正在办公室享用午餐，父亲突然来了。父亲推开门那一刻，丽娟又急又窘，还带着气。父亲一头花白的头发，乱蓬蓬的，一看就像多天没洗过，胡子也没刮，穿得比平时下地时齐整一点，但还是皱巴巴的，裤脚高挽着，布鞋上还撒着泥星……若是办公室就丽娟一个人倒还罢了，偏偏那天她的几个姐妹都在。她们大眼瞪小眼，好像父亲是个外星人。

　　父亲也真是的，您来就来吧，好好把自己收拾一番啊。没等丽娟开口，父亲讪笑了一下，磕磕绊绊地说："这不端午节吗，你娘起五更包的粽子……我……我就搭车来了。"说着话，父亲解开了背着的挎包。

　　丽娟的闺蜜红红缓过神来，轻轻搡了丽娟一下，熟稔地说："叔叔，要不是您提醒，我们几个今天真还就错过端午节了。"

　　父亲把粽子一拿出来，屋子里一下子升腾起粽子的香味，是丽娟熟悉的那种久违的香味。红红和其他几个姐妹旋风似的围了过去，有的给父亲让座，有的给父亲倒水，喊伯的，叫叔的，亲热得不得了，倒是半点没有嘲笑父亲的样子。

　　看到姐妹们的表现，丽娟心里的火气慢慢消了，这才感觉对父亲有点苛刻了，再怎么说，也还是自己的父亲。

　　不待父亲发话，丽娟就拿起粽子让起来。红红急忙接一个，使劲闻着，然后狼吞虎咽地吃起来，一边吃一边夸张地叫着："香！真香！"丽娟和其他几个姐妹们都笑了起来。父亲也附和着嘿嘿呵呵地笑了。

　　丽娟这才问道："爹，您吃饭了吗？您没吃我带您去外边吃去。"

"吃了，吃了，我在外边吃的烩面。"看着桌子上的泡面，父亲很是心疼，"光吃这个会中？没钱了给家里说。"

红红抢先说道："叔叔，我们偶尔吃一次。"红红说的也是实话。

丽娟掏出 500 块钱，对父亲说："街对面有家洗浴中心，您去洗洗澡，理理发……然后我去给您买一身衣服。"

推让了半天，父亲才接下。

等了两个多小时，父亲转了回来，还是来时的形象。丽娟瞪着父亲，"爹，您没去？"

父亲支吾着，说不出个囫囵话。

丽娟说："爹，别心疼钱……给您了，就是让您花的。"

父亲低着头，像是个做了错事的孩子。

红红过意不去，走过去劝丽娟："在乡下理个发洗个澡，十块八块的就能解决，叔叔肯定是俭省惯了，舍不得……你别埋怨叔叔，老人家都这样。"

父亲的手还插在口袋，似乎要把钱摸索出来。

丽娟说："爹，您别掏了，留着花吧。"

天将黑的时候，父亲坐末班车回乡下了。

当天晚上，丽娟看当地电视新闻的时候，忽然瞪大了眼睛，直直地盯着电视：画面上一位老人倒在地上，围观了不少人，指指戳戳的，却没有一个人把老人扶起来。正在过马路的父亲看到后，赶过去，没有丝毫犹豫就把老人扶了起来。忽然，老人一把抓住父亲的胳膊，说："老哥，谢谢你！"随后从口袋掏出一沓钱，又说："老哥，这是 1000 块钱，别嫌少。"父亲给搞糊涂了，周围的人也糊涂了。老人咧开嘴笑了，"我是故意跌倒的，若是谁把我扶起来，就奖励谁 1000 块钱。"这时，一个背摄像机的记者过来了，问父亲："大爷，您当时是怎么想的？"父亲的脸红了半天，才结结巴巴地说："我也没想啥，若是见了老人有困难都不伸手，轮到自己老了咋办？"记者又问："您就没想到被讹诈了？现在电视上这类新闻不少，您也可能看过……"父亲挠了挠头发，说："哪会呢，那种人还是少数，世上还是好人多。"

丽娟的眼泪不由自主地流了下来，她拿出纸巾，怎么擦，也擦不干。此时，红红和其他几个姐妹的电话一个接一个打过来，都说看到刚才播放的新闻了，都说丽娟的父亲很伟大。

丽娟待自己平静下来后，打电话给父亲："爹，我明天回家……我……我也几个月没回去了。"

"这闺女，一会儿风一会儿雨的，今天不是刚见了面？"

"爹，人家不是奖励您1000块吗，我想让您请客。"

"闺女，你都知道了……我……我看到一个家庭困难的学生娃跪在地上要钱，本来想把那1000块钱给他，没想到连带着把那500块也一起掏给他了，想再要回来又张不开口。闺女，你怎么哭了，是不是爹今天给你丢脸了？"

"爹，没有，没有，您……您今天给我长脸了。"

"净胡说，爹一个乡下老头会给你长脸？"

"……"丽娟忍不住啜泣起来。

（原载《奔流》2020年第4期，入选贵州省黔南州2019—2020学年下学期期末考试高一语文试卷、广东阳江市区2019—2020学年高一下学期期末考试语文试题、甘肃省白银市靖远县2019—2020学年高一下学期期末考试语文试题、四川省泸州市泸县五中2022—2023学年高一上学期期中语文试题、2023届陕西省汉中市南郑区龙岗学校高考压轴卷等）

名　医

　　张寒玉是个医生，在当地小有名气，行医一辈子，曾收治无数危在旦夕的病人，并一一挽救了他们的性命。

　　靠山屯的刘二嫂，背上生了个疮。当初她慕名找到张寒玉，张寒玉"望、闻、问、切"一番后，眉头紧锁，一言不发。

　　"张大夫，我这疮厉害吗？"刘二嫂吓得脸色苍白。

　　张寒玉说："你这疮外表看着不咋样，也感觉不到有多疼痛，实际毒素已经侵入很深了……"

　　刘二嫂紧盯着张寒玉的脸，说："还有救吗？"

　　张寒玉吸了一口气然后徐徐吐出，说："幸亏你来得及时，再不救治就坏大事了。"

　　刘二嫂的脸色这才变过来。

　　张寒玉一边配制药膏，一边安慰她："治疗起来比较麻烦……但是，你放心，包在我身上，不出 3 个月便可痊愈。"

　　"要治好得三个月啊？"刘二嫂吃了一惊。

　　张寒玉笑了笑说："俗话讲，病来如山倒，病去如抽丝。你别急，干啥事都得有个过程。特别是你身上这疮，需要平心静气，千万不能急躁……"

　　刘二嫂懵懂地点点头。

　　3 天换一次药，刘二嫂往张寒玉的诊所跑了几十趟，终于治好了背上的疮。

　　有一天，南河村的王老伯忽然患病了——昏迷不醒，气息微弱。他的儿子来福吓坏了，忙去叫张寒玉。农村有个习惯，上年纪的人病了，一般不往医院去，怕有个三长两短死在外边，因此说，都是叫个医生上门诊治。王老伯80多岁了，自然不宜往医院去。

张寒玉给王老伯号了脉，听诊器听了心跳后，有点为难地对来福说："你爹这病有点麻烦……还是及早准备后事吧。"

闻听此话，来福眼里的泪就掉下来了，"张医生，求求你了，俺爹吃苦受累一辈子，好日子才刚刚开头……"

张寒玉叹口气，说："那我就试试看吧……咱事先说好，你爹这病我可是没一点把握，出了差错你不能怪我啊。"

来福忙说："人的命天早定……不怪您，不怪您。"

就这样，张寒玉每天早晚各去一次，给王老伯输液。

听张寒玉那样说，来福心里也没底，一方面让张寒玉给老爹治疗，一方面给老爹准备后事，请人裁缝寿衣、做棺材。张寒玉看到了也不予理会，只管按自己的思路给王老伯治疗。

张寒玉给王老伯输了十多天的液，竟然把王老伯给看好了，而且又活了十多年。

似此例子，还有很多很多，不再一一列举。说了这么多，意思就是说张寒玉医术精湛，诊所墙上的"一代名医"的锦旗名副其实。当然，这幅锦旗是病人痊愈后送来的，其他锦旗还有好多，张寒玉独独挂了这个。

张寒玉去世后，他的儿子张小玉接手了诊所，继续行医看病。

张小玉自小跟随父亲行医。他聪明伶俐，勤奋好学，一方面苦读药书，一方面接受父亲的教诲，因此学得一身本事。

日子平淡如水，一天天过去了。转眼就是五六年。

诊所的生意不如父亲在世时，连全家人的衣食住行都解决不了，有时一天一个病人也没有。妻子就劝张小玉改行，关了这个诊所，做生意去。

张小玉苦苦一笑，说："我就会看病，你让我干什么？！"

妻子讥讽道："你会看病？你会看病怎么没有病人找你啊？"

张小玉白了妻子一眼，抑扬顿挫地吟道："但愿世上人无病，何愁架上药生尘。"

妻子冷冷一笑，说："别给我拿腔捏调，并不是人无病，是人有病不来找你了！"

"你知道这是为什么吗？"张小玉反问妻子。

"因为你没有一点名气！"妻子没好气地说，"都说青出于蓝而胜于蓝，说起来你也是得爸爸的真传，医术咋没有一点长进呢？"

张小玉呆呆地看着墙上那个"一代名医"的锦旗，良久无语，末了找个凳子上去把锦旗扯下来，扬言要一把火烧了。

妻子没有理会张小玉，气呼呼地说："要么你关了这个诊所，要么咱们离婚。"

张小玉重重地叹了口气，说："老婆，我跟你说实话，我的医术确实比咱爸高。"

"简直是笑话，你的医术高？你说说看，你挽救了几个人的命？"妻子质问道。

张小玉盯着地上的锦旗，头也不抬地说："我的医术高，是因为可以防患于未然，病人刚得病，我一两服药就能给治好，防止酿成大病。爸爸呢，等到病人病入膏肓，才下猛药，病人起死回生，以为他是神医。"

"真的？"妻子似信非信。

张小玉说："靠山屯的刘二嫂那年得疮，本来一只鸡的钱就能医好，父亲非让人家花了一头猪的价钱。还有，南河村的王老伯那次得病，其实没啥大事，输两天液就好，父亲非给人家输了十几天……父亲曾说，这样才显得人有本事，人们才信服他。现在，我终于明白他老人家的话有道理。"

妻子捡起地上"一代名医"的锦旗，抖了抖上面的尘土，说："小玉，再挂上去！"

张小玉不解地看着妻子。

妻子深情地说:"小玉,我错怪你了……这面锦旗是给你挂的,你才是一代名医!"

(原载《小说月刊》2020年第8期,《文摘周刊》2020年7月31日转载。选入新疆乌鲁木齐市四中2021—2022学年高一上学期期末语文试卷、陕西省宝鸡市陇县中学2021—2022学年高一上学期期末语文试卷、山西省名校2021—2022学年高一12月阶段检测语文试卷等)

求求你当肇事者

这天，家杰开车去单位上班。行车途中，他突然看到路边躺着一个老人。现场围观了不少人，但都袖手旁观，无动于衷，看情形像是发生了车祸。完全是下意识的，家杰忙把车停靠在路边，自己走了过去。有人说："这个老人刚刚被车撞了，肇事司机开车跑了。"还有个人说："刚打了报警电话，交警还没来。"家杰发现老人昏过去了，身下正汩汩地流着血，看不清伤在哪里。家杰忙说："得赶快往医院送，再晚了怕是有生命危险。"旁边有个戴眼镜的中年人说："这年头，多一事不如少一事，行好不如作恶。""眼镜"的话音一落，立马有不少人同意了他的说法。

类似救人反被敲诈的事件媒体上报道不少，家杰不是不知道，但总不能眼睁睁看着一个鲜活的生命枯萎了吧？在一个老太太的帮忙下，家杰把受伤的老人抬到自己的车上，然后开着车向附近医院奔去。

由于抢救及时，老人转危为安。老人并没有生命危险，大腿有两处骨折了。家杰留下自己的电话和相关信息后，就开车离去了。

第二天，一个乡下小伙子来到了家杰所在的单位，自称是受伤老人的儿子。家杰的第一感觉就是，糟了，遇到麻烦了，难道这个小伙子认为他就是肇事者？想想人家这样判断也有道理，假如不是你撞的，你会把人送到医院去吗？

果然，乡下小伙子让家杰暂时充当一下肇事者到医院去一趟。

暂时充当一下？这个小伙子很有心机啊。家杰冷冷一笑，心说只怕自己去了医院就真的说不清了，就弄假成真，真的成了肇事者。但是，那个老人，还有围观的群众，他们会证明自己是无辜的。可是，如果老人倒打一耙反咬一口，说是他撞的，围观的群众又没人出来做证，那该如何解释？

家杰很是气愤，心说真是行好不如作恶啊。看到乡下小伙子一脸痛苦和无奈，就从钱夹里抽出 5 张百元票子递了过去——出于人道，家杰想尽快了结此事。

小伙子摇摇头，说："谢谢叔叔，我不要您的钱。"

家杰呆了一下，问："那让我去医院干什么？"

小伙子艰难一笑，说："叔叔，我父亲大腿骨折了，需要动手术，可是开车的跑了。我父亲怕花钱，说腿瘸了就拄根棍子，死活不愿意做这个手术……您就装扮成那个逃跑的司机，把这 20000 块钱送进病房。"小伙子说着话，从胸前的包里掏出了两沓子钱。"叔叔，我知道你是个好人，好人会有好报的。我求了好几个人，他们都不愿帮忙……"

家杰给搞糊涂了，心说难道这其中有什么阴谋？可是小伙子一脸忠厚的样子，也不像要找他麻烦的人啊。他摆了摆手，没有接钱，说："小伙子，你既然有钱，为什么不直接交到医院给你父亲做手术呢？"

小伙子叹口气，说："叔叔，我今年考上了大学，可是家里穷，父亲为了让我上大学，走东家串西家借了 20000 块钱。趁着眼下没开学，我和父亲来城里打工……我们刚进城，父亲就出了车祸。父亲不愿做这个手术，是想让我上大学啊。"说到这里，小伙子就唏嘘有声地哭起来。

原来如此！家杰好半天才回过神来。感慨之余，他说："小伙子，你先把钱收起来，你父亲的事情我来解决。"

小伙子眨巴着眼睛，不明白家杰的话。

家杰诡秘地说："小伙子，你别担心，我现在就是那个肇事逃逸的司机。"

下午，小伙子在给父亲喂饭时，主治医生过来告诉他们，说肇事逃逸的司机来到了医院，交了 30000 块钱，还说如果钱不够，他随后再交。

小伙子愣怔了一下，随即明白了，他不知道说什么才好。他想，等父亲痊愈出院后，再把钱还给好心的叔叔。他跟人家非亲非故，素不相识，人家及时把父亲送到医院就感激不尽了，不能再白白接受人家的钱。

小伙子的父亲也很高兴，当即同意做手术。

事情也巧，恰巧交警来医院调查这起肇事逃逸事件，遇到了正在办理转账手续的家杰，大家这才知道事情的原委。有消息灵通的记者就在当地媒体上报道了家杰这种仗义疏财的行为。

让人没有想到的是，没过多久，一个中年男人主动去交警部门投案自首了——他就是那位肇事逃逸的司机，他是看了相关报道后幡然悔悟的。

（原载《山东文学》2010 年第 3 期，《小小说选刊》2011 年第 4 期、《微型小说选刊》2012 年第 16 期转载。选入安徽省五校 2021 届高三联考语文试题、辽宁省锦州市 2020—2021 学年第一学期期末考试高一语文试题、内蒙古赤峰市四中桥北新校 2021—2022 学年高一下学期期中语文试题等）

康乡长的忙

南湾村地处偏僻，山里没什么矿藏资源，村里也没一家企业，是石庙乡有名的穷村，别的地方早几年都奔上了小康，这个村的温饱却还解决不了。几十年来，山还是那座山，河还是那条河，一如过去的山清水秀，没什么变化……新上任的康乡长到任后，听说了南湾村的情况，就抽个双休日下乡了。

南湾村村主任老贵喜出望外，以为又是康乡长来给他们送扶贫款和救济物资的。谁知康乡长一分钱也没给他捎，一壶油也没给他带，而是让他领着去山上、河边瞎逛。老贵不知道康乡长的葫芦里卖的什么药，遂心里一横，只管吊着脸说村里的小学校舍破破烂烂该补了，说村里的道路坑坑洼洼该修了，说他老贵在村委多年的工资没得过一分……

康乡长也不搭话，任由老贵哭穷。这时，他看到小河边几只戏水的鸭子，两眼放光，问："老贵，村里养鸭的不少吧？"

老贵点点头，说："康乡长，村里人都拿鸭屁股当摇钱树哩，鸭蛋也不舍得吃，都攒起来拿到镇上换油盐酱醋了。"

康乡长点了点头，没说话。

中午在老贵家吃饭时，老贵又厚着脸皮提出让乡里帮助南湾村脱贫。康乡长说："老贵，乡里也有乡里的困难……这么着吧，你先帮我个忙，只要这个忙你肯帮我，我一定让南湾村摆脱贫困，走上致富路。"康乡长的话音刚落，老贵就激动得差点把手里的饭碗撂地上，问："乡长，让我帮啥忙？"

康乡长微微一笑，说："老贵，放心，这个忙你一定能帮上，我想要一些鸭蛋。"

老贵松了一口气，说："这个没问题，我现在就让老伴去村里弄。"

康乡长摆摆手，说："不急不急，我要得多。你们村多少户人家？"

老贵迟疑了一下，说："不多不少 20 户。"

康乡长说："每户 300 个，总共 6000 个。"

老贵吃了一惊，心说这么多？但他也只是愣怔了一下，权衡利弊后，便拍着胸脯保证："好，没问题，康乡长你可说话算数？"

康乡长就肃着脸，说："君子一言，驷马难追！"

村里的老少爷们知道这件事情后，不用老贵过多地做思想工作，就都开始攒鸭蛋。半月时间，老贵根据各户报的数字，算出已经有 6000 个鸭蛋了。

康乡长闻讯就又驱车去了南湾村。出乎老贵的预料，康乡长竟得寸进尺、得陇望蜀，说再麻烦老贵一下，把 6000 个鸭蛋全孵成小鸭。官大一级压死人，老贵心里窝火，但他没别的办法，只好满口应承下来。

6000 个鸭蛋全部孵成小鸭可是个难事，村里没地方不说，也没资金去折腾。但老贵和村民们很快就解决了这个问题，那就是谁家的鸭蛋谁家负责孵成小鸭，各人作各人的难。老贵感动得差点掉眼泪，真想跪到地上给老少爷们磕几个响头。

过了一段时日，小鸭出来了。康乡长得到消息后，说："老贵，这样子，你们把这些小鸭给我养大了吧，到时候再跟我联系……我不会亏待南湾村的，我说过的话算数。"

老贵只有唯唯诺诺地答应下来，心里却骂康乡长不是东西，说他的胃口也太大了，心也太黑了。

南湾村的老少爷们却没难为老贵，还是老办法，谁家的小鸭谁家饲养。因为他们心里有盼头，记挂着康乡长的承诺，所以把这件事情看得很重。大伙儿唯恐把鸭养糟了，怕康乡长不兑现他的承诺，都想方设法千方百计把鸭养好：把盖房的木料拿出来，建起了结实的鸭舍，实行圈养；一改过去让鸭自己出去找食儿的饲养方法，也开始给鸭喂起了饲料；购买了养鸭资料，开始学习养鸭技术……

又过了一段时间，老贵挨家挨户看了看，小鸭都长成了大鸭，一个个肥嘟嘟的，很茁壮。

老贵就骑个破自行车到乡里，找到康乡长说小鸭都长成大鸭了。康乡长喜出望外，连声说了几个"好"。随后，康乡长打了个电话，放下电话后就兴奋地对老贵说："明天我们先去看看。"

第二天，康乡长就去了南湾村，随他去的还有一个戴眼镜的中年人。村里到处都能听到鸭的聒噪声，构成一片热闹的喧嚣。

到村民家里看过鸭，康乡长和戴眼镜的中年人都十分满意。康乡长对老贵伸出大拇指，说："祝贺南湾村成为我们乡的养鸭基地！"

老贵糊涂了，如坠云里雾里。

那个戴眼镜的中年人说话了，"老村主任，我们集团是生产加工'北京烤鸭'的……我刚才看了大家养的鸭，符合我们公司的相关要求，比我想象的还要好，按照市场价格，明天我们来车装运。"

老贵看看康乡长，看看那个戴眼镜的中年人，似乎还没明白过来。

康乡长笑了，说："老贵，这下南湾村的老少爷们可都有事做了吧？今年乡里的扶贫款可就没你们村的份了。"

那个戴眼镜的中年人对老贵说："接下来我们要签订一个长期的供销合同，但你们要扩大养鸭规模，保证长年给我们供货……"

老贵和在场的村民总算明白过来了，不由得鼓掌叫好。老贵说："谢谢康乡长！谢谢康乡长！"

"谢我什么？你们是猪八戒啃猪蹄，自己分享自己的果实，要谢该谢你们自己！"康乡长的脸笑得像一盘盛开的向日葵。

（原载《小说界》2008 年第 2 期，《读者》2008 年第 9 期、《农民文摘》

竹子开花

2009 年第 2 期、《含笑花》2010 年第 4 期、《小说月刊》2014 年第 6 期等转载。入选《2008 中国小小说精选》《最值得珍藏的小小说选》《廉政小小说 100 篇》等。获中国廉政小小说大奖赛二等奖。选入 2016 届高考语文现代文阅读、全国 2017 届一轮复习人教版阅读训练等）

乡里故事

玉米棒子堆在院子里，散发出甜丝丝的气息。根旺靠墙蹲着，有滋有味地吧嗒着旱烟；娘和香草坐在玉米堆前撕扯着玉米皮儿，一边说着麦大米小的闲话；5 岁的儿子孙猴子似的，"嗷嗷"叫着在玉米堆里翻跟头……

根旺冷不丁发现一个陌生的老头站在院墙边，眼睛直直地盯着香草，根旺就喘着粗气，拿眼狠狠地剜这个老头。香草刚嫁过来那阵儿，只是一个小毛丫头，面黄肌瘦，病恹恹的，可长着长着，一下子就灿烂了：脸红扑扑的像个熟透的柿子，又像一朵含苞待放的芍药，两道弯弯的柳叶眉，嘴角微微地向上挑着，好像老是在笑……她虽说是个盲人，但村里的男人见了，没有不动心的，没有不咽口水的。根旺受不了老汉那钩子似的目光，猛地站起来，冲他吼道："滚！饥了到别处讨饭去。"

老头嘿嘿地讪笑着，说："这闺女的眼睛有治。"

根旺这才知道老头是个江湖郎中，他陡然睁大眼睛，说："真……真的？"

老郎中走进院子，朗声说道："试试再说呗，我看有七八成把握。"

香草一边剥着玉米，一边伸着耳朵听着。她听了老郎中的话，心里暖暖的，一脸的喜不自禁，心说要是我的眼睛能够看得见，该多好啊。

儿子颠颠着跑过来，说："老爷爷，只要能治好俺妈的眼，俺的手枪给你。"说着扬起一把木制的手枪。

根旺弯腰把儿子揽在怀里，亲了亲他的脸蛋，对老郎中说："只要能治好香草的病，我给你当牛使！"

娘却寒着脸，抓起一穗玉米甩到墙角，说："哪里来的骗子，滚！"

老郎中忙讨好一笑，说："大嫂，我这药可是祖传秘方……治不好一分钱不要。"

根旺的脸也急成了猪肝色，说："娘，中不中试试。"

娘也不搭话，摇着小脚拽着根旺回到屋里，冷冷地说："你撒泡尿照照你那样儿！"

根旺莫名其妙，说："我的样儿咋了？"

娘用指头捣了捣根旺那光光的脑壳，又捏了捏根旺那皱巴巴的麻子脸，使劲拍了拍根旺驼着的脊梁。

根旺咧着嘴茫然地说："娘，有话好好说，别绕弯子了。"

娘给馇出火气，压低声音恶恶地骂："你真是榆木疙瘩，香草要不是眼瞎，会跟你？她的眼若能看见，你这模样还不把她给吓跑？到时只怕你这小庙，供不下她那尊大菩萨哩。"

根旺打了个颤，脸色跌下来，僵僵地笑了一下。在香草之前，他也说过几门亲事，女方都是到家里看看，二话不说转身就走。香草尽管是个盲人，模样挺周正，也不嫌弃他，煮饭洗衣样样都来得，待娘也孝顺，对他又温柔，使他享受到了老婆孩子热炕头的幸福……想到这里，根旺就硬着脖子，说："娘，就算香草治好后不要我了，我也不后悔。"

娘瞪了根旺一眼，说："放屁！"随后，娘便指鼻子挖眼地数落开了根旺。

根旺从小丧父，是娘把他养大，他从未违过娘的意、伤过娘的心，但这次他打定主意，非治香草的眼睛不可。老郎中说了能治，香草也听到了，若是不给治，没良心是一，香草能不伤心？香草早就巴望着她的眼睛能够看得见，初一、十五拉上她到山神庙磕头的时候，她许的头一个愿就是这个……根旺心里有千言万语，但不知从何说起，就扑通一声给娘跪下了，说："你要是不同意，我就不起来。"

娘默了半天，长叹一声："由你吧……咱丑话说前头，她将来要离家出走，可得把孩子留下。"

老郎中留下几十包药就走了，说："半年后我再来。"

半年后老郎中来时，香草已经把药吃完了，眼睛还是老样子，什么也看不见。

老郎中愁眉苦脸，自言自语："这是咋回事？难道我看走眼了？"说着又去端详香草的眼睛。

娘松了口气，掩饰不住兴奋地翻了老郎中一眼，说："都这把年纪了，还好意思出来糊弄人？！"

根旺气不打一处来，操起锨把说："老头你给我滚！再玩花招就把你的腿打断！"

香草忙摸索着走到根旺身边，推揉着他的胳膊，柔声地说："不怨这位大叔，是我把药偷偷倒掉了，根本就没吃。"

根旺吃惊地张大嘴巴，说："为个啥？"

香草说："我忘不了年年夏天，你拿着小勺，你一口我一口地吃西瓜；我忘不了那次发烧，你背着我走了五六里的山路去看医生……你天天晚上给我洗脚，就冲这一点，我一辈子都不离开你。"香草说这话的时候，脸如绽开了的花。

根旺就傻乎乎地笑着，心里很美。

老郎中疑惑地说："闺女，你把眼睛看好，你们的日子不是更红火吗？"

香草浅浅一笑，说："都说外边好，我怕眼睛治好后，会逃离这个家……"

根旺的鼻子酸酸的，呆呆地怔在那里。

（原载《微型世界》2004年第3期，入选《感动农民的68个爱情故事》。选入广东省深圳市2010届高三五校联考语文试卷以及广东省汕头市六都中学、湖北黄冈中学、广东东莞水霖学校、江苏盱眙三中、安徽省舒城晓天中学等学校相关年级语文试卷）

规　矩

　　兄弟两个每逢遇到难以决断甚至争打不停的事情时，就比赛跑步。久而久之，这似乎成了规矩。在弟弟的印象当中，每次赛跑，哥哥总是跑不过他。总之，弟弟老是赢，哥哥老是输。

　　记得小时候，有一次临近年关，爹去镇上赶集置办年货，顺便买回一顶新帽子。哥儿俩高兴得不行，争抢着要戴。哥哥说，我是老大，帽子应该让我戴。弟弟说，我是小的，帽子应该归我。爹把帽子举起来，看看这个，瞧瞧那个，不知道该把帽子给谁。娘埋怨爹，说你要买买两个，买一个咋整呢？爹不自然地嘿嘿一笑，说割了肉，买了鞭炮，剩下的钱就只能买一顶帽子了。弟弟说："让我和哥赛跑，谁跑得快，帽子就归谁戴。"爹看了看哥哥。哥哥点头同意了。比赛路程就是村头到村尾，不足 1000 米的路。比赛开始后，哥儿俩都攒足了劲像两匹脱缰的野马撒腿就跑。两个人的体力差不多，几乎是一前一后，当然是哥哥在前，弟弟在后。弟弟急了，索性甩掉身上的棉袄，赤着上身跑起来……哥哥就在别人的惊呼声中一愣神的当口儿，弟弟超过了他。弟弟赢了，戴上了新帽子。

　　当哥儿俩长大的时候，日子依然好不到哪儿去，哥哥过了 30 岁还没找到媳妇。爹急，娘也急，花光了家里所有的积蓄，最后托媒人从外地领回来一个女人。

　　按照爹和娘的意思，这个女人应该给哥哥当媳妇，弟弟还小，以后娶媳妇的概率比哥哥大。弟弟不干，非要娶这个女人，甚至跟爹闹，跟娘吵。弟弟说，我今年已经 29 岁了，再不结婚，一过 30 就更不好找了。一时间，搞得家里乌烟瘴气，很不和谐。爹愁眉不展，不住地叹气。娘呢，想起来就掉眼泪，责怪自己没本事，让孩子跟着自己受委屈。

哥哥就建议，跟弟弟赛跑，谁跑得快谁娶了这个女人。

哥哥比自己大 6 岁，不一定就能跑过自己。弟弟想了想，很愉快地答应了。

既然是哥哥提议的，爹和娘也没啥好说的，再说，不管谁娶，都是他们家的媳妇，索性任由两个孩子去折腾。

比赛地点还是村头到村尾。比赛一开始，弟弟就跑到了哥哥的前面。弟弟累得脸色苍白，上气不接下气……等到他跑到终点，累得泥一般瘫到地上，哥哥还落下了好大一截呢。

规矩是哥哥立下的，那就按规矩办吧。在一阵《百鸟朝凤》的唢呐和"噼里啪啦"的鞭炮声中，弟弟当上了新郎官。哥哥跑前跑后地招呼客人，丝毫看不出他有什么不高兴。爹和娘这才都松了一口气，心里的愧疚减少了几分。

尽管后来的日子富裕了，因为年龄的缘故，哥哥也一直没找下媳妇。

大概是前年吧，娘得了肾衰竭，需要换肾。哥儿俩都很孝顺，争抢着给娘换肾。医生说，你们兄弟两个先别争，需要配型，只有配型合适才能换。

20 天后，配型结果出来了，哥哥和弟弟都可以给娘换肾。这下，两个人又争开了，都说自己是最合适的人选。

哥哥又建议，跟弟弟赛跑。

弟弟两眼一亮，说谁跑得快谁给娘换肾。他想，哥哥上了年纪，不一定就能跑过自己，再说，之前的成绩也在那儿摆着。

比赛场地依然村头到村尾。然而，出乎弟弟的预料，这一次他输了，而且输得很惨，尽管他累得上气不接下气，差点吐血，还是没撵上哥哥——哥哥从开始落在后面，当跑到三分之一的路程时超越了弟弟，一直跑到终点弟弟也没撵上他。

弟弟不甘心，还想跟哥哥争。哥哥狡黠一笑，说咱哥儿俩不能坏了规矩。

弟弟只能眼睁睁地看着哥哥进了病房。

病房外，这个女人，也就是弟弟的媳妇，忍不住告诉丈夫："这段时间里，哥哥每天半夜都起来跑步！"

弟弟瞪大眼睛瞅着自己的女人，恶狠狠地说："为啥不早告诉我？你说啊？"说罢挥拳要打她。一旁的爹拦住了他，说："你知道吗？为了让你娶上媳妇，那一次赛跑，你哥哥是故意输给你的。"

弟弟愣了一下，心里一热，隔着病房的玻璃对着哥哥忘情地叫了一声："哥！"

哥哥朝弟弟潇洒地摆了摆手。

望着哥哥的笑脸，弟弟一下子泪流满面。

（原载《文学港》2010年第5期，《小小说选刊》2012年第2期转载，获第四届广西小小说大赛一等奖、《小小说选刊》第14届（2011—2012年度）全国小小说佳作奖。选入河南省大联考2016—2017学年高一年级阶段性测试题、山东省2017年高考语文测试题、内蒙古包头市第四中学2017—2018学年高一语文试题、广西南宁市锣圩中学2017—2018学年高二期中语文试题等）

山里人

周末，我和几个朋友驱车赶往靠山屯。靠山屯有一家农家乐，有不少野味，除了常见的野猪肉、土鸡肉、野兔等野味之外，还有一些平时不多见的蛇类、乌龟什么的。我去的次数多了，跟老板二狗熟悉，他透露说也有一部分是圈养的，哥们儿来了当然要上真的。其实他不说我也能猜测个八九不离十，这年头正儿八经货真价实的东西不多，何况一个农家乐呢？只要客人吃嘛嘛香，吃过瘾了就行，所以我也没放在心上。

随同去的老孟，是个盖房子的，俗称房地产商，这天是他请客，刚坐下，就对二狗豪气十足地说："先来盘鳄鱼肉。"

二狗看看这个，看看那个，为难地说："老板，小店没有这个。"

老孟眼也不瞄二狗，啪的一声甩出鼓囊囊的钱包，"不差钱，上。"

二狗忙掏出烟来给我们散烟，"老板，这个真没有。不信您问侯老板。"

"行了老孟，有那个意思就行了……来，土鸡 1 只，野兔 1 份……"二狗拿我当救星，我不能不出面。

二狗这儿有个规矩，点菜后先交钱再上菜。我点完菜，二狗一算账，480 元。老孟从钱夹里捻出 4 张百元钞。二狗死活不愿意，说俺是实诚人，饭菜也是实价格，没法优惠。

老孟又抽了一张 50 的。二狗还是不愿意。

我见识过二狗的较真，劝老孟："人家也不容易，你也不差这一星半点的，给了吧。"

老孟没说话，又掏出一张 10 元的。

"还差20。"二狗伸着手，很执着，"都是有本钱的，俺不能干赔本买卖。"

我看不过去，刚要掏钱，老孟见状，忙掏出一张50的摔给二狗，"不用找了。"

二狗也不说话，又找回老孟30元。

"太抠了，以后打死我也不来了。"老孟黑着脸。

菜一道道上来了。味道嘛，也确实不错。老孟的脸色慢慢变得红润了。

这当口来了一个10岁左右的男孩，高声叫道："一碗鸽子面。"二狗笑眯眯地应答着，收下了男孩递过去的一张红色的纸币。

面条还没做成，男孩到门外边耍去了。我忍不住提醒二狗："狗老板，你可看清楚了，他给你的可是冥币！"

"我知道。"二狗说罢，就把团在手里的冥币撕了。

"难道男孩的父亲是个地头蛇，惹不起？"我有点糊涂地看着二狗。

二狗淡淡一笑，"孩子得过脑膜炎，脑子不大灵醒，经常把冥币当钱使。"

老孟附和道："都是有本钱的，咋说也不能干赔本买卖啊。"听口气，完全是在嘲讽二狗。

"他也只是买碗面，没啥。"二狗不以为然。

我由衷地说："你这么好心，孩子真幸运。"

二狗说："不只是我，村里凡是开店铺的都这样对他。"

这时，服务员刚好过来端菜，她说："这个孩子是村主任的。"

原来如此！我恍然大悟。

老孟放下酒杯，冷冷一笑，说："谁说山里人老实？也会拍马屁嘛。"

二狗真是傻蛋，居然没有看出老孟的冷嘲热讽，说："别说吃碗面条，吃俺身上的肉俺都舍得。"

想想也是的，谁让人家的爸爸是村主任呢？二狗毕竟还受村主任的领导嘛，这么一想，我也就释然了。

"我明白了，村主任在这里挂着账……行，狗老板会做生意。"老孟一副豁然明白的样子。

"肯定这样。"在座的一个朋友同意老孟的说法。

二狗没接我们的话茬，叹口气，说："去年秋天的一个晚上，下起大暴雨，村主任进山巡视，发现刘大爷的屋子裂缝了，忙把刘大爷背出屋子。刘大爷说他的收音机还在屋里。刘大爷孤寡一人，收音机可是他的宝贝。村主任就放下刘大爷，刚返回屋子，轰隆一声，屋子塌了……刘大爷在屋子前跪了整整一天。"

我们几个人一下子都沉默了。

临走时，老孟不声不响地把 500 元放到吧台上。

"老板，已经算过账了，您是不是喝多了？"二狗不知如何是好。

"这个……那个……那孩子想吃啥你就做啥……"老孟头也不回，走出了农家乐。

半个月后，接到老孟的电话，邀我一起去靠山屯。老孟说，那个农家乐还真有点味道。

（原载《天池》2016 年第 4 期，《小小说月刊》2016 年第 9 期转载。被安徽作家袁良才改编成微电影《黄山人》。选入 2016 年全国新课标高考语文模拟试题、宁夏银川市兴庆区 2016—2017 学年高二试题、甘肃省定西市通渭县 2016—2017 学年高二试题、2017 届河南省中原名校高三试题、四川省成都石室中学 2017—2018 学年下期试卷等）

麦子的馨香

夜深了，"咕咕——"，布谷鸟的叫声清脆、响亮。听着布谷鸟的叫声，还有手机微信的提示音，躺在床上的槐花心里越发毛躁，怎么也平静不下来。

下午，她给幸福打电话，问他能否先把她家的麦子收了。前几年，幸福弄了台联合收割机，一下子成了村里的红人。每到麦收时节，老少爷们就像早朝时大臣给皇帝请安似的去巴结他。老话讲，"麦熟一晌，蚕老一时""紧种庄稼，消停买卖"。老话还讲，"八成熟，十成收；十成熟，二成丢"。麦子还是早收割的好，若是下雨，就糟糕了。庄稼庄稼，粮食没有装到仓里，那就是假的。

接到槐花的电话，幸福没往正题上说，要槐花晚上去给他熨烫衣服，说过几天他要相亲呢。槐花猜测，熨烫衣服可能是幸福的潜台词，他嘻嘻哈哈的，好像装着一肚子坏水。可是，她要是不去，怕是再有 10 天也轮不到她家，到那时，只怕地里的麦子都炸了。若是人工割，她怀着身孕，天热得像下了火，实在不便。去？不去？说不定真是自己小肚鸡肠了，人家幸福狗屁想法也没有，真的是让自己去熨衣服。想到这里，槐花就从床上爬起来，刚要去拉灯，忽然隔窗看到篱笆院门口蹲着一个人，明晃晃的月光下，槐花睁大眼睛，瞅出那个人好像是大顺！

大顺是槐花的男人，在城里打工。难道是他回来了？槐花又惊又喜，刚要叫出声来，忙捂住了嘴巴。之前，大顺打电话说要回来收割麦子，槐花拒绝了，说一来一回 1000 多块，3 亩多麦子也值不了多少钱，不划算。大顺说我想你了嘛。槐花说，想我了收秋滚回来。若是大顺回来，他能不打电话？到家了，怎么不叫门呢？莫不是他知道自己要去找幸福，故意蹲点守候的？想想，不像；看看那团模糊的影子，也不像。难道是幸福？那可怎么办？不行，自己不能叫，更不能开门，不能做对不起大顺的事。想到这里，槐花悄悄关上窗户，和衣躺下了。她打开微信，看到幸福发来的一连串问号，槐花没犹豫，打出一个句号，然后关机了。

布谷鸟依然"咕咕"地叫着，槐花像听着催眠曲似的进入了梦乡。

第二天早上起来，槐花打开门，门口那团黑影不见了，她松了口气，顾不上弄早饭，就拿上镰刀去麦田，割麦天得趁早，等到日头爬出来，地里就站不住人了。半路上，槐花忽然接到幸福的电话，"大顺都回来割麦了，还让我割啥？耍猴咋的？！"不等槐花回话，幸福就挂断了电话。

啥？大顺在地里割麦？莫非昨晚的黑影真的是大顺？想到这里，槐花就加快了脚步。

是大顺！他弯着腰撅着屁股，挥舞着镰刀，唰，一把，唰，又是一把。等到怀里的麦子搂不住了，转身放到麦子连接的腰子上，回头继续"唰唰唰"地收割。麦子已经躺倒一大片——他半夜就来割了，不然割不了这么多。

"大顺！"

听到槐花的叫声，大顺循声转过身来，拿手捋了一把额头上的汗珠甩出去，说："槐花，饭做好了吗？"

"你回来了也不放个屁？"槐花的话里带着笑含着恼。

"不是想给你个惊喜嘛。"大顺解开上衣的扣子，用衣襟扇着风。

"你半夜回来咋不进家？"槐花走到跟前，才悄声说出了心中的疑惑。

大顺盯着槐花微微隆起的肚子，也放低了音量："傻瓜，我大半夜敲门不惊了你和宝宝的瞌睡吗？半夜割麦凉快，比白天出活。"

槐花心里一热，倒想不起说什么。

大顺说："刚才幸福来了，我说这点麦子我加加班，一天就解决了。再说，庄稼嘛，还是经经手吃起来才香甜。"

"麦子值不了几个钱，你来来回回折腾……"话虽如此说，槐花心里还是挺甜蜜的。

大顺打断槐花的话，说："麦子有价，亲情没价。"

槐花眼里汪着的泪再也藏不住，珠子似的，一粒一粒滚出来。

"你看，你看，眼泪就这么不值钱？"大顺走过来，要去给槐花擦眼泪。槐花就势抱住了他。

一阵微风吹来，那些还没割倒的麦子随风摇曳，麦子挤挤扛扛的，发出"沙沙"的声音，似乎在笑话眼前这对小夫妻呢。5月的暖风荡漾起来，那种麦子独有的成熟的香味一下子弥漫在天地间，到处都是香馥馥的。不知道躲在哪个角落的布谷鸟，还在"咕咕——"地唱着，那是丰收的歌谣，欢乐的歌谣，幸福的歌谣。

（原载《微型小说月报》2017年第12期，《微型小说选刊》2018年第7期转载。选入2018高考全国联考测评临考冲刺卷）

猴　精

　　侯乡长到任后，推掉一切迎来送往，把所有的材料报表搁置一边，带上秘书小吴到各村调研。当他来到龙湾村后，看到村民们还没脱贫，住的还是茅草房，吃的还是腌萝卜，心里就很不是滋味。村主任老周也早从其他渠道得知侯乡长是个干事的人，忙不失时机地哭穷，"侯乡长，都改革开放这么多年了，俺村还是闺女穿她娘的鞋——老样子，你得给想个法子啊。"

　　"那是，当官不为民做主，不如回家卖红薯。"侯乡长笑了笑，看着一望无际绿油油的麦田，缓了一下口气，说："大家一起想办法。咱龙湾村一马平川，不能说没有优势。不能老是种传统农作物，可以搞点其他的嘛"。

　　老周说："侯乡长，村里的老少爷儿们不是没想过办法，关键是妮儿穿她娘的鞋——钱（前）紧嘛。"

　　侯乡长敛起笑容，点了点头。

　　老周想了想，斗胆说道："侯乡长，您看，能不能给俺村弄点资金？"

　　没等侯乡长说话，小吴插嘴说："咱乡底子薄，财政上还是赤字，外面塌了不少账，银行对咱们也不感冒，想贷款几乎不可能。"

　　"那……那……"老周一脸失望，那样子像是饿得饥肠辘辘的人捡到一个烧饼，仔细一看，原来是画在纸上的。

　　"常言说，要想富，先修路。老周，咱就先把路修修？"侯乡长眉毛一扬，不错眼珠地盯着老周。

　　老周张了张嘴，嗫嚅道："侯乡长，村里不有路吗？"

　　"在耕地上修路，东西一条，南北一条，双向六车道……等到路打通再说上项目的事。"侯乡长指了指眼前的麦田，似乎很有信心。

老周看着周乡长的脸，小心翼翼地说道："侯乡长，村里一分钱没有，咋个修法儿？"

"侯乡长，乡里也没钱啊，怎么修路？"小吴也紧接着说道。新官上任三把火，他担心侯乡长脑子一热不顾一切。

侯乡长信心十足地说："这个不用管，我自有办法。"

"侯乡长，将来打算上啥项目？"老周虽然不明白，但心里还是松了口气，他知道侯乡长肯定为龙湾村规划好了，要不然绝不会贸然提出修路。

"我还没想好，不过，建工厂或是搞房地产，也不是没有可能……你要保密，不能乱说。现在的老百姓，猴精猴精的，不得不防啊。"侯乡长说罢，对老周挤了下眼睛。

侯乡长是个雷厉风行的人，隔了两天就派人到龙湾村规划线路，一望无际的麦田里，麦苗刚露出头，几道石灰线很是显眼。

这下子，龙湾村热闹了。

村里的老少爷们也不傻，看到耕地被圈了起来，知道政府要修路，忙聚在一起商量。有的说弄大棚，有的说种树，有的说建厂子……经过权衡利弊，最后决定种树，种果树。主意一定，于是，龙湾村的老百姓不分白天黑夜纷纷行动起来，都把多年的积蓄拿出来，又借贷了一部分，派出几个人去邻县的果树培育基地采购了几货车果树苗，有核桃，有苹果，有鸭梨……随后，开始在自家的田地上挖坑栽树。这些村民们知道，乡里要修路，就得刨树；要刨树，就得给村民补偿！否则，就不同意乡里修路。

刚开始，是那些土地即将被占用的村民种果树。后来，那些土地没被占用的村民也种上了果树，因为路一旦修通，接下来就该规划他们的土地了。呵呵，短短半个月，龙湾村的土地上都种上了果树。真应了侯乡长的话，现在老百姓头脑不简单啊。

侯乡长得知消息，亲自到龙湾村查看。当他看到一片片果林如雨后春笋般立在龙湾村时，一下子惊呆了！

老周不敢看侯乡长，也不知道该如何解释。

"哼！"侯乡长从鼻孔哼了一声，对老周说："没事的，村民们只是做个样子，要不了多久，这些果树就干枯了……到那时再修路吧。"

当然，老周还是跟村民贴心，把侯乡长的话复制粘贴给了村民们。

村民们不敢怠慢，为了得到更多的补偿，精心伺候那些果苗，浇水、施肥、打药，很是精心。

一年，两年，乡里一直没提修路的事。

从第三年开始，龙湾村的果树开始开花、挂果了。村民们不敢怠慢，日夜守护，该浇水浇水，该施肥施肥，该打药打药。用老周的话说，比待自己的儿孙还用心。

城里的水果贩子得知消息后，趁着果子没成熟，就来订购了包销合同。

等到那些大车小车来拉水果的时候，侯乡长来了。看着一筐筐苹果、鸭梨被装上了车……他的脸上掠过一丝不易察觉的微笑。

"侯乡长，啥时间修路啊？"老周又旧事重提。

侯乡长呵呵一笑，说："老周，现在还用再修路吗？把这些果树砍了乡亲们还不把我骂死啊？"说罢，他抓起一个苹果，"咔嚓"啃了一口，津津有味地吃着。

"你看，你看，我真是老糊涂了！"老周愣了愣，然后拍打了一下自己的脑袋。

（原载《小说月刊》2013 年第 12 期。选入湖南省邵阳市 2018 年高三联考试题、广东省茂名市 2018 届高三语文试卷、江西赣州市 2017—2018 学年第二学期语文试卷、江苏省徐州市 2018—2019 学年第一学期高三语文试卷、山东省济南外国语学校 2019 届高三上学期语文试卷、黑龙江大庆市东风中学 2020—2021 学年高一上学期期末教学质量检测语文试卷等）

桃源人家

据从老庙回来的驴友讲，那里山高，植被好，一条小河清澈见底，空气格外清新。二三户人家，民风淳朴，吃饭、住宿，都还不收钱……晓晓就心动了，打算去一探究竟。周六，她搭乘早班车出发了，两小时后抵达镇上，然后转乘当地的面包车进山了。公路虽不宽，却是平整的水泥路，并不颠簸。面包车跑了一个多小时，终于把晓晓运到了目的地。

一下车，给人豁然开朗的感觉。这里像个盆地似的，四周都是高低起伏的山峦，有的山峰似莲花，有的像乌龟，有的如骆驼。山坡上深绿、嫩绿、浅绿，层层叠叠，郁郁葱葱，像是给山坡披了一件绿色的披风。山风扑面而来，夹杂着花香、果香，还有玉米的芬芳。晓晓闭上眼睛，贪婪地呼吸着，呼吸着。往那些树丛中间瞧，隐约可以看到石头砌就的房子，无疑，那是农家院落。除了各种鸟鸣，还有鸡鸣犬吠的声音，并不热烈。公路下面的沟里，便是小河。河水蜿蜒，不知道源头在哪里，更不清楚要流向哪里……"好一个世外桃源啊！"晓晓忍不住感慨道。

日头爬到了半空中，毫不吝啬地发出火辣辣的光芒。晓晓擦拭了一把额头的汗珠，完全是下意识地，沿着弯曲的小路来到小河边。

山谷狭窄的地方，汇集了一汪水，碧绿碧绿的。晓晓瞬间就后悔没有带泳衣。她环顾左右，四下看了看，不见一个人影。她急慌慌脱掉衣服，钻进了水里，鱼似的自由自在地游起来，感到一种彻骨的清凉和说不出来的舒服。

晓晓仰躺在水面上，两手大鹏似的展开，轻轻地划着水。在来之前，她上网搜了一下"老庙"的来历，老庙又名玉仙圣母庙，玉仙圣母就是王母娘娘，她老人家曾在这一带养蚕纺丝，后人修庙纪念，时间久了，这地方便成了"老庙"。晓晓想，当年王母娘娘的七个仙女是不是在这地方洗澡的？七仙女的衣服是不是在这里被牛郎偷走的？想到这儿，晓晓睁开眼睛，猛然看到山坡上一个男人盯着自己，晓晓"啊"的一声惊叫起来。那个男人也像是被惊醒似的，摇头晃脑，又唱又跳走远了，一边走一边把自己的一只鞋子甩到了山沟里，那样子倒像个神经病。

晓晓回过神来，急忙从水里出来，顾不得身上湿淋淋的，忙把衣服套上，心跳才恢复正常。

晓晓在水池边坐了会儿，湿漉漉的头发已被日头给晒干了，她便沿着山坡上的小路往上走。她不敢在河沟里久停，她怕那个疯子杀个回马枪。

时间已经过了正午，晓晓打算到一户村民家里讨点吃的，主要的是打听一下疯子的事情。晓晓就近寻到一户人家。院子里有棵皂角树，有些年头了，树干怕是两三个人合抱不住，树冠遮天蔽日，整个院落散发着阴凉。三孔窑洞。院落里有个石桌子，周边是石头凳子。一个篱笆围起来的菜园，一畦一畦的，爬的是南瓜，吊的是豆角、黄瓜，还有一些，晓晓叫不出名字，牵藤扯蔓，花红柳绿，热热闹闹，很是养眼。家里只有老夫妻两个，看到晓晓，笑盈盈地迎上来，像是多年不见的亲戚来了。老大娘说："城里来的吧？闺女，吃饭没？想吃啥大娘给你做。"山里人真是热情！晓晓说："大娘，我……鸡蛋面条吧。"

老大娘说："好，这好办，想吃肉却难。"

"多少钱一碗？"晓晓紧跟着问了一句。她知道，有两个行当在交易前必须谈好价钱，要不然，人家说多少就是多少，一个是理发，一个是吃饭。

"说啥钱呢。"老汉笑了笑。

"就是，就是，多添碗水的不是？我们也没吃呢。"老大娘转身去灶间忙活了。

院子的角落有个灶台，老汉把锅放上，抓起一把干草燃着，再架上几根柴火，一阵噼里啪啦，火就慢慢起来了。

晓晓想了半天，终于鼓起勇气问道："大爷，咱这个村是不是有个疯子？"

听到晓晓的问话，老汉不假思索，顺嘴说道："有，有。"

晓晓的心放到肚子里了。

老汉又问："你见到疯子了？"

晓晓点点头忙又摇摇头。

老汉说："没事，见到了也不用害怕，这个疯子不打人，不骂人，整天就会疯疯癫癫地瞎唱。"

返程时候在路边等车时，遇到一个当地村民，是个中年汉子。晓晓打听那个疯子的事情。中年汉子的说法跟那个老汉几乎一模一样。

晓晓彻底放心了。

好多年后，晓晓带着老公和孩子又到了老庙。在老汉家打点午餐的时候，晓晓装作无意间提起了那个疯子。老汉回忆半天才想起当年的事。当然，他没有认出晓晓来。老汉呵呵一笑，说，那个"疯子"是他的儿子，不是真的疯。儿子无意间发现一个外地女孩洗澡，故意装疯卖傻的。

"为啥子？"晓晓怔了下，一时没明白过来。

老人说："他要不那样做，人家女孩怎么活啊？"

一下子，晓晓心里边塞得满满的，暖暖的。

（原载《天池》2018年第4期。选入浙江台州市书生中学 2018学年第一学期第一次月考高二语文试卷、金华市方格外国语学校 2019—2020学年高二初中期末语文试卷等）

观大伾山有感

2015 年初秋的一天，在浚县挚友、作家马金章兄的陪同下，我游览了大伾山。

来到山脚下，山门上的对联一下子攫取了我的心，使我对大伾山顿生敬畏之感。"邯郸道上，黄鹤楼头，一剑西风留幻迹；卫水桥边，浮丘林表，三山海路在尘寰"，横额题"青坛紫府"。"青坛"，即青坛山。相传，东汉刘秀镇压河北王郎军，还师时经过大伾山，在山上筑青坛祭告天地，谥大伾山为青坛山。"紫府"，指神仙所居之处。呵呵，能到神仙居所游览一遭，确是人生一大幸事。

我们一行数人一边登山，一边聆听马金章兄的讲解。马金章兄不愧是当地文化名人，讲起大伾山来滔滔不绝，头头是道。大伾山是中国文字记载最早的名山之一。《尚书·禹贡》载："东过洛汭，至于大伾。"相传大禹治水时到过大伾山，历代称为"禹贡名山"。从那些摩崖石刻（题记）中可以看出，帝王将相、文人学士、登山览胜者代不乏人，他们多赋诗留言，刻碑勒石，抒发"登大伾，俯大河，怀大禹"的感慨豪情，其中以唐代的洪经纶题记和明代的王铎书法最为有名。看到那些在石刻前驻足观赏、留影的游客，马金章兄自豪地说："大伾山石刻，从唐代至明清时期共遗存 460 多处，因此，以欣赏大伾山摩崖石刻，鉴赏其书法、艺术价值为主题的'大伾山摩崖石刻风情游'越来越火。"我也不甘寂寞，在一块"愿读尽天下有用书"的石刻前留影，以此告诫自己要多读书，读好书。

让人叹为观止的是大伾山的大石佛。大石佛，古称大佛岩，倚山凿就，高与崖齐，整躯为岩石，为明代成化十年（1474）雕刻。大石佛结跏趺坐，面方颊圆，略呈梯形，形似弥勒佛像。目平视，唇紧闭，表情庄严。两肩立挺，脖颈较长，有三道肉领。左手抚膝，手心向下；右手曲肘举，手心向外，示"无畏印"。身穿五彩方格袈裟。因胸部残破，衣纹不清，似是双襟直垂……大石佛总高八丈，藏于七丈高的楼内，素有"八丈佛爷七丈楼"之称，为世界佛屋景观之唯一，以中国最早、北方最大而著称于世。随同的马金章兄解释，古时，黄河流于其脚下，每到雨季，常会洪水泛滥，故雕石佛以镇之。山上寺庙洞阁棋布，始建于北魏的天宁寺，规模宏大，年代最早，寺内有藏经阁，原藏明代南藏经6053卷，为宗教典籍珍品。宋代的天齐庙、太平兴国寺、丰泽庙，元代的观音岩，明清的阳明书院、吕祖祠、禹王庙、张仙洞等建筑，皆各有其妙，为大伾山增光添彩。站在古柏环绕的古庙前，使人如入仙境，飘飘欲仙。

大伾山不像其他山登起来那么累，山路舒缓、平坦，可以一边走一边细细品味。山上秀丽幽静，松柏苍郁，上千年的古柏随处可见，有的树干笔直，直至蓝天，树冠蓊郁，一派舍我其谁的霸气；有的树干遒劲斑驳，稀疏的树冠透出饱经岁月的沧桑……马金章兄介绍，大伾山有汉唐古柏400余株。让人感到不可思议的是，有一棵古柏从树根部裂开，中间钻出一棵槐树，当地称之为"柏抱槐"。两棵树同根共生，一样郁郁葱葱，遮天蔽日。看着两棵树如此亲密无间，相互依偎，我和爱人也在这棵树前合影留念，祈望我们也和"柏抱槐"一样，在人生的道路上同担风雨，共享阳光。

然而，大伾山又是很小的一座山，我说的"小"指的是它的海拔、面积和山势。大伾山系太行余脉，东西宽0.95千米，南北长1.75千米，面积约1.66平方千米，海拔135米，平地高起70米。它不是丛山中的峻岭，而是平原突起的孤峰。尽管其"小"，但因其历史悠久、文化底蕴深厚、石刻艺术博大精深，故并不影响其名山的地位。

由大伾山我想到了郭明义，他只是一名普普通通的采场公路管理员，但是他每天都提前2小时上班，15年间，累计献工15000多小时，相当于多干了 5 年的工作量。他 19 年里累计献血 6 万毫升，是自身血量的 10 多倍。1994 年以来，他为希望工程、身边工友和灾区群众共捐款 12 万元，先后资助了 180 多名特困生，而自己的家中却几乎一贫如洗。一家 3 口人至今还住在一个 20 世纪 80 年代中期所建的、不到 40 平方米的单室里。由大伾山我想到了胡发生老人，他有 3 个儿子和 5 个女儿，晚年本应平静而殷实，但是他退休后毅然背起编织袋，当上了"破烂王"。18 年来，他用卖破烂挣的钱，为乡里学校的孩子们买学习用品，为敬老院的老人们送月饼。85 岁的他在离世的前一天，还忙着在集市上捡废品……被评为 2012 "感动中原"十大年度人物。已过耄耋之年的刘盛兰老人拾荒助学近 20 载，几十年未尝肉味，家徒四壁，却捐出了十多万元。其人其事"感动中国"，他成为"感动中国 2013 年度人物"……

类似的"小人物"还有很多，他们没有显赫的地位，没有可观的收入，他们图的不是"利"，也不是"名"，但是他们感动了中国，感动了世界，就像大伾山一样，不高大，不险峻，但因其厚重的文化和内涵，永远矗立在中国名山之林！

（原载《郑州日报》2015 年 8 月 11 日。选入 2022 届贵州省普通高等学校招生全国统一模拟测试语文试题、2022 全国高三专题练习等）

捡来的家

老高是从农村来的。老高并不老，只有 30 出头，他不修边幅，冷不丁一看，像是四五十岁的人，因此人们都叫他老高。他是个孤儿，30 多才娶了个寡妇，寡妇去的时候还带着一个 10 岁的女儿。老高老实，除了种庄稼，不会挣钱，结婚不到两年，老婆就带上女儿远走高飞，向往新的生活去了。老高一气之下来到城里，在郊区那儿租了一间房子，背起蛇皮袋，捡起了破烂。后来有了积蓄，便鸟枪换炮，弄了辆人力车收购废品。

老高实在，不会缺斤少两，价格也公平。这样一来，特别是那些老头老太太，都会把家里的闲置物品留给老高，或者说专门等着他去收购。有了固定的客户和货源，老高每年也能赚个三四万，不比普通上班族少。

这样捣鼓了几年，老高在郊区买了一套二手房，顶层，老房子，家里有现成的家具，他简单打扫一下就住了进去。

有一天，老高捡到一个 3 个月大的弃婴，男孩。当时围观了不少人，议论纷纷的。老高从人们的言谈中得知，这个婴儿是个兔唇。亲生父母都不要，谁还要？听着婴儿嘶哑的哭声，老高二话没说，亲爹似的就把婴儿抱走了。

这下子，够老高忙活的了，一会儿给儿子换尿片，一会儿给儿子喂奶粉……过了半个月吧，老高就在人力车上用旧棉被弄了个窝，"藏"着儿子，挨街串巷地继续他的工作。

张大嫂是和平小区的保洁工，丈夫出车祸走了，儿子在外上学，现在也是孤身一人。也许是同病相怜，她关心老高多一些，说是关心，无非是把丈夫之前的衣服送给了老高，有时拉呱几句闲话而已。就这样，老高已经感激不尽了。她问老高："你不知道这孩子有缺陷？"老高说："好歹是一条命啊。"张大嫂叹口气，"你这是图啥哩？"老高吭哧半天，才蹦出一句："家里边有了哭闹声，有了孩子的屎尿味，才像个家的样子。"

和平小区门口有个垃圾箱，老高赶到的时候，总能在垃圾箱外边捡到一些小孩子衣服、玩具，还有学步车。刚开始，老高以为是小区的居民丢弃的。时间长了，老高才明白是张大嫂故意丢给他的，有的衣服还没拆封，新崭崭的，看样子是张大嫂买的。老高要给钱，张大嫂不要，说："这是破烂，又不是我的东西，你给啥子钱？"老高想不起反驳的话，只是嘿嘿呵呵地傻笑。看到老高这个样子，张大嫂转过身，抿着嘴乐了。

别看老高没文化，却给这个孩子起了个很有文化的名字——高兴。

高兴两三岁时，老高就把他丢在家里，让他自己玩去。高兴知道爸爸是个捡废品的，家里的好多东西是爸爸捡来的，电视机，冰箱，玩具手枪，身上穿的衣服，好多啦。有一次，儿子问老高："爸爸，垃圾箱里什么东西都有啊？"老高点了点头，"可不是哩，你也是我从垃圾堆里捡来的。"

这天傍晚，天气阴阴的，往日的星星也不知道躲到哪里去了。老高打开屋门，不像往常那样，儿子一边叫着一边扑到自己身上，他挨个屋子看了看，才发现儿子没在家。

自己又不是大款，儿子被人绑架的可能性不大，肯定是自个儿跑出去玩了。往常，也有过类似的情况。不过，儿子都是在楼道门口玩耍，不会走远的。

老高急匆匆跑到楼下，在门口转了几个来回，没有见到儿子。一时间，老高急出了满头的汗。就在他一筹莫展的时候，接到了张大嫂的电话，说高兴在她那儿。

老高松了口气。随后，他破天荒打的赶到了和平小区。

张大嫂说，她准备下班时，在垃圾箱那儿见到了高兴。

老高气呼呼地瞪着儿子，"你来这里干啥？"

高兴看着爸爸的样子，咧了一下嘴，哭出声来。

"你看你!"张大嫂不满地翻了老高一眼,然后给高兴擦拭眼泪,"孩子,别哭,别哭。"

高兴忍住哭声,但嘴还是一撇一撇的,挺委屈的样子。

张大嫂揽过高兴,别过脸,"你知道吗,高兴他……他想捡个妈妈。"

老高一下子愣住了,心里满满的,眼里差点落下泪来,"真是个傻孩子。"

高兴说:"爸,姨姨说,只要您愿意,她就到咱家来。"

老高心里怦怦直跳,有点不知所措了。他偷偷看了一眼张大嫂,忽然间发现,路灯下,张大嫂的脸蛋是那样的红润,那样的美丽。

(原载《小说界》(双月刊)2016年第2期、《作家天地》2016年第9期,《小小说选刊》2016年第10期转载,获"黔台杯"第三届世界华文微型小说大赛三等奖。选入《高考阅读》2019年第7期、2021届高考小说阅读二轮复习"俗世生活"主题练等)

老贵和他的孙女

孙女蕾蕾在大连的大学毕业后，应聘到大连国内某知名新能源公司。等一切安顿下来后，她想把爷爷老贵从乡下接过来。

老贵在高兴的同时，又很伤心，或者说纠结。蕾蕾一岁那年，父母在一场车祸上双双遇难。老贵身兼数职，既当爹又当妈还当爷，累死累活地把蕾蕾抚养大，扶她学走路，教她学说话，从送幼儿园一直把她送到了大学，从农村乡下送到了海滨城市大连。老贵的愿望就是，蕾蕾大学毕业后留在大连，把老家抛得远远的，将来找个男朋友，在城里生根发芽，再也不要回到"山高石头多，出门就爬坡"的老家。如今，蕾蕾在大连找了个工作，他又有点不舍，人上了年纪，故土难舍，他想让蕾蕾回到自己的身边，陪自己变老，虽然有点自私，却是他心底的想法。

这天晚上，蕾蕾又跟老贵在微信上交流。

"爷爷，您60多了，该歇歇了。"

"蕾蕾，不种地轻巧多了，放羊也不累。"原来种地的时候，真的跟牛似的，耕、耙、种、锄、收、晒、藏等，一年四季，干不完的活儿。几年前，响应国家退耕还林的号召，土地都种上了树。老贵闲不住，也为了给蕾蕾挣点生活费，起初弄了两只羊，如今扩展到大小20多只。他给蕾蕾说，反正一只也是放，两只也是放。

"爷爷，咱那里又不是草原，在山上跑来跑去，风吹日晒，也不轻巧啊。"老家藏在大山深处，大伙儿都住在山脚下，种一葫芦打两瓢的土地，也零星地藏在大山的皱褶里。

"山上没有大树，留不住水分，草也不行，不放吧，没事干。"老贵在家，除了吃饭睡觉，就是操心他的羊，没有其他多余的选项，日子过得从容散淡。

"来大连嘛，我有工作了，能挣钱了，租了房子，有地方住……"

老贵打断蕾蕾的话，说："我……我想去，又怕不习惯。"村里也有不少老人去城里子女那里，大多都待不长，短的三五天，最长的也就半年，去时是高高兴兴的，像是要与老家永别，回来时灰头土脸，好比打了败仗。听他们说，住进格子式的楼里，如同进了监狱——儿子媳妇上班去了，孙子孙女上学去了，他们不敢下楼，不敢逛街，城里的车多得像蚂蚁似的，道路犹如迷宫，担心出去摸不回来，左邻右舍防贼似的大门紧闭，想拉个家常也找不到人，只有闷在家里，很是不方便。

"没事，时间长了就好了。"

"听说城里都是高科技，我怕不会用。"老贵说的是实情。邻居陈奶奶去城里儿媳妇那里，有一次，儿媳妇让她中午焖米，担心她不会用电饭锅，交代了一些操作步骤和注意事项。没想到，儿子儿媳妇中午回来，米是米，水是水，陈奶奶忘了摁电源开关。

"电器都是智能的，我在办公室用手机就能操作。"

老贵有点动心了，自己进城，祖孙俩能住在一起，也不耽误蕾蕾的工作，只要蕾蕾高兴，自己受点委屈也无所谓。他也是土埋脖子的人了，还能有几年活头？人啊，不能太自私了。想到这里，他叹道："现在是夏天，羊卖不上价，等到年关能卖个好价……过了开春再说吧。"

"好，爷爷，一言为定。"

到了秋天，来了一个干工程的人，在山坡上都装上了太阳能光伏板，一块块光伏板像是一面面镜子，在阳光的照射下，闪闪发光，成了山上的一道风景。让老贵高兴的是，他们安置了村里不少闲散劳动力到工地做一些日常的维护工作，有了光伏板的遮挡，山上的水分蒸发得慢，草也长得旺盛，他在下边放羊，也不受太阳的暴晒了，遇到风雨天气，他和羊还可以在下边躲避。山上渐渐热闹了，显示出了从未有过的生机。

老贵心里痒痒了，不想进城了。他正琢磨怎么跟蕾蕾说时，忽然有一天，蕾蕾带着行李回来了。

“回来休假？”老贵疑惑地问。

“爷爷，我回来陪您，再也不走了。”蕾蕾说罢，给老贵眨巴了两下眼睛。

“你……你……这……这……”一时间，老贵的脑子有点不够使唤了，“蕾蕾，是干得不好，让人家给撵回来了吧？”

蕾蕾上前挽着老贵的胳膊，噘着小嘴说：“爷爷，您太小看您孙女了……我是回来工作的。”

“工作？总不会是跟我一起放羊吧？”老贵越发云里雾里。

“爷爷，您说得对，我就是回来陪您放羊。”

“啊？”老贵的眼睛瞪得老大，蕾蕾的话像一瓢冷水，把他一下子泼蔫了。

蕾蕾知道不能再绕弯子，指着山上的光伏板，说：“爷爷，这就是我们公司整的，我回来就是负责这块区域的管理工作。”

“……”老贵吃惊地张了张嘴巴。

“爷爷，我说的是真的。”蕾蕾上前揽住老贵的肩膀。

太阳升高了，光伏板露出了笑容。此刻，老贵觉得山上的光伏板真好看，好看得让他想哭，连疙疙瘩瘩的心情都跟油和面似的熨帖，舒服。

（原载《教师报》2024 年 1 月 24 日）

遗　嘱

　　当林平接到三叔的电话，匆匆忙忙回到老家的时候，父亲已经没有了气息。其实，在他接到电话时，就知道父亲已经咽气了。当时，他还心说父亲这下可以不受罪了。

　　林平踏进家门的时候，院子里来了不少人，有认识的，有不认识的。林平知道，他们是来帮忙的。看到眼前情景，林平有点歉疚。在乡下，无论哪一家办白事，还是喜事，不用主家叫，乡亲们都会主动前来帮忙。这，似乎是一个约定俗成的规矩。平时老家乡亲们办事，父亲不忘给他打电话，可他总说忙，从没有回来过。难道自己真的是忙？现在想想，其实很多时候自己是能够回来的。

　　看到林平，三叔紧走两步迎上前来，又看了看他身后，问："就你一个人回来了？"听三叔的口气，有责备的意思在里边。

　　林平忙解释："三叔，乐乐上午考试，下午玉梅跟乐乐一起回来。"

　　"反正人已经没气了，不争这一时半会儿。"三叔的表情很漠然。

　　林平不知道该怎么接三叔的话，他扭头看到父亲身上盖着一个褪了色的旧床单。

　　三叔并不是林平的亲三叔，是父亲的老邻居。这么多年来，自己从未真正关心过父亲的穿衣打扮。在他的印象中，就给父亲买过一顶帽子、一件棉衣，还有一双拖鞋。林平慢慢走上前去，抖着手缓缓揭开了盖在父亲身上的床单。父亲一改往日胡子拉碴的形象，颧骨高耸，眼睛紧闭，嘴巴大张着，似乎还有话要交代。

　　林平从未认真端详过父亲。细究起来，不是没有时间，是自己从未真正关心过父亲。此刻，他仔细打量着父亲：花白相间的头发，刀划过似的皱纹……林平觉得熟悉而又陌生。

　　"爹，您为什么不写点只言片语留给我呢？"有这想法后，林平马上觉得有点苛刻父亲了。乡下人，哪个写过遗嘱？斗大的字识不了几个，常年不捏笔，字又写得歪歪扭扭，像蚯蚓爬。特别是父亲，老实巴交的，更不会写遗书。

　　记得刚参加工作那年，有一天，大中午的，自己跟几个朋友正要去酒店喝酒，父亲风尘仆仆来了，从随身背的布袋里掏出两个鸡蛋。身边的同事偷偷捂着嘴笑。林平很生气，"爹，您这是干什么？"父亲用袖子擦了一把头上的汗，说："今天是你的生日，给你煮的鸡蛋……"

　　三婶捅了捅林平，悄声说道："小平，哭啊。"

　　办丧事，要的就是哭声。林平没有兄弟姊妹，他不哭没人会哭的。母亲死得早，是父亲把他拉扯大的。后来，为了供林平上学，父亲走村串巷捡破烂。林平学习很刻苦，从小学、初中、高中，一直读到了大学。大学毕业后留在了城里……农忙时，林平有时回不来，都是父亲一个人忙活。父亲是个种庄稼的好手，春种秋收、犁地扬场样样精通。上个月还打电话，说豆角、茄子都长成了，鸡蛋也攒够了一罐，让他回去拿……怎么事先没有一点征兆，说走就走了呢？

　　父亲在村里口碑很好，谁家有个大小事，不用人家请，他就跑去了。主家有多少客，该买多少菜，父亲一琢磨就有了，既让客人满意，也让主家撑足了面子……父亲每次赶集回来，都要捎一些水果糖，一进村见人就分，不管大人还是小孩，每人两颗。

　　"以后小平就再也吃不到大哥种的菜了。"三婶自言自语了一句，重重地叹了口气。

　　三婶说的大哥就是林平的父亲。想起父亲的点点滴滴，林平眼里的泪越聚越多，终于唏嘘有声地哭起来。

在林平哭的时候，三叔安排帮忙的人，谁谁去挖坟墓，谁谁去垒灶台，谁谁去借桌椅板凳……办一场丧事需要很多细节，不亚于美国总统选举，一点安排不到就要出纰漏。

等到林平哭足哭够，停住不哭了，三叔才从灵前拉起林平，说："入土为安，还是议议咋办后事吧。"林平怔了一下，"三叔，我没经过这事，您做主办吧。"

三叔忽然想起什么似的，从口袋里掏出一张皱巴巴的纸条，"你爹都铺排好了，你再看看有啥补充的没有。"

林平接过一看，字迹写得歪歪扭扭，但还能看清，看得出一笔一画还是很认真写的："小平，我的饭量越来越少，我不敢上医院，上医院又得花钱。再说，花钱也治不好，我的病我知道。知道你忙，也没给你打电话。我感觉在世的日子不多了，还是把丧事考虑一下吧，省得到时你着急……若是每年清明节回不来，就在十字街头，对着老家的方向，烧烧纸，磕磕头就中。"是父亲写的！父亲没有多少文化，写这张纸条不知道花费了多长时间。看来，父亲在走前就把一切事宜安排好了。三叔又甩给林平一个鼓囊囊的方便面袋子，上面的图案都看不清了，看来是有些年头了。

林平接过来，打开一看都是皱巴巴的钱，各种面值的都有。

三叔说："我们已经查过了，两万八千七百六十五元四角。"

林平抖了抖手里的方便面袋子，说："三叔，这是谁的？"

三叔叹了口气，说："在你爹的枕头下发现的，应该是他的，这张条子是跟钱放在一起的。"

"啪嗒"一声，林平手里的塑料袋掉到了地上，如同砸在了他的心上，他咧开嘴"呜嗬呜嗬"地哭开了，越哭声音越大。

（原载《莽原》2022年第3期。选入2021—2022学年皖豫名校联盟体高一下学期期末语文试题、2022—2023学年高一语文人教统编版必修上册单元达标测试卷等。入选试卷时有删改）

陪　嫁

　　雯雯拿到第一个月工资的时候，留了少许零花钱，其余的要上交父母。二老拒绝了，妈说："你存起来吧，到时就算我们的陪嫁，不要像老一辈那样寒酸。"

　　过去的故事，妈妈曾不止一次给雯雯讲过。

　　雯雯的奶奶是童养媳，因家里吃没吃穿没穿，3岁的时候就被送到了婆家。担心婆家看不起，父母把家里唯一值钱的纺花车送了过来，算是陪嫁的嫁妆吧。雯雯的妈妈出生在新社会，到了谈婚论嫁的年龄时，媒人给介绍个对象，在县城一家工厂上班。那时土地承包到户了，农闲时可以外出打工挣钱，家里条件相对好一些，妈妈结婚时，家里给陪送了一辆"凤凰"牌自行车。在当时，已经是倍儿有面子的嫁妆。

　　因此，雯雯就有了一个小小的目标：攒钱，等到结婚时买一辆小轿车，作为自己的嫁妆。

　　雯雯生活简单，衣着平常，甚至寒酸，坚持素面朝天，不用化妆品，也没有奢侈的爱好。她朝九晚五工作，公司里都是可以指挥她的老板……她拿的是死工资，其实没多少钱，连富裕都算不上，但她觉得生活中充满了阳光，出来进去像只百灵鸟一样，说话都像在唱歌，不像她的同事，同样的工作，同样的薪水，身上却总有种苦大仇深的气息。

　　认识大伟后，雯雯觉得生活中不只有温暖的阳光，还有亮丽的彩虹。雯雯跟大伟先是在网上认识，由线上发展到线下，三观一致，最终成为男女朋友关系。两个人在同一个城市上班，大伟家里的条件要好一些，母亲打理着家务，父亲经营着一个百货商店，每年也有几十万的利润。他们也很欣赏雯雯。

好日子很快确定下来，就在这一年的阴历七月初七。

雯雯已经攒了 25 万元，能够买一辆像样的轿车了。好事多磨，这话一点都不假。就在她考虑着要买什么牌子的车时，婚期往后延期了——大伟在一家中医院上班，是一名医生，报名参加了由医院组织的支援其他城市小分队。

谁也没有想到，就在大伟出征不久，雯雯买了一辆可以隔离转运病人的"负压救护车"，捐给了市人民医院。

妈妈想了一晚上也没想明白，第二天早上，还是忍不住问雯雯："雯雯，你马上要结婚了，不买小车了？"

"妈，您说私家车和救护车哪个作用大？"雯雯反问妈妈。

"当然是救护车的作用大。上次你爸心梗，若不是 120 及时赶到，后果不敢想……"

雯雯笑了，说："妈，你和奶奶当年不是也没有买吗？再说，现在交通这么方便，有公交，有地铁……若还嫌不方便，可以买个电动车嘛。"

妈妈知道说不过雯雯，转身去厨房忙活了。

爸爸觉得心里有愧，说："雯雯，我和你妈手里还有一些存款，要不再借点，给你买辆车？"

雯雯说："爸，您不是常说出门走路看风向，吃饭穿衣量家当吗？不一定结婚就得陪嫁一辆车啊。"

"就怕大伟家不满意……"爸爸说出了自己的担忧。在他的观念中，嫁妆的丰厚与寒酸决定着闺女在婆家以后的地位。

"爸爸，您给我买一副象棋作为陪嫁吧。"雯雯调皮地说道。

"象棋？"爸爸忽闪着眼睛，一时还没明白过来。

"有 4 辆车，还有 4 辆宝马呢。"

爸爸回过神来，瞪了雯雯一眼，"你这孩子，别贫嘴，说正事呢。"

雯雯敛起笑容，说："爸，这事我跟大伟商量过，他同意。"

妈妈拿着喷香的鸡蛋饼出来了，说："雯雯，只怕你的公婆不满意。"

"妈，你这是以小人之心度君子之腹，说不定人家还炫耀呢，说看看，我的儿媳多懂事……"雯雯接过鸡蛋饼，拿了一盒牛奶，"咯咯"笑着上班去了。

没过多久，雯雯开着一辆崭新的小轿车上下班——那是准公婆给她买的。正如雯雯猜测的那样，看到当地媒体的报道后，大伟的爸爸骄傲地说："咱大伟没看错人，这闺女，中！"

大伟的妈妈说："不是中，是真中！"

两口子对视一眼，开心地笑了。

（原载《河南工人报》2021 年 9 月 30 日。选入山西省孝义市 2021—2022 学年高一下学期月考语文试题、陕西省榆林市府谷县府谷中学 2022—2023 学年高一上学期月考语文试题等）

留　余

　　康家的生意越做越大，经营的有饭店、棉花、布匹、食盐等多个行当，利用洛河和黄河航运的便利条件，把生意做到了山东、陕西等地。可是，康百万发现，康家的摊子大了，利润倒没怎么上升。难道是里面有人捣鬼？他通过调查，发现大相公以及各个行当的相公、账房先生及小相公，都是按照他的旨意在循规蹈矩地做事，寻求利润最大化，恨不得一两纹银当成二两花，并没有投机取巧，更没有吃里爬外。原因出在哪里呢？他愁肠百结，百思不得其解。

　　这天后晌，康百万信步来到了神都山下，想散散心，排解一下心中的郁闷。黄河黄，河面宽阔，像一幅闪光的黄绸；洛水清，水流平静，河面如清绒的地毯。如果说黄河有男子汉的粗犷，则洛河有女子的婉约。两条河交汇后，一黄一清界限分明，绵延数里后形成一个巨大的旋涡，经过一番激烈"搏斗"，最终洛河融进了黄河里。据说，伏羲创造的八卦图就是根据这一景象画出来的。黄河里走着不少大大小小的船只，船工的号子抑扬顿挫，此起彼伏……一个头戴草帽的老汉，站在河边的树下，拿着一个大舀子——漏水的勺子（一种简易的捕鱼工具，好比厨房里的笊篱，只不过大一些而已），一动不动地盯着水面。

　　康百万来到老汉身边，顺势坐在河岸上，观看老汉捞鱼。

　　老汉看了康百万一眼，没有说话，转眼盯着水面。

　　康百万瞅了瞅老汉身边的鱼篓，发现鱼篓里只有两条二斤左右的黄河鲤鱼，皱着眉头问道："大叔，您啥时候来的？"

老汉头也不回，说："大清早就来了。"

康百万不禁惊讶地问："大叔，大半天您就弄到这两条啊？黄河里的鲤鱼不是也不少吗？"

"啥意思？嫌俺捞鱼的水平臭吗？"老汉似乎不高兴了。

康百万忙说："大叔，没有，我没有那个意思。"

忽然，老汉猛地一甩胳膊，舀子画了一个优美的弧线，似乎瞬间完成了下水和出水的过程。一条鱼被舀子捞着了，这条鱼不小，有三斤多重。老汉把鱼丢进了鱼篓。

康百万发现了秘密所在，忽然笑了，快嘴快舌地说："大叔，您的舀子的洞太大了，只能捞到大鱼，一斤以下的小鱼都捞不到啊。"

老汉气呼呼地说："如果舀子底部没有窟窿，想'一网打尽'，大鱼小鱼都不放过，怕是一条鱼也捞不到。"

"为什么？"康百万顺嘴问道。

老汉说："有句古话叫作'漏水的勺子才能舀到大鱼'，这是为啥？因为漏水的那些孔，不但没有影响俺们捕鱼，反倒如渔网一般，减轻了水的冲击力，捕大鱼如探囊取物。"

"大叔，您说的好像有一些道理。可是，像您这种捞法啥时候才能把鱼篓捞满呀？"康百万感到不可思议。

老汉瞪了康百万一眼，恶狠狠地说："我不稀罕小鱼！"

康百万闹了个大红脸，不明白老汉为何会发这么大的火。

话不投机，好半天两人都没有说话。康百万觉得无趣，准备起身离去。

老汉瞄了康百万一眼，像是自言自语，又像是对康百万说，"如果连小鱼也不放过，天长日久，河里还会有鱼吗？不留鱼，俺们渔民日后咋生活？后世子孙咋生存？赶尽杀绝那是自掘坟墓！"

"……"康百万张嘴说不出话来。仔细琢磨老汉的话，不禁对老汉肃然起敬，他的话太有哲理了。

当天晚上，康百万失眠了。留鱼？留鱼？留余？康百万如醍醐灌顶，豁然开朗，心里一下子亮堂了，兴奋得差点叫起来。

不久后，康百万召集家族会议，大刀阔斧地改变经商策略，其中最主要一条就是，做生意只赚取利润的百分之六十，要实现一定程度上的利益均衡，保持人与社会、自然各种关系的和谐，相伴相生，正常谋利，谋正当利，适可而止。他说，留余忌尽，忌盈忌满，福不可享尽，势不可使尽，心机不可用尽，留余不但是昌家之道，也是做人之则。随后，他让当朝文状元牛瑄雕刻《留余匾》挂在客厅，作为家训让后世子孙铭记。

留耕道人《四留铭》云："留有余，不尽之巧以还造化；留有余，不尽之禄以还朝廷；留有余，不尽之财以还百姓；留有余，不尽之福以还子孙。"盖造物忌盈，事太尽，未有不贻后悔者。高景逸所云："临事让人一步自有余地，临财放宽一分自有余味。"推之，凡事皆然。坦园老伯以留余二字颜其堂，盖取留耕道人之铭，以示其子孙者。为题数语，并取夏峰先生训其诸子之词，以括之曰："若辈知昌家之道乎？留余忌尽而已。"时同治辛未端月朔，愚侄牛瑄敬题。

匾中的"坦园老伯"就是时任老掌柜康坦园，是这康家一代人中的康百万。

此后，康家世世代代秉承留余思想，一直富裕了十几代。

（原载《天池小小说》2011年第4期，《小小说月刊》2011年第10期转载。获第十届全国微型小说年度评选三等奖。选入湖南衡阳师范学院祁东附属中学2019—2020学年高三语文试卷、安徽省芜湖市无为市华星学校2020—2021学年高二语文试卷、2021—2022学年河南灵宝市实验高中高三考前热身语文试卷、黑龙江省农垦建三江管理局第一中学2023届高三第三次测评语文试卷等）

福　星

　　康建勋是康百万家族的第十七世人，字子策，太学士，是一位悬壶济世的名医。有奇才者，脾气都古怪，自古亦然。尽管康家富甲一方，无论患者是贫还是富，也不论得了沉疴还是偶染小恙，一律收费 1 块银圆。那时候 1 块银圆可以买到 30 斤大米，8 斤猪肉，10 尺棉布，如果对比物价来折算，相当于现在的 100 元。尽管 1 块银圆，寻常人家还是常常支付不起。

　　栓柱的爹刚刚病逝，丧事草草办罢，老娘就一下子病倒了，出气多进气少，看样子，若不及时就诊，随时都有咽气的可能。给爹看病、办理后事，已经拉了一屁股的债，原来看在老娘的面子上，村里还有人愿意借贷，如今只剩下一个八九岁的孩子，老娘命悬一线，谁还敢借贷于他？有好心的邻居给栓柱出主意，让他去找康建勋。

　　栓柱的娘得的不是什么大病，伤心过度，又遇风寒而已。康建勋开了药方，抓了药，按照规矩，栓柱要给他 1 个银圆。

　　栓柱一张巴掌大的小脸憋成了猪肝色。他家里像是被大水冲过，有价值的物件一件也没有，他扑通一下给康建勋跪下了。

　　康建勋不为所动，且还是一脸受伤的样子，说：“我行医这么多年，规矩不能破。”

　　栓柱想了想，把家里的面瓮子给搬来了，说：“家里就只剩下这点粮食了。”

　　康建勋歪头看了看，瓮里的粮食也仅够母子两个吃 3 天。康建勋不觉叹口气，说：“我把粮食带走，你们母子俩吃啥？”

栓柱嘴一咧，"呜嘀呜嘀"地哭起来。

"你来康家干活吧，年龄还小。不找个事吧，咋养活你妈？"康建勋摇摇头，一脸难色。

栓柱却不悲观，坚定地说："我会要饭，我要饭，养活我妈。"在那个年月，要饭的屡见不鲜，这一行，不需要技术，也不要什么力气，不分年龄大小，只要拉得下面子。

康建勋赞许地点点头，说："这点粮食太少，不够诊费，我若拿走，别人会说我不近人情，你写个欠条吧。"

没有别的选择，栓柱就老老实实在欠条上按了指印。至于什么时候还，能不能还上，他也没有多想，火烧眉毛，且顾眼前，走一步算一步吧。

左邻右舍知道这个情况后，都说康建勋有点不够意思。

第二天，栓柱喂老娘喝过药汤，就扣个篮子上街乞讨去了。

康建勋背个药箱游街串巷，瞧见栓柱跪在街角，面前摆个碗，见人路过就磕头，嘴里念叨着："行行好吧，行行好吧。"

康建勋踅过去看了看，碗里空荡荡，便从兜里掏出一把银圆，数了20块，放进栓柱的碗里。

栓柱傻傻地瞅着康建勋。

康建勋微微一笑，说："你是乞丐，这是你应得的。"然后掏出栓柱写的那张欠条，还给了他，又从碗里拿了1块银圆装进了自己的口袋，之后背着药箱远去了。

栓柱回过神来，对着康建勋的背影不住地磕头谢恩。

围观的人明白事情原委后，除了啧啧称赞外，说不出多余的话来。

有一天，周二爷的肚子疼，哭天叫地，寻死觅活。周二爷的口碑如村口的茅厕，从村里臭到了村外。村人都说这是报应。在康建勋眼里，病人都是一样的。他一番扎针推拿，自然是手到病除。周二爷感激不尽，给康建勋包了一个大大的红包，50块银圆。康建勋只收了一块银圆，其余的都退还给了周家。

有人就说康建勋傻，说反正周二爷的钱来路不正，为啥不收下呢?

康建勋说:"不管他人，我的钱来路要正。"

当地地方志上记载，民国二年岁（1913 年）遭荒灾，康家出粟数十石，以施赈饥民，赖以全活者甚众。

后来，当地官府给康家立了块"德荫广被"碑，碑文中称，河南省民政厅厅长张钫以"情深施济"表其宅，乡众以"爱人以德"额其门，人皆以为荣，而君自视淡然也。此外，1932 年，当地老百姓为康建勋悬挂了"福星"匾，两侧题跋:康君子策，承先世之业，家资富厚，不衿奇而立异，随波而逐流，于物无争，与人无忤。惟慈祥之德，折衷于仲景，广行方便，普施仁术，济世活人，人彰其德曰福星。

如今，康家庄园还保存有"德荫广被"碑和"福星"匾。

（原载《嘉应文学》2020 年第 1 期，入选 2020 届湖北省荆州市沙市中学高三第三次模拟考试 5 月语文试题、四川省宜宾市叙州区二中 2019—2020 学年高一下学期期中语文试题）

康百万系列二题

年 关

风从门缝里溜进来，"飕飕飕"，直往人的脸上扑、怀里钻。一家老小虽然都缩着膀子把自己藏在被窝里，还是给冻得瑟瑟发抖，仔细听，还能听到牙齿在打架。寒冬腊月，屋子里没有生火；如果把被子挂起来，稀薄得能看出人影，能不冷？隐约传来远处炸响的鞭炮，过年的味浓了，更衬托出家里的冷清。

儿子福来不时瞄一眼冰冷的灶台，似乎期待着奇迹发生，期待着灶膛燃起来，期待灶台上有温热的饭菜，也只是温热，喷香都是奢望。

不只是福来，康群山，还有他的老婆、小女儿麦香，虽说都躺在炕上，一个个都睁大着眼睛，没有一点睡意，大白天不是睡觉的时间，这是其一，除了冷，还有饿，哪能睡得着？今年春上，天旱，麦子连种子都没收回；到了秋天，有雨了，却大得吓人，像是老天爷的水缸漏了，把庄稼给毁得一塌糊涂，种一葫芦连两瓢也没收够。

福来吸溜了一下鼻子，似乎闻到了邻居家传来的饭菜的香味，忍不住说道："爹，我饿。"

康群山刚想骂句"饿死鬼托生"的，听到麦香说"我也饿"，他就把话咽了回去。

老婆说："要不，你去康百万家借点？"

康群山叹口气，说："今年已经借了康家 8 两银子、6 斗麦子，一文一两都没还，咋张口呢？"

老婆又说："每逢遭年馑，康家都要施舍粥棚，要不，我带孩子们去看看？"

康群山说："今天是大年三十，人家不过年？这时候去，怕是不妥啊。"

这时候，忽然听到拍打柴门的声音，"扑嗒，扑嗒"，随着这声音，还有人在叫："山哥，在家吗？日头都晒住屁股了还不起来。"

康群山不情愿地从被窝里爬起来，掩了掩衣襟，走过去打开了柴门——原来是偃师掏烟囱的驼子。因为他常年游街串村掏烟囱，把背都弄驼了，大伙儿就叫他驼子，倒不记得他姓啥叫啥了。

康群山咂巴了几下嘴，说："驼子，今年俺家不掏烟囱。"腊月二十三那天，他自己掏过了，通畅着呢。

驼子痞着脸说："屁话，你家烟囱都不冒烟了，这不是堵了是啥？"

"……"康群山张了张嘴，却不知道说什么才好。若搁往年，这一天正是灶火忙碌的时候，除了洗洗涮涮，蒸包子，炸果子，炖猪肉，烧豆腐，从早忙到晚，吃罢年夜饭才消停。今年他家烟囱不冒烟，不是堵了，是根本就没生火，哪来的烟？若是生火，一是浪费柴火，二是面缸都见底了，没米下锅啊。

驼子没去看康群山的脸色，只顾瞅着烟囱说："山哥，若是掏出东西，你该付费付费；若是烟囱里没有东西，我拍拍屁股走人还不中？"

话说到这份上，康群山没有拒绝的理由。

驼子放下了鼓囊囊的背包，开始忙活。他让康群山回屋暖和，自己爬到了康家的屋顶，去检查烟囱的出口。康群山没有回屋，缩着膀子，站在院子里瞅着驼子折腾。驼子是给自己干活的，人家都不怕冷，自己怕冷？！

也只是一袋烟的工夫，只听驼子叫道："山哥，烟囱里还真有东西，怪不得不冒烟呢。"说着话，驼子从烟道里掏出一个小包裹。

连老鼠都不来他家光顾了，怎么会有东西呢？不像是老鼠所为啊。康群山心里咯噔了一下，紧接着，又咯噔了一下，咋给人家驼子报酬呢？一时间，康群山愁上加愁，上吊的心思都有了。

驼子猴子一样从房顶上溜下来，也不征求康群山的意见，自作主张把那个小包裹打开了。

包裹打开的一瞬间，驼子、康群山，两个人都惊呆了，原来小包裹里包的不是破衣烂衫，而是一兜碎银子！

驼子查了查，不多不少，整整十两！

"山哥，这下你可过个肥年了……我拿走两文，算是报酬。"不管康群山是否同意，驼子拣起两枚铜钱，背起工具包，乐颠颠地走了。

等到驼子走后，康群山才回过神来，明白自己不是在做梦。

康群山带上银子出门采购年货的时候，得知整个康店村，凡是跟他家一样情况的，驼子都去掏烟囱了，让人惊奇的是，他们的烟囱里也都藏有十两银子！

当天晌午，站在邙山岭的康百万，看到整个康店村家家户户的烟囱都袅出了烟，他的脸上漾出了笑意，对身边的驼子说："好，你也回家过年吧……明年的年关再过来。"

驼子接过康百万给他的赏金，笑呵呵地走了。

打　春

光绪七年（1881年）正月的一天，康百万走出家门，信步来到邙岭上。崖边的迎春花已经泛出了花蕾，杨树的枝条冒出了青青的胡须……岭上紧绷了一个冬天的黄土，仿佛就像洛河里的冰碴子，因为暖阳的照耀，而开心松弛开来，处处洋溢着初春的气息。

放眼望去，康百万发现，除了自家的农田里有伙计在忙碌外，周遭其他乡亲的田地里没有一点动静，连个人影都没有。常言说，九九加一九，耕牛遍地走。不该啊！大管家来顺见状，忙说："老掌柜，连年干旱，庄稼绝收，老百姓没有种子是其一，其二，他们都断了念想，一部分人打算外出逃荒，一部分人指望康家救济呢。"

怎么会是这样？康百万着实吃了一惊。他倒不是怕救济，他是担心乡亲们没了精气神，忙问来顺："打春了吗？"康百万记得好像再有两天立春。乡间有句老话，打了春，赤脚奔。虽然没到立春，一辈子以种地为生的乡邻也该开始行动了。自他记事起，哪年不是如此？康家安排农事，不等立春，也是过罢年就忙活开了。

来顺掐指一算，说："老掌柜，后天立春。"

康百万从邙岭上下来，顾不上回庄园，直奔巩县县衙。

看到康百万登门拜访，巩县知县凌铖有点意外，一番寒暄之后，他憋不住了："康掌柜，光临敝府，有何见教？"

康百万简单把情况说一遍，然后拱手施礼道："凌大人，一年之计在于春，看到父老乡亲还没行动，老夫着急啊。"

"这……康掌柜有高见？"凌铖反问了一句。

康百万说："凌大人，再有两天就是立春了，依老夫之见，搞个'鞭打春牛'的仪式，康家愿意承担一应费用，大人意下如何？"

在过去，每年二十四节气之首立春这天，民间就有迎春、鞭春、咬春等习俗，鞭牛是为了"提醒"牛，春天来了，该开始耕田了。人们舍不得鞭打真牛，就用泥或纸造个假牛，然后挥舞鞭子对之抽打，让真牛在旁边看。看到同类正在挨抽，真牛便乖乖地听人指挥下地干活。泥牛肚子里会放上五谷杂粮，鞭牛过后，老百姓便捡拾地上的五谷，泥牛也被他们"瓜分"，拿回家埋在土地里，象征五谷丰登……当然，打春牛也是鞭策老百姓不要懒惰，应早早动手春耕。春种一粒粟，秋收万颗籽，耽误不得。

"鞭打春牛"的风俗凌铖也是知道的。他想了想，说出了心中的困惑："康掌柜，仅凭'鞭打春牛'就能把老百姓的春耕积极性调动起来？"

康百万淡淡一笑，蛮有信心地说："老夫还有激励措施，今年的种粮亩产状元可获得康家的铜佛。"

"八丈佛？"凌铖睁大了双眼。外界传言康家供奉一尊八丈高的铜佛，曾有不少高手惦记此物，只因康家防范甚严，一直没有得逞。凌铖没有眼福见过铜佛，也一度怀疑康家到底有没有这玩意儿。

康百万没有说话，但他的表情已经证明他不是在打诨语。

消息传出去后，立春这天，巩县县城锣鼓喧天，彩旗招展，人山人海，格外热闹。

"鞭牛"活动开始了。"牛"是用泥做成的，庞大且形象。远远一看，倒像一头真牛躺在地上睡懒觉。知县凌钺左手扶犁，右手执鞭犁地开耕。他举着装饰华丽的鞭子抽了第一鞭，同时叫着"一打春牛头，国泰民安"；康百万接过犁和鞭子，抽第二鞭，一边说着"二打春牛腰，风调雨顺"；第三鞭由当地族长鞭打，一边打一边说着"三打春牛尾，五谷丰登"的颂词……最终将一头土牛打得稀烂。牛肚子里塞满了一个个绣着"康"字的小布袋，此时都暴露出来。围观者一拥而上，争抢碎土和小布袋。管家来顺对大伙儿说，小布袋里装的是谷物种子；没有捡到小布袋的百姓可以到康家领取当年的种子。

有种子，有奖励，哪个还敢懈怠？村民们天不明已经到了地里，天黑了还在地里忙着。说句农村的粗话，放个屁的工夫都没有。耕、耙、耧、耩、除草、浇水……庄稼活就这样，只要你愿意干，一样儿接一样儿，一年四季都干不完。

老天有眼，当年风调雨顺，大丰收。

当年获得种粮亩产状元的不记得是谁了，但康百万确实兑现了当初的承诺，把他家供奉的"巴掌佛"奖励给了人家，没有八丈多高，只有巴掌大小。大伙儿哈哈一笑了之，没有人说三道四的。

年底述职的时候，谈起此事来顺还有点不舍。康百万说："有什么舍不得的？比起救济，那点谷物种子根本就不是个事；至于'巴掌佛'，康家换来的是平安，这是多少银子都买不来的。"

（《年关》原载《小说月刊》2018第10期，《打春》原载《金雀坊》，《微型小说选刊金故事》2018年第10期、《小小说月刊》2018年12月上半月转载。

选入湖北省襄阳市优质高中 2019 届高三联考语文试题、北京丰台区 2019 年高三年级第二学期综合练习试卷、河北省唐山市 2021—2022 学年高一下学期期末语文试题等）

看　戏

这是一个真实的故事。

故事发生在 1951 年的秋天。故事的主人公是我的老乡，所以我清楚事情的来龙去脉，绝对没有添油加醋的成分。

听说郑州有唱大戏的，3 个孩子嚷嚷着要去看戏。小玉不到 7 岁，小香 5 岁，嘉康 3 岁。看着这 3 个不谙世事的孩子，老张愁死了，甚至后悔把他们从西安的托儿所接回来。

老张重重叹了口气，无奈地说："孩子们，咱这里到郑州七八十里，远着呢，咋去？"

嘉康扬着脸，天真地说："姥爷，咱坐妈妈的汽车去。"

小玉嘟嚷道："咱妈把汽车卖了。"说到这里，小玉的小嘴噘得能拴头驴。

小香歪着小脑袋想了想，说："姥爷，咱坐火车去。"

那时，巩县有到郑州的火车，基本上都是货车，老百姓去外地，没钱坐客车，都是扒火车。铁路就从家门口过，每次路过的火车的车厢上，全都坐满了人，好像车厢是个磁铁，把他们牢牢地吸在上面。有一次，小玉问姥爷："姥爷，火车跑来跑去，都去哪里啊？"老张说："往东到郑州，往西到洛阳。""姥爷，哪里是东啊？""日头出来的地方就是东，落山的地方就是西。"……

现在听说小香要扒火车出门，老张说："就你们小屁孩？甭想。"那一年老张的娘病了，到郑州买药，结果，车到许昌才停。等几天后老张把药拿回来，老娘已经咽气了。邻居老周哥，从郑州回来时，车到巩县不停，跳车时，一条大腿给摔断了，因没钱治疗，至今还瘸着。

忽然，小香哇的一声哭了。

老张忙拉过小香，"小香，好好的哭啥呢？不看戏就不看戏呗，有恁委屈？"

小香止住哭泣，说："姥爷，我……我想回家。"

老张没好气地说："你妈把房子都卖了，哪还有家？"闺女真憨，好不容易在西安买了一套房子，却把房子卖了。

小香不知道姥爷为什么生气了，哼唧道："姥爷，我……我想妈妈。"

小香这一说不当紧，嘉康的嘴一咧，"姥爷，我也想妈。"说罢，咧着小嘴哭起来。几乎是同时，小香和小玉也哭起来。

一时间，老张束手无策。说实话，他也想闺女。可是，闺女在哪里，他也不知道。不过，道听途说了不少消息，今天这个说在新乡，明天那个说在广州，还有的说在武汉。你说说，一个女娃，30岁不到，出去疯啥呢？就你中，就你能？！看着3个孩子一个个哭得跟没娘孩子似的，老张眼角的泪也止不住流起来。

老张这么一哭，3个孩子倒吸溜着鼻子，不哭了。

小玉到底年龄大一些，说："姥爷，俺不想妈了，俺也不去郑州看戏了。"

小香说："姥爷，您不哭，俺不坐火车了。"说罢，小香哭得更厉害了。

第二天早上，老张一觉醒来，忽然发现3个孩子不见了！他回过神来，才明白他们离家出走了。老张急忙起来寻找，先是在村里，后来到县城……那时候，没有交通工具，没有通信工具，可以想象寻人的艰难。老张用脚步丈量着巩县的每一寸土地，见人就打听，遇到水井就趴在井口看半天……

就在老张在巩县疯一般找3个孩子的时候，他们已经到了郑州的街头。头天晚上老张打起呼噜后，3个孩子就溜出了家门。他们不敢扒火车，害怕迷路，顺着铁路走。小香说："姐，到郑州能找到妈妈吗？"小玉说："只要有唱戏的，找不到，也能打听到。"天黑漆漆的，路边的秋虫此起彼伏，还有不知名的夜鸟，冷不丁地怪叫一声，小香带着哭腔说道："姐，我害怕。"嘉康哇的一声哭起来。

小玉也害怕，但谁让她是姐姐呢，她说："不怕，小香，咱唱吧。"

"中。"小香哽咽道。

嘉康记不住词，跟着两个姐姐哼起来："刘大哥讲话理太偏，谁说女子不如男，男子打仗到边关，女子纺织在家园……"妈妈在家的时候，3个孩子经常听她唱这一段。

这一走，就是一个晚上。他们的鞋子已经全都磨烂了，脚指头都从里面露出来。脸上花花搭搭的，是汗水、泪水和尘土的混合物。小玉背着嘉康，小香搀扶着小玉，一步一趔趄。好心人还是多，以为他们是叫花子，有的给块馍，有的给碗水……在路人的指点下，他们来到了演出的地方。幸好，小孩子是免票的。他们挤过人群，站在观众席的最前边。台上演出的是豫剧《花木兰》："……为从军比古人我好说好讲，为从军设妙计女扮男装，为从军与爹爹俺比剑较量，胆量好，武艺强，喜坏了高堂，他二老因此上才把心来放……"

三个孩子看傻了，高兴地跟着现场观众一起拍掌。

掌声未息，演唱花木兰的演员快步走下台，上前抱住3个孩子，一下子泪眼婆娑——那是他们的妈妈，常香玉。

后来的新闻是这样报道的：1951年8月，常香玉把房子和汽车都卖了，把孩子送到托儿所，然后带领剧社人员从西安出发，先后在开封、郑州、新乡、武汉、广州、长沙6个城市进行了半年的巡回义演，演出170多场，义演捐款达到15.2亿元旧币（相当于现在的4000多万元人民币）。常香玉和香玉剧社终于实现了为志愿军捐献一架飞机的愿望，飞机被命名为"常香玉剧社号"。中国人民志愿军空军驾驶着"常香玉剧社号"战斗机在朝鲜上空穿云破雾同美军搏击，打击侵略者。

（原载《小说月刊》2019年第4期。选入2019年春"荆荆襄宜四地七校考试联盟"高一期中联考语文试题、河南省巩义市 2019 年高考语文联考试卷、广西柳州市高级中学 2019—2020 学年高三上学期 12 月月考语文试题、江西省抚州市乐安县二中 2023—2024 学年高二上学期开学检测语文试题等）

木匠张

说起木匠张，方圆几十里没有人不知道的，提到他的本名，怕是知道的人没有几个，故此，本文也不再提及。

行内的人都晓得，木匠有圆木匠和方木匠之分。圆木匠，指专门制作圆形木桶的木作，就是人们常说的箍桶匠；方木匠，就是制作桌子、柜子等方形器物的木作。木匠张属于圆木匠。在过去，金属材料紧缺，塑料制品尚未问世，各式各样的圆木桶是每个家庭必备的工具和用具，如水桶、粪桶、马桶、饭桶、洗面桶、洗脚桶等。木匠张跟其他圆木匠不一样，不是什么都做，他只做洗脚桶。

当初拜师时，师傅问过木匠张，问他为啥要当圆木匠。他没说圆木匠技术比方木匠高，却说圆形的东西没棱没角，即使小孩儿或老人碰到，也伤不到哪儿去，圆形寓意团圆、圆满，吉祥。师傅想想，还真是那么回事儿。师傅又问他为啥只做洗脚盆，他说手艺人不能贪多，一辈子能做好一件事就不错了。再者，老话讲，"天天吃只羊，不如洗脚再上床"，洗脚关系到每个人的健康，洗脚桶不愁没人要。师傅一下子就喜欢上了木匠张，把平生所学悉心传授给了他。木匠张当徒弟期间，没给师傅端过尿盆，没给师娘洗过脚丫。

圆作要讲究质量，木匠张在选择木料时非常挑剔，一般选用质地比较软的杉木，而且还得没有虫洞、树结。买回来的木料要在阳光下晒一个月，做成后还要晒上两天再出手。他说，这样做出来好看，也不容易漏水。他做的洗脚桶都是腰鼓形状的，上下一般大，中间是凸起的，不但精致，还结实。

他不用笔计算，全靠脑子，每一块木板的制作都是一次到位。他制作时会根据不同的顾客做出不同的产品。如果是给孩子做的，他会做得浅一些，外面刻上动物的图案，如小鱼；如果是女孩，图案就是花卉一类的，如牡丹；如果是个子高的人，他会把盆做得深一些；等等。别人做一个洗脚桶，一天就好了，他少则三到五天，多则十天半月。尽管如此，并不影响他的生意。当时，其他木匠大都是挑着一副装满工具的担子，走村串巷，木匠张呢，不出门生意就来了。

老父亲死后，亲戚朋友，包括左邻右舍，都以为木匠张会亲手做个寿材（即棺材）。他没有，而是请了他两个小师弟过来。两个小师弟是方木匠，专做寿材的。自然，寿材做得无可挑剔。尽管师弟不愿意，木匠张还是塞给了人家一个大红包。事后，木匠张无意间说起这事，说请方木匠是对父亲的尊重，给人家报酬是对手艺人的尊重。

木匠张还真有眼光，直到 20 世纪八九十年代，好多木匠都失业了，特别是那些方木匠，因为现在都是组合家具，美观，华丽。他的那两个做寿材的小师弟也改行，因为现在都改用骨灰盒了。唯独木匠张，营生依然红火，因为是纯手工，不使用合成板，也不用气枪钉、木胶、油漆之类的玩意，连接木条依然用的是竹钉，很环保，还有，现在的人更注重养生，知道了洗脚的好处。

那天，本村的大奎找上门来，订做一个洗脚盆。大奎搞建筑，在省城玩了几个楼盘，发了点小财，牛的不行。

大奎说："张叔，这是送人用的，好好做。"

"这话还用你说？"木匠张脸一沉。

大奎知道自己说错了，忙给木匠张赔不是。

木匠张这才缓了脸色，说："大奎，若是做得不好，我自己就拿斧子劈了当柴烧。"

大奎说："张叔，我还有个条件，能不能在桶外面刻个贵妃出浴图？"

木匠张皱了一下眉头。

"价钱好说，我给您双倍的价钱。"大奎说着要从口袋里掏钱。

"凭啥？就凭你有钱？"木匠张乜斜了大奎一眼，很是不屑。

大奎讪笑了一下，手又从口袋里出来了。

"刻啥图案，关键看这桶你给啥人送的，若是老人就不合适了。"木匠张也不看大奎，自顾自说道。

看到木匠张松口了，大奎心里一喜，忙说："这盆是给小丽送的。"

"小丽？小丽是谁？你家媳妇不是叫孙娟吗。"木匠张虽然上了年纪，眼睛亮闪闪的，聚光着呢。

大奎知道自己说漏了嘴，忙解释说："小……小丽，我的一个朋友。张叔，这事您别给孙娟说。"

"好事不避人，避人没好事。"木匠张不紧不慢地说道。

大奎没再犹豫，从口袋里掏出一沓钱，晃了晃，说："张叔，这是1000块。"1000块，1个洗脚桶！当时，洗脚桶的价格是200元。

"我不稀罕！你走吧，这个桶我做不了。"木匠张变了脸色。

大奎清楚木匠张的脾气，知道说得再多也是自取其辱，转身灰溜溜地走了。

大约两个月后，大奎的楼盘因质量问题出事了，他进了监狱。

木匠张听说后，便花了8天时间制作了一个洗脚桶，外面刻上一个大肚子、笑眯眯的弥勒佛，来到大奎的老家，把洗脚桶送给了大奎的老娘。临走，他要老人家两个鸡蛋。他说，这是规矩，不能破。

（原载《大观》2018年第5期、《河南日报》2018年8月29日、《北方文学》2018年第10期，《微型小说选刊》2018年第13期转载，收入《2018中国年度微型小说》。入选天一大联考2020高考冲刺押题卷一语文试题）

酒　水

　　光绪六年（1880年），一个艳阳高照的秋日，河南新一任知府陆襄到巩县来了。巩县知县凌钺有点兴奋，又有点紧张。他也是几个月前才到任，接待得好与不好，直接影响着他的饭碗。

　　按照巩县的惯例，康百万承担了接待陆襄的任务。连年大旱，巩县的国库早已空虚，也没有能力接待。说到这里，有必要再交代几句。由于这次大旱以光绪三年（1877年）和光绪四年（1878年）两年为主，而这两年的阴历干支纪年属丁丑、戊寅，所以学界称之为"丁戊奇荒"，又因河南、山西旱情最为严重，又称"晋豫奇荒""晋豫大饥"。

　　之前，凌钺交代康百万，说别的我不在意，酒水一定要康家的家酒，窖藏4年以上的。

　　康家的家酒取"河洛汇流，太极演绎"灵地深井之水，选饱实之粮，利用土窑洞冬暖夏凉之功效，特酿制而成，绵甜清香，纯洁透亮，回味悠长……当时有首小曲是这样唱的："下济南，过北口，难忘最是康家的酒。行船的把式赶脚的汉，腰挂酒葫芦天下走。喝着康家酒，河洛浪涛洗愁忧。喝了康家酒，嵩邙的米香润咽喉。酒是浓浓的故乡情，喝一口，暖心头。去西安，上郑州，难忘最是康家的酒。士绅聚谈官商的宴，先将康酒摆上头。喝了康家酒，官运亨通顺溜溜。喝了康家酒，四季来财如水流。酒是百变的神魔手，心咋想，就咋有……"不只是巩县，整个河南的士绅都以喝康百万的家酒为荣，特别是迎来送往，如果没有康百万的家酒，等于降低了一个档次，特没面子。

康家接待，当然更应该用家酒了。

康百万低头沉吟，刚要开口说话，凌钺摆手打断了他的话，不软不硬地说："康掌柜，常言说为政者不得罪富商，但我凌某也希望你不要得罪我，得罪我，等于得罪了陆知府……当然，我相信康掌柜是识大体的人，不会难为我凌某的。"

父母官把话说到这个份上，康百万不答应也得答应了。其实，他也知道，如果得罪了官府，等于猪去缚虎，自寻死路。一泡狗屎都能熏人，更何况一个七品县令？

看着凌钺升轿而去，康大勇气呼呼地对康百万说："爹，咱们康家经商，没赚过一文昧心钱，夏舍良药冬舍棉衣，不说咱康店，就是整个巩县，谁没受过咱的好处？怕他一个小小的芝麻官不成？！"

康百万淡淡一笑，捋了一下胡须，"勇儿，我们康家自经商以来，筚路蓝缕终有一方天地，其中一个字有着很大的功劳，那就是'忍'字。"

"爹，衙门里的接待哪一次少了康家？可是……"大勇话说半截又咽了回去。

说实在话，经过这次旱灾，康家真的是捉襟见肘，有点驴粪蛋外面光了。

康百万知道大勇的意思，说："勇儿，都知道瘦死的骆驼比马大，解释没有用的。没事，大风大浪都过了，怕它一个小小的牛蹄坑？"

单说凌知县陪着陆知府到达康百万庄园那天，看到桌子摆着一个古色古香的黑色陶罐，上面写着一个大大的红色的"康"字，凌知县兴奋地对陆知府说："大人，康家的家酒您可听说过？"

"老夫早有所闻，可惜没有口福。"陆知府也一脸兴奋。

康百万提起陶罐把两位大人的酒杯斟满了。

"两位大人，承蒙看得起我康某，我先敬二位大人一杯。"康百万说罢，端起面前的酒盅一饮而尽。

两位大人承让了一下，也斯斯文文地一饮而尽。放下酒杯，只见凌知县皱着眉头，陆知府也是一脸的疑惑。

康百万叹了口气，说道："陆大人、凌知县，可容我这个升斗小民啰唆几句？"

凌知县看了看陆知府，陆知府摆了下手，"愿闻其详。"

接下来，康百万侃侃而谈："二位大人，从光绪二年（1876 年）到光绪五年（1879 年），不知道什么原因得罪了老天爷，整整 4 年都没下雨。千里不见烟火迹，四境没闻鸡鸣唱。人人鹄面鸠形，个个刮肚瘦肠，家家尘饭土羹，户户损屋拆房……无奈何，康家这几年，把粮食都用来赈济乡里乡亲了，没有酿一滴酒啊……我……我这几年喝的也是水啊。康某该死，不该以水代酒欺骗两位大人。"说罢，康百万撩起长袍就要下跪谢罪。

"万万不可。"陆知府伸手拉住了康百万，反而朝康百万拱了拱手，一脸郑重地说："大丈夫当如是，生意人当如是。康翁，我陆某这厢有礼了，替巩县的黎民百姓谢谢你，也替当今圣上谢谢你……酒水，酒水，酒就是水，水就是酒，康掌柜没有骗我们。"说罢，放声一笑。

紧张的气氛一下子松弛下来。

凌知县松了一口气，悄悄用袖子抹了一下额头上的汗珠。

陆知府继续说道："今天的'酒'虽然是水，但我觉得很有味道，也很有意蕴。做人就得像这河洛水一样，干干净净，不能有一丝杂质；做事就得像这河洛水一样，学会包容……"

凌知县说："陆大人，真是听您一席话，胜卑职读十年书啊。"

康百万心里有了底，端起酒罐给每个人又倒了一杯，然后端起酒杯，兴致高昂地说："陆大人、凌大人，常言说，只要感情有，喝啥都是酒；只要感情真，喝水一样亲。干了？"

"说得好！干！"陆知府一饮而尽。

"干！"凌知县也不甘落后，一饮而尽。

……

后来，河南知府陆襄赐给康百万一块"义赒乡里"的匾额，并向慈禧太后和光绪皇帝禀报康百万赈灾一事。

光绪二十七年（1901 年），慈禧太后和光绪皇帝从西安返回北京时，特意在巩县停留。无疑，又是康百万接的驾。喝了康家的家酒后，皇上赐名号"康百万酒"。

"康百万酒"从此名扬天下。

（原载《百花园》2015 年第 9 期，《小说选刊》2015 年第 10 期转载，入选《2016 年中国好小说·微小说卷》，获 2016 年度武陵"德孝廉"杯全国微小说精品奖二等奖。选入百师联盟 2020 届高三考前预测诊断联考语文试题）

香包奇缘

她从小爱缝制香包，似乎跟香包有一种解不开的情愫。除了别的女红，她做得最多的便是香包，她缝制的香包形状各异，有心形，有月牙形，有圆形，有菱形，等等；她采用的原料除了常见的牡丹花、丹皮、苍术、辛夷、艾叶之外，还有河洛地区特有的材料，如荆籽、柏铃、野菊花等。天长日久，她，还有她的闺房，便弥漫、荡漾着一种浓郁的芳香。因此，她被邙岭一带的人称为"香妮儿"。

赵匡胤年少时，家在洛阳夹马营（今洛阳偃师）的他，常到巩县游山玩水。这天，他骑马到邙岭打猎，途中突然病倒，昏迷不醒，被巩县孝义堡（又称三田故里）的百姓救治。当地土先儿田老汉把脉后，让人灌了一碗绿豆水，然后着人把他抬进"香妮儿"的闺房。一天一夜后，赵匡胤醒过来。赵匡胤得知自己被三田故里的田老汉救了一命，自是感激万分。田老汉说："小哥最感谢的该是'香妮儿'，若不是她的闺房，小哥不可能好转得这么快。"赵匡胤的眼睛眨巴了两下，才发觉自己躺在一间闺房里。房梁、床帷、窗棂上挂着形色各异的香包，图案精美，色彩鲜亮。他下意识地抽动了一下鼻子，一种浓烈的芳香气味直抵肺腑。他不觉心中一动，听娘说，他出生时，一股奇异的香味弥漫了三天三夜才消失，人们都叫他"香孩儿"。"香孩儿""香妮儿"，莫非自己跟这个"香妮儿"有缘？

田老汉继续说道："小哥内热外寒，染上了瘟疫，幸亏症状较轻。这间闺房，还有这些填充了特殊中药材的香包，除菌爽神，辟邪祛秽，大大提高了小哥的免疫力。小哥一边服用洒家的土方，一边呼吸这些特殊的气味，这才醒过来。"

"'香妮儿'呢，我要见她。"赵匡胤挣扎着要坐起来。田老汉拦住了。赵匡胤自小在军营长大，野惯了，何曾知道男女授受不亲的古训？田老汉笑了笑，说："小哥的身子还弱……'香妮儿'走远亲了，小哥一时见不到。"其实，"香妮儿"是躲起来了。

赵匡胤怅然若失，不免有些遗憾。

田老汉从案几上拿过一个裹着的手绢，层层展开，原来是一个做工精致的香包——两个心形连在一起的香包，底色是枣红色，用绿、白等五色丝线绣着两个图案，一边是条龙，一边是只凤。田老汉说："这是'香妮儿'给小哥的，小哥可要好生保存。"赵匡胤双手接过，端详半天，然后掖进自己的怀里。

在此后的行兵打仗过程中，赵匡胤要求士兵一律佩戴香包，因为他们多在野外住宿，香包可防止蚊虫叮咬，同时对病毒和细菌有较强的灭杀作用，预防传染病，增强免疫力，从而提高了战斗力。有两次传递情报，使用的道具也是香包。每当遇到坎坷时，看到香包上飞舞的"龙"，赵匡胤便又信心百倍，斗志昂扬。

赵匡胤称帝后的建隆元年（960年）九月，某天晚上就寝时，刚刚被册封为皇后的王氏，也就是孝明皇后，发现了他随身佩戴的那个连心形香包。

赵匡胤一时感慨不已："若不是香包，朕早就没命了；若不是香包，也不可能走到今天……"接下来，他就给孝明皇后讲述了这个香包的来历。随后，他自责道："朕离开孝义堡后，一直想着抽时间回去看看'香妮儿'，看看田老人家，结果一次也没成行。"

孝明皇后盯着赵匡胤，说："皇上，妾说句不该说的话，这就是您的不是了。"

"但说无妨。"

孝明皇后说："皇上，您可曾知道，在河洛一带，香包可是定情之物啊。"

"啊？朕当时病恹恹的，还是个乳臭未干的小屁孩，她怎么会看上？"

赵匡胤极是不解。

孝明皇后说："皇上，闺房是女孩子的秘密所在，是随便让陌生男人休息的？当时您危在旦夕，为了救您性命，人家也是豁出去了。这事传开去，她还怎么出阁？也只有跟您了。"

看着"龙飞凤舞"的香包，赵匡胤恍然大悟，懊悔不已。

第二天，赵匡胤率领文武大臣沿着黄河岸边的官道，从开封赶往巩县。当赵匡胤一行来到孝义堡后，从田老汉那里得到消息，"香妮儿"一直未嫁，数日前在洛河边洗衣服时，不慎落水身亡。

这是个意外？抑或是另有他因？一时间，赵匡胤心里五味杂陈。当即，他不管君臣礼仪，亲自赶往凤凰山，在"香妮儿"的坟前祭奠。

赵匡胤回开封不久，下令所有官吏一律佩戴香包，言说这是礼仪要求。自然，也有求吉祈福的美好愿望。

赵匡胤驾崩后，被葬在了巩县凤凰山附近。有风水先生说，巩县处在嵩山的北面、黄河的南面，是绝佳的茔地。也有民间传说，称赵匡胤临终留下遗诏，他生不能跟"香妮儿"在一起，死后要留在巩县陪伴她。自从赵匡胤陵定巩县后，凤凰山东边的山改称青龙山，两山遥遥相对，一个似龙，一个像凤。

乃至到了今天，巩义（原巩县）盛产"塱亮香包"，其传承人为赵海亮，据说是祖传。一笔写不出两个赵字，其先祖是不是赵匡胤？估计赵海亮本人也掰扯不清，毕竟时隔1000多年，太久远了。

（原载《河南小小说》2020年第5期。选入北京2021届高考语文模拟卷、山东新题小说阅读等）

高　手

　　在乱世，习武的人不在少数，说得高雅一点，强身健体，保家卫国，说得俗一点，为了能够保护自己，保护家人不受他人欺负。康百万和周二爷都是河洛地区数一数二的士绅，有钱有势，有头有脸，少不了看家护院的，外人不一定靠得住，更愿意把至亲培养出一身本领，于是，康家的少爷康小勇、周家的公子周明便结伴来到了温县陈家沟。

　　"上至能能，下至哼哼，大人小孩，都会扑腾""喝了陈家沟水，都会跷跷腿"，这些都是从陈家沟流传出来的顺口溜，可见陈家沟习武成风，民间诞生了不少太极高手。陈长兴便是其中的一个。陈长兴，字云亭，陈氏十四世，太极拳第六代传人，自幼受业于其父秉旺，太极拳、械出神入化。成年后以保镖为业，在武术界享有盛名，被称为"牌位大王"，意即平日练拳姿势端正，久而久之，不管走路还是站立，都立身中正。无论看戏、赶会，站立千万人中，任凭众人如何拥挤、推搡，他脚步丝毫不动。凡近其身者，如水触石，不抗自颓。自从陈长兴打破"传男不传女，传内不传外"的祖规，收下"偷拳"的杨露禅为徒后，上门拜师学艺的趋之若鹜。

　　康小勇和周明有幸成为陈长兴的徒弟。

　　陈长兴教他们的是太极拳之老架，其站桩立身端正，落地生根，不偏不倚，稳如泰山。从起式、金刚捣椎，到金刚捣椎、收式等七十二个动作，一招一式看似简单，实则暗含着无穷之力，真的是"劲牵四两动千斤，变化神奇后制人。拳扫狂风驱虎豹，拳击霹雳震乾坤"。

　　闲言少叙，言归正传。冬练三九，夏练三伏。三年期满，康小勇和周明辞别师父，回到了巩县。

邙山头上盘踞着一股土匪，头目唤作"座山虎"，去周二爷家滋扰了两次，第一次，周明施展拳脚，一脚踢折一个喽啰的腿，一掌打死一个喽啰。第二次，"座山虎"的一只眼让周明给打残了，若不是"座山虎"逃得快，怕是要一命归天。周二爷很是高兴，心说犬子去陈家沟没有白学，也不再心疼自己付出的几十两银子的学费。后来，康小勇上了邙山，不知道他用的什么招数，居然收编了"座山虎"，壮大了康家的团练。为此，官府还奖励了康小勇，老百姓也到康家门前敲锣打鼓，有庆贺的意思，也有感激的成分。周二爷气不过，以为陈长兴让康小勇吃了偏食，把自己的绝招传授给了康小勇，如若不然，"座山虎"也不会服帖。

周二爷便乘船过黄河来到陈家沟，找陈长兴问罪。

陈长兴听了周二爷的一番诉说，捻着胡须，呵呵一笑，说："周掌柜，老夫给你讲两个徒儿在习武期间的一件小事。"

"悉听尊便，周某洗耳恭听。"周二爷心气难平，满不在乎地说。

"有一年冬天，那天下着大雪，我让徒弟们去野外跑步。每天十里地，雷打不动。途中，看到一个小乞丐饿晕在路边，小勇就把自己身上的棉袄脱下来给小乞丐穿上，然后背着他回来了。老夫当时还质问小勇，师父若是不收留呢？小勇说，您要是不收，我就背回巩县康家庄园……"

周二爷打断陈长兴的话，说："这跟练武有何关系？"

陈长兴没有接周二爷的话茬，继续说道："那天小勇救助小乞丐的时候，贵公子阻拦他，让他别管闲事。小勇把小乞丐背回来后，又坚持跑完十里路。从那天起，老夫就相信，小勇这孩子能干大事。"

"所以您就把绝招教给了他？"

"老夫对徒弟们都一眼看待，也从来没有'留一手'。"陈长兴摇摇头。

"康小勇为何能制服'座山虎'？明摆着他比周明技高一筹嘛。"周二爷不服气地说。

"学艺先学德，做人德为先。德有多高，艺有多深。"说罢，陈长兴意味深长地看了周二爷一眼。

"……"周二爷脸红了一下，似乎还想辩驳。

陈长兴接着说道："那个小乞丐在老夫的武馆休养了一段时间，后来自己走了，上了邙山，跟着'座山虎'混饭吃。第一次去周家抢劫，就让周明把腿给打折了。"

"活该！"周二爷愤愤不平地说。

陈长兴说："若不是小勇上山说服他们，让他们改邪归正，听说'座山虎'还准备伺机报复周家呢。这些土匪也都是良民出身，被逼无奈才占山为王、打家劫舍的。"

"就应该把他们千刀万剐！"说这话的时候，周二爷咬牙切齿。

"真正的强者，不在于打趴下多少人，而在于扶起多少人！"陈长兴轻轻叹了口气，像是说给周二爷，又像是自言自语。

（原载《天池》2022 年第 11 期，《小小说选刊》2022 年第 18 期、《微型小说选刊》2022 年第 20 期转载。选入湖北省重点高中智学联盟 2022—2023 学年高二上学期期末联考语文试题、安徽省高中名校 2023 届高考第一次联考试题等）

小相狮舞

公元前 197 年冬月（十一月）二十四，即刘邦当上皇帝的第六年，适逢六十大寿，他要普天同庆。巩县鲁庄小相人得知这个消息，赶赴长安，决定表演狮舞。即便刘邦看不到，也要增加长安城热闹欢乐的气氛，表达小相村父老乡亲对汉高祖刘邦的感恩之情。

楚汉在荥阳虎牢关对峙之时，汉兵途经小相村突发疫疾，饮用了当地百姓用野菊花泡制出来的茶汤后，才免遭一难。刘邦登基后，小相野菊花成了朝廷贡品。自此，小相菊花远近闻名，特别是它清热解毒、养颜益寿之功效，世人以饮之为荣。小相村民忙于采摘、晾晒、泡制，从中受益不少，较之过去，生活水平提高了好几个档次。小相人非常感念刘邦，想找机会表达一下，这才有了开篇的一幕。

我国不少地方的狮舞都起源于驱病辟邪、求吉纳福，小相狮舞则不然，而是来源于生产劳动，如爬到树上摘果实，攀援到岩壁上采野菊花，下到沟里汲山泉水等。据此编排出来的狮舞，动感十足，生动有趣，既可以在繁忙的生产之余助兴解乏，又可在闲暇时节强身健体、增加乐趣。久而久之，狮舞有了富贵吉祥、人兴财旺的寓意，诞生了"有狮则兴，有鼓则盛"的民谚。

长安毕竟是京城，天子脚下，又逢皇帝六十大寿，除了做买卖的，全国各地来了不少杂耍，有玩猴的，有斗鸡的，有蹴鞠的，还有外国使节带来的一些娱乐节目，如安息国（伊朗前身）魔术家表演的"吞刀""吐火""屠人"……一时间，长安万人空巷，热闹非凡，方圆三四百里的群众也赶来相聚。

刘邦在皇家园林上林苑中，跟后宫佳丽、文武大臣以及那些外国使节一起看"角抵戏"。"角抵戏"又称百戏，是古代乐舞、杂技、戏剧表演的总称。他听萧何说，长安街上摩肩接踵，其乐融融，连八百多里外的小相狮舞都来了。刘邦很兴奋，他本是泥腿子出身，知道民间表演接地气，有情趣，便身着便服，带几个随从，走出皇宫，要与民同乐，感受一下太平盛世的氛围。

限于篇幅，简短捷说。远远地，刘邦就看到了"小相狮舞"的旗帜，他越过熙攘的人群，直奔过去。狮子皮是用羊皮做成的，外边装饰着红色的麻线。狮子头用油漆彩绘，嘴巴能张能合，眼睛能睁能闭，耳朵还能扇动。扮狮子的两个人一个抬头一个拱尾，俨然一只活灵活现、威风凛凛的狮子。武士时而用绣球逗引"狮子"，时而用器械斗狮，而"狮子"用腾、挪、跳、闪、蹿、伏、旋、扑等动作配合，演绎狮子喜、怒、哀、乐、动、静、惊、疑八态，加之锣鼓喧天及周围人的呐喊助威，渲染得场面异常热闹。刘邦鼓掌叫好，下意识地想近前去瞅瞅"狮子"。

忽然，有一蒙面人手持一柄短剑，飞奔刘邦而去。"有刺客！"刘邦身边的几个侍卫纷纷亮剑出招，扑向刺客。那名刺客身手矫健，手中的剑如鱼得水，左刺右挑，上挡下拨，侍卫们纷纷中招。眼看着侍卫们一个个倒下，刘邦也吓傻了。刘邦虽然会几招，但当了五六年的皇帝，早荒废了，况且手中没有兵器，只有哆嗦着束手待毙了。在此危难之时，"狮子"后边那个演员迅速把刘邦拉进狮子皮下边，让他趴在前边那个舞狮人的背上，然后继续跳跃表演，把狮子的威猛与刚劲展现得淋漓尽致，似乎不惧眼前的惊险场面。刺客把近前的几个侍卫结果后，一时没找到刘邦，这时又有大批侍卫闻讯冲过来，刺客便施展轻功，大鹏展翅一样"飞"走了。

那名刺客是项羽的族人。他们得知"救驾"的是小相人时，对小相舞狮人进行了追杀，以致小相狮舞沉寂了1000多年。直到清代嘉庆年间，小相人翻修年久失修的祠堂时，从一墙壁的夹层中发现一卷布帛，上边绘着小相狮舞的整套动作。至此，小相村才开始恢复狮舞，有序传承。

经过不断地发展演变，小相狮舞已不满足于"地摊"的器械表演，创出了"高台"，即两条板凳一层，层层上摞，最高摞至12层，每层都有4个人"捉板凳"，最高一层是三条板凳。先是一个狮子在板凳上舞，后成了双狮舞，动作有"板凳架""椅子架""猴爬杆""踩独绳"等。每个套路都有固定的模式，一招一式，时动时静，令围观者心惊肉跳，赞叹不已。后来又创造出了"上老杆"这一高难动作。"老杆"即平地竖起一根3丈来高的独杆，四周扯6根大绳固定，"老杆"顶端放一把椅子或板凳，"狮子"沿绳爬上杆顶，舞几个套路，然后顺绳爬下。后来又在"老杆"顶上搭起十字架，用8根绳子扯牢，这样一来，由原来上一架"狮子"到五架"狮子"，四角四架，中间一架，取名"五子登科"，寓意美好，又惊险刺激。

1944年，日本人打进巩县县城那一年，两名游击队员就是扮作舞狮人混进城里，攀爬到"老杆"上打探到日本人炸药库的具体位置，为成功解放巩县作出了重大贡献。

近年来，小相狮舞在第二十二代传承人李金土的策划和努力下，相继获得了"中原第一狮""中原狮王"等称号。2008年1月28日，小相狮舞被定为国家级第一批非物质文化遗产项目。同年的2月6日，他们代表河南非物质文化遗产项目应邀进京展演高空狮艺，被组委会授予"中华第一狮"的至高荣耀。

（原载《河南工人日报》2023年3月2日。选入河南省巩义市第二高中高一年级5月调研考试语文试卷、安徽省滁州市九校联盟2023—2024学年高一上学期期中考试语文试题等）

河洛神迹

鹤年老爹从石窟寺上香回来，作出了一个超乎常人想象的决定。

他把闺女彩霞叫到跟前，问道："闺女，你今年多大了？"

"十七。"彩霞脸一红，埋下了头。爹是不是又要给自己介绍婆家？在乡下，跟她年纪相仿的都当娘了。这两年提亲的不少，她担心爹孤独，一直没有答应。娘死得早，是爹把她拉扯大的。

鹤年老爹说："石窟寺来了部队，你当兵去吧。"

彩霞吓了一跳，又粗又长的辫子在身后一甩一甩的，甩出好几个问号。

鹤年老爹说："自古至今，女子带兵打仗的就有好多呢，妇好、平阳公主、秦良玉……"

爹当过私塾先生，识文断字，通古知今，平时没少给她讲这些女杰。彩霞迟疑了一下，说："是共产党的部队？"她知道，共产党是救国救民的，在他们的队伍中，有不少杰出的女性，向警予、缪伯英、钟竹筠等等。这些，也都是爹告诉她的。

鹤年老爹摇摇头，缓缓说道："国民党的部队。"

"啊？"彩霞吃惊地张大嘴巴，辫子在身后定住了，摆出一个大大的惊叹号。在爹给她灌输的理念中，国民党就是魔鬼的代名词。

鹤年老爹说："他们来到巩县，没有骚扰百姓，住在石窟寺，宣传抗日，帮助老百姓做了不少事……看得出，他们并不坏。外敌入侵，国难当头，能打小鬼子就好。"

"这个……"彩霞还在犹豫。她不是怕打仗，如果她在战场上有个三灾八难，爹怎么办？谁给他老人家养老送终？

鹤年老爹似乎看出了彩霞的心思，狡黠一笑，说："你当兵走了，爹就再找一个伴。"还有一点鹤年老爹没有说出来，他去石窟寺的时候，见到了这支部队的营长叶金饶，他是爱国将领杨虎城将军的部下，年纪轻轻，英俊潇洒，说话客客气气，一副书生的模样。鹤年老爹琢磨着彩霞进了这支部队，如果有缘跟叶营长结下百年之好，也算不错。

爹把话说到这个份上，彩霞答应了。为人一世，要么尽忠，要么尽孝，打小日本也算为国尽忠了。

当鹤年老爹带着彩霞来到石窟寺，叶营长把头摇得跟拨浪鼓似的，说彩霞苗条得像麻秆，上不了战场。鹤年老爹刚要解释，彩霞抢先说道："我可以给你们烧火做饭，可以给你们洗晒被褥，可以给你们缝补衣袜，可以给你们讲河洛故事……"

彩霞一连串的"可以"，让叶营长无话辩驳。在那个年代，如此识大体、明事理的女孩子还真不多见。说心里话，他真有点喜欢彩霞。

没过几天，部队开拔了。

村里人到石窟寺上香的时候，发现部队留下的一块石碑，碑中间写着"河洛神迹"四个大字，右边题的是一首诗："石窟两千年，精巧夺天然。满座半残废，神话犹相传。彼姝殊自乐，裸舞何翩跹。万载邙山下，过客辄流连。东望多感慨，国难重仔肩。边城烽火急，壮士应催鞭。"碑的左边刻着："<u>陆军一百六十六师步兵第二旅第三团第二营营长、陆军步兵少校叶金饶题。民国二十六年丁丑孟秋。</u>"

鹤年老爹欣慰地笑了，心里清楚自己并没看错人，让彩霞当兵的决定是正确的。他给乡亲们解读："这首诗从对石窟寺艺术的欣赏，写到抗日战争的风云，号召爱国赤子走向前线，杀敌卫国……难得，难得啊。"

过了一段时间，村里人看鹤年老爹的眼神少了敬重，多了几分猜测和不屑，毕竟，在那个时候，国民党部队还是做出了一些不齿的事情。

到了1940年的夏天，鹤年老爹把家中大门一锁，给邻居交代一声，离开巩县，南下了。说心里话，他还是不放心彩霞啊。他有点后悔自己莽撞了，不该一时心血来潮做出那个决定。

在南阳卧龙岗武侯祠，鹤年老爹又看到了那个营长叶金饶题写的诗篇："森森古柏满隆冈，抱膝长吟遗草堂。汉王何因三顾切，只缘国难思贤良。羽扇纶巾功业存，三分天下未全吞。孤忠尽在出师表，万世犹悲五丈原。空城还怕是奇谋，仲达虚惊竟摸头。追忆如公今尚在，东倭安敢窥神州。"

守祠的老人遗憾地对鹤年老爹说："你来晚了一步，叶金饶在战场上受了伤，来这里养了一段时日，伤还未好就带着部队又出发。这些碑文是叶营长驻防此地时留下的。国军一六六师属于第一战区，开赴前线在河北、山东一带与日军对阵，无奈主帅指挥不力，河北沦陷，一六六师退防黄河一线。叶金饶感叹军中无诸葛，便挥笔写下《怀诸葛公》。"

鹤年老爹一路奔波，打听。在江西省上饶市广丰县小丰村，他再次见到了叶金饶为战友牺牲后写的碑文，老人家惊喜地看到，其中一块《河洛彩霞》的石碑，碑上还有诗文："肩担使命几鸣铤。战区行，结真情。风雨潇潇，奋勇救苍生。北战南征挥利剑，为中华，建殊荣。女中豪杰请长缨。彩霞名，耀巩城。国难当头，肝胆写忠诚。待到功勋欢庆日，重结彩，再张灯。"

鹤年老爹悲喜交加，喜的是叶金饶果然对女儿有意，悲的是女儿已经战死沙场。他想找到彩霞的坟墓，一直没有找到。

1949年10月7日，时任浙南行署"绥靖军"副司令的叶金饶当了解放军的俘虏。据说，叶金饶厌恶内战，故意贻误战机，才兵败被俘的。

唯有鹤年老爹，至今无人知道他的下落，也可能早就不在人世了。遗憾的是，"河洛神迹"和"怀诸葛公"碑均在，唯有"河洛彩霞"碑不知去向。

（原载《小说月刊》2022年第4期。选入辽宁省凌源市高中2022—2023学年下学期高二第二次联考语文试卷、2024届高考语文复习小说主题训练等）

大别山

1938 年 9 月。正值秋天，山上的植被高低错落，远看一片绿色，像是给大别山披了一件绿颜色的毯子。近看，那绿色却深浅不一，墨绿、淡绿、嫩绿等，还有一些红叶、野花点缀其间，相映成趣。偶尔见到一两头黄牛在埋头啃草，那动作像是跟大地亲吻似的，怎么也亲不够；有几只山羊在山岩间跳来跳去……

忽然，"噇"的一声清脆的枪声打破了这里的宁静和安逸——日本鬼子进山了。准确地说是一个小队的鬼子，队长唤作野木次郎。"无恶不作"在小鬼子身上得到了详尽的诠释：有的烧老百姓的房子，有的抢老百姓家的粮食，有的去抓老百姓的鸡，有的欺负那些妇女和儿童……一时间，村子里鸡飞狗跳、浓烟滚滚、火光冲天，哭爹叫娘的声音此起彼伏。到了后来，村里的男女老少都被集中起来。小鬼子们站成一排，端起枪，嬉笑着，准备把老百姓当作靶子来射。老年人掩面啼哭，小孩子瑟瑟发抖，有的瞪大着眼睛，呆呆的样子，似乎被吓傻了。

村里的族长江老爹颤巍巍地走出来，给乡亲们求情。经翻译沟通，野木次郎才知道江老爹想用自己一个人的性命换取全村人的性命。野木次郎狂笑不已，举起东洋砍刀，想一刀劈了江老爹，又想这样太便宜他了，便指挥鬼子挖个土坑，想活埋了江老爹。

土坑很快挖好了，两个鬼子把江老爹推搡到土坑里，接下来，一锨土接一锨土撒落到江老爹身上。江老爹冷冷瞪着野木次郎，满眼的不屑和鄙视。①男女老少都跪向江老爹，"呜嗬呜嗬"痛哭起来。

正在这紧要时刻，只听"啪"的一声枪响，野木次郎倒在地上。紧接着，密集的枪声响起，那些荷枪实弹的鬼子全部被打翻在地——八路军来了。带队的是黄连长，击毙野木次郎的那一枪就是他打的。②他们之前活捉了一个日本军官，才知道野木次郎进了大别山。幸亏他们赶到得及时，救下了江老爹，救下了全村的百姓。

接下来，黄连长和战士们一起帮助老百姓恢复了正常的生活和生产，之后又在山上挖了数个山洞。黄连长告诉江老爹，这些山洞，平时可以储粮，战时可以藏身。

后来，江老爹的儿子为了打日本人，当兵去了。

1947 年 11 月，深秋时节。跟 10 年前相比，景致相差无几，偶尔见到一两头黄牛在埋头啃草；有几只山羊在山岩间跳来跳去。③山上绿色的植被像是被红颜色染了，深深浅浅，有的趋近于黄色……天地间弥漫着冬天的气息。

半个月前，黄团长的部下撤出了大别山，他不得不留了下来。说实话，黄团长不想留下，他不是不想跟着部队去战斗，他是怕连累了当地的老百姓。现在是非常时期，土匪时不时进山抢夺粮食，骚扰百姓，一旦发现老百姓收留了他，他倒不怕死，他担心老百姓跟着遭殃。再说，他的腿被子弹打中，已经感染化脓，想走也走不了。

得知黄团长要留下养伤，老少爷们争抢着收留他，"住俺家，俺娘会擀面条。""俺家地方宽敞，住俺家。""谁也别争了，住我家！"江老爹一句话，大家伙都不吭声了。

不是说江老爹是族长，也不是说江老爹的儿子当兵去了，家里有地方，因为江老爹是个土先儿，对跌打损伤有一套治疗的办法。

就这样，黄团长住在了江老爹家。乡亲们没少来看望他，今天李家送来一张油馍，明天张家拿来两个鸡蛋……江老爹也不劝阻大家，在他看来，都是应该的了，怎么感谢都不为过。

④江老爹隔三岔五上山挖药材，回来炮制后，让黄团长内服或外敷。

在江老爹和乡亲们的精心照料下，不到 20 天，黄团长几乎能下地走了。他坚持要住进山洞里，江老爹也就没再勉强。在那个年月，住在村里确实危险。

有一天，村里响起了枪声。黄团长放心不下村里的百姓，就从洞里走了出来，想看个究竟，不想被一群土匪抓个正着。

土匪们盘问黄团长，黄团长答非所问，引起了他们的警觉，决定挖坑活埋黄团长。

江老爹和几个乡亲赶到的时候，黄团长已经被埋到腰部那里了。见此情形，江老爹吓坏了，点头作揖，给黄团长求情："他是良民，不是解放军。"

其中一个土匪认出了江老爹，因为他之前去过土匪窝，给土匪们治过病。

江老爹觉得有戏，忙说："他是我的外甥，来这里跟我学医。"

"腿怎么受伤了？"

"上山采药摔伤了。"

"真的是你外甥？"

"真的，真的。"

几个土匪交头接耳，似乎还在犹豫。

江老爹说："若我说的是瞎话，你们可以活埋我。"

就这样，土匪把黄团长放了。

……

过了好多年，黄师长已经退休，第三次来到大别山时，得知两个噩耗：江老爹的儿子在一次与日本军队的交战中，牺牲了；江老爹已经去世——他因为曾经给土匪治过病，在那个特殊的年代，受迫害致死。

让黄师长欣慰的是，没过多久，江老爹的儿子被授予了"革命烈士"的称号，江老爹也给平了反。

（原载《小说月刊》2020 年第 10 期。选入河南省新高中创新联盟 TOP 二十名校 2023—2024 学年高二上学期 9 月调研考试语文试卷、山东省济宁市嘉祥一中 2023—2024 学年高二上学期 10 月份月考题、江苏省连云港市赣榆智贤中学 2023—2024 学年高二上学期试卷、四川省南充市阆中中学 2023—2024 学年高二上学期期中语文试题等）